大明長歌

卷一 採蓮曲

酒徒 著

目次

引子 一、劉繼業

劉繼業的名字裡，之所以有繼業兩個字，是因為他父親少年時，最崇拜大宋名將楊業。想當年，大宋名將楊業，因為奸臣監軍王侁所害，不幸兵敗狼牙村，力竭後被俘，絕食三日而死。其忠其烈，隔了數百年後，依舊被大明朝的文臣武將交口讚頌。

劉繼業的父親從沒指望過自家兒子，能像大將軍楊業那樣威震九邊，卻希望兒子這輩子至少能活得堂堂正正，別丟了自家祖先文成公注一的臉。只可惜，劉繼業的父親忘記了一件事。名字的意思，跟本人的實際作為，通常都恰恰相反。

正如叫閏土的人往往五行缺土，叫祖德的祖上通常不積德，劉繼業被仇家抓住後，沒有像楊業那樣絕食自盡，而是果斷選擇了投降。

如果只是為了保全性命，而暫時與對手虛與委蛇，倒也可以原諒。畢竟麼，作為南京城內有名

注一、文成公：即劉伯溫，大明開國元勛，被其後世鐵粉，正德皇帝追贈為文成公。

的二世祖，劉繼業小時候被父母照顧，長大後被姐姐照顧，從來沒吃過任何苦。然而，他投降的原因卻不是扛不住打，而是由於仇家是個女人。

如果只是因為仇家是個絕世美女，劉繼業選擇了忍辱負重，他過世多年的老爹，也不至於在九泉之下被氣得翻了身。畢竟，他正值血氣方剛年紀，見了美女難免用下半身思考。然而，他的仇家，個子太高，腿太長，嘴太大，眉毛太粗，膚色太深，甭說跟美女兩個字不搭邊兒，如果生在南京城裡，十有八九還得娘家倒貼錢，才能嫁得出去。

就這麼一個高個子，大嘴巴、粗眉毛、銅皮膚的女大王，居然憑著取下面紗時的回眸一笑，讓劉繼業丟了魂兒。丟下身邊的家丁和書僮，不顧一切地追出了南京城外。

從聚寶門追到了龍江關注二，從龍江關又追上了過江的渡船。結果剛一上船，就遭了對方的道兒。先被推進江水裡，灌了個半飽，然後用繩子捆著塞進船艙裡，順江而下，直到第三天頭上，餓得兩眼發黑之時，才終於被想了起來，拎到甲板上曬太陽。「投降，投降，女俠饒命！」畢竟沒白長了一身嫩瓜瓜的肥肉，餓了兩天兩宿，劉繼業居然還有力氣大叫，嘴裡的破布剛被對方取下，求饒聲就立刻脫口而出。「我是文成公的第七代嫡孫，我父親是大明應天都指揮使司僉事，我本人是南京國子監的蔭貢生。我堂叔是國子監直講劉方，我還有一個姐姐是江南第一美女，名字叫做……啊——」

沒想到名滿南京的第一紈絝，骨頭居然比蛇都軟。色誘並劫持了劉繼業的女俠，被求了個措手不及。抬起穿著紅色鹿皮靴子的腳，先朝著他大腿上肉最厚的位置，狠狠踢了一腳，隨即厲聲喝叱，

「閉嘴！我又不想去你家求親，你提你姐姐做什麼？」

「我，我，我怕妳不知道，抓，抓錯了人！」劉繼業疼得直翻白眼兒，卻不敢惹對方發火，迅速將身體滾得遠了些，喘息著喊冤，「我，我跟妳素不相識，從沒得罪過妳。萬一，萬一妳抓錯了人，我平白受了委屈不說，也，也會嚴重損害女俠妳的名頭。」

「胡說，我既然賺了你出城，自然早就將你的底細，摸得一清二楚。」那女子才不相信劉繼業的鬼話，追了兩步，再度抬腳欲踹，「你叫劉繼業，綽號劉老虎，家住國子監的成賢街，見了美貌女子就挪不開眼睛，這些總不會有假。」

「別，別打，我招，我招！」劉繼業嚇得額頭冒汗，扭動著身體極力躲閃，「我，我的確叫劉繼業，的確就是劉老虎。可，可見到美貌女子挪不開眼睛，算什麼錯？妳是俠女，不是惡霸，總不能因為我追著妳，多看了兩眼，就要了我命？」

「放屁，你才是惡霸，你是如假包換的惡霸！」女子被說得臉色微紅，放下腳，大聲痛斥，「我抓你，自然是因為你惡貫滿盈。劉繼業，你少裝傻，踹寡婦門，挖絕戶墳，這南京城裡的種種缺德事，哪樣少得了你？」

「冤枉！」雖然手腳都被繩索捆得結結實實，劉繼業依舊一個鯉魚打挺，蹦起老高，「妳肯定弄錯了，南京城裡叫劉繼業的，沒有一千也有八百，他們所做的事情，不能硬按在我頭上。」

注二、聚寶門：即南京中華門。龍江關：則是下關，明代勾連長江南北的重要渡口。

「放屁！」女俠客被劉繼業的動作嚇了一大跳，迅速抬起腿，將他重新踹翻在甲板，「你敢說，莫愁湖畔樊寡婦家的門，不是你帶著手下爪牙踹碎的？」

「那，那，那當然不敢。但，但妳既然知道樊寡婦，就應該知道樊樓是什麼地方？」劉繼業被踹得接連打了兩個滾兒，才勉強停住身體。嘴巴卻忽然硬氣了起來，扯開嗓子大聲反問。

「樊樓？」女俠客被問得微微一楞，迅速扭過頭去，朝著旁邊掌舵的漢子詢問，「關叔，樊樓是什麼地方？跟樊寡婦有關係嗎？」

「樊，樊樓……」被喚作關叔的漢子，面孔上立刻泛起了扭捏之色。抬起正在掌舵的右手，訕訕地撓頭，「我，我沒去過，不太清楚。但既然叫樊樓，也許就是樊寡婦開的吧！誰知道呢？」

「小四，你知道樊樓是什麼地方嗎？」女俠客二姐本能地感覺到關叔神色怪異，抬起頭，朝著正勾在桅杆上調整住帆的嘍囉詢問。

「啊，哎，哎呀我的娘！」被喚作小四的嘍囉，激靈靈打了個哆嗦，手腳配合失誤，一個跟頭從桅杆上栽了下來。

「小心！」劉繼業見狀，趕緊大聲提醒。沒等他的話音落下，女俠二姐的長腿已經橫撩而起，將半空中落下的小四掃出了半丈遠，一個跟頭栽進了長江。

「撲通！」小四落水，身影立刻變成了一條游魚。一個猛子扎進水下不知道多深，然後在船身側後方竄了出來，抬手握住關叔丟下水的纜繩。

這幾下，配合得宛若行雲流水，令劉繼業忍不住大聲喝彩：「好，女俠這一腿鞭，真是掃得好，掃得妙。小四哥的水性，天下無雙，關叔您丟繩子的準頭，也是萬裡挑一。」

「你拍馬屁的本事，也是天下少有。」女俠二姐被他誇得臉紅，走到船舷旁，迅速扯動纜繩，拉起落水的嘍囉小四。隨即，又將目光轉向船頭，「大方，樊樓是什麼地方，你可曾去過？」

「咳咳，咳咳咳，咳咳咳……」一陣劇烈的咳嗽聲響起，有個道士打扮的中年人，手捂嘴巴，咳的上氣不接下氣。

「別問了，樊樓是一座妓院，一座很有名的妓院。妳替她抱打不平的樊寡婦，就是樊樓的真正老闆娘。」實在不忍心看到她問得如此尷尬，劉繼業搶在下一個受害者出現之前，主動接過了話頭，「裡邊的女子，都是她打著收養女兒的名義，從窮鄉僻壤騙來的。從小教導如何取悅男人，從男人口袋裡往外掏錢。誰要是敢不從，就往死裡頭折磨。」

「你胡——」女俠二姐扭過頭，大聲呵斥。然而，話說到一半兒，卻看到了劉繼業戲謔的眼神，聲音立刻憋回了喉嚨中。

再度將目光轉向老臉發紅的關叔、落湯雞般的小四，還有裝咳嗽的道士大方，她頓時就猜到了，手下這三個男人，恐怕都已經去過樊樓，並且很可能都去了不止一趟。剎那間，又羞又氣，抬起腳，狠狠給了劉繼業一下，眼睛側對著此人，大聲補充：「你胡攪蠻纏。樊寡婦開樊樓怎麼了？人家好歹也是掙錢養活自己。官府都准許的事情，你憑什麼將人家的大門砸爛？」

「官府准許她開樊樓，可沒准許她騙好人家的女兒進火坑。更沒准許她，連我同學的表妹，都給騙進樊樓賣身為娼。」劉繼業皺了皺眉，淡淡地回應。

「那是你的一面之辭。」女俠二姐沒勇氣跟他目光相對，側著頭，大聲反駁，「你同學，你的同學都是貢生，她一個妓院老鴇，怎麼敢主動招惹？」

「她的老相好，叫做徐良，是南京錦衣衛百戶。」劉繼業笑了笑，輕輕聳肩。「我同學的表妹被家人贖回之後，沒臉回家，直接去做了尼姑。官府那邊不願意為了一個窮書生，招惹錦衣衛百戶，稀裡糊塗就把拐賣案，算在了樊樓裡的一個龜公頭上。我氣憤不過，才帶著同學砸爛了樊寡婦的家，如果不是她那姘頭來得快……」

「閉嘴！」聽劉繼業越說越得意，女俠二姐跺了下腳，大聲打斷，「就算你砸得有道理，可城東趙絕戶家的祖墳……」

「趙絕戶的兒子四年前就死了，今卻要買別人家的女兒，活埋掉去給他兒子做冥婚。」劉繼業抬了下眼皮，大言不慚地說道，「雖然那女子是人販子從安南拐來的，一句中原話不會說，可怎麼著，也是個活物。劉某恰好路過，總不能眼睜睜地看著活人去給死人殉葬。」

「那，那你救下那女子就算了，又何必挖來人家的祖墳？」俠女二姐明顯底虛，猶豫了一下，反駁的聲音迅速變小。

「我救了一個，救不了第二個。」劉繼業看了女俠二姐一眼，輕輕撇嘴，「人販子每年從安南拐賣來的女子，不知道有多少。她們死後，沒有苦主上告，官府自然是民不舉官不究。我要想讓姓趙的斷了給他死掉的兒子，娶活人殉葬的念頭，就只能派家丁刨了他兒子的墳。至於祖墳，他家祖上是山西太原府人，祖墳怎麼可能安在南京牛首山？」

「這麼說，你刨絕戶墳，還刨出理來了？」小四在旁邊聽得氣憤不過，衝上前，人聲替自家頭領幫腔。

劉繼業手和腳都不能動，只能向他輕輕地翻動眼皮，「不敢說絕對有理，只是當時做得痛快！」

「那我今天也給你個痛快。」嘍囉小四被他傲慢的態度激怒，俯身一把抓住繩索，拎著他大步朝船舷側走。

「女俠，女俠救命！我說的全是實話，妳，妳們回到南京去，仔細打聽一下，就能打聽清楚事情原委。」劉繼業立刻原形畢露，一邊奮力掙扎，一邊聲嘶力竭地大喊大叫。「妳，妳們這樣殺了我，就，就等同於殺人滅口。」

「放下他。」女俠二姐被他喊得面紅耳赤，狠狠瞪了小四一眼，沉聲斷喝。

「哎！」嘍囉小四不敢抗命，將劉繼業重重地朝甲板上一丟，大聲威脅，「閉上你的臭嘴，敢再煽風點火，老子立刻丟你下去餵王八。」

劉繼業被摔得眼前金星亂冒，只好閉住嘴巴，好漢不吃眼前虧。然而，那被喚作二姐的女俠，卻非要爭一口氣，讓他死得心服口服。邁開一雙大長腿走到他身邊，低下頭，再度大聲追問：「姓劉的，你的確長了一張好嘴。我說不過你，但是，半個月之前，你帶著幾個人，當街圍毆留都御史嚴鋒，總不是也有道理吧？他老人家，可是有名的青天大老爺，半輩子跟奸佞做對，剛正不阿。」

她本以為劉繼業依舊會胡攪蠻纏一番，也做好了反駁的準備。誰料，一身肥肉的對方，卻忽然轉了性子，竟然掙扎著坐了起來，大聲冷笑：「對，那件事，的確是劉某帶人幹的。劉某最近收拾東西準備去投奔舅舅，也是因為怕被南京城裡的清流反咬一口。劉某這輩子天天混吃等死，但最過癮的事情，就是打得嚴御史滿地找牙。妳要替他報仇，儘管來，劉某絕不皺一下眉頭。」

「呀，你還硬氣起來了。」女俠二姐楞了楞，被氣得不怒反笑。隨即單手拎起被繩索捆綁的劉繼業，彷彿那一大團肥肉，沒有絲毫的重量，「王某人就是要給嚴御史報仇，才把你從南京城內綁了出來。你這紈絝，平素欺男霸女也就算了，為何連嚴御史這樣的青天都不放過？」

「呸，什麼青天大老爺，五年時間攢下一萬頃田產的青天大老爺，我還真沒見過。」劉繼業被嚇得魂飛天外，卻硬著頭皮死撐。

「但是他嫉惡如仇，敢彈劾貪官污吏！」小四不服，再度衝上前，替女俠王二姐拎住捆綁劉繼業的繩索。

「他彈劾的不是貪官污吏，而是過世多年的戚少保！」劉繼業掙扎不得，梗起脖子大聲回應。

「哪個戚少保？」正在走向船舷的女俠王二姐楞了楞，遲疑著詢問。

「就是已故多年的抗倭名將戚繼光！」劉繼業咬著牙，大聲叫嚷，「當年被這群耍嘴炮的瘋狗彈劾至死[注三]還不夠，死後好幾年了，瘋狗們還要扒了他的祠堂。妳便是現在就淹死我，我也要說，姓嚴的活該。老子打他只算小懲，他要是真敢動戚公祠上一片瓦，兩浙男兒一定將他生吞活剝！」

注三、戚繼光名震中外，最後卻被給事中張希皋彈劾，罷免回家，鬱鬱而終。

引子 二、江南

江南很美。

美到出乎人的想像。

手如柔荑，膚如凝脂，領如蝤蠐，齒如瓠犀。

增之一分則太長，減之一分則太短；著粉則太白，施朱則太赤。

如此絕世美人，按理說，整個應天府的登徒子們，應該像蒼蠅般終日將其圍得裡三層，外三層才對。然而，事實卻是，這些傢伙見到江南，就像老鼠見到貓。

原因很簡單。

第一，江南很能打。他剛到南京國子監[注四]就讀的第一天，就拎著半塊青磚，將幾名對自己出言不遜的貢生，追出了三條街，連熟牛皮做的靴子，都跑斷了底兒，才冷笑著作罷。

注四、南京國子監：明朝遷都北京之後，南京被當作留都。國子監也留了下來，跟北京國子監遙相呼應。成為南北兩大最高學府。

第二，江南來自大明的屬國朝鮮。雖說這年頭，在南京城裡討生活的高麗人，多如過江之鯽，可能進入國子監讀書的，卻是鳳毛麟角。其父輩在朝鮮，要麼是達官顯貴，要麼乾脆就是皇親國戚。侮辱了普通高麗百姓，大明官府懶得管。若是有誰侮辱了朝鮮國的皇親國戚，官府就算為了彰顯禮儀之邦的氣度，也得打他個皮開肉綻。

第三，也是最重要的一個原因，江南是個男人，如假包換的男人。

登徒子好色不假，可斷袖分桃這種勾當，在大明萬曆年間，卻不大為世人所接受。如果誰家兒孫被風傳熱衷此道，根本不需要儒林口誅筆伐，其族中長輩，自己就會出手，將其綁回去，嚴加管教。甚至乾脆一道白綾勒死了事，省得留著其在世上繼續給列祖列宗丟人現眼。

所以，江南在南京國子監的求學生涯，過得很是寂寞。

擇優錄取來的歲貢生[注五]，心存華夷之辨，對其不屑一顧。

交糧入學就讀的納貢生，害怕被懷疑有龍陽之好，對其敬而遠之。

只有靠來祖輩功勞入學混文憑的蔭貢生[注六]，才百無禁忌。然而，十個蔭貢生，九個都是腦滿腸肥的混不吝。江南嫌其舉止粗鄙，面目可憎，又主動與其劃清界線。

結果，從萬曆十八年秋入學，一直讀到萬曆二十年春，江南在南京國子監，一共才交了兩個半朋友。

一個朋友姓李名彤，字子丹，據說是大明開國元勛岐陽王李文忠的第七世孫。然而，大明岐陽王雖然武功蓋世，福澤卻不綿長。身故之後，先是長子李景隆在靖難時站錯了隊，被永樂皇帝削掉了所有封爵。後來次子李增枝涉嫌謀反，全家被軟禁於府內不得外出。直到正統十三年，李家滿門終於被大明英宗皇帝寬恕，重見天日。但家財卻依舊耗盡，爵位也沒人敢再提。

好在老天爺開眼，嘉靖十一年，大明第十一位皇帝，世宗陛下追思祖上開國之艱難，忽然想起了岐陽王李文忠，才又給李家賜下了一個臨淮侯的封號，世襲罔替。可傳到李子丹這輩兒，跟他年齡差不多大小的岐陽王嫡系子孫，竟高達四十三個！皇上給的那點恩澤，無論怎麼分都輪不到他的頭上，所以他只能棄武從文，先到國子監裡，謀個正經出身。

另外一個朋友，姓張名維善，字守義，其曾曾曾祖父，可是大大的有名。年輕之時曾經「一平交趾、三縛渠魁，易草莽為桑麻、變雕題為華夏」，到了晚年，以七十五歲高齡，陪著英宗北征，最後殉國於土木堡。

按理說，這樣一個大功之臣，他的子孫應該生下來，就有一份俸祿才對。事實則不然，與前面那位李子丹一樣，這位張維善，在同輩兄弟當中名列第十八。想承襲英國公的爵位，除非比他年長，且血脈相近的前十七個哥哥，全都死光光。此外，比李彤還倒楣的是，李家自打二代出了個常敗將軍李景隆之後，已經徹底退出了將門行列，全天下沒誰再把他們當一回事兒。而張家，卻至今還是

注五、歲貢生：每年擇優錄取，或者在縣級考試中名列第一，府級考試位居前二者，可以入學就讀。四到十年卒業，卒業後，如果還沒考中進士，同樣可以做官。但一般歲貢生，十年依舊不中進士者很少。

注六、蔭貢生：靠祖輩餘蔭入太學混文憑的學生。納貢生：繳納糧食或者等值財物。買到入學資格的學生。通常這兩類學生，很難考過科舉。但熬到卒業不被開除，依舊有很大機會做官。最初納貢生需要向國家繳納八百石米，超過了三品文官一年的檯面上的薪水。後漸漸降價到一百石，等同於縣令的兩年乾俸。

大明將門中的第一翹楚，子孫走到哪兒，都被文官們當逆賊提防。

最後半個朋友，則是國子監直講劉方的侄兒劉繼業。之所以稱之為半個，乃是這位爺去年秋天，做了一樁令所有國子監學生，都暗暗拍手稱快的壯舉，當街痛毆了南京御史嚴鋒，然後不知所終。如果此人還活著，江南一定要不惜代價，上門跟他稱兄道弟。如果此人已死，江南也願意替他燒幾疊黃紙，以壯陰間行囊。

朋友少，好處是耳根子清淨，輕易不會有人來打擾他讀書。而壞處則是，一旦跟人起了衝突，無論占不占理，聲勢都無法占據上風。

就像昨天，在率性堂裡，學子們爭論起大明周圍諸國現狀，江南明明說得有理有據，卻依舊被對手噴了個體無完膚。除了李子丹和張守義二人堅決站在他這邊之外，其餘在場一百多名同窗，全都站在了他的對手，雲南貢生常浩然那邊。雖然後者，連日本具體在什麼位置都不清楚，還錯把豐臣秀吉當成了日本國王。

好在南京國子監內的諸生辯論，從來不憑著哪一方人多定輸贏。通常爭論雙方在誰也說服不了誰的情況下，若沒有老師介入，會採取一個更為乾脆的方式，馬上對決。

君子六藝，可不都是紙筆上的功夫。禮、樂、射、御、書、數，其中射、御兩項，必須在馬背上，才能見真章。而同屆國子監的貢生們，年齡都十八九歲上下，正是氣血正旺時候，嘴巴說不服，就撒馬過來，實屬正常。

所以，這日恰逢休沐，一大早，江南就跟至交好友李子丹和張守義二人一道，策馬去了玄武湖畔的小校場。發誓要讓常浩然那個蠻荒之地來的土鱉，知道為何朝鮮會被稱為小中華。而常浩然那邊，顯然也不願意主動認輸。同樣騎著高頭大馬，一窩蜂般前來迎戰。

「停住，停住，先都別急著動手！」見對方人馬是自己這邊二十餘倍，李彤怕有人輸了之後賴帳。果斷衝到了常浩然面前，高高的舉起了手中馬鞭，「咱們先說好了，是比弓箭，還是賽馬，你和江南一對一，還是咱們雙方各出三人，三局兩勝。」

「當然我跟他一對一，關別人何事？」常浩然雖然生得脣紅齒白，一副文弱書生模樣，對自家的身手卻極為自信。聽了李彤的話，連想都不願意想，就果斷回應。

「那，是射草靶，還是用去了鏃的白箭，馬上對射？」李彤要的就是這句話，立刻追問得更加大聲。

「對射，對射！」不待常浩然回應，周圍的學子們，已經開始大聲替他作出了決定。

「那你們兩個，趕緊換了黑色衣服，帶上護面。我替你們去準備白堊粉和麻布，製造白箭。」李彤大喜，立刻順著眾人的話，敲磚釘角。

別人不清楚，他對江南的本事，可極為瞭解。若是近距離，面對面廝殺，他一隻手就能將此人打趴下。而拉開了距離射箭，整個太學裡頭，除了張守義那廝之外，恐怕找不到第二個人，可以做江南的敵手。

「有勞！」常浩然非但長相文雅，舉止也彬彬有禮，君子氣十足。哪怕明知道李彤站在對手那邊，依舊笑著拱手。

這一動作，又給他贏得了喝彩聲無數。隨即，便有擁躉者送上了黑布做的鎧甲和牛皮做的護面，七手八腳替他換好。還有幾個同窗的鐵桿好友，乾脆牽了馬韁繩，替他整理鞍韉、肚帶、馬鐙、絡頭，以便他在比試之前有足夠的時間養精蓄銳。

待大夥把一切替他收拾完畢，江南那邊，也已將渾身上下整理停當。李彤從訓練場管事那裡借來了兩壺白箭，一雙軍中制式標準騎弓，給二人分別掛在馬鞍下。然後打了聲招呼，先拉著江南退向了一百步之外。

常浩然微微冷笑，隨即也抖動韁繩，將坐騎反向帶出了一百餘步。雙方各自撥轉馬頭，面對面停穩，然後抱拳，請求助威者速速離去。

待大夥都退出了安全距離之外，二人又鬆開手，各自舉弓，向對方遙遙致意。

「咣！」擔任裁判的同學果斷敲響銅鑼，二人胯下的坐騎立刻邁動四蹄，相對加速衝刺。兩百步，一百五十步，一百二十步，八十步，眨眼功夫，雙方之間的距離，已經低於騎弓的準確射程。馬上二人，各自穩穩地將白箭搭上了弓臂。

由於李彤在暗中幫忙，江南的位置，處在上風口，對射擊極為有利。只見他，猛地將手指鬆開，「嗖」的一聲，白箭迅若流星，直奔常浩然胸口。

常浩然毫不慌張，也鬆開手指，發箭射向江南的肩窩。隨即迅速將自家身體側傾，在避開迎面射來的羽箭同時，將第二支雕翎，穩穩地搭在了弓臂上。

戰馬相對飛奔，五十步只需要兩三個彈指。他射出的第一箭，因為逆風的緣故，飛得較慢，被江南輕鬆躲過。然而，就在後者剛剛準備重新張開騎弓當口，他迅速鬆開手指，「嗖」，箭如閃電，貼著自家戰馬脖頸，射向對方包裹著皮盔的面門。

雙方之間的距離，已經不到二十步，羽箭眨眼便至。正在拉動騎弓的江南，根本來不及躲閃，只能迅速晃動手臂，憑藉感覺，用騎弓去找箭桿。

「啪！」一半靠運氣，一半靠實力。弓臂與箭桿在最後關頭相撞，發出清脆的聲響。常浩然射出的羽箭失去平衡，打著旋兒落地。江南眼前，白茫茫一片。從箭頭處冒出來的白堊粉，隨風飄動。那東西雖然不像石灰一般霸道，可落入眼睛裡，依舊能讓人淚水狂流。江南心中暗叫一聲不妙，顧不上再還擊，果斷閉上眼皮，屏住呼吸，同時將身體附向戰馬的脖頸。

「嗖！」第三支羽箭，貼著他的頭盔疾飛而過，飄落的白堊粉，將他的背甲染得斑斑點點。

他知道自己先前小瞧了對手，猛地將對著常浩然那側的大腿抬起，身體朝遠離此人那側迅速下墜，鐙裡藏身！正在將第四支羽箭搭上弓臂的常浩然失去目標，冷笑一聲，策馬與他交錯而過。

江南被笑得面紅耳赤，腰部和大腿猛然發力，身子迅速從戰馬身側豎起，雙手同時彎弓搭箭，腰桿緊跟著後擰，一整套動作宛若行雲流水。竟然瞄著正在遠去的常浩然後心，發出了必殺一擊。

「噢——！」眾學子氣憤不過，大聲起鬨。

他的好朋友李彤和張維善，也面紅耳赤。

緣由很簡單，先前常浩然雖然看不到江南的人，卻完全可以射他的坐騎。當時雙方的戰馬幾乎是交錯而過，彼此之間的距離不到五步，只要羽箭離弦，肯定是百發百中。

然而，常浩然卻非常君子地停止了攻擊，任由江南的坐騎，帶著他跟自己重新拉開距離。反過頭來，再看江南，身體剛剛恢復平衡，就果斷從背後發出了冷箭。

說時遲，那時快，眼看著包裹著白堊粉和麻布的羽箭，就要射中常浩然的後心。此人的身體，卻忽然歪了歪，像木頭樁子一般，墜向了馬腹。

「嗖——」羽箭落空，白堊粉飄得他滿身都是。常浩然哈哈大笑著回頭，兩箭齊發。

「好！」四下裡的起鬨聲，忽然變成了喝彩。眾學子踮起腳尖，扯開嗓子，看得如醉如痴。

江南的身體剛剛回轉，聽到喝彩聲，立刻猜測出有殺招來到，猛地向前撲去，胸口直接貼住了戰馬脖頸。

兩支羽箭從他肩膀上方迅速掠過，嚇得他額頭冷汗直冒。不敢再跟對方比轉身射箭的本事，他用雙腿夾緊馬腹，迅速遠遁。

二人之間的距離急劇擴大，轉瞬就超過一百步。如果是兩軍交戰時所用的真正雕翎羽箭，這個距離上，勉強還有希望能保證一定準頭。而用包裹著白堊粉的麻布取代鋼鐵箭鏃，對箭矢的平衡影響極大，超過一百步再想命中目標，絕對是養叔復生。

江南雖然對自己的身手很有信心，卻也沒膽子以再世養由基自居。趕緊趁機會鬆開弓弦，調整呼吸，收拾慌亂的心情。然後在先前常浩然出發的位置，奮力撥轉馬頭。

常浩然也恰恰在先前江南出發的位置，將坐騎兜了回來。雙方再度互相舉弓致敬，隨即，不待裁判催促，同時策動坐騎加速。

一、狗官

周士運姓周，不姓苟，雖然南京城內的同僚和衙門裡的下屬，跟他打招呼時，總是分不太清楚這兩個字的讀音。

他乃是大宋濂溪先生周敦頤之後，正宗的書香門第，族譜可倒推到姬發。曾曾祖父，曾祖父，乃至祖父和父親，都是秀才，文名顯於鄉里。到了他本人，更是不得了，居然七歲能文，九歲能詩，十六歲童子試高中榜首，隨後一路過關斬將，二十四歲就進士及第，直接授官縣令，為皇帝教化一方。

按理說，有文曲星附身的進士老爺，仕途也應該一帆風順才對。然而，他的好運氣，卻就此到了頭。先被放到桂林出任縣令，一幹就是三任。然後又被發往平遠縣，蹉跎數年。眼看著當初的同年們已經飾雁的飾雁，服緋的服緋，而自家胸前的補子卻還只是兩隻鵪鶉，周士運怎麼可能不心焦？咬著牙豁出去十年的俸祿「結交」了自己的一位同年，才終於從鳥不拉屎的平遠縣，調到了應天府下面的上元。雖然官職還是縣令，級別好歹也從八品變成了七品，不至於天天一身綠，讓人看上一

眼就想起夏末時節的韭菜。注七

事後算起來，這筆「買賣」其實做得相當划算。十年的俸祿雖然令人肉疼，可上元縣乃是天下一等一的上縣，每年不需要記入帳本裡的各類茶水點心錢，就超過了平遠縣十倍。而江浙一帶又素重文脈，濂溪先生嫡系後人這八個字亮出來，無論走到哪個場子，都會被禮敬三分。然而世間之事，從來沒有十全十美。上元縣令這個位置雖然肥厚，卻仍有兩點讓周士運很不舒服。其一，就是應天府人的口音。周與苟不分，明明叫的是周縣尊，聽在耳朵裡總是苟縣尊。而周士運三個字，也稀裡糊塗地成了「狗屎運」。

狗屎運就狗屎運吧，總比沒有運氣好。糾正了幾次無果之後，周士運很快就認了命。在八品芝麻官的位置上被「勘磨」了這麼多年，他的性子早就被磨得像葡萄牙人所售賣的水晶琉璃球一樣圓滑。同僚們是故意叫他苟兄也好，鄉音難改也罷，他都不願意太計較。

這年頭，什麼都是假的，只有白銀是真的。君不見，一輩子唾面自乾的申閣老，哪怕是辭官回了家，出入依舊前呼後擁。而滿身稜角的海瑞，死後卻連個像樣的棺材都置辦不起。除了「周」「苟」不分之外，第二個讓周士運不舒服的地方，就是「知縣附郭」了。他所任職的上元縣，不僅僅距離應天府衙門近，距離南直隸承宣布政衙門，也沒多遠。更可恨的是，在南直隸承宣布政司之上，還有南京六部，兩院一司，裡頭甭說穿四品雲雁和三品孔雀補子的，就連穿二品錦雞、一品仙鶴補子的，都車載斗量。

這些級別甚高，平素卻沒啥事情可幹，一個個閒得直想撓牆根。南京的上元和江寧兩縣，只要有個屁大的動靜，都會傳到他們耳朵裡。然後就是「烏央烏央」地撲過來，宛若一群蒼蠅聞到了魚腥。

這不是，就在今天早晨，玄武湖畔發生了一件火槍殺人的命案，沒等到午時，應天府、南京刑部、南京督察院、南五軍都督府、國子監，乃至南京禮部，就走馬燈般將人派了過來。前幾家插手此事，好歹還有幾分道理，畢竟動用的是軍中利器火槍，並且有國子監的學生捲入了命案中身受重傷。你南京禮部有什麼關係，居然也跟著一塊起鬨？

「閒的，全是閒的，有本事去北京城，跟當今聖上騙庭杖去？跑我這八品芝麻官的衙門裡攪風攪雨，算什麼英雄？」想到南京禮部郎中李三才那副鼻孔朝天的模樣，周士運就想罵街。「都給人一腳踢到南京留都來養老等死了，居然還以為自己位列中樞要職，隨時都可能入閣輔政一般。也不找根秤量一下自己幾斤幾兩？」「東翁何必跟此人認真？」周士運的幕友蒯良怕他被氣壞了身體，操著滿口紹興腔小聲勸解。「那李道甫可是有名的鐵鑼鼓，敲不出動靜的事情，向來不沾。他要您儘快給他送一份案卷，你就讓在下謄抄一份，明早送到南京禮部就是。總計才千把個字，也費不了多大力氣！」

「子卿，你不懂，這不是費不費力氣，而是不能開這個口子！」對於自己這位紹興幕友的運籌

注七、服緋、飾雁、鵪鶉、一身綠：都是明代官員的公服規格，四品以上官員可穿緋紅色，四品文官胸前的補子是一對大雁。八品則是鵪鶉。四品到七品官員穿青袍，而八品、九品只能穿綠。夏末的韭菜味道最差，聞著就讓人皺眉。官員聚會時，八、九品等級最低，同樣不受上司待見。

本事，周士運向來佩服。但事關官場門道，他卻不得不固執己見，「自從張閣老掌權後，南京各部就全成了擺設。而現在朝廷雖然清算了張閣老過失，撥亂反正。可北京六部卻從沒說，要把江浙一帶的權柄，再分到南京來。周某今天如果對南京禮部低了頭，下一回，其他各部就會要求應天府，乃至整個南直隸的官衙，恢復舊制，劃歸他們管轄。北京六部乃至幾位現任閣老，即便駁回了南京的要求，回過頭來再追究事情起因，怎麼會給周某好臉色看？」

「這……」原本想替雇主解決麻煩的蒯良，沒想到一件看似微不足道的小事，居然涉及到了南北六部的紛爭，頓時就紅了臉，額頭上的汗珠滾滾而落。「在下唐突，請東翁恕罪！」

「無妨，無妨，我原來也不懂，所以才做了快二十年的縣令！」周士運看了他一眼，苦笑著搖頭，「人說四十仕而不仕，周某今年已過知天命的年齡，總就熄了百尺竿頭更進一步的想法。能舒舒服服把上元縣令幹上兩任，就可以回家吃鱸魚了。所以，能不摻和的事情，就不摻和。更不會主動去給人當刀子用。況且皇上三天兩頭就不臨朝，百官天天鬥得鼻青臉腫，這種時候，更是把頭縮起來才好。免得稀裡糊塗就遭了彈劾，卻根本不知道得罪了誰。」

官，不是這麼做的。

蒯良費了好大力氣，才終於明白，為何自己這輩子只能做一個師爺，而周士運卻能做到上縣的縣令。然而，作為紹興師爺的職業素養，卻驅使著他一邊擦汗，一邊訕訕地提醒，「東翁所言甚是，可那李道甫素有敢言之名，在士林當中交遊極廣。他若是記恨在心……」

「無妨！」周士運又笑了笑，輕輕擺手，「橫是橫，縱是縱，他這個南京禮部郎中，一時半會兒，還管老夫頭上。再者說了，這麼複雜的案子，豈是老夫一個小小縣令能審結的？你一會兒替老夫封了卷宗，讓趙縣尉將落網的那名凶犯和另外一名凶犯的屍骸，連同卷宗一並送到應天府就便是。省得應天府那邊老派人追著問。對了，張鎮守那邊，也謄抄一份卷宗送過去。免得老人家覺得咱們缺了禮數。」

「這……」蒯良又楞住了，眨巴了半天眼睛，都弄不清楚自己這位東翁意欲何為。

早晨的案子，其實非常清楚。受害人是一名朝鮮國的世子，姓李名楠，化名江南在南京國子監求學。而兩名凶手，則全都來自倭國。其中一個當場被大明英國公的六代孫張維善當場射死。另外一個仗著水性好泅渡了大半個玄武湖，結果被南京錦衣衛世襲指揮使的胞弟，雲南貢生常浩然追上去生擒活捉。

換了蒯良自己做縣令，這個案子絕對不會勞煩上司。過程清楚，證據確鑿，生擒凶手的義民，還是功勛之後。將判詞寫得漂亮一些，然後派出差役，衝進窩藏倭寇的王氏珠寶鋪子，將餘黨全部捉拿歸案。鋪子充公，珠寶定價官賣，順勢再給張維善和常浩然請個表彰。一整套處置下來，不但會讓上司覺得自己做事用心，麾下弟兄吃得滿嘴流油，還能同時交好英國公和錦衣衛，何樂不為？

「今年雨多，這玄武湖的水，可不是一般的深！」將幕友的表情全都看在了眼裡，縣令周士運搖了搖頭，嘴裡忽然冒出了一句四六不著的話題。

有道是，響鼓不用重錘，師爺蒯良立刻就理解了他的意思。收拾起臉上的困惑，用力點頭，「明白，東翁說得極是。善用者必溺於水，站在岸上，方能高枕無憂。在下這就去整理卷宗，力爭天黑之前，就把凶手和物證全都送往知府衙門。」

「子卿深知我心。」不忍讓師爺受打擊太重，周士運笑著誇讚。隨即，又低聲補充道：「子卿若是有同鄉在北京那邊，不妨托他們打聽打聽最近朝堂上的動向。據說，有朝鮮使臣學申包胥，已經在午門口哭暈過去好幾回了。也不知道是真是假。」

「在下明白，東翁放心，在下今晚就寫信去問。」蒯良心中一凜，立刻就明白了先前周士運為什麼將好端端的表現和發財機會，居然硬生生往門外推。

拜大明朝科舉政策要兼顧全國，和地方上自古以來重視文教所賜，紹興府有幸通過鄉試，卻無法百尺竿頭更進一步的學子極多。大夥為了尋找出路，通常都會通過親友推薦，到現任官員帳下做佐幕。一方面積累人脈，以便日後繼續應考。另外一方面，則積累經驗，以免將來自己做官後兩眼一抹黑。

如此百餘年下來，紹興籍的進士，沒見增多。紹興佐幕，卻名滿天下。上自六部的大使，下到衙門的胥吏，三人當中，籍貫紹興者必占其一。導致很多官員即便不需要幫手，僅僅為了耳目靈通，也會高薪聘請一名紹興幕友，為其出謀劃策。

很顯然，上元縣令周士運今天給蒯良布置的，就是這樣一個任務。而紹興師爺蒯良雖然因為年紀輕，官場經驗不夠豐富，剛才沒能給周士運幫上忙。卻憑著紹興人特有的機靈勁兒，立刻明白了周士運裝傻充楞的原因。

玄武湖的水，今天的確很深。非但涉及到一位屬國世子被倭寇刺殺，幾位勛貴之後聯手擒凶，還涉及到大明朝對朝鮮和日本兩國戰事的態度。

據前一段時間從北京那邊傳來的消息，朝鮮使者聲稱，該國是因為不肯響應倭國聯手進攻大明的號召，才遭到了後者的瘋狂入侵。而倭國的使者卻向大明指控，朝鮮使者是在挑撥兩國相爭，準備坐收漁利。日本國絕無冒犯大明之心，目前對朝鮮的進攻，也是為了國王無道，弔民伐罪。

照理說，朝鮮是大明的藩屬，倭國打了朝鮮，大明理應管上一管。但大明太祖皇帝卻有過遺訓，倭乃不征之國。一旦大明出了兵，祖訓那邊，就需要好好做一做文章。此外，大明朝的武將向來以跋扈而聞名，張居正亡故之後，文官們費了好大力氣，才將戚繼光拉下了馬。這援朝戰事一起，少不得又有一大批武將趁機冒出頭角。打敗日本，想必不費吹灰之力。過後再將新一批丘八壓下去，恐怕就得費很多周章。

再者，打仗肯定要消耗錢糧。朝鮮國王又窮又摳，使者除了眼淚之外，拿不出任何值錢的東西給大明，大明為何要去替他出頭？若是十年前，張閣老在世時還好，國庫府庫裡的銅錢和糧食，都堆積如山。現在年年都入不敷出，全靠張閣老積攢下來的那點家底支撐著，打完了日本，大明朝的官員和百姓，豈不是要喝西北風？

「不能管，這事兒，絕對不能管。反正倭國即便滅了朝鮮，也沒膽子入侵大明。大明何苦為了別人強出頭？」雖然暫且還沒有步入仕途，蒯良卻依舊在心裡，將幾位閣老的心思，猜了跟八九不離十。並且默默地替大明朝廷，做出了最後的決策。

只是如此，恐怕很多人會失望。特別是那些將門之後，好不容易看到一個一展身手的機會，卻只能看不能摸。今天那小公爺張維善，還有小侯爺常正……

猛然想起那幾個當事學子的背景，蒯良又打了個冷戰，看向周士運的目光，充滿了佩服。

周士運，能穩坐天下最富裕的一縣之令，所憑藉的，可不僅僅是狗屎運。雖然他表面稀裡糊塗，這做官門道，可比誰都清楚。

「三生不幸，知縣附郭：三生作惡，附郭省城；惡貫滿盈，附郭京城。」彷彿感覺到了蒯良的目光，周士運忽然搖了搖頭，倒背著手，對著窗口的綠色低聲叨念，「這南京雖然不比北京，好歹也是京啊！凡事有其弊必有其利，子卿，你如何以為？」

二、倭寇

秦淮河上，遊船如織。

畢竟只是留都，南京城的宵禁條例，從永樂年結束後，就已經形同虛設。只要不是逢國喪之日，哪怕遊客挑燈在船上玩到半夜，也沒有官差過來多事。一些腰纏萬貫的財主，甚至請了戲曲班子，通宵達旦地尋歡作樂，晚歸的御史看到了，頂多在轎子裡偷偷罵幾句「夭壽」而已。誰也不會專門寫個摺子彈劾地方官員怠政，更不會就民風日奢問題唧唧歪歪。

原因無他，大明朝的皇上和朝廷都在北京，可大明朝的六成以上財賦，卻在江浙。南京的留都戶部官吏，每年解往北方的銀兩以百萬計。而整個長江以南的物產，包括漂洋過海來的番貨，也會在南京城內交易。這麼多財貨流進流出，隨便濺出幾滴油水來，都足以造就一大堆陶朱公。豪客們有了錢若是沒地方花，早晚會起別的心思。還不如讓他們儘早花個痛快，一方面替國家分憂，一方面，也讓留都南京城，多添幾分雍容與繁華。為十里秦淮，十里流金。

河上不乏嘈雜熱鬧的賭船，也有靜雅別致的畫舫。坐在畫舫裡的才子們，絕不會像賭鬼那般大呼小叫，也不會像色鬼那樣急不可耐。而是在漂亮小廝的伺候下，慢悠悠地品茶聽曲，觀賞歌舞。偶爾興起，還會潑墨揮毫做上幾句詩，以記長夜未央。

每到此時，畫舫的女主人，就會親自走上前來，鄭重其事地將才子們的佳作收好，著人去裱糊珍藏。若是看到令人耳目一新的佳句，還會立刻命令樂師奏出相應的曲子，教給坊中美人當眾吟唱。至於才子的風流資，則再也不提。做畫舫生意的，眼力都不差，頭腦也足夠聰明。再有錢的豪客，包下畫舫一整夜，山珍海味隨便造，開銷也不過是二十幾兩紋銀。而一闕詞或者一首曲子走了紅，卻能令整個畫舫在短短幾日之內身價翻上數倍，從當家女校書[注八]到下面端茶倒水的小廝，都跟著受益無窮。不過今天，如意畫舫買賣，可是有點慘不忍睹。坐在正廳內的四位才子老爺，從下午申時，一直喝茶喝到現在，一文錢一壺的開水，陸陸續續要了足足有一大缸，卻半支曲子都沒點。舫裡的姑娘們，換著不同的衣衫，上上下下走了好幾回，也沒有一個人幸運，被才子老爺們相中。至於廚房裡早就預備下的魚翅燕窩、熊掌鹿唇，更是連下鍋的機會都沒撈到。讓原本準備趁機在帳目上做一些手腳的女掌櫃小春姐，急得在後廳直跳腳。

「乾娘，他們不是劉媽媽請來，專門喝白水的吧？」眼看著月亮已經爬上了半空，畫舫當家女校書許飛煙，也著了急。悄悄走到後廳，趴在女掌櫃小春姐耳畔，低聲提醒。

「不像，喝白水，不是這種套路。」女掌櫃小春姐皺起眉毛想了想，輕輕搖頭。「通常上船之後，會先裝腔作勢一番，讓人覺得他們個個腰纏萬貫。然後吃的，喝的，都要求揀好的。有心黑的，還會先讓妳的姐妹們陪著睡上一覺，等到明天早晨，才把底細亮出來，讓咱們有苦說不出。」

她在河上滾打多年，從當初一個畫舫三等妝容，做到占兩成股本的女掌櫃，眼力和本事都絕非一般。只是拿眼稍稍一掃，就能看出客人是不是競爭對手專門請來喝白水砸場子的無賴。

此刻自家畫舫正廳端坐著的這四位貴客，連同甲板上正在吃酒的隨從，絕非出自街頭巷尾，更不可能是租了衣服的假冒富豪。特別是坐在畫舫內上首那一個，脊背始終筆直，肯定是某個大戶人家專門培養出來的接班人。而坐在甲板末尾吃酒的那個隨從頭目，右手就沒離開過腰間佩刀，恐怕也不是尋常江湖混混所能雇傭得起。

「我也覺得他們不像是故意要喝一晚上白開水，能把十五兩開船錢都付了，不可能再差曲子錢和姐妹們的脂粉錢。」許飛煙眉頭輕蹙，繼續小聲補充，「如果那樣的話，就更怪異了。不傳酒菜，不聽曲子，也不看姐妹們的腰身。平白坐著畫舫在河裡兜來兜去，若只為了看風景，租條輕舟，不是更便捷嗎，開銷還不到畫舫的十一。」

「急什麼急，說不定，是朝妳來的，故作釣魚台，等妳這條魚兒按捺不住性子，主動去咬鉤。」小春姐伸出手指，輕輕在許飛煙額頭點了點，低聲打趣。

「乾娘——」許飛煙的臉上立刻浮起了一絲紅霧，拖長了聲音，嬌滴滴的回應。「人家還不是為了妳？」

「妳先管好自己吧！」小春姐笑了笑，輕輕搖頭，已經不再年輕的面孔上，悄悄地籠罩了一層

注八、女校書：原本指才女，秦淮河上指頭牌妓女，清代稱女書寓。

烏雲。

有錢的公子哥花樣多。秦淮河上，的確曾經發生過，某個公子哥看中了一家畫舫的女校書，卻不直接跟女掌櫃接洽，而是整天帶著朋友去畫舫上喝酒享樂，吟詩作畫，悠哉悠哉。直到女校書自己好了奇，主動下了樓，才趁機表明心跡，一舉奪取了美人芳心。

可那種事情，畢竟發生在別人家。今晚自家畫舫上這幾位，到現在話都沒怎麼說，更甭提吟詩。倘若是富貴人家公子哥，有錢沒地方花，癖好特殊也好。就怕是另有所圖……

想到另有所圖四個字，小春姐的心臟就是一抽。銳利的目光，立刻落在了客人的腰間。每個客人都陪著寶劍，劍柄上沒有任何裝飾。那絕不是一般讀書公子所用，後者即便沒錢在劍柄上鑲滿珊瑚和寶石，也會在劍柄末尾繫上一簇絲穗，或青或紅，以顯風流。

「河匪！」剎那間，她連呼吸的力氣都沒有了，雙腿一軟，頭暈目眩。

怪不得一上船痛痛快快地就讓從人給了十五兩，怪不得從下午到晚上什麼東西都不吃，什麼曲子的都不聽。早就將船上的山珍海味，都看成了自己家的，哪個河匪還願意隨便糟蹋？到了後半夜，亮出劍來，把船上的廚子、小廝盡數放翻，把姐妹們當作貨物，拿繩子捆成一團。明早自水西門划出城外，沿長江順流而下。蘇州、松江、杭州，只要賣得便宜，有的是膽子大，手段強的地頭蛇，願意連船帶人一並接手。

想到自己下半輩子，就要被關在黑船裡做暗娼，小春姐忍不住淚如雨下。但是，她卻沒勇氣將頭探出窗外，大聲呼救。

畫舫應客人的要求，一直漂在秦淮河中央。附近的船隻，此刻也都是琴管悠揚。倘若她敢大聲喊人，恐怕沒等附近的船隻聽見，甲板上那些嘍囉們，已經一刀砍下了她的腦袋。

正在絕望之際，卻忽然感覺到畫舫猛地一晃。桌案上的花瓶、硯台、果盤、酒盞之物，劈哩啪啦掉得到處都是。船上的燈籠也飄到了半空，像鬼火般來回遊蕩。

「撞船啦，救命！」躲在二層無所事事的侍琴、妝容們，嚇得個個魂飛天外，扯開嗓子，大聲哭號。而正廳內的四名才子老爺，和他們在甲板上的隨從，卻長身而起，雙腿叉開，刀劍出鞘。

「乒！」「乒！」「乒！」……

沒等眾人確定到底發生了什麼事兒，秦淮河兩岸，忽然傳來了一連串清脆的煙花聲。緊跟著，夜空中落英繽紛，絢麗奪目。

數十名手持哨棍鐵叉的勁裝大漢，從與畫舫相撞的賭船上，接二連三跳上了畫舫甲板，不由分說朝著四名才子老爺的隨從撲去，與後者戰做一團。

「水匪，這才是水匪！」小春姐兩腿一緊，屁股下面的甲板上，瞬間濕了一大片。

那才子老爺的隨從們看起來雖然凶惡，身上卻沒有太多的殺氣。而正在撲向他們的勁裝大漢，卻好像剛剛從戰場上下來的軍漢，從頭到腳瀰漫著死亡的味道。他們手裡的哨棒乃白蠟木所製，沒有任何鋒芒。互相配合著打過去，卻將手持苗刀的隨從們，逼得節節敗退。他們手中的鐵叉前端異常寬大，迎面刺過去，剛好能卡住一名對手的脖頸，然後順勢左右一壓，就能將此人生生壓翻。

「救，救命——」女掌櫃小春姐嚇得顧不上臉紅，拚命閉上眼睛，不讓自己去看外邊的廝殺。這一刻，她真恨不得自己能立刻昏過去，一了百了。

「救命，救命——」女校書許飛煙披頭散髮地從二樓探出半個腦袋，朝著過往的船隻大聲呼救。

「救命，救命——」眾青樓女子如夢方醒，也一個個撲向窗戶，大喊大叫。

「乒！」「乒！」「乒！」……數以百計的煙花在天空中炸響，將她們的呼救聲，盡數吞沒。落英繽紛，照亮秦淮兩岸，將滿河遊客的目光都吸引了過去，誰也沒注意到，就在河道正中央一艘「碰巧」與賭船相撞的畫舫上，正進行著血淋淋的廝殺。

「你，快，快吧！畫舫搖開。」才子老爺的隨從頭目，掉頭撲向艄公，嘴裡的話聽起來格外生硬。早已嚇傻了的艄公如夢初醒，一縱身跳進了河水，瞬間無影無蹤。

「八嘎特內……」隨從頭目操著異族的腔調破口大罵，將兵器放在腳下，親自去控制船櫓。故意撞上來的賭船上，還有勁裝大漢在陸續跳幫。為了避免以寡敵眾，他必須先設法讓兩隻船脫離接觸。

「乒！」一團巨大的煙花，就在他頭頂上空綻放。金色的醉菊花瓣兒，絲絲縷縷，隨夜風飄蕩。賭船上，隱隱火光一閃。隨從頭目的大腿根處跳起一團血花，慘叫一聲，仰面朝天栽倒。

「乒！」「乒！」「乒！」煙花七彩紛呈，絢麗奪目。

賭船上火光繼續閃動，每一次，都令一名隨從栽倒，手捂著大腿或者小腹上的傷口，在甲板上痛苦地翻滾。

「鳥銃，他們手裡有鳥銃！」一名隨從被嚇破了膽子，丟下刀，掉頭直奔船舷。

鳥銃又名鳥嘴銃，作用可不是來打鳥。此物乃是大明已故左都督戚繼光啟用倭寇當中的葡萄牙工匠所造，射程高達三百餘步，精度遠超尋常火銃。訓練有素的銃手，五十步內可保證彈無虛發。

煙花繼續綻放，照得天空亮如白晝。

畫舫正廳裡的一名才子老爺躍窗而出，手中刀光閃動，將奔向船舷準備跳水逃命的隨從，從背後劈死。緊跟著，他又迅速撲向一名捂著肚子哀嚎的重傷者，毫不猶豫地揮刀砍下了後者的首級。

船上的慘叫聲戛然而止，受傷的隨從們，一個閉上嘴巴，噤若寒蟬。才子老爺穿過隨從隊伍，舉刀迎向兩根哨棒，緊跟著快速擰身，將哨棒削成了四段。

「かわらとなって命を全うする！」他嘴裡忽然爆發出一聲尖叫，繼續揮刀前撲，將手持半截哨棒的勁裝漢子，逼得連連後退。其身後的隨從們，也都像吃了毒蘑菇般，大聲尖叫了起來，揮舞著利刃，一擁而上。

勁裝大漢的隊伍當中，也有一名疤臉高手持鐵叉越眾而出，迎住「才子老爺」，免得他趁機傷害自家弟兄。其餘勁裝大漢，則三人一組，在疤臉高手身側結成小陣，與瘋狂反撲過來的隨從們再度戰做一團。

甲板寬度有限，雙方同一時間發生接觸的，最多不過是三對。然而，戰鬥的慘烈程度，卻令人咋舌。就在煙花開謝的瞬間，已經有兩名勁裝漢子和三名隨從悄無聲息地倒了下去。鮮血像雨滴般，灑滿了舷窗。

「倭，倭寇——」女掌櫃小春姐，終於明白今晚四名主顧及其隨從的真實身分，眼皮一翻，如願以償地昏了過去。

「殺倭！」後排的勁裝漢子們，怒吼著跳過受傷的同伴，撲向眾「隨從」，彷彿彼此之間有著不共戴天之仇。

「殺倭寇！」賭船二層，國子監蔭貢生李彤手持寶劍，縱身而下。

「公子，公子小心！」兩名家丁趕緊大叫著跟上，卻已經來不及。只能眼睜睜地看著李彤如白鶴般，用腳在船舷上點了點，飄然落向了畫舫的甲板後端。

一名隨從打扮的倭寇大叫著轉身朝他撲了過來，李彤寶劍輕擺，將對方手中的倭刀撥歪。隨即一劍點向此人咽喉。對方果斷蹲身，讓劍尖擦著自己的頭皮而過，緊跟著揮刀掃向了他的小腿。

這一刀，若是掃中，李彤即便僥倖撿回一條命，下半輩子也只能趴在床上度過。然而，他的實戰經驗雖然差了些，武藝的底子卻足夠扎實。搶在刀光及腿之前，猛地雙腳一頓，整個人再度如白鶴般騰空而起。半空中，側轉劍身，奮力下拍，「啪」地一聲，正中對方後腦勺。

「嗯——」倭寇嘴裡發出一聲悶哼，仰面朝天栽倒。

在半空中無處借力，李彤再度緩緩下落。靴子恰好踩中了一灘血跡，腳下打滑，身體像喝醉了酒般踉踉蹌蹌。一名倭寇看到便宜，立刻拔刀砍向他的頭頂。「乒」站在賭船二樓上押陣的國子監蔭貢生張維善果斷開火，將此人連同手裡的兵器，一並轟進了河水裡。

「都什麼時候了，你還手下留情？」一邊從家丁手裡換過裝填好的鳥銃，他一邊氣急敗壞地朝著李彤大喊大叫。「對方是倭寇，倭寇。這裡也不是訓練場！」

「殺倭寇——！」李彤裝作沒聽見，頂著滿腦袋冷汗，大叫著迎向下一名對手。對方是倭寇，無論長得是華夏模樣，還是異族模樣，無論操著大明官腔，還是外藩語言，既然與倭人勾結在一起，坑害同胞，就是倭寇。他剛才不該手下留情，他必須儘快調整心態，適應戰場。

三、紈綺

「啊——」倭寇被他一劍刺中肩窩，嘴裡發出一聲慘叫。然後不顧傷口處血流如注，揮刀朝著他亂剁。

「他不是我同窗！」嘴裡大聲提醒自己，李彤挪動腳步後退，然後挺劍再刺，正中對方小腹。對方丟下兵器，單手捂著肚子栽倒，嘴裡的慘叫聲愈發的響亮，分明是清晰的浙音，「娘——」

「此地不是演武場。」李彤心裡又大吼了一聲，劍尖下探，刺入對手的喉嚨。這回，倭寇真的死了，身體縮蜷在甲板上，就像一條被曬乾的泥鰍。

第四名和第五名倭寇同時殺至，他的兩名親信家丁李方和李良，終於跳過了船舷，趕來接應。四個人在甲板後段分成兩組，奮力廝殺。借著這個機會，李彤緩過來一口氣，後退著打量周圍環境，然後一劍劈向畫舫的窗子。

畫舫正廳的拼花木窗應聲而碎，露出三張憤怒的面孔。其中一個人有些眼熟，應該是城中王記紅貨鋪子的少東，表字應泰。李彤依稀記得，自己在兩年前某一次詩會上見過此人，對方還是發起者之一，並且承擔了其中大部分或者全部開銷。

而另外兩位，則非常陌生。長相和打扮，與自己太學的同窗們沒太大差別，但身上的氣質，卻截然不同。

「子丹兄，此事與在下無關。在下是被他們拉著來賞花的，沒想到會捲到裡邊來！」王應泰記性也非常好，立刻認出了李彤的身分，喊著他的表字大聲解釋。另外兩名公子哥打扮的酒客，則一言不發，雙雙從腰間拔出寶劍，隔窗而刺，恨不得立刻將李彤殺人滅口。

「他們不是我同窗。」李彤心中對著自己又大喊了一聲，果斷向後滑步。全對上了，事情到了此刻，一切都跟自己掌握的情報對上了。今早刺殺江南的倭寇，果然藏身王家。而王家在得知兩名刺客一人被國子監貢生們圍毆而死，另外一人被扭送上元縣衙之後。竟然絲毫不覺得驚慌，一邊敞開大門繼續做珠寶生意，一邊悄悄地派當家少東王應泰，將所有與刺殺案子相關人，送上了秦淮河的畫舫。

十里秦淮，每日漂在上面的各色船隻不下千艘。如果不是常浩然請動了他那個做錦衣衛的大哥幫忙，提前在王家祖宅和相關幾處產業附近，都布置下了眼線，今晚想要找到這夥倭人，難比登天。而明日一早，幾處水門恢復通行，王應泰肯定會帶著這群倭人劫持了畫舫直入長江。然後王家再請動其背後的靠山胡攪蠻纏一番，保證將案子徹底變成懸案，誰都拿他無可奈何。

「乒！」一枚煙花在頭頂炸開，將他眼前照得雪地般明亮。

一枚鉛彈緊跟著從側後方的賭船二樓上打來，將窗框打得木屑飛濺。

兩個拔劍追到窗口的陌生公子哥被嚇了一大跳，本能地停下腳步閃避。李彤迅速從失神中恢復，抬起左手，先狠狠抽了自己一巴掌，然後劍指窗內，大聲斷喝，「鼠輩，勾結倭寇，你們就不怕被抄家滅族？」

「你血口噴人，我們是正經海商。」一名公子哥打扮的陌生人大聲抗辯，翻身躍出窗外，劍光閃爍，直奔他的哽嗓。

「口を消す！」另外一名公子哥打扮的傢伙，張嘴卻冒出了一句日本話。緊跟著也跳出窗來，從側面劍刺他的小腹。

李彤早有防備，側身閃避，然後又搶步上前，遊龍般與二人搏殺在了一處。畫舫正廳內，先前大叫自己與此事無關的王應泰，卻猛地撩起絲綢外袍，從腰間拔出一把小巧的手弩，悄然瞄準了他的胸口。

「少爺小心！」剛剛刺死了對手的家丁李良恰好趕至，大叫著張開雙臂，用身體擋住窗口。

「噗！」弩箭化作一道寒光，正中他的右胸。

「我要你的命！」李彤的眼睛，剎那間變得通紅一片。甩開兩名對手，一個箭步撞向了距離自己最近的窗口。雕花楠木窗櫺，被他撞得四分五裂，他身上的書生袍也破了數個洞，血珠順著洞口一串串亂滾。

顧不上身上的痛，雙腿交替，將兩隻錦凳踢向記憶中有人的方向，他大吼著繼續向內猛衝。錦凳下落，砸翻書架、琴台、桌案，花瓶、茶盞四分五裂。一支弩箭貼著他的肩膀掠過，落在塗著朱漆的柱子上，深入盈寸。

根本不給王應泰再次上弦的機會，李彤挺劍直取對方心窩，臉上書生氣瞬間消失得無影無蹤。不是誤會，也沒有什麼隱情，對方從來就沒把他當過同窗，一心想要他的小命。他已經害了自家的一名伴當，不能再自己害自己。

王應泰迅速棄弩，拔劍，跨步斜撩，所有動作都熟練得宛若行雲流水。李彤含怒刺向他的寶劍，與他手中的寶劍相撞，「噹啷」一聲，火花四射。二人同時抬起右腿，轉身橫掃。兩條大腿在半空中相遇，發出沉悶的聲響。然後雙雙站穩，皺著眉頭再度挺劍互刺，「去死！」

畫舫正廳的地毯上，原本陳設就極為複雜。又多了兩個倒下的錦凳和若干破碎瓷器，立刻顯得擁擠不堪。李彤與王應泰兩個各自空有一身武藝，施展不開。只能像兩個市井流氓般，互相兜著圈子亂砍亂刺，手中寶劍轉眼間就布滿了豁口。

「嘩啦！」第三面窗子，被人從外邊砸爛。王應泰的兩名同伴舉著劍衝入，以三圍一。李彤立刻招架不住，大罵著躲閃。就在此時，忽然聽到「咚」一聲悶響。卻是家丁李方幹掉了對手，將一根哨棒當做投矛從外邊擲了進來，狠狠戳在了王應泰的後背上。

「啊——」王應泰雖然武藝高強，平素卻沒吃過苦，被戳得踉蹌數步，手扶柱子大聲慘叫。李彤趁機轉過身，一劍刺中此人的同伴胸口。

「おかさん—」中劍者嘴裡發出一聲痛呼，像喝醉了酒般原地打起了圈子。李彤的寶劍也「功成身退」，從正中央斷成了兩截。「勾結倭寇，無恥之尤！」猛地將下半截寶劍，朝著王應泰的另外一名同伴臉上砸了過去，他大罵著跳出窗外。雙腳剛剛落地，就看到一道凜冽的刀光朝著自己的腦門兒劈了下來。

「救命——」剎那間，再也顧不上斯文不斯文，求救的話脫口而出。雙腿下蹲，雙臂本能地抱住了腦袋。

「咔嚓！」刀刃與木板接觸聲，緊跟著傳入耳朵。對手氣得臉色發青，一邊努力從窗框上往外拔刀，一邊破口大罵，「直娘賊，有膽子別躲！看老子……」

「去死！」李彤情急拚命，俯身抓起一件硬物，狠狠朝對方捅了過去。鮮血瞬間噴了他滿頭滿臉，對手鬆開刀柄，捂著肚子，栽倒在甲板上，痛苦地來回翻滾。低頭看去，他這才發現自己手裡抓著的半截兒臂粗的哨棒，斷裂處，恰好被倭刀削出一個銳利斜角。

「少爺，撿刀、撿刀！」

「子丹，撿兵器，注意身後！」

家將李方和好朋友張維善的聲音同時傳來，讓他迅速意識到自己此刻身在何處。不敢多做絲毫停留，李彤猛地一個前滾翻，離開曾經救了自家一命的破窗子，順手抄起一把染滿了血的倭刀。

王應泰帶著他的同伴雙雙追出，紅著眼睛欲給死去的倭人報仇。「勾結倭寇，死有餘辜！」李彤一邊招架，一邊繼續破口大罵。對方的同伴和隨從中，至少藏了四名倭人，這讓李彤感覺自己今晚占據著絕對的道義上風。而王應泰，則鐵青著臉大聲狡辯：「你血口噴人。他們是海商，是海商。

是領了官辦執照的海商。」

這個狡辯，根本不具備任何說服力。此時大明朝的海禁雖然不像前些年那麼嚴格，但每年官方准許登岸買賣貨物的日本國商人，也少得可憐。並且在戚家軍和俞家軍的嚴厲打擊下，正經日本國商販，避嫌還來不及，誰還敢把倭刀隨身携帶？而今晚在甲板上亮出的倭刀，每一把都是製作精良正品，沒有任何一把是無良商人仿造。

雙方短兵相接，稍一走神就會命喪當場。如此多的證據，李彤當然沒時間一件一件數給王應泰看。只管將撿來的倭刀舞得像車輪般，一邊不停地劈砍，一邊大罵著干擾後者心神，「是不是海商你自己清楚，爺爺若沒有把握，怎麼可能帶人來抓你？」

「你這個常敗將軍之後，連馬車都坐不起的破落戶，裝什麼大頭蒜？」王應泰知道今晚之事已經無法善了，罵出的話同樣難聽，「抓老子，你哪裡來的資格？趕緊跪下道歉，然後自刎謝罪，老子還可以考慮放過你。否則，就憑你偷偷蓄養死士這一條，就讓官府刨了你李家的祖墳。」

「姓王的，你找死！」李彤這輩子，最恨的就是別人提他祖上在靖難之變被永樂皇帝打得丟盔卸甲之事，頓時火冒三丈。沒給身邊的家丁李方做任何暗示，就縱身而起，倭刀直劈王應泰的頭顱。

王應泰要的就是這個效果，果斷後退兩步，讓開刀鋒，緊跟著一劍刺向李彤左肋。他的同伴配合也極為默契，立刻用虛招晃開李方，劍鋒從右側扎向李彤小腹。眼看著李彤已經避無可避，二樓窗口，忽然有一個碩大朱漆馬桶落下，「砰！」地一聲，將王應泰砸了個頭破血流。

「乒！」「乒！」「乒！」……最後一輪煙花在秦淮河上綻放，將窗口處，兩張嬌豔的面孔。

女校書許飛煙和女掌櫃小春姐，空著四隻手，大聲尖叫，「啊——」

馬桶中用來除味兒的草木灰四下飛濺，王應泰的同伴不得不閉上眼睛躲避。絕處逢生的李彤轉身揮刀，勇氣和力氣同時倍增。「噹啷！」一聲，將此人的佩劍削成了兩段。

王應泰的同伴見勢不妙，將半截寶劍砸向他，轉身直奔船舷。整個後背，都暴露在了遠處的鳥銃之下。一直恨自己無法瞄準的張維善果斷扣動扳機，「乒」，彈丸伴著青煙飛出，追上此人，又從其前胸跳了出來，旋轉著落入水面。

血如噴泉般，從中彈者的前胸後背冒出。女掌櫃小春姐和女校書許飛煙，嚇得花容失色，關上二樓窗子，蹲在房間內尖叫不止。李彤踩著血泊向前衝了兩步，一腳踩住王應泰的後背。「狗賊，投降免死！」

「有種你，你，你現在就殺，殺了我。」王應泰頂著滿腦袋血跡和草木灰，喃喃地咒罵。「否則，老子這輩子都跟你沒完！」

「狗賊，你還嘴硬！殺了才是便宜了你，老子先給你鬆一輪筋骨。」李彤恨他剛才揭自己祖上的短，蹲下身，用刀柄在其後背、屁股和大腿等肉厚處亂敲。

王應泰吃痛不過，大聲呻吟。待李彤動作稍慢，卻又梗著脖子大罵：「殺了我，有種殺了我。你不過是仗著投了個好胎……」。

「說得對，老子就是投胎投的比你好！」張維善扛著鳥銃，從賭船上跳了過來，大聲奚落。「你若是想投，就得等下輩子。不過，今生缺德勾結倭寇，閻王爺下輩子肯定判你去做豬做狗。想再轉世為人，先挨上幾百刀子再說。」

罵罷，又揚起頭，朝著已經將對手壓得節節敗退的勁裝大漢們，高聲命令，「都給老子加把勁兒，往死裡打。都跟倭寇勾結在一起了，還能有什麼好人。打，打出事情來，北京英國公府兜著。」

「諾！」勁裝大漢們齊聲答應，手中哨棒、鋼叉配合得愈發默契。而已經折損過半的王家隨從，見自家少東被生擒，士氣一落千丈，又胡亂支撐了十幾個呼吸，就戰死的戰死，投降的投降，全軍覆沒。

「死的不論，活的當中，把倭人先挑出來，推到船舷邊斬了！」張維善心裡頭覺得好生痛快，扛著鳥銃，搖搖晃晃地往前走了幾步，高聲命令。

「諾！」勁裝大漢們大聲答應著，用繳獲來的倭刀和佩劍，對準俘虜，詢問他們各自的國籍。已經成了階下囚，俘虜們豈肯承認自己是倭寇？紛紛張開嘴巴，大聲報出籍貫。一口大明官話，說得南腔北調，真偽莫辨。

江浙一帶，百里不同音。光憑著俘虜自報籍貫，根本不可能辨認出來誰是倭寇，誰是大明子民。而很多倭寇，乃是走私商人或者海盜與倭國女子所生，長相跟大明百姓，也沒什麼兩樣。區別只是，前者通常會說幾句日本話，而後者從沒離開過故土而已。

一時間，眾勁裝大漢都為了難。扭頭看著張維善，滿臉無可奈何。先前被張維善噎得說不出話的王應泰見狀，立刻掙扎著撇嘴冷笑，「呵呵，呵呵，誣良為盜。張小公爺打的好算盤。就是不知道，這江寧縣和應天府，肯不肯替你顛倒黑白？」

「老子就誣衊你了，又怎麼樣？」張維善頓時犯了二世祖脾氣，轉過身走到王應泰面前，抬腳猛踹。「老子就仗了國公府的勢，你待怎麼著？老子今天就是把你們全都剁成肉泥，也得北京來管，甭說江寧縣和應天府，南京刑部都管老子不著。」

「嘿嘿，嘿嘿，嘿嘿！」王應泰反駁不得，只管撇嘴冷笑。張維善被氣得兩眼冒火，又快速將頭轉向自己帶來的勁裝大漢們，咬著牙吩咐，「看什麼看。既然都不說實話，就推到船舷邊，一並宰了。留著做人證，有姓王的一個就足夠。」

「饒命——」眾俘虜聽得真切，立刻哭喊求饒。眾勁裝大漢哪裡肯聽，像拎小雞般將他們拎起來，一個接一個往船舷旁推。

李彤在旁邊見了，怕事情枝節太多最後無法收拾，趕緊大聲喝止，「且慢！讓他們先多活一會兒。」隨即，又低下頭，朝著王應泰好言勸道：「王年兄，這些人都是你的心腹，為了你死的死，傷的傷，你今天既然已經敗了，何不光棍一些，把裡頭的真倭挑出來，給無關者留一條生路？」

「嘿嘿，嘿嘿，嘿嘿。」王應泰自知今日在劫難逃，索性豁了出去，繼續冷笑著一言不發。

「殺，全給我殺了。不見棺材不掉淚。」張維善恨他無賴，再度下令勁裝大漢們誅殺俘虜。

「守義，上天有好生之德。」李彤扯了他一把，皺著眉頭提醒。

「老子是紈絝，紈絝做事，哪裡有那麼多顧忌？」張維善掙扎了兩下沒能掙脫，氣得對著他直翻白眼兒，「等會兒就去殺了姓王的全家，看看最後官府會不會讓我給他們償命。」

「守義，別說氣話，咱們今天只是為了替同學討還公道。」李彤瞪了他一眼，輕輕搖頭。「聽我的，我自有辦法解決這個麻煩。」

他當然相信以張維善的顯赫家世，今夜即便將俘虜們全斬盡殺絕，過後也有上百種辦法脫罪。但是那樣做，就真的成了英國公的後輩仗勢欺人，而不是兩個被激怒的太學學子替天行道。況且先前為了避免多生枝節，他連利刃都沒准許張府的家丁們帶，只讓大夥拿了哨棒。如今勝券在握，又豈能任由張維善胡鬧，將先前的諸多準備全都付之東流？

「給你半炷香時間！」說來也怪，張維善這輩子誰都不服，唯一對比自己長了半歲的李彤敬佩有加。見對方說得認真，立刻強忍怒氣點頭。

「你也別閒著，先把咱們這邊受傷的弟兄安排小船送回府裡救治。我的伴當剛才替我擋了一弩，昏倒在了窗子邊，你幫我也照顧一下他。然後，再派人去跟畫舫的主人打個招呼，今天所有損失，咱們兩個照市價賠償。」為了避免他再來搗亂，李彤毫不客氣地給他安排了一大堆任務。然後，又蹲下身，朝著王應泰溫言說道：「我知道你不服，覺得我們是仗了祖上的勢力才欺負了你。可你捫心自問，這些倭人，手上真的沒沾過我大明百姓的血？你生意人在商言商沒有錯，可倭寇肆虐，到處殺人放火的事情，這才過去了幾年？身為大明人，咱們總不能好了傷疤就忘了疼。話說回來，今早他們刺殺國子監學生的事，想必你已經知曉，否則也不會把他們都帶到船上躲藏。你曾經做過納貢生，那江南也算是你的學弟。別人殺你的學弟，你還幫著他們逃避追捕，你就不覺得心中有愧？」注九

「姓李的，你別站著說話不腰疼！」王應泰畢竟還是個年輕人，廉恥之心還沒被對金錢的欲望

徹底磨礪乾淨。聽李彤說起江南遇刺之事，臉色稍微發紅，咬著牙回嘴：「大明朝做海貨的人家那麼多，可供貨的倭商每年卻有定數。我若是不幫他們，結果你可以用腳趾頭想。他是世襲的英國公，你有侯爺府的供應，不在乎這點進項，官府的各種攤派稅賦，也徵不到你們兩家頭上。可我王家上下幾十口，卻一文錢都不能給官府少交。斷了貨源，你讓我全家老小去喝西北風？」

「見利忘義，你還有理了你？」張維善拔腿返回，抬起腳欲踹，腿沒等落下，卻被李彤輕輕擠到了一旁。

後者嘆了口氣，繼續道：「君子愛財，取之有道。這話你應該聽過。倭商拿不供貨要挾你，你可以選擇高麗商，或者閩商，甚至連葡萄牙與荷蘭商人，都可以選。只要你肯出錢，還怕他們不把貨物運到你家門口？何必拿這種說不通的理由敷衍？況且你們王家，光是在南京城裡的鋪面就有好幾處，城外的田產也不下千畝，怎麼可能短了一部分貨物，就全家餓死？分明是被那倭寇許下的好處蒙了心，忘記了自己做人的本分！」

「嘿，你口才好。我說你不過。但他們都是我的家丁，平素跟著我吃香喝辣，事情敗了，跟我一起死就是，我卻不能厚此薄彼，替你專門挑幾個出來頂死。」王應泰理屈詞窮，扭頭看向地面，不肯再跟他目光相接。

注九、倭寇在一五四八年左右遭到了戚家軍和俞家軍的傾力打擊，勢力漸衰。後來始終沒有絕跡。只是規模不再成氣候，並且隨著海禁的放開，由登陸洗劫，變成了職業海盜。萬曆十三年（一五八五），戚繼光去世，海盜氣焰又漸漸囂張。李旦、顏思齊之輩陸續崛起。

見他如此油鹽不進，張維善調轉火銃就想痛毆。李彤嘆了口氣，伸開胳膊拉住後者，大聲道：「算了，他好歹也是咱們的學兄，咱們得給國子監留點兒臉面。他不肯挑真倭出來，自然有人會幫忙挑。來人，將這些俘虜押進船艙裡，分開審問。說實話者，算是戴罪立功。」

「諾！」勁裝大漢們眼睛一亮，拎著俘虜，往艙內便走。趴在甲板上裝死的王應泰聽得心中哇涼一片，抬起頭，大聲罵道：「姓李的，你心腸好歹毒。逼著別人互相撕咬，還有臉說是聖人門下！」

「除惡便為揚善，何必計較手段？」李彤低頭掃了一眼，年輕的面孔上，忽然寫滿了驕傲，「你總覺得我和守義是仗了家族的勢力，可還有一句話，你也應該知曉，人無法選擇父母，卻可以選擇如何做自己。這辨倭之術，乃我戚少保當年親手所創。李某仰慕跟他老人家，自然要把他的事跡和著作，都學上一學！」

四、娼妓

江寧縣的差役與大明朝其他地方的差役一樣，總是在災難結束之後，才姍姍來遲。

看到血跡斑駁的畫舫和正押著俘虜往岸上走的勁裝大漢，捕頭邵勇的身體頓時就是一僵，然而當著麾下若干捕快、弓手、幫閒的面兒，他又不能裝睜眼瞎。硬著頭皮斟酌再三，才朝著甲板上其中一名看起來面色比較和善的讀書人湊過去，小聲斷喝：「呔，站住。你們是什麼人？為何，為何半夜在秦淮河上亂放煙火？」

「哄——」岸邊看熱鬧的百姓不嫌事情大，嘴裡立刻爆發出一陣輕蔑的笑聲。眾弓手、幫閒們，也忍不住低下頭去，吃吃吃吃偷笑個不停。

南京畢竟也是個京，百姓們平時見得熱鬧多，眼界絕非其他地方可比。只是從畫舫和賭船主動靠岸的舉措上，就知道這是神仙打架，輕易不會把火燒到他們頭頂。否則，若換成水匪作案，折騰出如此大的動靜來，早就扯起風帆直接往揚子江那邊衝了，誰會主動把自己往岸邊送。

要知道，南京城內，可不止有上元、江寧兩個縣的各級差役，還有南五軍都督府、南京守備府、南京兵部、南京錦衣親軍都指揮使司以及南京十二衛。警訊聲一起，轉眼就可以調集數萬兵馬。兩船水匪，根本不夠給驕兵悍將們塞牙縫。

「擾，擾民！爾等燃放煙火擾民，必須，必須有人跟我去江寧縣走，走一遭。」被百姓們笑得面紅耳赤，江寧縣捕頭邵勇又硬著頭皮向前跨了半步，結結巴巴地補充。

「非年非節，爾等大半夜的在秦淮河上燃放煙火，萬一引發了火災怎麼辦？必須去江寧縣衙，解釋清楚。否，否則，我等絕不放行。」捕快江動、王間弓手李術等人，也硬著頭皮拉開架子，堵住了半邊碼頭。

對於百姓們和不在編制內的幫閒們來說，眼前的事情，的確是一場有趣且無危險的熱鬧。然而對於捕頭邵勇和他們這些有官府正式編制在身的差役而言，眼前的熱鬧，卻像已經點燃了拈子的火雷，隨時有可能把他們炸上天空。

半船的血跡，十多具屍骸，大量的刀劍，即便是鄉下宗族械鬥，打到這種程度，也足以驚動全省了，更何況，此戰發生在秦淮河上，發生於南京六部和守備衙門的大門口兒。

然而，敢殺了人還押著俘虜大搖大擺登岸的，又豈是尋常鄉下大戶能比？再看那些勁裝家丁，舉手投足間，都透著一股子百戰餘生的彪悍，尋常人家甭說養得起二、三十個，有兩三個坐鎮，就足以把幾代人的積蓄吃個一乾二淨。

至於那打輸了被人抓了俘虜的一方，恐怕也不是什麼善茬兒。其中幾個繩子捆得像活豬般，嘴裡還塞了木棍防止其咬舌頭自盡的，都是滿臉凶相，渾身上下透著一股子水鬼般的涼氣。而那些沒被塞了嘴巴的，眼下雖然個個低著頭，佝僂著腰，如同喪家之犬。比常人粗了一圈的胳膊和手指，卻暴露出他們個個都是練家子，身手遠非尋常地痞流氓能比。

這樣兩家神仙火併，豈是小小的江寧縣所能管得了的？莫說是一群捕頭捕快，恐怕縣令今晚親自來了，也不敢跟對方耍橫。可如果問都不問，哪天上頭追究下來，一個玩忽職守的罪名，幾位有編制在身的官差，誰都逃不掉。輕則丟了這一年上百乃至數百兩的肥差，若是從重處置，下半輩子，就得去大同一帶的烽火台上喝西北風。

好在今晚那獲勝的一方，看起來還算講道理。聽捕頭捕快們喊話的聲音裡頭帶著顫抖，竟然笑了笑，拱起手，向著捕頭邵勇大聲解釋道：「這位從事[注十]請了，在下乃國子監貢生李彤，今晚與朋友在秦淮河上放煙火為遇刺受傷的同學祈福，打擾之處，還請寬容一二。」「你是國子監的貢生？」捕快邵勇聞聽遇刺兩個字，心臟頓時就一哆嗦，追問的話脫口而出。

作為南京地面上黑白兩道都要給幾分薄面的重要人物，他怎麼可能沒聽說，今天早晨有國子監貢生在玄武湖遭到刺殺之事？雖然該案發生在上元縣的地盤上，江寧縣這邊樂得不去插手，可案子中涉及到一些關鍵人物，卻早就隨著風，傳進了江寧縣衙。兩位開國名將的後人，一位當朝國公的族弟，還有七八個得勢不得勢的官員子嗣。當時江寧縣上下，無人不暗中慶幸，虧得玄武湖劃給了上元縣，不屬自己管轄範圍。卻沒料到，白天時幸災樂禍過了頭。夜裡，「報應」就落在了自家腦

注十、從事：文人對捕頭的尊稱。漢代賊曹為曹（部門）名，亦為主吏賊曹掾的簡稱，所以可稱為從事。

瓜頂上！

這案子，裡頭涉及到的內幕太多，誰攤上誰倒楣，大夥早就得出了定論。所以，邵勇巴不得是自己聽錯，也好安心回去睡個囫圇覺。然而，那個自稱名叫李彤的公子哥，卻不肯遂他的意。笑了笑，繼續大聲回應，「正是，剛才岸上幫忙放煙火的，也是在下的同窗。有勞從事跑一趟，真的過意不去。」

說著話，就很懂規矩地，扭頭命令隨從代替自己，取了銀子請從事們喝茶。江寧縣捕頭邵勇哪裡敢接，連忙擺著手，大聲拒絕，「折殺了，折殺了，李舉人不必如此客氣。你們放煙火替同窗祈福，乃是，乃是朋友之義，按說衙門不應管得太嚴。可這些被捆著的奴僕……」故意不去看從畫舫上抬下來的屍體，他將目光轉向幾個被捆成活豬模樣的俘虜，壓低了聲音詢問，「在下既然看到了，總得跟衙門裡的上官有個交代。否則，這南京城內出了事情無人敢問，豈不是會亂了套？」

「理應如此。」李彤處事非常練達，再度笑著點頭，「今晚我們在河上放煙火之時，無意間發現，這些人都跟早晨的刺殺案脫不開干係，義憤之下，就冒險出手，將他們給揪了出來。原本想在天明之後，扭送到上元縣那邊結案，從事若覺得不妥當，儘管將他們接管過去，嚴加訊問。只要給在下這邊留一份字據，讓在下跟同窗們有個交代就好。」

「不必了，不必了，上元縣那邊的案子，我們江寧縣不便插手，不便插手！」邵勇聞聽，趕緊側著身體將燙手的山芋往外推。「李舉人派個隨從，跟我去江寧縣衙寫個東西，或者隨便拿一樣東西證明一下身分就好。」

「好！一客不煩二主，在下就不給江寧縣添亂了。」李彤早就猜到江寧縣的捕頭不會硬往自家頭上攬事，笑著點頭。隨即，從腰間摸出一塊非常簡樸的竹片，遞到了邵勇面前。

雖然只是一塊竹片，卻代表著國子監學生的身分。捕頭邵勇不敢怠慢，先將雙手飛快地在大襟上擦了幾下，才畢恭畢敬地將竹片接過，對著上面陰刻字跡和花紋，仔細查驗。待確定一切絕非假冒，才又弓著身子，將竹片還了回來，「果然是舉人老爺，做事就是仔細。在下已經知道了，您和您的同窗見義勇為，在下好生佩服。宵禁鬆弛，夜裡事情多，邵某還要帶著弟兄們去別處做事，就不多打擾了。告辭，告辭！」

說著話，就準備抽身而去，躲得越遠越好。誰料河岸邊看熱鬧的人群裡，忽然傳出來一聲冷笑，「呵呵，呵呵，今天夜裡，吳某總算長見識了。原來南京城的捕頭捕快，都是這麼辦案的。見了豪門大戶就畢恭畢敬，對其蓄養死士，草菅人命的舉動視而不見。」

「誰，誰在信口雌黃！」捕頭邵勇大怒，扭過頭，目光朝著聲音來源的方向反覆搜索。

其麾下的捕快、弓手和幫閒們，也如狼似虎般衝過去，掄起木棍鐵鍊，準備將「誣衊公差」者繩之以法。誰料，說話的人非但不躲不避，反倒推開人群，施施然走了出來。先輕蔑地朝著一眾捕快、弓手、幫閒們撇了撇嘴，然後將聲音又提高了幾度，義正辭嚴地說道：「是不是信口雌黃，爾等心裡明白。這南京城，乃大明留都，祖陵所在，豈能由著達官顯貴仗勢欺人？在下吳四維，乃去年南直隸秋闈第三。讀聖賢書，養浩然氣，看不慣爾等這番作派，即便拚著一死，也會將今晚所見上達天聽。」

「你……」眾弓手和幫閒們高舉過頭頂的木棍僵在了半空，一個個氣急敗壞，卻拿吳四維無可奈何。

「我怎麼了，難道吳某冤枉爾等？」自稱為南直隸秋闈第三的吳四維繼續邁著四方步向前，先一巴掌拍歪了幫閒牛二手中的木棍，又一腳踩在了弓手的趙四布鞋上，疼得此人齜牙咧嘴，「有人半夜釋放煙花，違反宵禁，爾等視而不見也就罷了。畢竟南京乃金粉之地，眼下又是太平時節，官府默許百姓共享盛世。可這半船血水，爾等豈能看不清其顏色？還有地上的屍體，這被捆了手腳任人宰割的苦主，爾等肩負維持民間秩序之責，難道憑著豪門大戶的一面字詞，就任他們將貧民百姓視為魚肉宰割？」

說罷，猛地一轉身，長袖飄飄，峨冠高聳，正氣從頭頂噴薄而出：「各位鄉親，你們走近看上一看，南京留都，聖上祖陵所在，有人居然敢隨便栽上一個罪名，就對無辜者亂捕亂殺。而江寧縣的差役，居然畏懼於權勢，不敢做絲毫阻攔！今日吳某若不站出來說話，天知道，他們將要如何顛倒黑白。今日爾等若是袖手旁觀，天知道，類似慘禍，會不會落在爾等的頭上！」

「噢……」看熱鬧的百姓齊齊後退，隨即像潮水般向前湧。一時間，竟覺得吳四維說的話很是在理，如果自己今天不仗義出手，明天就會被豪門的惡奴捆在地上，叫天天不應，叫地地不靈。

「你，你，你胡說，胡說！」捕頭邵勇急得兩眼發黑，語無倫次。「鄉親們，鄉親們不要聽他煽動。事實根本不是這樣，根本不是他說的這樣，此案牽連甚廣，上元縣那邊已經接下。江寧縣這邊不能再隨便插手。他，他根本什麼都不知道，就，就信口雌黃。」

「我怎麼什麼都不知道，吳某剛才親眼看見，有人讓家僕給你塞銀子。」吳四維毫不客氣舉起手，指著邵勇的鼻子，繼續大聲斥責，渾身上下，愈發地正氣凜然。「上元縣接過的官司，你就不願意干涉。那是不是明天吳某到上元縣隨便告別人一狀，下午就可以把他抓住活活打死？狗官，你分明是拿人手短，為虎作倀。」

「我不是，我沒有，我沒有！」捕頭邵勇被逼得連連後退，卻沒有勇氣舉起手來，將吳四維的手指拍開。更不敢命令手下爪牙一擁而上，打爛後者那張利嘴。

大明朝重視科舉，凡有功名在身者，哪怕只是個秀才，除非犯了謀逆之罪，在功名被剝奪之前，任何人都不得折辱。而英宗之後，朝廷重文輕武，大明朝的各級官員，也多是科舉出身，彼此之間多少念著一些香火之情。舉人老爺甭說指著官差鼻子狂噴，就算當街打了官差耳光，頂多也是被申斥幾句，未必會影響前程。而官差若是不小心打了舉人老爺，過後肯定會吃不了兜著走。

正尷尬間，卻忽然聽畫舫上有人大聲罵道：「他奶奶的，誰的褲子沒繫好，把這玩意給露了出來。老子跟邵捕頭一見如故，想花自己的銀子請他喝杯酒，又怎麼了？誰家逢年過節，還沒去過酒樓？還上午告一狀，下午就可以隨便打死人。有本事你去打啊，看之後官府會不會真的做睜眼瞎。」

「你，你，你當街爆粗？你，你居然侮辱讀書人！」俗話說，一物降一物，鹵水點豆腐。舉人老爺面對江寧縣的官差，可以指著鼻子痛斥。聽到船上之人的污言穢語，卻忽然間楞了楞，不知所措。

「侮辱個狗屁，老子也是讀書人，國子監的貢生，讀過的書不比你少。」張維善一句話鎮住了局面，縱身上岸，推開不知所措的捕快、弓手和幫閒，一路殺到捕頭邵勇身側。「你，你，都讓開，讓開。讓老子看看，是誰這麼牛，居然隨隨便便就能將屁大的小事兒上達天聽。」

眾捕快、幫閒和弓手們，頓時鬆了口氣，迅速將彼此之前的距離拉大，以免阻擋了貢生老爺和舉人老爺對面交鋒。

周圍的百姓，錯愕之後，忽然個個興高采烈。迅速圍成半弧形，瞪圓眼睛，豎起耳朵，唯恐錯過今晚的好戲。

也不怪官差和百姓們喜歡看熱鬧，國子監的貢生與秋闈新出爐的舉人當街爭執，實在太難得一見。這裡邊，不光涉及到當事二人「吵架」本領高低，還涉及到國子監與科舉考試，在人們心中的「江湖」地位。讓大夥怎麼可能不看個清楚，聽個明白，以便將來四處去吹噓。

要知道，國子監乃是大明培養人才的重要機構，貢生畢業，就可以外放為官。科舉制度，則是大明選拔官員的最重要手段，秀才中了舉人之後，即有資格可以候補官缺。

舉人等到鄉試之後的下一個春天，可以趕赴北京，參加會試。貢生若有志放手一搏，也可以直接參加會試，與舉人們同場競技，一爭高低。無論貢生還是舉人，會試成績優異者，都是進士。在授官方面，一視同仁。

所以，儘管大明朝的重要職位，皆需要進士資格，通常與國子監畢業的貢生們無緣。但在沒參加會試之前這個階段，舉人與貢生，地位其實差不太多，很難說誰將來前程更遠。

「怎麼了，怎麼不說了，你剛才不是說要向皇上遞狀子，上達天聽嗎？我還以為朝廷是你們家開的呢，想怎麼折騰就怎麼折騰。」見吳四維被自己氣得說不出話來，張維善又向前跨了幾步，像此人剛才指著邵勇的動作一樣，用手指點向他的鼻子尖兒，「我，國子監貢生張維善，今天就向你吳舉人當面請教，我是怎麼蓄養死士，草菅人命了？你如果給我說不出個子午卯酉，爺爺今天就跟你沒完。別以為就你會鬧騰，我告你個造謠誣衊功臣之後，煽動百姓對抗官府，看看你舉人的帽子，還能不能戴得牢。」

「你，你，你休要嚇唬人！」吳四維被點得連連後退，氣急敗壞。「你當大夥的眼睛瞎嗎？你既不是官兵，也不是差役，有什麼資格把別人捆得像死豬一樣？還有，還有這岸上的屍骸，你怎麼解釋，難道身上傷口全是他們自己捅的自己？」

「問得好？」張維善接過話頭，用力鼓掌，「本來我還怕引起誤會，想找人做個見證，這回，既然你主動過問，張某就讓你聽個明白。來人，押過兩個會說人話的俘虜來，讓他們說，被捆成豬一般的傢伙，到底是什麼身分？」

「是！」勁裝大漢們答應著，拎起兩個先前有「將功贖罪」舉動的王氏家丁，丟在了張四維面前。

那二人已經背叛過王家一次，就不會再顧忌第二次。不待張維善發問，就大聲喊道，「倭寇，他們是混進城裡的倭寇。早晨玄武湖那邊的案子，就是他們的同夥做的。我家主人見官府封鎖了城門，所以把他們全都送到了畫舫上躲藏。」

「哦——」圍觀的百姓恍然大悟，看向吳四維的目光當中，立刻湧起了幾分鄙夷。

眼下雖然已經是萬曆二十年，但倭寇逆江而上，殺人放火的情形，很多稍微上了年紀的人，還歷歷在目。年輕的小商小販，雖然沒看到過大股倭寇打到家門口的場景，但在市井當中也經常聽說，有倭人在海上專門搶劫商船。得手之後，男人全部殺光，女人賣到倭國為妓的慘烈傳聞。所以，但凡有良心者，都不會替倭寇說話，更不會因為他眼下模樣淒慘，就給與任何同情。

「人被你捆著，當然你說他們是什麼，他們就是什麼！」吳四維被百姓們看得心裡直發虛，梗起脖子，大聲強辯，「即便他們真的是倭寇，也應該由官府來抓。你，你既不是地方官吏，又不是衛所將士，你有什麼資格出手？」

「我呸！」張維善狠狠朝對方啐了一口，大聲叱罵，「你說得好聽。老子去報告官府，老子去報告官府，倭寇會老老實實在船上等著？今夜老子如果放走了他們，日後誰能不保證他們不殺到你家門口。還有那滿船的弱女子、小廝、水手、艄公，他們的命就不是命？把他們放在倭寇身邊，哪個能活過明天早晨？」

「多謝張公子活命之恩。」女掌櫃小春姐極為聰明，立刻帶著手下的鶯鶯燕燕，在畫舫二樓大聲致謝。

「哄……」圍觀的百姓們放聲大笑，看向張維善的目光中，充滿了嘉許。看向吳四維的目光裡頭，則輕蔑之意更濃。

英雄救美，是評話裡最常見的橋段。接下來，就是美人以身相許，英雄拜將封侯。大明百姓心腸好，總希望好人能有好報。對於沽名釣譽，拿別人當槍使，不分是非胡亂噴糞的偽君子，則嗤之以鼻。

吳四維被笑得額頭冒汗，先迅速朝身後瞅了幾眼，然後又看了一眼倒在地上，生死不知的王應泰。把心一橫，繼續大聲咆哮，「姓張的，別以為花錢買通了幾個娼妓，你就能顛倒黑白。倭寇的帽子，你可以隨便往人身上扣。但腳下那些刀槍怎麼解釋？說你蓄養死士，你還覺得冤枉。尋常人家，是出門會帶著大刀長槍？」

這是他最厲害的殺招，絕對可以讓對方不死也得脫層皮。大明朝優待功勛之後是不假，但是，對於功勛之後謀反，也暗中提防。所以，暗藏兵器這個罪名，任何人家都承擔不起。一旦做實，肯定會被殺得人頭滾滾。

「我呸！」張維善先是一楞，緊跟著，就明白了為何今晚離開府邸之時，李彤堅持大夥只帶棍棒、書生劍，而不准帶大刀和長矛。原來，後者心思如此仔細，早就防到了有人會狗急跳牆，逮到藉口隨便攀咬。

「姓吳的，你哪隻眼睛看到長槍了？」迅速向前逼了兩步，他低下頭，像老鷹盯毒蛇般，居高臨下，「小的們，把你們今晚用的東西都拿過來，讓姓吳的瞅瞅，哪一根是兵器？他要是挑不出來，老子今天跟他沒完。」

「是！」眾家丁答應一聲，大笑著將「兵器」全都交了出來，一根根放在了百姓眼前。

哨棒、哨棒，還是哨棒。上面布滿了被刀刃砍出的疤痕，有幾根還從中央被砍成了兩截。但是，毫無疑問，這些東西，都跟兵器沾不上邊兒。用來「謀反」，更是腦袋曾被驢踢。

「還有刀，還有刀，我看見了，你不要藏！」吳四維不甘心失敗，揚起青黑色的臉，繼續大聲撕咬。

「對，不但有刀，還有弩！」李彤笑著上前，將幾把倭刀和一支手弩，丟在了眾人腳下。「刀是倭刀，是中原人打造，還是倭寇打造，有經驗的鐵匠看看就知道，做不得假。至於手弩，你不妨問問窩藏倭寇的王家少東，此物是從何而來，價值幾何？」

「噢，噢……」圍觀的百姓看不慣吳四維困獸猶鬥模樣，扯開嗓子大聲起鬨。

既然俘虜裡有好幾個倭寇，那倭刀的主人是誰，不言而喻。總不能將倭寇擊倒之後，還將倭刀放在他身邊，方便他割斷繩索，反咬一口。所以，吳四維的指控，根本就是污蔑，除非大夥都是瞎子，否則誰也不會聽他指鹿為馬。

「你，你……」吳四維一敗塗地，卻不願意認錯。咬著牙根，結結巴巴地辯解，「東西，東西都在你手裡，你，你當然說什麼就是什麼？姓張的，你休要得意。謊言蒙騙得了一時，蒙騙不了一世。吳某回去之後，一定會糾集同年，將今晚的事情，查他個水落石出！」

說罷，一拂衣袖，轉身就朝人群裡頭鑽。張維善哪裡肯放，快速追上去，伸手拎住此人的脖領子，「站住，污蔑完了我家就跑，沒那麼便宜？咱們今晚仔細說道說道，到底是誰有辱斯文。」

「打人了，豪門公子打人了！」人群後，居然有幾個書生模樣的傢伙齊聲大叫。「大夥看看啊，豪門公子當街毆打新晉的舉人。」

「你這讀過書的流氓……」張維善再也按捺不住心中怒火，舉起拳頭，就準備將吳四維砸個滿臉開花。就在此時，身邊忽然衝上來一名看熱鬧的漢子，不偏不倚，用肩膀將吳四維的腦袋擋了個嚴嚴實實。

「住手！」那漢子硬接了張維善一拳，緊跟著晃動肩膀，將他撞開。「有人在遠處看著。」

「啊！」張維善和衝過來幫他助拳的李彤楞了楞，齊齊收住了身形。

「你打著替災民募捐的由頭，對小尼姑妙玉霸王硬上弓的事情，別以為神不知鬼不覺！」那漢子一把將吳四維推開，大聲斷喝。「滾！老子不拆穿你，是給孔聖人留著臉。再滿嘴亂噴大糞，有你的好果子吃。」

「啊！」吳四維嚇得臉色慘白，低下頭，像斷了尾巴的狐狸一般倉皇逃命。人群後那幾個趁機挑事的書生身側，也忽然出現了數名尋常市井打扮的男子，或者低聲怒斥，或者直接動手，頃刻間，就令書生們化作鳥獸散。

「小公爺和少侯爺請了。」那嚇走了吳四維的漢子迅速朝周遭看了看，隨即，又向張維善和李彤兩個輕輕拱手，用極低極快的聲音補充道：「我家老爺說，王家的幾處倉庫，他都已經派人查過。此案，證據確鑿。接下來想做什麼，兩位公子儘管去做。有人想把水攪渾，沒那麼容易。」

說罷，又一轉身，混入周圍的人群中，迅速消失不見。

五、錦衣

「錦衣衛！那些人是錦衣衛，我肯定。」直到返回自家府邸，張維善依舊未能從震驚中恢復心神。

能毫無痕跡地混在尋常百姓當中，在關鍵時刻出現化解危險，身手不凡且一句話挑破吳四維這種偽君子隱私的，恐怕只有大明朝最神秘的一種人，錦衣衛！

「錦衣衛為什麼要幫咱們的忙？還有，他最後那句話是什麼意思？」李彤的成長經歷遠比張維善複雜，因此心思也更細。端了一盞茶在手裡，望著清澈的茶水低聲沉吟。

錦衣衛的存在並不奇怪，自打靖難之後，朝廷防微杜漸，在全國各地都安插了大量的密探。像南京這種一旦出了亂子足以震動江山的地方，更是只多不少。然而，錦衣衛不去盯著那些手握重兵的將領和幾位朱家的王爺，卻把眼睛放在了自己和張維善這兩個根本沒資格繼承爵位的喬裝大戶上，就令人百思不得其解了。特別是其最後那句「放手去做」，就好像打算主動給兄弟兩個撐腰一般。而兄弟兩個，卻是為了給朋友報仇，才誤打誤撞揭開了王家勾結倭寇的事情，原本就沒打算做什麼大事，更不知道該如何放手。

「不會是姓常在背後出力吧，據說他親哥哥就是南京錦衣衛世襲指揮使。」張維善也從桌上端起一盞熱茶，對著嘴巴直接倒了進去。「若不是他提出來要稱稱江南斤兩，江南也不會遇刺。而一天不把幕後真凶抓出來，他就洗不掉因為害怕輸陣，買兇坑害對手的嫌疑。」

「怎麼可能！」李彤丟下茶盞，手按額頭，苦笑連連，「同窗之間意氣之爭，即便輸了，又有什麼損失，還用得到買兇？況且他兄長那個世襲錦衣衛指揮使是虛銜，只能拿一份空餉，根本管不了任何事情。」

「那倒也是。」張維善嚼著一根茶葉，輕輕點頭。「他們常家，人丁可是向來單薄。換了我是他哥，肯定巴不得他捅出幾個大簍子來，以免將來跟我爭。」

這些話，陳述得都是事實。但話音落下，卻讓李彤的心裡五味雜陳。

雲南貢生常正常浩然，家世跟他非常類似。祖上都是開國名將，靖難之時，第二代家主都站錯了隊，給家族帶來了無妄之災。嘉靖年間都被世宗皇帝想了起來，重新給族中接班人賜下了爵位，並不幹活白領俸祿。到了自己頭上，都想由武轉文，所以才到國子監裡鍍金。唯一不同之處便是，李彤的平輩兄弟，有四十三個之多。世宗皇帝賜給李家的臨淮侯爵位，無論怎麼輪，也輪不到他。而常正常浩然，家族中同輩兄弟卻只有四個，世宗皇帝當年重新賜給常家的懷遠侯之位，他還有希望一爭。所以，換了誰做常浩然的哥哥，都絕對不會隨便給他這個做弟弟的撐腰。此乃人之常情，絕對找不出任何例外。莫說他哥哥只是個掛名的錦衣衛指揮使，就算是實權指揮使，也不會拿自己的前途去冒險，只是為了成全弟弟跟別人的意氣之爭。

「你別老自怨自艾，我的情況不比你好哪裡去。雖然吃穿用度方面從不發愁，但這輩子怎麼輪，也輪不到我去繼承英國公。否則，也不至於幾個嫡親叔伯都在北京，只把我父親這支給打發到南京來。」張維善只是說話口無遮攔，卻並非缺心眼兒。見李彤臉上忽然露出了落寞之色，立刻猜到了他究竟為何而難過。笑了笑，大聲安慰，「況且咱們哥倆不是說好了嗎，這輩子憑自己本事掙功名，不依靠家族餘蔭。」

「我剛才不是自怨自艾，我是覺得這事實在過於蹊蹺。」李彤畢竟年紀跟他差不多，臉皮也薄，即便心思被人說破，也堅決不肯承認，「你說，不是常浩然的兄長，南京錦衣衛裡頭，還能有誰願意照顧咱們？看來，錦衣衛那邊，好像早就盯著王家，並且拿到了其他物證。否則也不會說什麼證據確鑿。」

「會不會錦衣衛認錯了人？」張維善楞了楞，再度腦洞大開。

「今晚的錦衣衛，何止一個。」李彤翻了下眼皮，苦笑著搖頭。「你別亂打岔，錦衣衛如果認錯了人，那碗飯豈能還吃得安穩？一定還有別的原因。」

「那該是什麼？還有，證據確鑿，還有比活生生的倭寇擺在面前，證據更確鑿的嗎？」張維善的眉頭迅速皺緊，順著同樣的思路討論，「莫非王家的案子，不僅僅是通倭！可那關咱們什麼事？咱們哥倆只是想替江南討還一個公道。」

「應該不止是通倭，做海上生意的，免不了跟倭人打交道。生意人講究收支平衡，光是貪圖替倭寇銷贓那點兒紅利，王家也不該如此冒險。」李彤又給自己倒了一盞茶，邊喝，邊大聲嘀咕。「一定還有別的事情，只是咱們不知道而已。並且咱們誤打誤撞，剛好捲在了裡邊。」

「那咱倆運氣也太好了點！」張維善一口氣沒喘勻，差點兒把茶水直接噴在李彤身上。「隨便打一架，就遇到倭寇行刺。隨便追了一下倭寇，就捲入了一個錦衣衛正在查辦的大案子。早知道這樣，我今天就去拈鬮射利了，說不定一下子贏個幾萬兩回來。」「未必是捲入，你想想，今天咱們是怎麼發現王家把倭寇都轉移到畫舫上去的？」李彤心思遠比他縝密，擺擺手，繼續低聲沉吟。

「咱們今天……」張維善手指在桌案上輕輕敲打著，努力回憶，「咱們今天先是打死了一個刺客，抓到了另外的，扭送去了上元縣衙。然後在路上辨認出，刺客不是我大明子民，而是倭奴。接下來，大夥就分散開，各自帶著隨從去城裡查，哪些地方倭人經常出現。然後，然後就聽說南京城的水陸城門都封了，不准百姓進出。再然後，我家的家丁張爽，就查到了倭人跟西市上做珠玉生意的豪商，都有來往。咱們又派人去重點盯著西市，沒多久，你的伴當李良就匆匆忙忙跑回來彙報，說看到買海貨和珠寶的王家將幾名倭人混在家丁隊伍裡，跟他們家少東王應泰一道，上了秦淮河上的如意畫舫……」

他記憶力驚人，居然將發現王家勾結倭寇的整個過程，從頭到尾串了起來。而李彤，則越聽臉色越白，越聽心中越是吃驚，到最後，大顆大顆的冷汗順著鬢角滾滾而出，「小良子……」

「你說是良哥兒？這兔崽子，拿咱們當槍使……」張維善激靈靈打了個冷，邁步直衝門口。

然而，一隻腳已經踏出了門外，他又遲疑著將身體轉了回來，「他今天捨命為你擋了一箭，按理說……」

「我回家去找他，他的傷不致命。」李彤滿臉負疚，拔腿向外走去。

湊巧一次是運氣，一天當中接連湊巧數次，恐怕就是別人的刻意安排。先前急著替自己的同窗好友江南討還公道，他根本沒心思注意尋找凶手同黨的細節。只覺得老天爺有眼，居然讓自己如此順利地就發現了歹徒的行蹤。現在回頭再看，才猛然發現，哪裡是老天有眼，分明是自己和張維善兩個不知不覺間，做了別人的刀。

而將他帶上畫舫的，居然是他的貼身伴當。從十四歲起就陪著他讀書練武，一直陪到他年近弱冠。在潛意識裡，李彤早已將李良當成了兄弟。所以在後者替自己擋了一箭後，才徹底放下了讀書人的軟弱，對敵人大開殺戒。現在，他終於明白，他的兄弟，十有八九，是別人安排過來臥底。六年來一舉一動，都經過仔細計算，包括今夜捨命替他擋箭。

「別著急，咱們倆再想想！再想想。」張維善心裡也好生不是滋味，卻非常體貼地出言安慰，「也許真是巧合呢，或者良哥兒……」

話音未落，門外忽然傳來了一串匆忙的腳步聲。緊跟著，家丁張爽，穿著一身尋常百姓服飾走了進來。先恭恭敬敬地對著他和李彤各自行了個禮，然後小聲說道：「少爺，非常對不住您，小人得走了。」

「走，你去哪？」張維善被弄得滿頭霧水，本能地大聲追問，「這都四更天了，你去哪，為何不能等到天亮再走？」

「天亮眼雜，小人就不好走了。」張爽臉上忽然露出了幾分慚愧的表情，咧著嘴巴，低聲補充。「這些年承蒙少爺您的照顧，讓小的好生過了幾年逍遙日子。但小的命賤，不折騰就活著沒滋味。所以，小的跟您告個別，希望咱們主僕後會無期。」

「後會無期，你這什麼意思？」張維善越聽心裡越不舒服，皺起眉頭，低聲質問。「我可有對不住大夥的地方，或者我們張家虧待了你們？你要走，總得把賣身契銷了，否則，你離開後，怎麼去官府落籍？」

「少爺您真是好心腸！」張爽往後退了兩步，稜角分明的臉上，寫滿了感動，「你和張家都對我很不薄，所以我才急著走。只是一直沒找到機會而已。至於賣身契，那東西銷不銷都一樣。您天亮後，跟老爺面前問一問，就明白是怎麼回事了。」

「你，莫非，莫非你是……」張維善也忽然向後退了一步，額頭上也瞬間冷汗滾滾。不是良哥，良哥只是受人利用。今天真正把大夥引向畫舫的是張爽，是自己的親信家將張爽。

「少爺猜得沒錯，我是來自那個地方。以少爺您的身分，即便今天小人不說，你也很快會查到。」家將張爽笑了笑，坦然點頭，「不過少年您放心，像小人這種，每個勛貴家中都有。不信您可以去問老爺，他恐怕早就見怪不怪了。只要主人沒有謀逆之舉，我們這種人，絕對不會主動向上面彙報任何事情。」

「你可坑得我好苦，我還以為，我剛才還有臉去安慰別人。」張維善終於恍然大悟，捂著額頭，連聲抱怨。

「少爺的安慰也不算錯，小的這種人，臨淮侯家中未必沒有。不過李公子身邊，這會兒應該是沒有。」家將張爽立刻明白了他的意思，笑了笑，低聲保證。說罷，又向張維善行了個禮，轉身快步走向門外。

「等等！」朝夕相伴多年的家將忽然變成了錦衣衛，張維善又是害怕，又是不捨，伸出手，用力去抓對方胳膊。

錦衣衛張爽利落地轉身，躲開了他的手。然後像落葉般倒著朝門口飄了兩步，皺著眉頭抱拳，「少爺是想留下我嗎？這可不合規矩。除非，除非少爺您能在不驚動任何人的情況下將我殺掉，然後毀屍滅跡。」

「爽哥兒，你怎麼跟少爺說話呢？少爺平素可是待咱們不薄。」門外伺候起居的伴當張封、張盛聽見動靜不對，急匆匆衝進來，狐假虎威大聲呵斥。

「沒你們的事情，出去！」張維善大急，豎起眼睛斷喝。待兩個馬屁鬼灰溜溜地退出了門外，又趕緊將目光轉向家將張爽，訕笑著擺手，「爽哥兒，我不是那個意思。爽哥兒，你應該知道我的為人。算了，估計這也不是你的真名。你要走，我肯定不敢留你。但你保護我多年，今夜一別，不知道以後還有沒機會再見。時間倉促我也拿不出什麼東西相贈，這樣吧……」

轉過身，他從書架上拿起一本《大學集注》。迅速翻了翻，自裡邊變戲法般拿出了兩片黃燦燦的金葉子，然後再度轉身移步，將金葉子笑著遞向張爽，「這是我祖母前年在北京偷偷塞給我的壓歲錢，到外邊估計還能兌十幾兩銀子。你拿去防身，或許哪天能夠用得上！」

「少爺，多謝了！」沒想到張維善「氣急敗壞」喊住自己，居然是為了給自己一份臨別贈禮。張爽的臉色，頓時顯出了幾分感動。先站直身體，端端正正向張維善抱了下拳，然後搖著頭說道：「如果在今夜之前，少爺給多少打賞，小的都樂得收下。可小的既然露了身分，再收少爺的打賞，就不合規矩了。萬一哪天被上頭知道，非但金子要吐出去，而且會給少爺帶來許多沒必要的麻煩。所以，少爺的心意小人領了，這份贈禮，小人真的沒膽子收。」

說罷，再度轉身離去。一腳邁出了門口，卻忽然又停了下來。抬手狠狠拍了自家腦袋一下，扭過頭，聲音迅速壓到最低，「看我這記性，差點忘了。少爺你宅心仁厚，將來肯定大富大貴。小人受您善待多年，無以為報。臨別前就送您一句話，風高順勢走，浪急隨水行。只要自己應對得當，甭管外邊刮什麼風，起什麼浪，都可以化險為夷。小人職位低，回去後也未必會受到重用。少爺和李家小侯爺就不必送了。咱們將來，最好是後會無期。」

說罷，一縱身，跳入了屋外長夜當中。轉眼間，就沒了蹤影。

六、清流

「錦衣衛，你說有錦衣衛插手此事？」南京的明倫巷，南京右僉都御史府注十一，清流名宿嚴鋒眉頭緊鎖，雙目當中寒光閃爍。」

「回恩師的話，學生當時不敢確認，但過後細思，此人必是錦衣衛無疑。」南直隸去年鄉試第三，江南才子吳四維頂著兩隻桃花眼，滿臉幽怨地回應，「不光是學生一個，學生那幾個至交好友，也受到了此人及其麾下爪牙的威脅。所說的，全是些捕風捉影的污蔑之詞。而當時學生周圍，盡是些是非不分的群氓，所以，學生只好先抽身離開，暫避其鋒。」

「捕風捉影的污蔑之詞？」嚴鋒嘿然一笑，左側嘴角迅速向上抽動。「那你為何不當眾反駁於他？以你的學問與口才，應該是易如反掌。」

注十一、右僉都御史：正四品言官，隸屬於南京督察院。

「學生，學生當時心裡光顧著對付那兩個紈絝，有些，有些，有些猝不及防。」吳四維的臉，瞬間紅到了脖子根兒，後退了半步，嘟囔著回應。

「混帳，枉爾等讀了那麼多聖賢書！」嚴鋒的臉色瞬間陰雲密布，枯瘦的大手，將桌案拍得啪啪作響，「老夫早就跟你交代過，既然有機會百尺竿頭更進一步，就應該潔身自好，優容養望，切不可再做放浪形骸之事。原來你都當了耳旁風？」「恩師，恩師，學生冤枉，學生真的冤枉！」吳四維臉色的羞慚，迅速變成了恐懼，又後退半步，直挺挺地跪倒在地。「學生，學生自從得了恩師賞識，被破格錄為秋試第三之後，就閉門謝客，發奮讀書。連同年之間的詩會，都很少去了，真的沒有再肆意妄為。」

「那在得到老夫賞識之前呢？」不愧是赫赫有名的鐵面御史，嚴鋒瞬間就找到了吳四維話語裡的漏洞，居高臨下看著他，大聲追問。

「之前，之前學生，學生年少輕狂……」吳四維不敢再狡辯了，俯身於地，連連叩頭，「學生辜負了恩師厚愛，請恩師責罰。請恩師重重責罰。」

「老夫一個被趕到南京的閒官，哪來的本事責罰於你。」嚴鋒恨恨地罵了一句，不再搭理吳四維，轉過頭，倒背著手在書房裡來回踱步。乾瘦的身影被燈光照在牆壁上，就像一頭餓了十天半個月的孤狼。

情況有變，並且變故遠遠出乎他的預料。本以為憑著自己這些年宦海沉浮的老練，可以將水輕而易舉的攪渾，讓幾個國子監混文憑的紈絝子弟，碰個鼻青臉腫。卻不成想，錦衣衛忽然跑來插了一腳。並且，一腳就踩在了自己麾下這個得力爪牙的命門上。

捕風捉影的污蔑之詞？怎麼可能。錦衣衛敢拿在手裡做把柄，逼得吳四維等人落荒而逃，就不可能是捕風捉影。而對於吳四維的過去的一些劣跡，嚴鋒也不是沒有過任何耳聞。只是這樣的人，通常才好用，並且用過之後隨時可以當做棄子。如果換了其他連任何出格事兒都不敢做的書呆子，反倒成事不足敗事有餘。

想到這兒，他心中的怒火稍熄，放緩腳步，再度來到吳四維面前，裝作一副恨其不爭模樣，嘆息著吩咐：「罷了，你起來吧！誰不曾年輕過？即便換了老夫，在十七八歲的時候，也是荒唐得狠。才子風流，美人多情，古來如此。」

吳四維正趴在地上努力想辦法避免被掃地出門，猛然聽到座師[注十二]說話的語氣大變，頓時有點兒反應不過來，只好再次連連叩頭，「多謝恩師，多謝恩師。學生再也不敢了，學生一定痛改前非！」

「你當時只是個秀才，再努力作死，還能作出什麼花樣來？」嚴鋒笑了笑，非常寬厚地安慰，「是老夫想得多了，把你想成出仕之後的樣子。不過，你也別怪老夫對你太嚴苛。古語云，勿以惡小而為之。老夫今天提前敲打你一下，也免得你明春進士高中之後，得意忘形。」

「多謝恩師，多謝恩師！」吳四維終於相信危機過去，頂著滿腦袋的汗再度叩首。

也不怪他怕自己的座師更甚於錦衣衛，後者雖然惡名在外，所做的事情，卻都在暗處。具體事

注十二、座師：明清時代，舉人和進士對錄取了自己的主考官的稱呼。

例，很難傳到他一個南直隸舉人的耳朵。但是眼前這位南京右僉都御史，可是有名的鐵嘴鋼牙。五年前，此人跟給事中張鼎思、張希皋兩人一道，硬生生將百戰老將戚繼光彈劾得憂懼而死。去年冬天，又跟其他幾位清流一道，將當朝首輔申時行彈劾回了老家。

就這樣一個連戚少保和申閣老都不敢招惹的人物，萬一被他看不順眼了，吳四維身上那幾兩肉，豈能禁受得住他的「撕咬」？恐怕一口下去，就得身敗名裂。再一口下去，則連骨頭渣子都沒剩下。

「你起來吧。」嚴鋒哪裡知道自己在對方眼裡，居然是一副瘋狗形象。又嘆了口氣，裝出一副敦厚長者的模樣吩咐，「男兒膝下有黃金，跪來跪去像什麼樣子？起來，給老夫仔細說說今晚的經過。那兩個紈絝，在各自的家族中，都排不上號。按說沒道理，身邊還有錦衣衛暗中保護。」

「哎，哎！」江南才子吳四維連聲答應著，迅速從地上爬起。卻不敢抬頭看嚴鋒的眼睛，將手垂在大腿旁，喘息著彙報，「學生今天接到恩師的指示，就找了幾個靠得住的朋友，死死盯著張維善的一舉一動。所以，當看到姓張的帶著一群家丁手拿棍棒上了一艘賭船，就立刻知道他們要在秦淮河上生事。只是沒有想到，他們出手對付的，居然是做紅貨生意的王家。並且將王家窩藏倭寇的把柄，拿了個正著。」

「你可跟到近前看了他們的交手經過？」嚴鋒皺著眉頭，努力從吳四維的彙報中，尋找對自己有用的蛛絲馬跡。「光憑著棍棒，他們居然能將王家的家丁和少東，全都一舉成擒？那王家的家丁也太沒用了。不是裡頭還藏著好些倭寇嗎？」

「學生，學生沒雇到合適的船隻，無法跟著去河上。而那李子丹極為狡猾，居然派人在秦淮河畔燃放了大量的煙火，讓整個河面都成了燈下黑。」吳四維不敢胡亂編造，低著頭，老老實實地補充。

「原來你什麼都沒看到。」嚴鋒頓時覺得非常失望，責備的話脫口而出。

吳四維打了個哆嗦，趕緊又跪了下去，「學生無用，請恩師責罰。學生真的已經盡力去做了，特別是看到他們押著王家少東走下來之時，明知道他們肯定有恃無恐，還，還努力去爭執了一番。若不是錦衣衛忽然出現，學生差點就把看熱鬧的百姓煽動起來，讓他們渾身是嘴都說不清。」

「哪那麼簡單？」南京右僉都御史嚴鋒夾了一眼，不屑地搖頭，「這南京百姓，平素各種陣仗見得多了，個個油得跟泥鰍一般。看熱鬧可以，若沒見到真金白銀，才不會你幾句話就煽動起來跟高門大戶作對。」

「學生辦事不利，請恩師責罰！」吳四維不敢頂嘴，只好垂首做受教狀。嚴鋒心裡對他雖然失望，但耐於眼下正值用人之際，也不便對他敲打過甚。皺著眉頭想了想，再度換回了長者面孔，和顏悅色地說道：「你起來吧，都跟你說過，不要動不動就下跪。起來把話說完。」

「學生跪恩師，宛如跪親生父母，沒什麼委屈。」吳四維笑著回應了一句，緩緩起身。振作起精神，從自己看到張維善和李彤帶領家丁押著王應泰等人下船時說起，將雙方交鋒的整個過程從頭到尾仔仔細細彙報。其中對於張維善的跋扈，江寧縣捕頭、捕快們的「趨炎附勢」以及錦衣衛的卑鄙凶惡，自然要添油加醋一般，以襯托自己的機智勇敢，威武不屈。
以右僉都御史嚴鋒的老辣，自然能聽出其中許多不實之處。但是他也不肯戳破，只管繼續皺著眉頭從其中尋找對自己有用的關鍵信息。直到吳四維終於把整個「見義勇為」的過程描述完畢，才又笑了笑，柔聲勉勵道：「好了，老夫清楚了。你這場，輸得不算太冤。那張維善和李彤都是貢生，終日泡在國子監裡，即便是兩塊頑鐵，也早泡出七竅玲瓏心了。你以一敵二，能做到這步，已屬不易。回去溫書吧，準備去北京趕考。皇上不肯上朝，今年春試又推遲了幾個月，但是再遲，肯定不能遲過夏天。我輩讀書人，終究要在科場上見高下，其他都不過是一時得失。」
「學生謹遵恩師教誨。」吳四維鄭重行了禮，起身告辭。然而心裡頭終是覺得不甘，走了幾步，又轉過頭來，小心翼翼地試探道：「恩師，那兩個傢伙不過是區區貢生，以您老的身分，隨便伸一下手指頭，就能碾得他們粉身碎骨……」
「胡說！」嚴鋒的眼睛迅速豎了起來，剎那間，目光銳利如刀，「老夫這輩子所彈劾的官員，至少都是三品以上。若是親自出手去對付兩個國子監的貢生，豈不是貽笑大方？」
「是！學生想簡單了，想簡單了。」吳四維心裡打了個哆嗦，趕緊又躬身謝罪。
「你出馬跟他們兩個放對，無論怎麼折騰，都是幾個年輕人在胡鬧。」嚴鋒瞪了他一眼，繼續大聲呵斥，「有些大人物即使不高興，也不便出手對付你。而如果老夫親自下場，就不僅僅是以大欺小這麼簡單了。英國公府和臨淮侯府即便再不把這兩個小兔崽子當一回事，為了各自家族的榮譽，也必須得跟老夫爭個高低。而一旦到了那種地步，輸贏也不止是罰幾兩銀子，打幾下板子那麼簡單。

贏家即便不能將輸的一方斬盡殺絕，也至少要將他趕到海南或者大同去，這輩子甭想再進南北兩京。」

「啊——」吳四維沒想到自己的餿主意，會造成如此嚴重的後果，頓時嚇得臉色發白，頭重腳輕。南京右僉都御史嚴鋒將他的表現都看在了眼裡，笑著搖了下頭，聲音迅速放緩，「你年少氣盛，又從沒進入過官場，不懂這些也是應該。以後，切莫胡亂再給人出這種主意。要知道，朝廷中每一次大動作，其實在底下，都是已經差不多鬥出了輸贏。端到檯面上給人看見的，不過是最終結局罷了。」

「是，是，恩師指點的是，學生如醍醐灌頂。」吳四維的額頭上，汗珠子迅速淌成了串兒。他自以為是天縱之才，這些年憑著一隻巧嘴巴和一張厚臉皮，在南直隸地頭上，也闖下了不小的名頭。而現在，才發現自己先前做的那些，在真正的行家眼裡，根本就是小孩過家家。

「你收過王家的好處？」正惶恐間，嚴鋒的聲音又緩緩傳來，不算高，卻宛若晴天霹靂。

「沒有，學生沒有！」吳四維雙腿一軟，第三次跪了下去，「學生只是心裡頭不服氣，才，才想請恩師出頭。真的，真的沒有收王家的好處。」

「真的沒有？」嚴鋒低頭看著他，宛若老鷹在看雞仔。

吳四維不敢再狡辯，竹筒倒豆子般說道，「學生真的不是想替王家出頭，才請恩師出手對付他們。學生借個膽子也不敢做此欺師滅祖之事。學生，學生只是在中了秀才之後，每當逢年過節，都會收到蘇州王氏給的一份節禮，不是收自南京這一支。並且不是學生一個人收到，幾乎，幾乎所有在學生老家那邊秀才試中排名靠前的，都會收到。」

「哦？」嚴鋒笑了笑，將信將疑地點頭，「那這次你出手幫忙，也是受了王家所托？」

「沒，沒有，學生真的沒有！」吳四維流著汗，將腦袋搖晃得宛若撥浪鼓，「昨天除了恩師要學生盯著張維善那小畜生之外，真的沒人要求學生做任何事情。王家這些年來，也從沒要求過學生替他做任何事情。」

「哦，原來是廣種薄收，並不新鮮。」嚴鋒恍然大悟，笑著點頭，「你倒是個有良心的，收了人家的錢，就想著幫忙，只是自不量力了些。」

大明朝商人光有錢卻在官場上說不上話，所以大明朝許多經商的家族，就會想方設法培養自己在官場中的代言人。有的是給自家晚輩中聰明伶俐者換籍，不惜家財聘請名師指點，讓他們去考科舉。有的則是，花錢默默支持一些家境普通，但勤學上進的秀才，將他們一路送上青雲。

前者投入相對少，但見效慢，且風險大。後者，雖然免不了要花很多冤枉錢，卻能在十年或者二十年之內就看到效果，且沒任何風險。那些受過資助的秀才們一路過關斬將，成了舉人，進士，自然不會全都忘記了當年誰曾經雪中送炭。只要其中有一兩個肯感恩的，就能讓資助人不至於任由官吏宰割。

而受資助者還跟資助人之間沒有任何血緣關係，替他說話時，不需要考慮避嫌。受資助者哪天一旦在朝堂爭鬥中站錯了隊，也不會牽連到他們，讓他們跟著雞飛蛋打。

所以，吳四維接受的「資助」，嚴鋒在沒中進士之前，也曾經得到過，根本不覺得新鮮。相反，他卻因為吳四維拿了資助之後，關鍵時刻竟然不惜拖自己這位四品御史下水，也要替資助人說話的行為，頗為欣賞。在他嚴某人眼裡，君子也罷，小人也罷，只要懂得感恩，就值得自己下力氣去培養提携。而不懂得感恩的人，哪怕再堂堂正正，也不值得他嚴御史花任何力氣。

「起來，起來。」低頭看見吳四維還在等待自己的最後判決，他心裡突然一軟，主動伸手拉住了此人的胳膊，「起來，還不到夏天，地上涼。跪久了小心傷到膝蓋。你懂得感恩，是好事。為師不會怪你。王氏既然給那麼多秀才和舉人都送過禮，只有你在關鍵時刻想著拉他們一把，這非常難能可貴。只是，以後記得要量力而行，否則，非但幫不了別人，還可能把自己給搭進去。」

「恩師，恩師您真的不怪我？」吳四維又是感動，又是困惑，紅著眼睛小聲試探。

「怪你什麼？怪你滴水之恩，湧泉相報？」嚴鋒看了他一眼，笑著反問。「還是怪你這些年，不該跟王家有人情往來？你又不知道他們家跟倭寇有交往，怎麼會想到今天。《西遊記評話》中佛祖傳經，還要收個資金鉢盂呢。我等誦讀聖人之言，替天子教化萬民，收他點節禮有何不可？」

「多謝恩師。」吳四維終於相信嚴鋒沒有怪罪自己，眼淚稀裡嘩啦淌了滿臉。

「這麼大人了，哭哭啼啼，也不怕羞。」嚴鋒笑著責備了一句，然後又低聲指點，「你已經替王家做了不少了，剩下的事情，就順其自然，切莫再強出頭。想那王氏家族，能將生意做得如此大，自然還有別的依仗。再不濟，也能斷尾求生，斬掉南京這個支脈，確保整個家族不會受到牽連。」

「學生明白。」吳四維聽得心中一凜，畢恭畢敬地拱手，「多謝恩師指點。」

「也算不上指點，這些東西，以你的聰明，即便老夫不教你，你也會慢慢悟透。」嚴鋒卻不肯受他的禮，側了下身子，笑著擺手。「罷了，今天的事情，到此為止。你不用再摻和了，只管在旁邊看。老夫這次外放南京，本以為會過一段清閒日子。現在看來，恐怕是不成。自馮保注十三死後，錦衣衛這才消停了幾天？居然有人就嫌日子太安生，非要折騰出些動靜來。」

「啊——」吳四維聽得似懂非懂，在旁邊拚命轉動眼珠。

嚴鋒有心培養他做自己的利刃，笑了笑，乾脆直接揭開謎底，「你以為錦衣衛們是在替張維善和李彤兩個小畜生撐腰嗎？或者想借著這倆小畜生，跟英國公府和臨淮侯府搭上關係？他們才沒那麼蠢。他們是想借助這次日本攻打朝鮮，恢復錦衣衛昔日在大明的顯赫地位。張維善和李彤那兩個小畜生，只不過正好可以拿來替他們開路罷了。」

「日本攻打朝鮮？」吳四維徹底傻了眼，怎麼想不明白，此事為何又跟兩個外邦之間的戰爭還牽扯在了一起。

「那個叫江南的貢生，是朝鮮來的。而刺殺他的人，偏偏又來自倭國。」在教導弟子方面，嚴峰絕對是個好老師。一點兒都不嫌吳四維視野窄，繼續耐心地點撥。「錦衣衛最露臉，最名正言順的差事，是刺探敵國軍情，挑動其內部紛爭。而不是監督文武百官和藩王勛貴，弄得人人惶惶不可終日。所以，只要大明決定對朝鮮用兵，錦衣衛立刻就會再度受到重視。功勞和名聲，自然又接踵而至。如此看來，王家在南京這個分支，是誰都救不得了。錦衣衛為了讓朝廷重視起日本對我大明的威脅，也會將這個案子做大，做實。」

「那恩師您就想辦法，讓朝廷堅決不向朝鮮派一兵一卒。」吳四維心中靈光乍現，立刻找到了最終解決方案。「讓他們白忙活一場，卻什麼都撈不到。」

「當然不能出兵。」嚴鋒點了點頭，滿臉義正辭嚴，「日本乃是不征之國，太祖遺訓，誰敢違抗？況且我大明國庫已經連續數年入不敷出，如何能為了區區朝鮮附屬，再浪費自家國孥？」

「恩師高明。」吳四維得到了誇讚，喜上眉梢，拱起手大拍嚴鋒馬屁。「這招釜底抽薪，讓誰都想不到。錦衣衛再努力，朝廷只要一句沒錢，就讓他們全都白忙一場。」

御史嚴鋒最近也是寂寞得很了，找不到可傾訴對象。笑了笑，繼續大聲指點：「你以為為師對付的是錦衣衛嗎？為師當初派你去盯著張家，根本就不是為了他們。他們再能折騰，最終也不過是皇上養的一群鷹犬罷了。為師提防的，乃是有人要趁著這次戰事，打破我大明以文御武的慣例。當初若不是英宗皇帝在土木堡[注十四]將滿朝的武將全都葬送掉，哪來我大明這一百四十年的安定局面？前些年崛起了一個戚繼光，我大明清流，又是豁出去多大代價，才終於將其趕回了老家？」「那，那將來萬一有什麼戰事？」吳四維又聽不明白了，眨巴著眼睛不停地擦汗。

「再提拔幾個能打的上來就是。我大明坐擁雄兵百萬，還愁其中找不到幾個能打仗的粗痞。」嚴鋒猛地一揮手，虎視鷹盼，宛若一座高高在上的天神。

注十三、馮保：明代著名太監。生前與張居正為盟友，支持改革，功勞極大。但生性貪婪，張居正死後被抄家。

注十四、土木堡之變：英宗北伐，在土木堡陷入包圍，導致大明武將被一掃而空。從此，文貴武賤的局面開始形成。

七、老儒

「多謝張公子活命之恩！」滿船的鶯鶯燕燕，在女掌櫃小春姐的帶領下，飄然下拜，裙亦翩翩，髮亦翩翩。

「舉手之勞，舉手之勞。」張維善本能地伸手去攙，卻忽然想起自己乃是國子監注十五的貢生，理當施恩不求回報。又迅速將手背到了身後，仰頭挺胸，傲然應道：「且不說爾等都是弱質女流，就是又醜又笨的男人，張某斷然不能眼睜睜地看著爾等落入無恥倭寇之手。趕快開了船去休息吧，張某還要押送這些無恥之徒去衙門，就不勞各位遠送了。」

「這哪裡行，救命之恩，豈能一走了之？」小春姐紅著臉走上前來，伸手拉住他的胳膊，高聳的胸口處，不經意間露出一抹醉人的白。

注十五、明代國子監老師都算官員，享受同級官員待遇並且薪酬稍高。國子監設從三品祭酒一名、四品司業一名、博士五人、助教十五人、學正十人、學錄七人。其官銜分別為正八品、從八品、正九品、從九品。

「恩公高義，不求回報，我等卻不能平白受了恩公好處。」當家女校書許飛煙裊裊婷婷上前，輕輕拉住張維善另外一隻胳膊，吹彈可破的臉上，透著桃花盛開般的紅。「奴家蒲柳之姿，不敢求此生追隨公子左右，研墨添香。只願今晚操琴把盞，與公子盡一夕之歡。」

「奴家不敢高攀公子，只願盼今晚，與公子盡一夕之歡！」眾女子紛紛上前，拉胳膊抱腰，如藤蘿遇到了參天大樹。

「別，別，各位姐姐，多謝各位姐姐抬愛。小生，小生真的，真的，真的沒想過求什麼回報，小生今晚只是，只是……」張維善想推捨不得，不推又怕落下挾恩求報的名聲，渾身上下躁熱一片。就在此時，腳下的畫舫猛地一晃，周圍白浪滔天。

「各位姐姐莫慌，一切有我！」他大叫著推開眾女，伸手去抓船舵。十指所及，船舵卻化作了一團雲霧飄然而散。緊跟著，白浪、甲板、畫舫，以及滿船的鶯鶯燕燕全都消失不見。取而代之的，則是南京國子監博士劉方那怒目金剛般的面孔。「劉師！」滿肚子春夢，頓時化作了冰水，張維善一挺身站了起來，繞開矮凳，畢恭畢敬地向劉博士行弟子禮，「學生不知道劉師駕到，未能遠迎……」

「哈哈哈……」誠心堂注十六內，哄笑聲響成了一片。眾學子們扭頭看向張維善，一個個笑得前仰後合。「弟子，弟子昨夜秉燭溫書，一時入迷，忘記了鐘點。所以，所以剛才走神，還請劉師寬宥一二！」張維善迅速意識到，自己是在博士劉方的課上睡了過去，連忙大聲補救。

「哈哈哈哈哈哈，哈哈哈哈哈……」眾學子們笑得愈發大聲，有人甚至開始揉他自己的小腹。

秉燭溫書？秉燭溫書？秉燭溫書居然能夢見「各位姐姐」，還「多謝抬愛」，不知道哪本書裡，有如此溫情脈脈詞句？傳說那多情女子喜歡上了男子，魂魄會離體追隨而去。這張守義可好，大男人也來了個魂魄離[注十七]，還是在劉博士的課堂上。

「笑什麼笑，何為誠心，爾等莫非都忘記了嗎？」博士劉方大怒，抓起戒尺，重重砸在了張維善面前的課桌上。

「咔嚓！」柏樹打造的課桌，居然應聲而垮。將桌上的筆墨紙硯瞬間灑得滿地都是。眾學子頓時全都變成了啞巴，一個挺胸收腹，正襟危坐。唯恐惹惱了博士劉方，讓後者一戒尺拍在自己的屁股蛋子上。

眾所周知，這劉博士雖然是嘉靖年間的進士，少年時卻仰慕大唐李白，修習了一身好劍術。三尺青鋒在手，曾經在校場上打得國子監一眾武學博士滿地找牙。如今雖然腹脂漸起，身手大不如從前。但掄起戒尺來，照樣能讓七八個壯年男子無法近身。

如此威名遠播的一位博士發了怒，照理說，張維善應該被嚇得跪在地上瑟瑟發抖才對。然而，事實卻恰恰相反，與一眾同窗表現不同，他居然笑著後退了兩步，低下頭，非常麻利地先將滾翻的硯台和書墨撿了起來，放於距離自己最近的桌案上。隨即，又迅速收拾起了散落的紙張和毛筆。一

注十六、國子監設正義堂、崇志堂、廣業堂為初級班，修道堂、誠心堂為中級班，率性堂為高級班。高級班學分修滿，可以卒業。如果還沒參加進士考試，或者沒考中進士，由吏部選派為官。

注十七、倩女離魂、西廂記、拜月亭、牆頭馬上，在明代被視作黃色書刊。「正人君子」通常不會公開閱讀。

答如流。」

邊收，還一邊信誓旦旦地說道：「弟子知道錯了，劉師切莫生氣。但弟子的確是因為昨夜溫習您老今日要講的內容，才不小心打起了瞌睡。不信，您儘管出題考校。今天您今日所講，弟子保證能對答如流。」

「當真？」博士劉方聞聽，立刻忘記了發怒，皺著眉頭，大聲詢問。

「弟子怎敢一錯再錯，欺騙老師！」張維善挺直胸脯，滿臉自信。

「若答不上來呢？」劉方笑了笑，對張維善的回答很是不屑。

「若答不上來，弟子甘願解衣當眾受笞，以為後來者戒！」張維善的回答落地有聲。

眾同窗學子們，誰也想不到此人為了掩飾課堂上睡覺的小錯，居然賭上了一生的前程，個個被驚得臉色蒼白，目瞪口呆。

要知道，當眾扒了褲子挨皮鞭，雖然打不死人。卻會讓挨打者這輩子在國子監裡永遠都抬不起頭來。接下去只能選擇主動退學，或者去個誰也不認識自己的地方去教私塾，或者乾脆投身賤業，靠給青樓楚館寫唱詞謀生。要想知恥而後勇，順利卒業，或者考取進士，根本沒有任何可能！

當即，有人就開始給李彤使眼色，讓他出面給雙方找台階下。畢竟國子監博士劉方的親侄女，乃是他的未婚妻。劉博士再鐵面無私，侄姑爺的面子，多少也要給幾分。誰料，平素跟張維善親如兄弟的李彤，居然對眾人的眼色視而不見。將劉博士正在講述的漢書中某卷抓在面前，好整以暇地信手翻動。

「也罷，你既然如此有信心，為師就成全你！」見張維善死不認錯，劉博士心中也燒起了真火。

抓起戒尺在自己掌心拍了拍，大聲說道：「為師剛才講的是《後漢書・竇融列傳》，讓你背誦全篇太難為了你，你只要能背出其中的〈封燕然山銘〉[注十八]，從今以後，凡是為師之課，你即便不來上，為師也算你成績優等！」

「啊——」眾學子低聲驚呼，看向張維善的目光，又是羨慕，又是同情。羨慕的是，劉方向來出言必踐，倘若張維善今天真的能把〈封燕然山銘〉當堂背誦出來，經史子集四科中的史科，從此不必再花費任何力氣。而同情的是〈封燕然山銘〉雖然篇幅短小，卻頗為繞口。以張維善平時的表現，甭說睡著覺背，就是集中所有精神反覆苦讀三天三夜，也未必能背得出其中一半。

「惟永元元年秋七月，有漢元舅曰車騎將軍竇憲，寅亮聖明……」沒等驚呼聲變弱，朗朗的背誦聲，已經在誠心堂中響起。張維善雙手垂於身側，抬頭挺胸，目視前方，面頰含笑，「……玄甲耀目，朱旗絳天。遂陵高闕，下雞鹿，經磧鹵，絕大漠，斬溫禺以釁鼓，血屍逐以染鍔……」

轉眼背誦過半，竟然是隻字不落。

「且住，且住，老夫需要翻一翻書，看你背得到底對還是不對。」博士劉方聽得好生詫異，沒憑沒據，又不能斷定張維善作弊，皺著眉頭大聲喝止。

注十八、〈封燕然山銘〉：東漢班固所書。陳述漢軍擊敗匈奴，勒石燕然山的輝煌。此處燕然山，不是燕山，而是外蒙的杭愛山。現有最新發現的石刻為證。

不光是他，大部分對張維善知根知底的同學，也不相信此人能在打瞌睡的情況下，將博士正在講的〈封燕然山銘〉記得毫厘不差，紛紛瞪圓了眼睛四下尋找作弊的端倪。然而，讓博士劉方和所有懷疑者鬱悶的是，周圍所有打開的書本，都距離張維善十分遠。特別是張維善的至交好友李彤，為了避嫌，甚至主動跟別人換了座位，坐到了整個教室的最前排。無論此刻他手裡拿的是什麼書，張維善隔著一丈四尺餘的距離，都不可能將上面的字看得清楚。

「你接著背。」劉方找了半晌沒發現有人幫張維善作弊的蛛絲馬跡，只好皺著眉頭，低聲吩咐。朗朗的背誦聲緊跟著響起，張維善挺胸拔背，滿臉自豪，彷彿自己曾經親臨一千五百多年前那場大戰，在匈奴的祖庭刻石立威，「遂逾涿邪，跨安侯，乘燕然，躡冒頓之區落，焚老上之龍庭……」

他自幼錦衣玉食，所以長得比大多數同齡人都高了整整一頭。由於常年習武的緣故，軀幹挺拔，四肢也拉得極其勻稱。此刻口誦班固的〈封燕然山銘〉，身穿國子監學生配發的淡青色儒衫，竟隱隱透出一種別樣的風流倜儻。讓人不知不覺心裡就熱了起來，彷彿靈魂剎那間穿越了重重時空，與當年的大漢兒郎一起，躍馬塞上，指點江山……

君子六藝，禮、樂、射、御、書、數。大漢的儒生，可不像弱宋那樣，只懂得白首窮經，然後盯著別人的褲襠做文章。大明朝振兩宋之衰靡，繼漢唐之雄烈。大明國子監的學生，自然也看不起那些手無縛雞之力的榜蟲。相反，他們都巴不得自己是千餘年前那個投筆從戎的班超，或者能夠像數百年辛棄疾一般躍馬敵營。

「辭曰：鑠王師兮征荒裔，剿凶虐兮截海外。」不知不覺，張維善自己也受了文章的感染，頭高高地揚了起來，手拍身側同學的桌案，如醉如痴：「夐其邈兮亘地界，封神丘兮建隆嵑，熙帝載兮振萬世！」

「鑠王師兮征荒裔，剿凶虐兮截海外。夐其邈兮亘地界，封神丘兮建隆嵑，熙帝載兮振萬世！」周圍的學子們大聲唱和，一個個豪氣干雲。

原本打算借機狠狠收拾一下張維善，然後再高抬貴手放其一馬的博士劉方也是心潮澎湃，礙於師道尊嚴，卻不能跟著少年們一道「發狂」。當著所有學生的面兒主動向張維善認輸，他又覺得過於尷尬。直憋得臉色發黑，鬍鬚上下亂顫，半晌，才猛地舉起戒尺，朝著張維善的大腿根兒後部猛抽下去，「小猴崽子，給你一根竹竿，你就要大鬧天宮是不是？閉嘴，今天算你運氣好，早有準備。下次再被老夫抓到上課睡覺，仔細你的皮！」

抽罷，一拂衣袖，揚長而去。

「哈哈哈哈……」眾學子難得看到一次劉博士惱羞成怒，樂不可支。笑罷，大夥心裡又同情起張維善的屁股來，紛紛起身走向他，七嘴八舌地詢問：「守義，你怎麼樣，撐得撐不住？實在不行，就趕緊去找跌打郎中。」

「雞鳴寺，雞鳴寺的大和尚賣一種專治棒瘡的油，我立刻安排小廝去買。」

「北下關，北下關那邊駐的是軍漢，他們那邊的藥更好。」

「還是去牛首山的李家吧，他們家的藥性子更溫和一些。不像北下關，什麼蛇毒蟾酥都敢往藥裡頭摻。」

……

「多謝，多謝各位同窗。不妨事，不妨事，老劉沒下死手。」張維善心裡好生感動，咧著嘴，用力擺手，「真的不妨事，我根本沒感覺到疼！哎呀……」

身體動作稍大，有股椎心滋味，立刻從大腿根兒傳到腦瓜頂，令他忍不住呻吟出聲。眾學子聞聽，又笑得前仰後合。隨即七手八腳地攙扶住他的肩膀，將其一路送回了國子監內專供生病學生休息的臨時宿舍，再將其抬到了床榻上趴好養傷，才又強忍著笑意紛紛散去。

「這老劉，下手真是沒輕沒重。」作為張維善的死黨，李彤當然不能將他一個人丟在宿舍不聞不問，乾脆托同學請了假，也留在了宿舍裡一邊溫書，一邊照顧他的起居。

「看在嫂子是他親侄女的份上，我不跟他計較。」張維善一手揉著自己的大腿根兒後部，繼續齜牙咧嘴，「你剛才怎麼猜到老劉一定會拿〈封燕然山銘〉考我？並且提前將書都準備了出來？」

「我可沒你那麼大膽子上課睡覺。」李彤果斷忽略了好朋友的前半句話，撇著嘴回應，「他今天一上午，講的全是後漢書中東漢永元年間率領南匈奴、東胡、烏桓、西戎等塞外聯軍，大破北匈奴的輝煌戰績，興奮處，連鬍子上的吐沫星子都顧不上擦。想要考你，肯定選擇這篇〈封燕然山銘〉最為妥當。再加上他這輩子，最恨的就是朝廷跟蒙古人議和，令他做不成霍去病。這篇〈封燕然山銘〉，當然更是考你的最佳之選。」

「高，實在是高！」張維善猛地將手從自家屁股上收回來，朝著李彤用力挑起大拇指，「老傢伙原本想拿我來殺雞儆猴，卻沒想到我生了一副千里眼。被你我聯合起來，給弄了個落荒而逃。今天事情不算完，等我哪天再遇到他，一定會當面問個清楚，他說不上課也給我成績打優等的話，到底算不算數？」

「今天的事情本來也沒完？」李彤放下書本，朝著他輕翻眼皮，「你以為他真的是惱羞成怒，才打了你嗎？他才不會如此不堪。」

「那，那他為何要打我？」張維善又用手摸了下大腿根兒後部挨打的位置，眉頭迅速皺得緊緊。博士劉方下手極有分寸，才過了這麼一小會兒，他居然發現剛才挨打的地方，已經不算很疼了。至少，不會影響到自己放學後騎著馬回家。這，就讓張維善感覺有些奇怪了。再與李彤的話綜合起來，更是覺得對方看似羞惱的舉動，好像別有所圖。

「小猴崽子，給你一根竹竿，你就要大鬧天宮是不是？」李彤笑著站了起來，指著張維善，將剛才劉博士的話，學了個維妙維肖。

「西遊記！」張維善一翻身從床上跳了下來，光著腳就往外走，絲毫感覺不到大腿後根兒處被牽扯的疼。

《西遊記評話》，在大明從來就沒登上過大雅之堂。但許多年輕的讀書人，卻對其中大部分段子都耳熟能詳。而像張繼業和李彤這種沒有任何科舉壓力者，更是將《西遊記評話》翻來覆去看過許多遍，對自己喜歡前幾回，甚至能倒背如流。

「你著什麼急啊？天還沒黑呢。」同樣是《西遊記評話》的狂熱讀者，李彤卻遠比張維善看得仔細。見此人居然連鞋子都顧不上穿，立刻笑著數落。

「天黑，為什麼要天黑？」張維善被問得微微一楞，已經邁過門檻的腳丫子，又緩緩收了回來。「你是說，老劉要咱們天黑之後再過去？」

「當然，要不然就不會打你大腿根兒了。」李彤看了他一眼，繼續笑著提醒，「西遊記評話裡頭，菩提老祖打猴子後腦勺三下，猴子就知道要三更天才能去見他。按同樣道理推算，劉博士抽了你大腿根兒一下，你至少也得熬到一更天才行。」

「這？這老狐狸，有話就不能說清楚些，故弄玄虛？嘶，我的腳，我的腳！」張維善聽得滿頭霧水，一邊轉身往床邊走，一邊大聲抱怨。不小心腳趾頭踢到了床腿上，又疼得齜牙咧嘴。

「活該，誰叫你心不在焉呢！」李彤狠狠瞪了他一眼，話語裡不帶絲毫同情，「他若是能當眾說，就不會故弄玄虛了。肯定是要緊的事情，否則直接叫你下課後去他那邊就行了，沒必要弄得如此麻煩。」

「他能有什麼事兒？無兒無女，一個人吃飽了全家都不會餓得慌。」聽李彤說得認真，張維善立刻又忘了疼，坐在床沿上，眉頭緊鎖，「莫非，莫非他有劉繼業的最新消息了？你那小舅子，可是被人拐跑有大半年了。」

「他一直就有，你又不是不知道？只是劉繼業去年當街毆打御史嚴鋒的風波還沒過去，所以劉家才對外宣稱他音訊皆無罷了！」李彤想了想，繼續搖頭。

劉繼業是他未婚妻劉穎的親弟弟，也是他和張維善二人共同的好朋友。哥仨個從小一起玩到大，算是總角之交，但性子卻大相徑庭。

相比李彤的謹慎多謀，張維善勇敢任俠，劉繼業則是集粗心大意和膽小奸猾於一身。因此，每次兄弟三個撈到什麼好處，他都會占大頭。每次兄弟三個跟外人起了衝突，他則果斷躲在最後。還總是振振有詞地說，自己多拿一份，是為了討好姐姐。自己打架時不肯出力，則是自知本領太差，不敢拖兩位哥哥後腿。讓張維善和李彤每次都恨得牙根癢癢，卻拿他無可奈何。

然而，就這麼一個膽小奸猾的傢伙，去年卻把清流名宿，南京右僉都御史嚴鋒，從馬背上扯下來，當街打了個滿臉開花。並且隨後沒幾天就遭到了土匪「劫持」，不知所終。讓原本擦拳抹掌準備替嚴鋒討還公道的南京一眾清流，瞬間失去了報復目標。只好寫文章將劉家上下臭罵了一通，然後不了了之。

「昨天晚上要是他也在就好了。」百無聊賴在床沿上坐了片刻，張維善忽然嘆了口氣，幽幽地說道：「他這個人雖然打架幫不上忙，運氣卻一直好得很。無論遇到什麼麻煩，都能逢凶化吉。並且他父親生前做過南直隸都指揮使司的實權僉事，無論南京城裡哪個衙門，都得給幾分面子。不像你我，看上去好像都背靠著一株大樹，實際上頭頂連個遮陽的樹枝都沒有。」「害怕了？」聽好朋友話裡帶著明顯的頹廢之意，李彤眉頭輕皺，低聲詢問。

「狗屁！從小到大，我跟你一起闖禍，哪次慫過？」張維善立刻瞪圓了眼睛，長身而起，「我是有點兒懷念咱們仨在一起的日子了。從小一起滾到大，這回是咱們仨分開最長的一次。」

「也是！」明知道張維善口不對心，李彤卻不戳破，在一邊笑著輕輕點頭。

事實上，發現昨夜之事居然牽扯到了大明錦衣衛，他心中也極為忐忑。只是，耐著自己年齡比好朋友略大，並且性子沉穩，所以沒有將心中的緊張表現出來而已。

此外，到現在為止，他還沒弄明白，錦衣衛那句「放手施為」，到底是什麼意思？按理說，好朋友江南遭到倭寇刺殺，他和張維善將刺客和窩藏刺客的王家少東一鍋端了，已經算是讓仇人血債血償。根本不需要再做任何多餘事情，更不需要利用王家勾結倭寇的事情去攪動什麼風雨。

「你說，老劉會不會找我專門說昨夜的事情？」張維善眼前忽然靈光一閃，拍著自己的腦袋追問。

「有可能。」這回，李彤沒有否決，用手指敲打著桌案，低聲道：「老劉雖然兩條腿很少邁出國子監大門，耳朵卻靈得很，南京城內任何事情，他都很快就能知曉。不過……」

猶豫了一下，他又緩緩補充，「他雖然是繼業的叔父，卻跟繼業的父親相處得不怎麼和睦。真的為了昨夜的事情把你找過去，未必是想幫忙……」

「管他呢，他再怎麼著，也不會比錦衣衛更可怕。」張維善騰地一下站了起來，對著窗口用力揮拳，「我就不信了，咱倆按兵不動，還有人敢把刀子架在咱倆脖子上。」

「也對！」李彤笑了笑，用力撫掌，「咱倆從今天起，就閉門讀書。看誰還能用刀子架咱們。」

話雖然說得硬氣，但畢竟平生第一次遇到連輪廓都看不清楚的巨大麻煩。整個一下午，他們兩個，都如坐針氈。好不容易熬到天色擦黑，國子監的學子們，回家的回家，回寢舍的回寢舍，便做賊一般地朝著太學內專門供博士、助教們休息的區域走去。

博士劉方資格老，所以在太學內有專門的一棟小樓以供備課。李彤和張維善二人輕車熟路，不多時，就來到了樓下。又抬頭看了看，確認四下無人注意，深吸了一口氣，躡手躡腳地走向了小樓一層的屋門。

本以為，這個時候，劉博士身邊肯定有書童在伺候起居，因此，張維善非常禮貌地上前敲門。誰料，手剛剛抬起來，就聽見屋內有人大聲說道：「別耽誤功夫了，給老夫趕緊滾進來。你這不知道好歹的皮猴子，讓老夫等了整整一下午。還有你那個同夥，以為幫你作弊，老夫就真看不見嗎？老夫只是懶得戳穿你們兩個的鬼把戲而已。」

八、將門

「恩師恕罪，學生並非有意怠慢。只是會錯了恩師的意，誤以為您老叫我一更天才過來。」張維善先是微微一楞，旋即推開了屋門，涎著臉朝劉方行禮。

「恩師恕罪，晚輩知錯了。」李彤卻不像張維善那般厚臉皮，發現自己作弊的手段被識破，趕緊主動入內向未來的叔丈人認錯。

「一更天！為何是一更天？」博士劉方的注意力完全被張維善的狡辯所吸引，毫不猶豫忽視掉了老實巴交的侄女婿李彤。

「西遊記裡頭，菩提祖師在猴子後腦勺敲了三下，所以猴子是三更天去拜見祖師。您老上課時在我大腿後根兒處抽了一戒尺，難道不是告訴我一更天來嗎？」明知道是自己和李彤會錯了意，張維善依舊振振有詞。

「嗯！咳咳咳，咳咳咳，咳咳咳！」劉方一口氣沒喘勻，嘴裡爆發出一連串的乾咳。「你，咳咳，你這，咳咳咳，你這蠢才！三下是三更，老夫要是打你五下，豈不是要等你等到，咳咳咳，咳咳，等到明天早晨？」

「西遊記，西遊記裡頭就是這麼寫的啊？」張維善連忙撲過去，雙手在劉博士後背輕輕拍打，「您老，您老千萬別生氣，西遊記評話是閒書，學生讀的時候沒太用心。」

「國子監裡頭，哪本書你用心讀過？」博士劉方抬起手，一巴掌將張維善拍出了三尺遠，然後又迅速將目光轉向李彤，「還有你，如果能把幫人作弊的小聰明，都放在學業上，這會即便不金榜題名，也早卒業進入吏部備選了，怎麼會還在誠心堂裡混日子？」

「晚輩魯鈍，有負叔父厚望。」李彤知道老傢伙是因為等得時間太久了，憋了一肚子無名邪火，所以也不替自己辯解，俯身拱手，做受教狀。

「恩師小心閃了腰！」張維善則笑嘻嘻地走回來，繼續替劉方揉肩拍背。

他跟李彤兩人一個聰明沉穩，一個油滑跳脫，截然相反，又配合得默契異常。頓時，讓博士劉方準備在肚子裡的大部分斥責之詞，都失去了用武之地。皺著眉頭左看右看半晌，才用力拍了下桌案，大聲斷喝：「行了，別裝了。老夫真是閒得骨頭疼了，才為你們兩操心。昨夜秦淮河上的那場煙火，可是你們兩個所放？你們兩個製造這麼大動靜，究竟意欲何為？」

「老狐狸，果然生著一對兒順風耳！」李彤和張維善互相看了看，同時偷偷腹誹。但表面上，卻各自擺出一副恭恭敬敬模樣，分頭低聲彙報：「恩師果然高明，什麼事情都瞞不過您老的眼睛。昨天秦淮河上的煙火，的確是學生請同窗燃放的。目的是吸引別人的注意力，方便學生替江南報仇。」

「晚輩和守義探聽到，刺殺江南的倭寇還有同夥，當時就藏在秦淮河上的畫舫裡。怕報官後人多嘴雜走漏消息，所以就帶著家丁拿下了他們。」

「嗯。」博士劉方一點都不覺得驚詫，反而在臉上露出了幾分欣慰模樣，「算你們兩個小東西識相，沒有故意欺騙老夫？倭寇的同夥共有幾人，他們為何要刺殺一個朝鮮來的學生？你們倆可曾抓到活口？是否審問清楚了？此刻那些倭寇的同夥關在哪裡，口供又送到了什麼地方？」

一連串問題，看似簡單明瞭，卻彼此環環相扣，讓李彤和張維善二人根本無法敷衍。

「原來恩師您已經知道了。」既然沒法敷衍，張維善索性決定如實相告。先點了劉方一句，然後笑著補充道：「倭寇的同夥，包括窩藏他們的人在內，一共有二十六個。其中八個是真倭，不肯束手就擒，被家丁們當場打死了四個，活捉了四個。另外十八個同夥，則是城裡王記寶大祥的少東王應泰及其家丁。打死了兩個，重傷了三個，其餘全都被活捉。」

「那四個被活捉的倭寇裝作語言不通，不肯招供。王應泰的家丁裡頭有六人想戴罪立功，揭發說倭寇早就跟寶大祥有勾結，王家經營的很多玉石、瑪瑙、象牙、珊瑚等物，都是倭寇從海上打劫來的賊贓。但倭寇為何要刺殺一個留學的貢生，家丁們也不清楚。」李彤想了想，緩緩補充。

他的未婚妻是劉方的親侄女，劉家和他背後的李家，也算是世交。所以，雖然一直不怎麼受劉方待見，他卻相信，後者不會故意坑害自己，反過頭去幫倭寇出頭。

「據家丁招供，刺客被抓的消息傳開之後，因為南京城關了城門。王應泰怕官府挨家挨戶搜索刺客的同夥，就把倭寇和他們都帶到了一艘包來的畫舫上。王應泰有功名在身，我們不好對他太狠。

所以昨夜沒審出太多的東西來。今天一早，就把所有俘虜，都送去了上元縣衙門。」張維善此刻的想法跟李彤差不多，也竹筒倒豆子般，把剩餘部分全倒了出來。

「上元縣，為何要送到上元縣？」劉方聽得眉頭一跳，滿臉不解地大聲追問。

「刺殺案發生於玄武湖，歸上元縣管轄。另外，我們兩個，也不想給家裡頭惹太多的麻煩。」張維善不知道他這樣問的原因，順口回應。

「這是誰的主意？」劉方的眉頭又跳了跳，冷著臉刨根究底。

「是晚輩的主意。」李彤本能地感覺到了一絲風暴的味道，連忙在旁邊主動承認。「恩師，莫非晚輩做錯了？」

「你沒錯，你只是太蠢！」博士劉方騰地一下站了起來，朝著李彤抬腳就踹，身上看不到半點讀書人的文雅與風度。「既然事情做都做下了，送交官府還有個屁用？老老實實送交官府，別人就不說你們仗了家族勢力欺壓良善了？還是你們相信上元縣令的膽子，敢把這個案子查過水落石出？」

「這……」李彤被踹了個趔趄，卻不敢頂嘴。向外躲了幾步，老老實實地拱手認錯。「晚輩，晚輩糊塗，多謝叔父教誨。」

「謝個狗屁，人都交出去了，你現在謝我管個屁用！你啊你，小小年紀，怎麼如此老氣橫秋？既然抓了，怎麼著也得審出個結果來。這樣不上不下算什麼？交到官府裡頭，還不是怎麼能讓事情處理起來簡單怎麼來？」

「恩師，子丹也是不想拖累家人。畢竟我們倆個都是白身……」張維善不忍李彤一個人挨訓，陪著笑臉低聲解釋。

他不解釋則已，一解釋，劉方肚子裡的火氣更甚。抬起腿，將他也一腳踢出了牆壁上，「狗屁！怕拖累家人？英國公府和臨淮侯府再不濟，也不會因為出手收拾了個商販就被朝廷揪住不放。更何況你們還從對方那裡抓到了真倭。你們兩個蠢材，真是氣死老夫了。老夫還以為你們有多威風，原來是兩個循規蹈矩的窩囊廢。」

「紈綺，這是真正的紈綺！」李彤和張維善苦著臉以目互視，都在對方眼睛裡看到了恍然大悟的意味。

他們倆，現在終於明白好朋友劉繼業為何發起飆來連四品南京右僉都御史都揍了，原來根子在這兒。劉繼業的叔叔劉方就是個膽大包天的「潑皮」，他這個做侄兒的耳濡目染，膽子豈能太小？

「你們兩個小皮猴子不服不是？」還沒等二人想好該怎麼哄對方開心，博士劉方呵斥聲音已經又響了起來，「不服明天上午自管派人去問，看那上元縣是如何處理這件案子？老夫可以保證，周士運那膽小鬼，連問都沒膽子問，就會將被擒的刺客連同你今早送去的那幫傢伙，一並送到應天府。而接下來，王家肯定斷尾求生，將所有過錯都推到經營寶大祥這一支。然後就是該痍斃的痍斃，該頂缸的頂缸，整個案子斷得漂漂亮亮，卻讓真凶毫髮無傷。」

「那個刺殺江南的倭寇，可是動了火銃。並且江南還是朝鮮的王族？」張維善越聽越委屈，忍不住大聲反駁。

「一個藩屬小國的王族子弟爾，我大明隨便一個里長都比他大。」博士劉方撇了撇嘴，滿臉不屑。「況且俗話說，落難的鳳凰不如雞，他朝鮮馬上就要亡國了。一個無家可歸的番邦王族子弟，哪值得我天朝的知府，為他花費太多心神？」

「可江南，江南畢竟，畢竟是咱們南京國子監的貢生。應天府，應天府總不能一點面子都不給國子監留。」李彤和張維善不認同博士劉方所說的每一個字。只是，眼下他們沒有半點能力去反駁，僅能反覆強調江南跟國子監的關係，以其激發起劉方的護犢之心。

「怎麼會不給，將刺客斬了，將指使刺客殺人的王家少東，判個斬立決。再將從王家抄沒出來的財產隨便分他幾十兩當湯藥錢，還不夠嗎？」博士劉方根本不上當，撇著嘴大聲補充。「真兇都斬了，他還想怎麼樣？難道還指望著應天府的府尹上門道歉，說大明對其保護不周？」「那王應泰頂多是窩藏凶手的同夥，怎麼成了幕後指使者？他跟江南何怨何仇，為何……」張維善一蹦老高，揮舞著手臂大聲質問。然而，話說了一半兒，他又像洩了氣的皮球般蔫了下去，「恩師您說得對，這樣結案最省事兒。至於江南和王應泰之間的仇恨，可以隨便編。反正王應泰也是死，買凶殺人，比勾結倭寇死得還乾淨一些。王家其他各支，也可以從容脫身。」

「你倒是聰明！」見張維善孺子可教，劉方臉上立刻露出了幾分欣慰的表情。點點頭，笑著誇獎。

「我只是替江南覺得委屈。」張維善的嘴巴扁了扁，滿臉無可奈何。「好好關起門來讀書，誰都不招，誰都沒惹。偶爾出門跟同學比試，就差點死於刺客之手……」

「關起門來好好讀書？他要是真的關起門來好好讀書，刺客為何會盯上他？」博士劉方臉上的欣慰，再度化成了不屑，瞟了張維善一眼，冷冷地道。

「他肯定沒招惹倭寇，更沒招惹上王家！」張維善當然不服氣，梗著脖子大聲回應。

「那你來告訴老夫，他上上月初十休沐，拉著你去了哪？上月初七，又請你幫他買了什麼？再近一些，本月初三呢，他去了誰家？」劉方又瞟了他一眼，問題宛若連珠利箭。

張維善被問得滿頭霧水，皺著眉頭低聲回應，「他，他上上月初十，拉著我去了流觴軒，買了一幅草聖張旭的真跡。上月，上月初七，他，他托我從別人手裡輾轉淘了一張畫，是閻立本一幅《異國門寶圖》。本月初三我不知道，他大概去的是牛首山一代憑吊南唐那兩個窩囊廢皇帝了吧，應該是，我記得他回來還跟我說過李後主的什麼詞。恩師，你怎麼知道我跟他在一起？」

「你不用管老夫我怎麼知道，你只管你熟悉的同輩當中，想想誰最喜附庸風雅，他家住哪就行了。」博士劉方沒有回答他的疑問，而是大聲點撥。

「喜歡附庸風雅，還是我的同輩？」張維善微微一楞，旋即臉上閃過一幅白白胖胖的面孔，「您說是魏國公徐維志，江南買了字畫，居然是為了討好他？」

魏國公徐維志，是大明中山王徐達的後人。其家族因為在靖難之役中採取了兩頭下注的策略，沒有像李家和常家那樣遭受滅頂之災。

當年死於建文皇帝之手徐家第四子的徐增壽，被永樂皇帝封為定國公，世襲罔替。站在建文皇帝這邊的徐家長子徐輝祖，也因為其妹妹是永樂皇帝的妻子，沒有被奪去爵位，仍然做他的魏國公。

所以，大明開國功臣的後人當中，除了世代坐鎮雲南的沐氏之外，就以徐家最為顯赫。南北兩支遙相呼應，榮華富貴綿延不絕。

「魏國公最近的確住在牛首山下的一處別院裡。」李彤年齡比張維善大，表現也遠比張維善冷靜。「你是說，江南找守義幫他買字畫，是為了討好徐家？」

「當然，朝鮮的王城都被日本人給端了，他想求大明幫他出頭，放眼南京城裡，不求魏國公徐維志這個能將手伸進北京的，又能求誰？」劉方又欣慰地笑了笑，回答得無比乾淨利落。

李彤和張維善兩個聽了，只有幽幽嘆氣。江南的確不是遭了無妄之災，他一直在暗中努力，試圖影響大明朝廷的決策。而倭寇之所以拿他當做刺殺目標，肯定也是由於他最近的行動，有可能給日本鯨吞朝鮮的行動，構成了真正的威脅。

「怎麼，不說話了？倆小皮猴子知道上當了？」非常開心看到二人若受打擊，劉方笑得就像一隻剛剛偷吃了雞的狐狸。

「唉——」李彤和張維善互相看了看，繼續沮喪的嘆氣。

江南既然能不惜代價去討好當代魏國公，與他們兩個的交往，恐怕也未必沒抱著利用之意。偏偏此時此刻，他們兩個，竟一點都對江南恨不起來。

換了他們，與對方易地相處。在國難當頭之際，恐怕也會做同樣的事情，甚至更加不惜代價。只是，三年多的兄弟情分，忽然就單方面的蓄意討好和利用，這滋味，一時半會兒又怎麼可能消化得下。

「不要以為，手裡拿著根竹竿，就能大鬧天宮！」還嫌二人受到的打擊不夠沉重，博士劉方撇撇嘴，繼續冷笑著補刀，「想想江南和常浩然為何會比武？再想想最近國子監的博士和助教們，課堂都講的是什麼？你們就知道了，你們自以為得意的那些壯舉，不過是別人敲著鑼鼓在耍猴兒。」

江南和常浩然的比武緣由，是爭論日本人在吞下朝鮮之後，會不會貪心不足，繼續進攻大明。這件事剛剛發生沒多久，不用費力氣，李彤和張維善就能將整個過程回憶得清清楚楚。而最近國子監的課，劉博士講的是大漢朝聯合南匈奴，擊敗不服王化的北匈奴、勒石燕然。李博士講的則是，漢武帝窮兵黷武，導致大漢戶口減少減半。至於其他幾個博士，助教，好像也突然對漢唐兩代的戰事興趣大增，上課要麼譴責某位皇帝好大喜功，不愛惜百姓。要麼讚揚某位皇帝勵精圖治，派良將揚威於域外，對犯我天朝者，雖遠必誅。

「恩師的意思是，不光江南遇刺不冤。國子監裡最近的關於是否替朝鮮出頭的爭論，也是有人蓄意挑起？」無論受到的打擊多重，李彤也想把虧吃在明處，沉吟了片刻，頂著一腦門子汗珠兒低聲追問。

「呵呵，呵呵，呵呵！你總算還沒笨死！」回答他的，先是一串狂笑。隨即，國子監博士劉方手捋鬍鬚，長身而起，「你以為國子監，就單純是個讀書做學問的地方嗎？自魏晉以來，哪次太學裡的爭執，真的是起源於你們這群狗屁不懂的學生？不過是有人借爾等之口，把他想說的話說出來而已。」

原來，太學裡最近關於救不救朝鮮的爭論，乃是有人蓄意挑起。

原來，近日來所有的激情與熱血，所有慷慨激昂，都是有人蓄意點燃。

原來，自己懷著義無反顧之心所做的那些「壯舉」，都是在有心人的推動牽引之下，不得不為。而自己和張維善兩個，卻像兩隻猴兒，高舉著竹竿，頭帶著面具，自以為是齊天大聖。

剎那間，李彤只覺得眼前陣陣發黑。而窗外的夜風，卻忽然急了起來，「呼呼，呼呼，呼啦啦……」吹得窗紙不停地戰慄，吹得人從頭到腳一片冰涼。

「這老徐，忒不仗義了。他收了江南的好處不跟我說也就算了。怎麼能挖了這麼大的一個坑，卻眼睜睜地看著我跟子丹往裡頭跳？」張維善的心思，沒有李彤那麼縝密。相對來說，抗壓能力卻更強。咬著嘴唇琢磨了片刻，拔腿就往外走。「不行，我得找他問個明白！」

「站住，你找他問什麼？」博士劉方橫了他一眼，低聲斷喝，「是怪他不該收江南的禮，還是指責他不該聯合他那個做定國公的族弟，向朝廷上本請求出兵救援朝鮮？」

「這……」張維善身體一僵，邁出去的左腳剎那停在了半空之中。

大明朝立國之初，的確曾經嚴刑峻法懲處貪腐，官員收受賄賂六十兩以上，就可能會判處剝皮實草。但隨著時間推移，朝廷上下貪腐的容忍度卻越來越高。

除了數年前出過海瑞這個怪胎之外，從當朝閣老到地方胥吏將收受賄賂都當成了禮尚往來。連最「清正」的閣老徐階，家中光良田都有二十四萬畝，更不論其他「污滑」之官。

所以，魏國公徐維志收別人兩幅價值幾百兩銀子的字畫，真算不上什麼大事兒。被揭露出來，頂多會被譏笑幾句附庸風雅，根本不會受到任何懲罰。而給朝廷上書請求出兵援救朝鮮，更是此人的分內之責。畢竟魏國公這個爵位，是世襲罔替，與國同休。事關國家重要決策，他專門寫了摺子向皇帝進諫，理所當然。

至於三人之間以前的交情，張維善更說不出口。雖然三人以前平輩兒論交，沒少在秦淮河上把酒「賞花」。但徐維志比他們倆個年齡加在一起都大，並且早已承襲了魏國公的爵位。而他們倆，年齡比對方小太多不說，這輩子可能都跟英國公和臨淮侯倆爵位無緣。

「恩師教訓的是，晚輩知道錯了。晚輩從今天起，就閉門讀書，再也不胡亂惹是生非。」心中最後一絲火氣，也被冰冷的事實澆滅，李彤咧著嘴笑了笑，老老實實向博士劉方悔罪。

「奶奶的，都是聰明人，就我們兩個是傻子！」張維善迅速恢復心神，忽然意識到自己居然保持著單腿站立狀態，踉蹌了半步，轉過身，悻悻然向劉方拱手。「您老教訓得對，學生錯了。從今天起，我發奮讀書，大門不出二門不邁，頭懸梁錐刺骨……」

「蠢材，你們兩個蠢材。」劉方聽了，眉毛頓時又倒豎而起，伸出手指，點了二人的鼻子大聲訓斥，「老夫哪句話，是讓你們倆閉門思過了？老夫的意思，老夫的意思是，唉，你們倆蠢貨，真的比豬八戒都蠢。老夫是讓你們倆個，認清自己的位置，不要錯幫了外人的忙。」

「外人？」李彤和張維善互相看了看，都不知道外人是誰。

博士劉方無奈，只好搖搖頭，悻然補充道：「怪不得你們兩個行事糊塗，原來是家中大人沒仔細教。你以為徐維志那廝擺起魏國公架子，就能讓老夫為他鼓而呼？你們也太高看他了。老夫最近在太學裡講勒石燕然之盛，不是為的他，而是為了我大明將門。而那些故意跟老夫唱對台戲的，也是受了朝中某些文官指使，不願看到我大明將門翻身。」

「將門？」李彤和張維善兩個越聽越糊塗，越聽心裡頭越發虛，忍不住齊聲追問。「什麼是將門？為什麼文官不願意將門翻身。」

「你，你們兩個蠢材，真是活活氣死老夫！」博士劉方氣得一佛出竅二佛升天，拍著自己的光腦門兒唉聲嘆氣，「你們家大人是怎麼教的，居然連這個都沒讓你們知道？所為將門，就是本朝因戰功得爵者及其後人。平素受朝廷和百姓供養，好吃好喝，偶爾幹些違法亂紀的事情，只要不是謀反，朝廷也會睜一隻眼閉一隻眼。然而遇到戰事，就必須挺身而出，為大明效力疆場，雖百死不能旋踵。徐家兄弟，你們倆，還有這幾天跟你們倆爭執不下的常浩然和老夫，按道理，都身屬將門。」

「哦——」李彤和張維善終於恍然大悟，眨巴著眼睛連連點頭。「所以這次日本人揚言要從朝鮮一路打到北京，咱們將門就必須出來，狠狠給其一個教訓。」

「狗屁！」劉方抬起手，照著腦門上每人給了他們一巴掌，「朝鮮人為了讓大明出兵相助，故意說的挑撥離間之語也能信？日本總計才多大，還不夠我大明的一個省。就是將全國適齡男丁都變成兵，也不會超過一百萬。而我大明國土是日本的二十餘倍，丁口數以千萬。日本國王除非瘋了，才會有膽子派兵來招惹大明。」

「那，那您老，那咱們將門，咱們將門到底想幹什麼？為何，為何希望推動朝廷出兵？」李彤和張維善立刻又被拍暈了頭，果斷退開數步，小心翼翼地請教。

「蠢材，如假包換的蠢材。老夫都說得這麼清楚了，難道你們居然還不懂？你們以為好吃好喝供著，生老病死都有朝廷管著，日子就滋潤嗎？若是那樣，你們兩個，又何必放著悠閒日子不過，跑到國子監來受這寒窗之苦？」劉方伸了下巴掌沒拍到人，咬牙切齒地回應，「我大明洪武，永樂年間，正二品文官路上遇到四品武將，都得乖乖地將馬車趕到路邊避讓。仁宣之時，文官轉武將，還得花許多銀兩上下打點。而現在，二品指揮同知遇到六品推官全得要下馬見，否則就是怠慢。戚武毅位列三孤，卻被兩個七品給事中彈劾致死注十九。我大明將門若再不抓緊機會振作，早晚就會變成一群養在圈裡的豬。任人宰，任人欺，甚至刀子捅到脖子上都不能哼哼！」

注十九、戚武毅：即戚繼光，死後謚武毅。生前最後幾年，受兵科給事中張鼎思及給事中張希皋多次彈劾，無錢買藥，貧病而死。

九、雨夜

直到出了國子監大門，李彤和張維善兩個，依舊在震驚中遲遲無法恢復心神。

以軍功得爵，並可惠及子孫者，即為將門。

自己歸屬於將門，如假包換的將門。

先前國子監內的關於大明是否該出兵救援朝鮮，日本在吞併了朝鮮之後會不會進攻大明的爭論，居然是大明將門與大明清流在暗中針鋒相對。

好朋友江南的遇刺，居然是因為此人上下打點，試圖通過賄賂的手段，讓大明朝的官員同意朝鮮使臣的求救，派兵解朝鮮於倒懸。

大明將門的翹楚，當代魏國公徐維志，之所以答應替江南說話，居然是因為將門子弟再也無法忍受武將被文官踩在腳底下的窘迫現狀，不願意再被朝廷當成豬來養。

而大明清流之所以全力阻止朝廷出兵援救朝鮮，竟然不是因為出於對時局的判斷，而是由於擔心武將勢力借機坐大，又重現其在洪武、永樂時代的輝煌。

至於日本，無論大明將門，還是大明清流，眼下都堅定地認為，其國主豐臣秀吉注二十那句「借道朝鮮征服大明」的話，乃是為了逼迫朝鮮主動歸順而說的浮誇之言，根本不可能會真的付諸實施，被蒙在鼓裡的滋味不好受。

謎底驟然揭開，忽然看到身處局中的滋味，同樣不好受。

許多原本百思不解的事情，今晚都忽然變得清晰。國子監博士劉方，親手將答案擺在了他們面前，讓他們瞬間就看清楚了整個事情的前因後果。

老狐狸以將門宿老的身分，正式對兩個年輕的晚輩表達歡迎，並且承諾做他們的堅實後盾。

李彤和張維善哥倆，再也不用擔心事情鬧大牽連家人了，因為大明將門上下，此刻巴不得事情鬧得更大。

他們哥倆兒，也不用再為國子監的學業發愁了，因為博士劉方已經承諾，今年考核，二人肯定位列優等。

然而，李彤和張維善兩個，卻都有些高興不起來。

所有這些，都不是他們想要的，包括劉方今天答應給予的支持和鼓勵。

他們原本只是單純地想替同窗好友江南討個公道，從來沒想過捲入將門與清流的爭端，更沒想過改變大明朝文貴武賤現狀。

他們從沒想過披甲上陣，恢復祖先的榮耀。更沒有想過充當整個將門的馬前卒。

他們甚至對大明是否該出兵救援朝鮮這個話題，都不抱固定態度。當初在國子監的學子們發生爭論之時，僅僅是出於哥們兒義氣，才果斷站在江南這頭。

而現在，他們卻驚訝的發現，自己簡單任性的一次復仇行動，居然誤打誤撞，攪出了一個巨大的漩渦。

他們就像兩隻小小的老鼠，稀裡糊塗地在河堤上打了一個洞。然後看著洞口被河水沖得越來越大，越來越大。

他們現在萬分想把那個洞堵上，卻發現自己根本無能為力了。

他們甚至發現，自己想要斷然抽身，都不可能。因為對他們寄予希望的，不僅僅是將門，還有那個神秘恐怖的特殊存在，大明錦衣衛。

「少爺，蓑衣！」家將李方殷勤地策馬追上來，雙手遞上嶄新的蓑衣和斗笠。

「啊——」正在追悔莫及的李彤被嚇了一大跳，本能地抬手往外推。

張維善的親信家將張爽乃是錦衣衛，自己身邊的這幾個親信，未必就不是。雖然張爽昨天後半夜主動現身，已經替其他人洗脫了部分嫌疑。

「咔嚓！」半空中忽然劈下一記絢麗閃電，將夜幕直接撕成了兩半兒。

豆大的雨點快速落下，將斗笠打得啪啪作響。更多的閃電劃破夜空，將整個世界照得忽明忽暗。

家將李方的手僵在了半空中，瞪圓了眼睛，不知道自家彤少爺今夜犯了哪根筋，居然放著嶄新

注二十、豐臣秀吉是日本關白，攝政日本，但明朝文武不瞭解這種情況，起初都誤以為豐臣秀吉是日本國王。

的蓑衣和斗笠不穿，非要站在雨裡挨淋。

「小的這種人，臨淮侯家中未必沒有。不過李公子身邊，這會兒應該是沒有。」錦衣衛張爽的話，忽然又從李彤記憶裡響起。他自嘲地搖了搖頭，伸手接過蓑衣和斗笠，在馬背上迅速將自己遮擋了個嚴嚴實實。

「你幫我拿一下就行了，我自己穿。」張維善的聲音，恰恰從身側傳來，話語中透著無法掩飾的疏離。

很顯然，跟李彤一樣，發現身邊有錦衣衛的密探之後，他對伴當和家將們，也生出了許多戒心。唯恐這些每天接送自己上學放學的傢伙裡頭，還藏著第二個張爽。

「少爺，少爺穿快點兒！今天這場雨來得邪性。」被張維善冷落了的家將張川，楞楞地停下了幫助自家少爺披蓑衣的動作，努力陪起笑臉，低聲催促。「傍晚太陽落山的時候，還是晴空萬里……」

「天有不測風雲。」張維善忽然老氣橫秋地說了一句，隨即將蓑衣帶子繫緊，將斗笠扣上頭頂。

話音剛落，狂風忽然大作，捲得柳梢如馬尾巴般高高甩起。緊跟著，雨就像瓢潑般落了下來。「嘩嘩嘩，嘩嘩嘩，嘩嘩嘩……」，砸在路邊屋頂之上，煙霧繚繞。

先前還遊人如織的街道，瞬間就變得空曠。夜晚出來閒逛的公子小姐，墨客文人，還有出來做生意的小商小販們，全都跑了個不見蹤影。

「看我這張破嘴。」張維善狠狠地拍了斗笠一下，滿臉懊惱。

「你真的適合去當道士，言出法隨。」李彤強打精神調侃了一句，快速催動坐騎，「趕緊走，別再耽誤功夫。免得蓑衣被雨水打透，變成落湯雞。」

「這點兒小雨，比起北京城裡頭的暴雨差遠了。」張維善明明已經被澆得抬不起頭，卻依舊咬著牙死撐，「前年我在安定門外跟人比試射藝，忽然間……」

「咔嚓！」又一道閃電，將眼前世界照得一片通亮。

他胯下的棗紅馬，忽然把前蹄高高地揚起，嘴裡拔出大聲的悲鳴「唏吁吁……」

有兩支白晃晃的弩箭破雨而來，正中棗紅馬的脖頸。

「咔嚓！」「咔嚓！」「咔嚓！」白色的閃電從天空中劈落，照亮紫禁城內的雕樑畫棟。大雨傾盆，白珠亂跳，屋檐處的流水很快就變成了瀑布，落在漢白玉台階上，濺起一串串碎瓊亂玉。

「好雨，好雨，下得真叫痛快！」乾清宮內，大明萬曆皇帝朱翊鈞在窗前轉過身，雙臂用力在半空中揮舞。

他今年正值而立，氣血充足，精神健旺，說話時嗓音亮如洪鐘。但是，話音落後，卻沒引發任何回應，只有滾滾雷聲透窗而入，震得琉璃罩下的燭光搖搖晃晃。

「嗯？」朱翊鈞的眉頭迅速皺緊，眼睛裡的失落一閃即逝。

他是大明朝的皇帝，哪怕話說錯了，在後宮中也沒有任何人可以反對。但是，他同時又是一個心智正常，並且極其喜歡熱鬧的中年男子，最恨身邊寂靜無聲。

「恭喜聖上，好雨，真是好雨啊！一場下過，河北山西旱情立解，今年秋天大明一定會五穀豐登。」有個鴨子叫一般聲音，忽然從門外響起，緊跟著，司禮監掌印太監張誠帶著滿身雨水邁過了門檻，趴在地上，朝著朱翊鈞大禮參拜。

「嗯！」萬曆皇帝朱翊鈞遲疑著回轉身，低頭看了張誠一眼，叫著對方的外號追問，「張快腿，剛才你不在？你去了什麼地方，怎麼澆得像落湯雞一樣。」

「回聖上的話，奴婢剛才去外邊看了幾眼嘉量[注二十一]，從開始落雨到現在，只是半刻鐘時間，嘉量內積水就超過了一合。」張誠抬起頭大聲呼應，旋即又俯身下去，朝著朱翊鈞輕輕叩頭，「恭喜聖上，聖上在位，真乃萬民之福！」「狗屁，老天爺賞雨，跟朕在位有什麼關係？」明知道對方在拍馬屁，朱翊鈞心裡依舊感覺極為受用，笑著罵了一句，伸手相攙，「起來吧，地上涼，小心跪壞了膝蓋。」

「謝聖上仁慈，所以老天爺知道您心疼萬民，特地降下了這場好雨。」張誠誇張地大叫，然後像個猴子般，順著朱翊鈞的拉扯一躍而起。

他身高足有七尺半，肩寬背闊，胳膊和大腿也極為粗壯。然而，在朱翊鈞面前，卻沒有半點沉穩模樣。剛剛站穩，就將手舉起來，大聲補充道：「聖上，明天一早，奴婢就出去堵那張養蒙[注二十二]的家，問他前日拿旱災詆毀聖上，到底虧心不虧心？」朱翊鈞從小就跟他一起玩到大，喜歡的就是他這種跳脫模樣。笑了笑，大聲鼓勵道：「去，從東廠多帶幾個錦衣衛一起去，先嚇他個半死，然後再告訴他，天有不測風雲。」

「奴婢遵旨！」張誠心領神會，躬身領命。隨即，又堆起一臉媚笑，低聲建議道：「俞價、黃運泰、沈思孝等輩，前天也跟張養蒙一道起鬨，說天氣大旱，是因為聖上怠政所致。明天一早，乾脆奴婢順手把他們幾個也抓起來……」

「胡鬧！你還嫌朕不夠煩？」朱翊鈞的眼睛立刻豎了起來，大聲呵斥，「他們幾個都是言官，想讓朕多臨幾次朝，也是分內之舉。你抓他們做什麼？一旦外邊鬧著讓朕給理由，朕難道學那曹孟德一樣，借你的項上人頭去平息眾怒？」

「奴婢，奴婢錯了，請聖上責罰。」張誠被嚇了一哆嗦，趕緊又跪了下去。

萬曆皇帝朱翊鈞卻看在他滿身雨水的份上，不願苛責他。笑了笑，輕輕擺手，「起來吧，你是想替朕出氣，朕知道。但大明不能沒有言官，這就好像莊稼地不能沒有蛤蟆。雖然蛤蟆叫喚讓人煩，但有蛤蟆的莊稼地，就不會多生蟲子。」

「奴婢知道了，聖上看在他們偶爾還能為朝廷檢舉奸佞的份上，放了他們一馬！他們若是有良心，就該知道，以後不能胡亂叫喚。」張誠拖著濕漉漉的衣服站了起來，笑著回應。

「朕差不多就是這意思。」萬曆皇帝朱翊鈞，從不在身邊人面前擺架子，笑了笑，輕輕點頭。「所以，你明天替朕先將張養蒙嚇個半死，再替朕罵他個狗血噴頭，然後就算了。不要真的把他抓進東廠裡，朕可不想擔一個苛待言官的罵名。」

注二十一、一合：明代容積單位，約〇．一〇七升。嘉量：是擺乾清宮外標準量器，顯示皇帝公正無私。

注二十二、張養蒙：明代言官，以敢諫聞名，喜歡黨同伐異，且見識甚短。

「是，奴婢明白。聖上放心，奴婢明天一定拉開架勢，先把他嚇尿了褲子。然後再告訴他，萬歲爺寬宏大度，懶得跟他這隻癩蛤蟆計較。」

「對，板子高高舉起，輕輕落下。」朱翊鈞又笑，將面孔再度轉向雨幕，意氣風發。

他十歲時就繼承了皇位，但執政的前十年，都活在自己的老師，大明首輔張居正的陰影之下。動輒遭到訓誡，諸事不得自由。

好不容易熬死了張居正，本以為這回可以由著性子大展拳腳了，卻不料又遇到了一群喜歡「結黨營私，沽名賣直」的文官，無論做任何決策，都會遭到朝臣的百般掣肘。

因此，在張居正死後不到兩年時間，他就將臨朝當做了負擔。再加上左腿在少年時受過傷，坐得時間稍長就痛徹心扉。就儘量減少臨朝的次數，能裝病就裝病，實在沒法裝病了，才勉為其難露上一面，並且努力早臨早散。

最近兩年，又由於不想立自己的長子為太子，他遭到了群臣的一致譴責。所以，他乾脆「以身體欠佳」為名，常年不去臨朝。除非外邊發生了足以動搖大明江山的事情，否則，朝政全由幾個輔政大臣代為處理。他自己，只是在幾個輔政大臣爭執不下，或者對輔政大臣們的處置決定不滿之時，才會偶爾下一道「聖諭」，告訴群臣自己這個皇帝的真實意見。

這樣做的好處很多。首先，避免了聽百官們在自己面前像蛤蟆般噪呱。

其次，自己喜歡哪個女人，喜歡哪個兒子，都可以關起來門來自己做決定，不再需要受百官們的監督。

再次，朝廷政策出了問題，只要讓某個輔政大臣出來頂缸就行了，自己這個做皇帝的，不需要再承擔任何責任，也不需要再被逼著下什麼狗屁罪己詔。

第四，自己在後宮中可以笑罵隨心，不需要整天裝模作樣，活得像道觀中的一尊神像……

但世間之事，沒有十全十美。不臨朝固然省心省力，其本身，卻不符合自秦代以來當皇帝的任何規矩。所以，不臨朝這件事本身，就成了言官們的攻擊目標。

於是乎，蒙古某個部落忽然寇邊，是因為皇上不臨朝導致。雲南某處地震，是由於皇帝不臨朝導致。西北有人叛亂，也是皇帝不臨朝導致。甚至日本國攻打朝鮮，也是大明朝皇帝不臨朝所致，沒有及時給兩個藩屬小國之間的矛盾及時作出仲裁。

天可憐見，那日本攻打朝鮮之前，根本沒有向大明請求過仲裁好不？朝鮮國使者將豐臣秀吉「借道伐明」的書信，傳得滿北京都是。朝中的言官，居然瞪著眼睛楞裝瞎子。不去想著去罵日本人狼子野心，專門找大明皇帝的麻煩。

就在前天，素有敢諫之名的太僕少卿張養蒙，還寫了一道摺子，將萬曆皇帝朱翊鈞「沉迷美色，荒廢朝政，拒立太子，與民爭利」等種種惡行，一一列舉了遍。並且號稱今年春旱，是老天爺震怒，降下的天譴。如果皇帝拒絕改正，必然會有更多的懲罰接踵而至。

萬曆皇帝朱翊鈞當時氣得直哆嗦，忍了又忍，才念叨著「騙庭杖」三個字，沒有派張誠調動錦衣衛，將張養蒙亂棍打死。但是，對天譴兩個字，卻始終難以釋懷。

現在好了，老天爺忽然降下了大雨。張養蒙有關天譴的瞎話，不攻自破。朱翊鈞即便不治此人的罪，此人今後四五個月內，也沒臉再亂說話。所以，看著外邊的雨，萬曆皇帝覺得自己比地裡的禾苗還覺得痛快。

「陛下，奴婢還有一件喜事，先前忘記了恭賀。」陪著萬曆皇帝朱翊鈞又看了片刻雨，發現對方心情越來越好，司禮監掌印張誠猶豫了一下，再度笑著拱手。

「什麼事情？」朱翊鈞皺了下眉，眼神中立刻帶上了幾分警覺。

張誠曾經貼身伺候他多年，十分瞭解他的脾氣。趕緊抬起頭，笑著解釋，「陛下勿怪奴婢記性差，實在是剛才雨下得太突然，把奴婢給澆暈了頭。奴婢剛才出去不止是看雨，還從東廠兒郎們那裡，核實了一個傳聞。提督陝西軍務李如松大破哱拜，兵鋒直指寧夏城。反賊覆滅之日，應該已經不遠！」

「嗯？」萬曆皇帝眉頭跳了跳，臉上迅速湧起了一絲欣慰的笑容。「李將軍果然不負朕，待他凱旋之日，朕亦必不負他。這個消息準確嗎？兵部怎麼沒及時向朕彙報？」

「奴婢下午聽到傳聞，但真偽難辨，直到今晚接到了東廠派往寧夏城那邊的兒郎快馬傳書，才確信大捷無誤。至於兵部，奴婢剛才回宮時，隱約好像看到了東閣趙大學士和文淵閣張大學士，還有兵部石尚書正在外朝候召，不知道為的是不是向陛下彙報此事。」「他們還在外邊？」萬曆皇帝朱翊鈞楞片刻，好不容易才想起來早在天黑之前，東閣大學士趙志皋、文淵閣大學士張位和兵部尚書石星三人，就聯袂請求覲見。當時他心情很糟，就派小太監告訴三人自己犯了頭風，無法視事。沒想到，那三人居然一直等到了半夜。

「應該是，剛才奴婢也是隱約看到了一眼。」張誠做事，向來根據對方給的好處多寡決定。想著先前石星偷偷許諾給自己的百兩黃金，小聲回應。

「宣他們一起進來吧，朕在御書房等著他們。」萬曆皇帝難得心情舒暢，笑了笑，輕輕揮手。

「奴婢遵命。」張誠答應一聲，倒退著就往外走。然而，還沒等雙腳跨過門檻兒，卻又聽見萬曆大聲補充道：「問清楚他們見朕所為何事？如果是為了寧夏大捷，就進來。如果是為了其他事情，就別來煩朕。朕要他們，不是擺著看的！」

「是。」張誠連忙答應，隨即，又遲疑著停住腳步，小心翼翼地提醒，「聖上，也許是關於日本攻打朝鮮的事情。光一個寧夏，有兵部尚書覲見就夠了。沒必要首輔和次輔，也跟著來。」

「你收他們紅包了？」萬曆皇帝朱翊鈞非常警覺，立刻從張誠的提醒舉動中，看出了隱藏在背後的彎彎繞。

張誠不敢隱瞞，紅著臉拱手謝罪，「果然瞞不過聖上，石尚書給了奴婢一小塊金子，大概有三兩上下。奴婢看中了一匹駿馬。但是手頭緊，就，就貪心收了下來。奴婢不敢了，奴婢這就把錢退給石尚書。」

「收著吧！算朕賞你的。」萬曆只在乎貼身太監會不會幫著外人糊弄自己，不在乎收不收賄賂，所以聽張誠說得坦誠，就笑著利索地揮手。「看在你的面子上，朕就勉強見他們一次，免得你失信於人。」

「謝陛下！」張誠立刻感動得眼皮發紅，鄭重其事地給萬曆行了個禮，再度倒退著走向門外，「能伺候陛下，是奴婢幾輩子修來的福分。如果有來世，奴婢一定還要做一個小宦，從小伺候在陛下身邊。」

「滾！」萬曆被拍得心中一暖，抬起腳做踢人狀。隨即，又迅速收起笑容，悻然吩咐，「算了，還是讓他們回去吧，就說朕知道了。那三兩金錠，你也別要了，朕找機會補償給你。」

「聖上？」張誠無法理解萬曆為什麼要出爾反爾，果斷停住腳步，用力眨巴眼睛。

「張次輔和石尚書主張出兵援救朝鮮，首輔趙志皋和朝中大部分官員都聽之任之。他們三個今晚一起來見朕，肯定是又沒達成一致。」萬曆皇帝朱翊鈞嘆了口氣，大聲解釋，「既然沒達成一致，朕何必聽他們囉嗦？讓他們回去吧，主張一致再來。」

「遵旨！」張誠再拜，卻不肯立刻去傳達命令。歪著頭，小聲跟朱翊鈞商量，「萬歲您何不把自己的意思，直接告訴他們。也省得他們爭來爭去。」

「朕的意思有用嗎？」萬曆皇帝朱翊鈞撇嘴，冷笑，「老百姓都知道，打狗需要看主人。日本國已經席捲了大半個朝鮮，作為朝鮮的宗主，我大明該不該出兵，還用得著爭？朕早就想出兵了，可糧草、輜重、人員調配，哪樣不得經手於朝中百官？只要有人從中作些手腳，朕恐怕就成了第二個楊廣。」

「咔嚓！」一道閃電落下，照亮他眼睛裡無盡的失望。

「咔嚓！」「咔嚓！」「咔嚓！」……

紅的，紫的，藍的，黃的，各種顏色和形狀的閃電，在半空中狂舞。

街道忽明忽暗，棗紅馬悲鳴著屈膝臥倒，直到最後一息，也不願意傷害背上的主人。

「保護少爺！」家將張川大叫著撲下馬背，雙手抱住張維善，向地上滾去。七八支白亮亮的短弩緊跟著飛至，將棗紅馬的屍體射得血光飛濺。

其餘張府家丁大急，紛紛從各自的馬背上縱身而下。轉眼間，就在張維善身前身後，結成了一個了緊密的梅花陣。

斗笠豎起為盾，蓑衣為甲，明晃晃的戚刀[注二十三]舉在盾側，就像猛獸被激怒後亮出的獠牙。「咔嚓！」又一道閃電落下，照亮黑漆漆的雨幕。

已經跑出二十幾步遠的李彤帶著家丁李方、李順、李序三人策馬而回，棄鞍，拔劍，在梅花陣側後，迅速組成了兩條燕尾。

「咦？」對面的屋檐上，隱約有人發出了一聲驚呼。緊跟著，與街道交叉的巷子裡，十幾個矮小精悍的身影，冒雨衝出。像兩群鬼魅般，悄無聲息地組成了兩個錐形。

「小心房上！」李彤在張維善身後，低聲提醒了一句，不知道是因為寒冷還是緊張的緣故，舉著刀的手臂不停地顫抖。

「我，我的鳥銃，我的鳥銃在馬鞍子下面。」張維善的聲音已經完全變了調，回應與提醒，也絲毫不搭界。

無論在家族中如何被邊緣化，他畢竟還是大明英國公的繼承人之一，從小只有主動去攻擊別人的份兒，哪曾遭到過別人的主動攻擊？

是以，今夜突然遭到暗殺，難免有些過度緊張。而家將張川接下來的話，卻令他愈發感覺如墜

注二十三、戚刀：戚家軍根據傳統雁翎刀改進的標準裝備。

冰窟。

「少爺，這麼大的雨，鳥銃根本無法點火。舉盾——！」

後兩個字，是對所有家丁們喊的。登時，眾人手中的斗笠全舉了起來，斜向上組成了一道曲折的盾牆。第二波弩箭，伴著滾滾雷聲飛至，「啪，啪，啪……」，砸在竹蔑編成的斗笠表面，宛如雨打芭蕉。

有血花從家丁們身上飛起，傷勢卻不足以影響他們的行動。弩箭沒有尾羽，可以不受天氣影響，但接連經過斗笠表面的竹蔑和斗笠內側的漆布雙重阻攔之後，已經沒剩下多少殺傷力。不幸中箭的家丁低下頭用牙齒一咬，就將弩箭從身體上扯了下來，一張嘴，吐落於地。

他們沒時間處理傷口，刺客們也不會給他們任何時間處理傷口。幾乎在弩箭射中斗笠的同一個瞬間，一左一右結成兩個錐形陣的刺客隊伍，悄無聲息地撲向梅花陣的左右邊緣，當先處，刀光耀眼生寒。

「噹啷！」梅花陣的兩側，家將張川和家丁張樹同時揮刀，將砍向自己的倭刀蕩開半尺。緊鄰著他二人之後的張林和張石側身跨步，刀刃直奔刺客的腰桿。

跟在錐形陣第二順位外側的刺客，立即搶步為自家同夥提供保護，雙方的刀刃在半空中相撞，濺起滾燙的數點雨滴。錐形陣第二順位內側的兩名刺客迅速互相靠攏，雙雙跳起，揮刀直奔梅花陣正前方之人的頭頂。

守在梅花陣正前方位置的張水以一敵二，卻毫無懼色。一手持斗笠，一手持刀，將砍過來的刀刃盡數格擋在身前三尺之外。跟在兩支錐形陣第三排的六名刺客，見同夥遲遲無法突破，果斷向外滑動，宛若兩隻蠍尾，狠狠撲向了張林和張石身後。梅花陣後的燕尾忽然張開，李彤帶著李序、李方帶著李順，持劍衝上，將六名刺客盡數擋在了偷襲的途中。

六名刺客一擊不中，立刻倒退而回，堅決不跟李彤等人做更多糾纏。攔住了對手一輪偷襲的李彤楞了楞，果斷揮劍撲向梅花陣側前方的刺客。正在與刺客奮力搏殺的家將張川卻不領情，扯開嗓子，大聲咆哮，「退後，退後，退到我家少爺身後！不要添亂！」

「咔嚓！」「咔嚓！」「咔嚓！」電蛇在半空中扭動，暴雨如瀑。

李彤帶著自己的家丁，拔腿就走。

他不知道張川為什麼要對自己咆哮，卻知道對方作戰經驗遠比自己豐富。所以，寧願放棄前後夾擊刺客的機會，也堅決執行張川的命令。

第四輪弩箭緊跟著飛來，貼著李彤等人蓑衣邊緣，射在青石路面上，濺起一串串淒厲的火星。絕處逢生的李彤等人被嚇了一大跳，果斷用斗笠護住身體。家將張川的聲音忽然又響了起來，帶著一種怪異的節拍，「進——合！」

梅花陣的左右兩側，伴著節拍向前推進，隨即倒捲成了一個盛開的花苞。左右兩翼的家丁們鋼刀齊揮，身穿黑衣的刺客詭異地在刀光下遊蕩，靈活得宛若一縷縷黑煙。

「擊——退——」張川的喊聲伴著雷聲，傳遍整個長街。下一個瞬間，血光迅速從雨瀑中跳起。張府的家將家丁們果斷後退，再度恢復成梅花陣，將張維善團團護在了正中央。

「啊——」慘叫聲穿破雷鳴，在空曠的長街上迴蕩。

三名刺客丟下倭刀，手拖著肚子緩緩栽倒。血漿伴著雨水，在青石板上蔓延，然後被電光一照，紅殷殷格外扎眼。

其餘刺客紛紛後退，在距離大夥十步之外，重新恢復成了兩個殘缺的錐形。暴雨將他們所穿黑色的短衣全部潤透，濕漉漉地裹在身上，令他們一個個愈發顯得低矮粗壯。

張川、張石等人胸口起伏，喘息聲粗壯如牛，頭頂白霧繚繞。始終處於大夥保護下的張維善則目瞪口呆，握在腰間劍柄上的手，慘白得不見半絲血色。

「少爺不要怕，手弩一樣禁不住水泡，用不了幾次就得完蛋！」家將張川忽然又喊了一句，讓張維善的臉色，迅速開始發紅。

他剛才的確是嚇傻了，瞬間被打回了紈綺子弟的原型，與昨晚帶人找王應泰尋仇時的表現，判若兩人。而家將張川和一眾家丁們，好像早就猜到他會這樣，所以根本就沒將他的戰鬥力考慮在內，直接將他當成了一個昂貴易碎的八寶琉璃瓶。「川叔，你來指揮。今晚我等都唯你馬首是瞻。」李彤的表現，其實沒比張維善好多少。否則，剛才也不會差點兒拖了大夥兒的後腿。

但是，他的人生經歷遠比張維善豐富，承受打擊的能力，也遠比張維善強大。抬手擦了一把臉上冷汗和雨水之後，就果斷代替自己和張維善作出了決定。

「咔嚓——」閃電照亮半邊天空，街旁的樹木在暴雨和閃電下搖搖晃晃。

沒等張川來得及答應，對面刺客，就在零星的弩箭掩護下，再度發起了進攻。兩個錐形，在跑動中合二為一，九把倭刀，在雨幕下倒映出點點幽藍。

十、黑白

閃電落下，刀光也跟著落下。

張川、張水、張樹三人，左手持斗笠，右手揮刀，牢牢擋住刺客的去路。迎面撞過來的錐形陣迅速碎裂，兩把倭刀落地，持刀者慘叫著栽倒。另外七名刺客分成三組，一人纏住張川，兩人纏住張水，四人合力對付張樹。攻擊的重心，瞬間轉移到梅花陣左。

梅花陣左二位置的張林不忍見張樹以一敵四，果斷上步相救。四名撲向張樹的刺客忽然再度改變攻擊目標，同時向他舉起了倭刀。

「林兄小心！」張樹和陣尾的張沙同時舉刀相救，李方和李順也全力撲上，然而，卻都慢了半拍。一把倭刀貼著張林的肋骨掃過，帶起兩串淒厲的血珠。

蓑衣斷裂，血落如瀑，家丁張林努力試圖用戚刀支撐自己的身體，戚刀卻戳在青石板上斷為兩截。被護在陣心處的張維善大叫著轉身，雙手抱住張林的腰，隨即，被失去知覺的張林帶得失去平衡，踉蹌坐倒。

「啊——」家丁張沙一刀砍中刺客的脖頸，緊跟著自己的小腹處也挨了一刀，慘叫著死去。兩名刺客從他的屍體旁搶身而進，揮刀直奔張維善頭頂。梅花陣右二位置的張石捨命上前相護，鋼刀與對方的兵器在半空中連續相遇，金鐵交鳴聲震耳欲聾。

「去死！」張樹紅著眼睛揮刀，將砍中張林的刺客卸掉半隻胳膊。刺客慘叫一聲，單手捂住斷臂，倉皇後退。房頂上猛地飛落一支弩箭，正中他的脖頸。

梅花陣破，五名刺客與張川等人戰做一團。房頂上的刺客丟下已經不堪使用的手弩，像幽靈般拉著繩索挨個蕩下。三人繞路向張維善靠近，另外三人在其頭目的帶領下，獰笑著撲向李彤。

「李公子小心——」張川揮刀逼退自己的對手，跨步向李彤靠攏。誰料對手卻狡詐如蛇，立刻順著他露出來的空檔撲向緊抱著張林屍體的張維善。張川無奈，只好又轉身阻擋住此人去路。李方和李順轉身回救自家東主，卻被迂迴而來的刺客死死纏住，短時間內，自顧不暇。

「こうげき！」刺客頭目嘴裡發出一聲怪叫，倭刀斜著劈出一道閃電。他的三名同伴鬼魅般撲上，兩人纏住李彤，另外一人從側後方封堵李彤的退路。他們的配合相當默契，根本不打算給對方留任何逃脫之機。然而，他們卻太低估了李彤，也太高估了自己。

「去死！」被逼入絕境的李彤，怒吼雙手舉刀上撩，同時左腿向前奮力跨步。半空中落下的雨瀑，忽然停了停，紅星飛濺。

刺客頭目全力劈下的一刀，居然被撩得倒著飛上了天空，整個人也像醉鬼般踉蹌後退。

「去死！」李彤的身影，緊跟著穿過雨幕，戚刀迎面劈落。

刺客頭目沒有兵器招架，尖叫一聲，像猴子般竄出了半丈遠。

封堵李彤退路的刺客見勢不妙，連忙揮刀刺向李彤後腰。卻被他反手轉身，一刀掃得失去平衡，連續衝出了四五步，才避免摔成滾地葫蘆。

「賊子有種別跑。」李彤根本不管身後的刺客死活，一刀過後，邁開雙腿，直追兩手空空的刺客頭目，腳下水花四濺。

刺客頭目從腰間又拔出一把半尺長的短刃，全力招架。李彤手中的鋼刀被擋開，腳步停頓，隨即，又全身發力，仗著自己兵器長，身高也遠超對方，迎頭又是一刀。

「噹啷！」

「噹啷！」

「噹啷！」

刀光凜冽，雨珠四下亂蹦。刺客頭目被劈得滿頭是汗，口中怪叫連連。

「去死！」李彤聽不懂對方的瞎叫喚，怒吼著再度揮刀。「叮」的一聲，將此人手中的短刃砍成了禿頭匕首。

刺客頭目無奈，將匕首擲向他，轉身再逃。李彤一刀擊飛匕首，緊追不捨。既不管自己的家丁李序，也不管好友張維善的死活。

正在與李序纏鬥的刺客發現頭目遇險，果斷轉身，飛奔著前去支援。

正在與李方和李順廝殺的刺客們，也趕緊撤出戰團，邁開雙腿，追著李彤的背影大喊大叫。

而李彤，卻對來自身後的腳步聲和叫喊聲充耳不聞，像個打群架打紅了眼睛的莽漢般，拎著明晃晃的鋼刀，盯緊刺客頭目，一刀接著一刀，逼得此人加速逃命。

戰陣配合，他以前沒怎麼接觸過，此刻也顧不上想什麼兵書中的大道理。

但是，他卻從小時候跟同窗打群架的經歷中，總結出了一條最佳戰術。那就是，揪住對手中帶頭的那個，往「死」了下手。

「你的同伴，你的同伴快死了！」刺客頭目被他追得汗出如漿，嘴裡忽然冒出了一串人話。

「你先死！」李彤以怒吼聲回應，鋼刀劈開雨幕，直奔此人後背。

「助けて！」刺客頭目嘴裡，又發出一聲鬼叫，身體猛然向前竄出數尺，濕漉漉的衣服被刀鋒波及，撕裂至大腿根兒處，露出一片粉膩的白。

刀刃在青石板上反彈而起，李彤揮了下發麻的手臂，再度追過去，刀尖兒直奔刺客頭目後心。

「張小公爺，張小公爺死了，你也沒好兒！」刺客猛地斜著跳開，再度說出一串大明官話。

「你先死！」李彤的回答和先前一模一樣，追上去又是一刀。

「我的人在你身後，把你剁成肉醬！」刺客竄開數尺，雙手猛地搭上一棵柳樹，攀援而上。

「你先死！」李彤追過來，一刀砍在刺客頭腳下，刀刃入樹半寸。

趁著他用力拔刀的瞬間，刺客頭目躍下，手中兩根鐵釘直插他的眼睛。他鬆開刀柄，後退半步，隨即一腿掃在對方肩膀上，將此人掃成了滾地葫蘆。

單腳踩住樹幹，雙手奮力拔出戚刀，他再度撲向刺客頭目。刺客頭目一個轂轆爬起來，撒腿就跑。堅決不跟他再做任何糾纏。

「著！」所承受的壓力迅速減輕，家丁李序心神大定，猛地將斗笠旋轉著擲出，正中與張川搏鬥的刺客腋窩。

那刺客原本已經被張川逼得手忙腳亂，肋下吃痛，招數立刻走形。張川趁機一刀劈去，將此人攔腰斬成了兩段。

「てったい——」其餘刺客嘴裡發出一串鬼哭狼嚎，紛紛向後敗退。張水拔腿追上去，鋼刀狠狠砍中其中一人胸膛。鋒利的刀刃切斷黑衣、胸骨和肚皮，帶起一團猩紅色的熱氣。刺客的五臟六腑同時滾落，跪在地上，慘叫著死去。

「殺光他們！不要放走一個！」張維善忽然放下家丁張林的屍體，仰起頭，大聲呼籲。臉上的雨水、淚水和血水被閃電照亮，猙獰而又淒涼。

不用他呼籲，張府和李府的家丁，也沒打算放過刺客們。揮舞著戚刀衝向對手，將後者壓得節節敗退。

他們的人數依舊比刺客少，但士氣卻超出了刺客數倍。而身穿黑衣的刺客們，卻因為自家頭目被人趕了鴨子，一個個驚慌失措。

「去死！」李方用斗笠晃開一名刺客視線，緊跟著揮刀直取對方小腹。那名刺客慌忙回刀格擋，卻被李順從旁邊一刀砍中了膝蓋。

「啊——」小腿齊膝而斷的刺客，栽倒在地上，大聲慘叫。「去死！」張維善腰間抽出佩劍，一劍刺斷了此人喉嚨，然後挺身加入戰團。

他以前很少跟人面對面搏殺，經驗少得可憐。完全採用了比武場上的姿勢，劍鋒搖擺，身影飄忽不定。

被他盯上的刺客果斷揮刀斜磕，「噹啷！」一聲，磕歪了他的寶劍。緊跟著，倭刀像閃電般抽落，直奔他的胸口。

「噹啷！」關鍵時刻，家將張川推開了張維善，舉刀擋住了刺客的必殺一擊。家將張石和張水也嚇得冷汗亂冒，雙雙移動腳步，用身體將張維善直接給擠出了圈外。

「讓開，你們讓開！別擋著我！」張維善根本沒意識到，自己剛才已經在鬼門關前轉了一圈，大叫著硬要往刺客刀下湊。家將張川大急，扯開嗓子，高聲斷喝，「去救李公子，李公子那邊只有他自己。你帶著李序他們三個，趕緊救李公子，這邊交給我。」

「子丹……」張維善楞了楞，這才發現李彤已經不知去向。

「快去救咱家公子！」李序、李方和李順三個，也忽然意識到，李彤那邊並非絕對安全。雖然刺客頭目一直被他追著砍，但他身後，至少還跟著四個刺客嘍囉。

登時，李序、李方和李順三人顧不上再圍攻眼前的刺客，撒開腿，朝著先前自家東主消失的方向追了過去。張維善在楞過之後，也如夢初醒。拎著寶劍，緊緊地跟在了三人之後。

「咔嚓！咔嚓！咔嚓！」閃電一道接著一道，劈得更急。紅色，黃色，白色，藍色的電光交織。傾盆暴雨，卻像被塞住了木塞子水管般，戛然而止。

月光迅速刺破碎裂的烏雲，灑向長街。

長街上的戰況，從最開始的慘烈，轉眼變得詭異而又清晰。

一個嬌小玲瓏，半光著屁股的黑衣人，被身材高大的李彤舉著一把臨時從家丁手裡借來的戚刀，追得抱頭鼠竄。四個黑衣人高舉著倭刀緊跟在李彤身後一丈之外，氣急敗壞。更遠處，則是李序、李方、李順和張維善，拎著刀劍追向黑衣人，卻怎麼追都追不上。而張維善麾下的家丁李川、李水、李樹、李石，卻以少打多，將剩餘的黑衣刺客逼在牆角裡四下亂砍。

「當當當當，當當當當，當當當當……」銅鑼聲忽然響起，一小隊先前不知道在誰家門洞下躲雨的兵卒，「及時」趕至，在「千鈞一髮」之際，奮不顧身湧向了刺客頭目。英勇似長阪坡前趙子龍，豪邁如延津渡口關雲長。「住手！當街持械鬥毆，你們眼裡還有沒有王法。速速束手就擒，否則，以謀逆罪論處！」

「去死！」刺客頭目大怒，抬手將鐵釘砸了過去，將帶隊攔路的小旗注二十四砸了滿臉開花，緊跟著，單手搶過對方的雁翎刀，一招夜戰八方，將撲上來的其餘兵卒砍了個人仰馬翻。然後嘴裡發出一聲長嘯，縱身跳入了路邊的珍珠河。「趙百戶受傷了！」

注二十四、小旗：明軍編制。十二人為一夥，兩夥設一小旗。

「趙百戶受傷了！」

「求援，快發信號向臨近弟兄求援，發信號求援！」

「沒火，打不著火。火摺子濕了，火摺子濕了！無法點信炮！」

「我的胳膊，我的胳膊，賊人砍傷了我的胳膊……」

二十幾名巡夜兵丁亂成了一鍋粥，誰也想不起跳進河水中去擒拿傷害了自家小旗的「暴徒」。反倒將李彤的腳步擋了個嚴嚴實實。

待後者好不容易擠到了河畔，哪裡還能找到刺客頭目的蹤影？回頭再找先前追趕自己的刺客，目光所及處，恰看到幾條躍入水面的殘影，眨眼間，就銷聲匿跡。

「不要管我，去抓活口！」李彤急得火燒火燎，轉過身，朝著遠處正在急匆匆朝自己奔過來的張維善大聲提醒，「守義，不用管我。告訴川叔他們，一定要抓到活口！」

刺客今晚所發出的鬼叫聲，一大半兒他都聽不懂。很明顯，這夥人跟昨夜在秦淮河上被自己抓到的那些倭寇之間，脫不開干係。而南京城內忽然冒出了這麼多倭寇，恐怕也不會是只為了區區一個朝鮮公子江南。

「把刀放下，把刀放下，否則，格殺勿論！」還沒等張維善做出回應，亂做一團的巡夜兵卒們，忽然就有了主意。紛紛舉起兵器，將李彤堵在了珍珠河畔，「放下刀，跟我們回守備府衙門。否則，必治你個謀逆之罪，抄家滅族！」

「去你娘的！」李彤被氣得火冒三丈，倒轉刀背，砸向上前包圍自己的官兵們，將後者砸得東倒西歪。

「謀反了，有人謀反了！」官兵們人數雖然多，卻根本沒有任何鬥志。發現最靠近「暴徒」的同行紛紛倒在地上不知死活，立刻慘叫著一哄而散。

「站住，我們不是反賊。逃走的那些傢伙是倭寇！」

「我是英國公府的，那些倭寇剛才想要殺我！」

不想引發官兵的誤會，李彤和張維善連忙大聲解釋。然而，他們倆不解釋還好，嘴裡一冒出倭寇倭寇兩個字，官兵們跑得更加慌張，「倭寇來了，倭寇來了……」，一轉眼，就鑽進周圍的巷子裡不見了蹤影。

「你們……」李彤和張維善兩個又急又氣，咬牙切齒。

他們兩個生於萬曆二年，正值張居正改革彰顯成效的時刻。大明朝內部國庫充盈，政局穩定。對外則打得倭寇銷聲匿跡，打得蒙古人不敢靠近長城。

所以，在二人的潛意識裡，大明朝的將士應該是個個驍勇善戰，死不旋踵。誰料今日看到的，卻是一群連街頭混混都不如的窩囊廢。

如此窩囊的將士，怎麼可能保護得了大明周全？

而此時，才萬曆二十年。

距離戚少保駕鶴西去才四年零幾個月，戚家軍的大部分精兵良將尚在人世。

「少爺，趕緊走吧。等會兒惹來錦衣衛就麻煩了。」家將張川拎著一把砍成了鋸子的戚刀走過來，氣喘吁吁地勸告。

「川叔，這南京守備衙門的官兵……」李彤心有不甘，皺著眉頭低聲詢問。

「他們原本就是這樣。」家將張川早就見慣不怪，撇了撇嘴，滿臉不屑地回應，「咱大明，英勇敢戰的，要麼不得好死，要麼在軍中無立足之地，剩下的自然就是一群窩囊廢。」

「林哥兒和沙哥兒他們呢？他們總不能白白死了。即便官府沒本事管，我也一定要把今晚的刺客揪出來，斬盡殺絕。」張維善氣急敗壞，揮舞著胳膊發誓。

「少爺能有這份心思，林哥兒和沙哥兒他們兩個，死也瞑目了。」家將張川又笑了笑，古銅色的臉上瞬間寫滿了滄桑，「可事情總得一步步來，不能急在一時。至於官府，他們如果想管，自然有的是辦法管。但眼下，少爺還是別指望了，眼下他們不找您和李公子的麻煩，已經算高抬貴手了。」

「刺客今晚是找上門來的，我和子丹差點就死在他們手裡。」張維善無法接受這個答案，跺著腳大聲強調。

「可是刺客來時，並沒有外人看見。小人和弟兄們，又是張家的家丁，不能給少爺您作證。」張川的回應冷靜而正確，可聽在人耳朵裡，卻難受異常。

「活口呢？川叔，你們怎麼沒留活口？」李彤大急，踮起腳尖朝先前戰鬥最激烈處望。只見張石等人用戰馬托著戰死的家丁身體，正默默朝自己這邊走。而沒來得及逃走的黑衣的刺客們，全都歪倒在青石街道上，一動不動。

「都是死士，跟昨夜的那些倭奴不同。」張川嘆了口氣，低聲解釋，「受傷之後，立刻服毒，小的們攔都攔不及。」

「啊……」李彤和張維善兩個，再度目瞪口呆。

死士兩個字，他們以前只在話本小說裡看到過。從不認為，這種人真的會在現實世界中存在。而今夜，話本小說裡的死士，卻直接出現在了他們面前。

「回到家後，兩位公子趕緊派人給家裡的老爺寫一封信，讓他們趕回來處理此事。」知道張維善和李彤都缺乏閱歷，家將張川想了想，非常嚴肅地補充，「然後再給北京英國公府和臨淮侯府那邊也寫信彙報一下，讓府裡各自派人跟南直隸這邊打聲招呼，以免有官員自作聰明，不把兩位公子當做老英國公和岐陽王的嫡系兒孫。」

「需要那麼麻煩嗎？我們兩個可都有功名在身。」李彤這輩子最不願意做的事情，恐怕就是勞煩臨淮侯府，本能地大聲強調。

「有功名在身，只能讓底層小吏有所顧忌。而官員若是昧了良心，卻是什麼事情都能做得出來。」張川又笑，眼睛裡充滿了痛苦和無奈，「兩位公子請聽在下一言，刺客既然敢在南京城裡動手，未必身後就沒有依仗。兩位還是早點請府上長輩出面為好。否則，即便刺客真是混進南京城裡的，背後沒有任何官員與他們勾結。地方官員們想利用此事做文章，也難免把歪心眼打到兩位身上。」

「這……，也罷，就依川叔。唉！」李彤和張維善兩個聽得心裡發虛，只好嘆息著輕輕點頭。

家將張川知道他們一時半會兒適應不了現實的殘酷，所以也不再多說，只管拉過坐騎來，請二人乘坐上去，然後簇擁著二人返回各自的府邸。

「ちくしょう！くそ！」珍珠河內一團發著惡臭的垃圾下，先前被李彤追出了半條街的刺客頭目鑽了出來，揚起一張清秀到極點的面孔，對著李彤和張維善二人的背影，低聲詛咒。

「主上！」四五個水鬼模樣的黑衣人，從附近的爛菜葉子，碎蘆葦籃子和其他垃圾下鑽出來，用古怪的異族語言，向清秀面孔刺客頭目謝罪，「請恕我等無能！那些家丁當中，至少有三個是從軍隊中退下來的老兵，身手敏捷，廝殺經驗也異常豐富。」

「蠢貨，廢物，當初刺探消息時，都幹什麼去了？」刺客頭目的面孔立刻變得扭曲，緊皺起眉頭，朝著「水鬼」破口大罵，「現在說這些，還有什麼用？這次失了手，下次他們肯定不會再輕易在夜裡出來遊蕩。」

「之所以失手，還不是當時您被人提著刀追得滿大街亂竄？」水鬼們心中偷偷嘀咕，嘴巴上，卻不敢做任何反駁。只管用腦袋頂著清秀面孔擲過來的爛菜葉子，臭雞蛋皮，連聲認錯，「主上說的是，在下的確無能，的確辜負了主上的信任。請給在下一個機會，在下一定想辦法混進這兩人家裡去，將他們兩個的人頭給您割來。」

「蠢貨，你們想找死嗎？偷襲都打不贏，還主動把自己送到別人老窩裡去？」刺客頭目大怒，聲音立刻變得淒厲，喉結在水面處上下起伏。

「屬下錯了，請主上責罰。」眾水鬼不敢還嘴，低著頭任憑處置。

刺客頭目也不想鬧出太大動靜，引來外人的注意。罵了幾句之後，就果斷閉上了嘴巴。轉動著腦袋四下看了看，嘴角忽然露出一縷惡毒，「走，去那吳四維家裡，連夜做了他。」

「啊！」眾水鬼被嚇了一哆嗦，嘴裡頓時驚呼出聲，「主上，那，那吳四維可是，可是，可是來島大人花了很多錢才結納下的強援。」

「一個拿了錢什麼事情都肯做的油渣而已。」刺客頭目笑了笑，嘴角的惡毒迅速變成了不屑，「只要肯出錢，明國一抓一大把。與其留著他被人順藤摸瓜，不如現在就做了他。做了他，大明的糊塗官員，肯定會懷疑是那兩個傢伙幹的。做了他，才能讓南京城的水更混。」

說罷，頭一低，扎入漂浮在水面的垃圾堆下，眨眼間又不見了蹤影。

十一、城狐

「什麼，吳四維被人殺了？」南京右僉都御史嚴鋒打了個哆嗦，手裡的青花瓷茶杯落在地上，瞬間摔了個粉碎。

那是宣德年間官窯麒麟青花，世上已存不多。每一只，價值都在百兩之上。然而，以清廉聞名的嚴鋒，此刻卻絲毫顧不上心疼。一把抓過書童嚴壽的胳膊，大聲追問，「凶手是誰？為什麼要殺他？應天府那邊怎麼說？」

「疼，老爺他，疼！」書童嚴壽只有十一二歲，生得細皮嫩肉，被嚴鋒雞爪子般的手指一抓，面孔立刻抽搐成了一個小肉包子，「小人不知道，小人還沒來得及打聽。小人剛才出門去給老爺您買菸葉兒，聽賣菸草的劉二說的。他家掌櫃住在桃花巷，跟吳舉人是鄰居。」

「你個廢物！」嚴鋒急得兩眼冒火，一把將小書童推翻在地。

不怪他不懂得憐香惜玉，今天這個消息，實在將他打了個措手不及。原本還指望著，利用吳四維這個懂得感恩，且善於顛倒黑白的「學生」，替自己衝鋒陷陣，自己可以從容運籌帷幄。卻不料，沒等將小卒子拱過河，有人已經打過來當頭一炮。

損失一個卒子，當然不能決定棋局勝負。可如果炮從哪打過來，對手是誰都不知道，這局棋還怎麼下？況且對方今天既然敢去殺吳四維，說不定哪天就會找到他嚴鋒家門口。他嚴鋒所依仗的一支禿筆和兩片嘴唇，可擋不住明晃晃的鋼刀。想到自己有可能落到跟吳四維一個下場，他心裡就又激靈靈打了個哆嗦。本能地邁開雙腿，直奔掛在牆上的君子劍。然而，手指已經碰到了劍柄，胳膊卻忽然又軟了下來。嘆了口氣，轉回椅子旁，頹然坐倒。

「老爺息怒，小人這就去打聽，這就去打聽。」書童嚴壽雙手遞上一隻裝滿了菸草的荷包，媚笑著說道，「您老先抽上一袋，提提神，小人一袋菸時間，保證將您老需要的消息打聽得清清楚楚。」

「算了，不用了，你歇著去吧。」嚴鋒搖搖頭，嘆息著回應。

「小人，小人沒用，沒用。」書童嚴壽嚇得魂飛魄散，抬起手，左右開弓抽了自己兩個耳光，「小人讓老爺失望了。小人掌嘴，掌嘴，老爺您切莫氣壞了身子。」

「停下。」嚴鋒一楞，趕緊伸手拉住了書童嚴壽的手腕，「老夫的意思是，你打聽也打聽不到有用的東西，你抽自己耳光幹什麼？」

「老爺您……」書童嚴壽楞了楞，這才明白，剛才嚴鋒說得並不是氣話。自己白白抽了自己好幾個大嘴巴。頓時，兩腮處就傳來熱辣辣的疼。

然而，疼歸疼，他心中的恐懼卻瞬間消失了一大半兒。趕緊朝嚴鋒躬了下腰，哽咽著補充道：「老爺您日夜操勞，小人卻連幫您探聽消息的事情都做不好。小人沒用，請老爺責罰。」

「算了，這根本不是你能摻和的事情。」嚴鋒喜歡的，就是書童嚴壽這股子溫順勁兒。放開對方手腕，笑著搖頭，「下去找管家要點冰片敷敷，別淤住血。不然，別人看到，還以為老夫打了你呢。老夫可沒有那麼狠的心腸。」

「老爺您向來仁慈。誰敢冤枉老爺，小人去撕爛了他的嘴。」書童嚴壽嫵媚地看了嚴鋒一眼，啞著嗓子說道。

他正處於變聲期，嗓音落在御史嚴鋒耳朵裡，別有一番滋味。登時，一股濕熱的感覺，就湧上了後者心頭。

大明朝太祖舊制，嚴禁在職官員狎妓。而清流當中的言官，完全靠著正人君子形象吃飯，就更不能四處沾花惹草。但大明太祖在位時，只禁止了官員狎妓，卻沒明令禁止官員養小廝。所以，從英宗年間起，官員們借著雇傭書童的名義養小廝，就成了一種時髦。

小廝們通常都是天生麗質，且粗通琴棋書畫。有女人之柔，無懷孕生子之患。既可以紅袖添香，又可以出謀劃策。可鸞可鳳，肆意顛倒。入則粉黛，出則龍陽，截董賢之袖者，婕妤豈至無歡？啖彌子之桃者，南子未聞冷落……但是今天，哪怕心裡頭再熱，再癢，御史嚴鋒也強迫自己站了起來，快步走向窗口。不肯看書童嚴壽那幽怨的眼神，他自己拉開窗子，讓晨風吹上自己早就不再年輕的面孔，「叫你去找冰片敷臉，你就趕緊去找，別耽誤功夫。回來之後，老夫還有重要事情，安排你去跑腿。」

「是，老爺。」書童嚴壽臉上閃過一絲慶幸，但是很快，就又恢復了女人般的嫵媚，「小人去去就來，您老先吃菸。小人給您裝好了放在桌子角上。」

「嗯。」御史嚴鋒沒有回頭，答應一聲，目光繼續看著外邊的流雲。

初夏時節，天空中的風雲變幻莫測。一轉眼功夫就會彤雲密布，大雨傾盆。而下一個瞬間，也許就是陽光萬里。

書童嚴壽不敢打擾他思考，裝好了菸斗，躡手躡腳去找管家拿冰片。不多時，又拎著一壺參湯走了回來。先給嚴鋒晾上了一碗，然後一邊指使其他下人打掃地上的碎瓷片，一邊小心翼翼地走到窗邊，低聲提醒，「老爺，小的剛才還聽說了另外一件事，吃不準跟吳舉人的事情有沒有關係。」

「什麼事情？」嚴鋒一楞，目光迅速從白雲蒼狗之上收回，皺著眉頭追問。

「小人？」嚴壽猶豫了一下，聲音立刻變得更低，「昨夜成賢街那邊，好像有兩夥人當街搏鬥。據說死了五六個，血流得到處都是。守備府的巡城軍士看到了，也沒敢管！今天早晨屍體還在街頭上橫著，被雨水泡了半宿，都生了蛆！」

「豈有此理！」御史嚴鋒勃然大怒，一巴掌拍在窗台上，震得窗櫺嗡嗡作響。「南京守備府養那麼多兵卒，還有應天府的差役，都是幹什麼吃的？居然放任賊子當街行凶？此事若是傳揚開了，將置我大明留都一眾文武於何地？置太祖和列位先皇的臉面於何地？給我備車，老夫這就去應天府衙門，問問那姓王的到底做的哪門子官？」

拜大明開國皇帝朱元璋這個沒見過世面的鄉巴佬所賜，留都南京的內城規模小得可憐。右僉都御史嚴鋒坐在馬車內，將一篇《孤憤》剛剛吟誦完畢，車輪已經在應天府衙的大門口停了下來。

此刻正值應卯時間，作為大明帝國留都的行政中樞，應天府衙門內忙碌異常。在六房典吏注二十五的調度之下，不斷有大使、書辦和白員們舉著帖子、賬本進進出出。當值的差役，也一個個忙得腳不沾地。嚴鋒坐在馬車內又將《岳陽樓記》從頭背到了尾，居然還沒有任何一個有眼力的主動上前，詢問他的馬車今日因何而來。『先天下之憂而憂，後天下之樂而樂乎。』噫！微斯人，吾誰與歸？」實在受不了車廂內蒸籠般的熱度，嚴鋒以一聲長吟，結束了君子修心之旅。伸出手，主動推開車門，「壽哥兒，怎麼回事？你為何還不去投送老夫的名帖？」

「這……」正被太陽曬得額頭發燙的書童嚴壽，激靈靈打了個哆嗦，趕緊一個箭步竄回車廂門口，壓低了聲音解釋，「老爺，請恕小人多嘴。小人剛才看到，有幾輛馬車，都繞向了側面的角門兒。此刻小人要是拿了您老的名帖去正門投遞，肯定有那多嘴的人會問，您老挑這個時間來找府尹，是因公還是因私……」

「廢話，老夫跟姓王的又沒什麼交情，難道還能為私事找他？」嚴鋒聽得心頭火起，順手抓起一本書，就想往書童頭上砸。然而，手舉到一半兒，卻忽然意識到，南京應天府跟北京順天府平級，知府不叫知府，而叫府尹，乃是正三品實權大吏。

而他自己，雖然聲名赫赫，卻終究只是正四品。級別比府尹差了一大級不說，也管不到對頭上。

注二十五、明清府、縣設有六房，以應中央六部。六房主管稱為典吏。少數府衙還設有庫大使，倉大使，稅大使等職位，輔佐知府辦公。

在應卯時間前來，應該以下官之禮老老實實投帖子等待接見，無論如何，都沒資格讓對方出門來迎接。

「老爺，老爺不要生氣。小人糊塗，小人被太陽曬暈了頭，不該讓人把車趕到大門這邊。小人這就去側門投帖子，然後請那府尹派專人到正門來接。」嚴壽雖然年紀小，卻極為機靈。見嚴鋒的臉色紅一塊，白一塊，趕緊給對方找台階下。

「罷了，讓車夫將馬車趕到角門那邊。然後告訴裡邊的管事，老夫乃是王府尹的故交，當年曾經一道在京師為同僚，今日有要緊事，必須跟他當面相商。」嚴鋒有了台階下，臉上的羞惱立刻變成了慈祥。擺擺手，柔聲吩咐。

「是。」書童嚴壽答應一聲，立刻吩咐馬車轉向。在一片好奇或者納悶的目光當中，悄然駛往知府衙門角門。隨即，又利索地進入車廂內，取了自家主人的名帖，逕自去找人投遞。

角門處當值的書辦，聽聞來者是一位僉都御史，又聽聞對方跟自家老爺一道做過京官，不敢怠慢。立刻拿著嚴鋒的名帖，直奔府署二堂。

府尹王福瑞正在跟一位順路前來拜訪的同年端著茶水點評時政，聽嚴鋒自稱是自己以前的同僚，眉頭立刻皺成了疙瘩，朝著書辦揮了下手，大聲吩咐：「跟他說老夫身體今天不適，不敢見客，等改日身體康復了，自當登門謝罪。」

「遵命！」書辦答應一聲，轉身欲退。還沒等邁開雙腿，王福瑞的同年進士，剛剛從北京外放杭州就任知府的李方鋒，卻低聲喊了一句，「且慢，哪位嚴御史？是不是去年剛從北京因為彈劾申閣老，被踢出朝堂的那個清流名宿？」

「正是此人！」南京府尹王福瑞滿臉鄙夷，冷笑著回應，「你我乃是進士出身，授翰林院庶吉士，兩年之後就外放上縣。他在京城蹉跎了九年，才勉強考了個三甲末尾，又在刑部熬了六年，才依靠敢於撕咬，做了七品給事中。王某何德何能，敢跟他姓嚴的去做同僚？」

他說得全是實話，翰林院那是國家儲藏人才的重地，非年輕而才華出眾者不得入內。而非翰林不得入閣，也是大明朝的慣例。他和李方鋒當初都是少年得志，二十六七歲便中了進士，以二甲前幾名的成績，被納入翰林院，彼此叫一聲同年，也算惺惺相惜。

可御史嚴鋒，卻是四十出頭才中了個三甲末尾，最初官職也只是刑部檢校。以九品雜員的身分，去硬跟六品庶吉士充同僚，的確過於勉強。

但是，剛剛在北京述過職的李方鋒，對王福瑞的觀點，卻不敢苟同。先朝著書辦搖了搖頭，示意此人不要輕舉妄動。然後笑了笑，低聲勸諫，「王兄，這話可就錯了。你久在地方，恐怕不清楚朝堂上的情況。那嚴御史雖然學問不怎麼樣，全身本事都長在了一張嘴上。若是你得罪了他，今後再想百尺竿頭更進一步，恐怕難比登天。」

「此話怎講？」南京府尹王福瑞心中立刻打個哆嗦，詢問的話脫口而出。

「王兄，你虧就虧在，很久沒去過京師，消息不夠靈光。」李方鋒咧了下嘴巴，苦笑著回應，「京師裡最近一直流傳著兩句話，叫做『寧遇老虎，莫遇瘋狗。可惹閣老，別惹清流。[注二十六]』遇到老虎，

注二十六、閣老：申時行，性子綿軟，做事力求穩妥，在萬曆與言官之間，起到了極大緩衝作用。萬曆二十年春被清流彈劾，辭職回家。

老虎若是不餓，未必吃你。可遇到了瘋狗，卻不管肚子餓不餓，都會撲上來就咬。惹了閣老，只要你持身以正，閣老愛惜名聲，無論願意不願意，肚子裡頭都必須撐得開一條船。而惹了清流，他們卻會像瘋狗一般成群結隊撲上來，不把你咬死誓不罷休。」

不待王福瑞說話，幽幽地嘆了口氣，他繼續補充，「以申閣老八面玲瓏，人稱水晶琉璃球，尚被他們逼得今年春天不得不自請去職回鄉，像你我這種完全靠實幹政績往上走的，一旦被他們盯上，還不得撕咬得體無完膚？所以，王兄且聽小弟一句話，寧可受一些委屈，也切莫招惹這條瘋狗。」

「嘶——」應天府尹王福瑞倒吸一口冷氣，身上所謂那點翰林院庶吉士的驕傲，瞬間消失得乾乾淨淨。

首輔申時行今年受不了清流的輪番攻擊，主動辭職之事，在大明朝官場中傳得沸沸揚揚。作為留都南京的府尹，他不可能對此毫無耳聞。而申時行身為嘉慶四十一年的狀元，這輩子從來沒做過地方官，尚被清流撕咬得體無完膚。他這種常年在地方任職，完全靠著政績往上走的，怎麼可能擋得住清流們雞蛋裡挑骨頭？

所以，儘管他級別比右僉都御史嚴鋒高，權力比後者也大，今天這碗「閉門羹」，也堅決不能往外送。否則，將來有可能真會應了那句話：寧遇老虎，莫遇瘋狗……

「唉！」權衡清楚了利害，應天府尹王福瑞只能嘆了口氣，先向同年好友李芳鋒道了謝，然後吩咐人給自己換了正式官服，親自迎到了知府官署的角門口。

那右僉都御史嚴鋒正等得不耐煩，見府尹親自出迎，立刻感覺臉上有光，先前肚子內的不快瞬間煙消雲散，主動上前幾步，向王福瑞躬身施禮，「同年末學見過王年兄，昔日瓊林宴上，王兄風采，嚴某至今歷歷在目。」

「嚴兄客氣了。當初王某年輕氣盛，行事孟浪，沒少出了醜。倒是嚴兄，當初就能做到榮辱不驚，此時，風采竟然更勝往昔！」王福瑞側開半步，以同輩之禮相還。

瓊林宴乃為殿試結束之後，朝廷賜給進士們的酒席。每屆有幸品嘗者，總數大約在三百人上下。除非彼此之間慕名已久，否則，新科進士們，根本不可能將彼此的名字跟面孔對上號。而嚴鋒和王福瑞，卻不約而同地回憶起了當日盛況，並且將對方當日的表現大加讚賞。

這種客氣話根本不能認真，用來拉近彼此之間的距離，卻再好不過。一邊寒暄著，一邊緩緩走入知府官署，待腳步踏上了二堂的台階，賓主雙方之間的關係，已經近得宛若親兄弟一般。

王福瑞的同年好友李方鋒甚有眼色，早就主動去了其他房間。王家的小廝們也手腳麻利，趁著自家老爺出門迎接客人的功夫，也將專門用來接待要客的二堂內收拾得一塵不染。賓主雙方又客氣了幾句，相互謙讓著走入堂內落座，不多時，便有人將茶水和點心送了上來。

右僉都御史嚴鋒是曾經在朝堂上見過大世面的，當然不在乎茶水和點心是否精緻。隨便應付了幾口，就將話頭轉向了正題，「王兄莫嫌嚴某多事，最近南京城內似乎不太安穩。馬上夏糧就要裝船北解，萬一有個閃失……」

「多謝嚴兄提醒。」王福瑞聞弦歌而知雅意，放下茶盞，笑著拱手，「王某今天也正為此事頭疼。」

不過，底下人做事還算得力，已經弄清楚了是一夥倭寇不小心在城裡吃了虧，蓄意尋仇報復。王某已經知會了徐守備，請他增派兵丁加強巡視，一旦發現有人鬧事，立刻當場拿下。」

聽見「倭寇」，右僉都御史嚴鋒眉頭輕皺，臉上的笑容瞬間消失，「輯五可確定鬧事的全是倭寇，並非有人假冒倭寇，為禍地方？」

「仵作那邊，已經將屍體都檢驗過。其中大部分都是日本國人。所抓獲的疑犯當中，也有日本國人開了口。所以應該不是假冒。」聽對方忽然叫了自己的表字，應天府尹王福瑞心中一寒，警覺油然而生，「上元、應天兩縣的縣令，已經把發生在各自地頭上的案子整理出了大致脈絡。從目前他們彙報上來的情況看，三個案子，應該歸為一個？」

「三個案子，敢問是哪三個案子？如果不妨礙公務的話，還請輯五如實告知。」儘管應天府尹王福瑞回答得滴水不漏，右僉都御史嚴鋒還是憑著多年進攻經驗，從中找到的下口之處。「否則，一旦北京那邊追問起來，南京督察院這裡，嚴某也好儘量為你分辯一二！」

「都被踢到南京來了，還胡亂伸爪子，就不怕被人剁掉。」應天府尹王福瑞肚子裡暗罵，臉上，卻堆起感激的笑容，「多謝嚴兄，王某正愁有人聽到點風聲，就唯恐天下不亂。」

頓了頓，他笑著補充，「三個案子，其實嚴兄應該都聽說過了，第一件是高麗國某個要員之子江南在玄武湖上遇刺的案子，當時就有一名倭寇被打死，一名倭寇落網。第二件，則是兩個國子監學生替江南報仇，帶著家丁追到了倭寇藏身的船上，將勾結倭寇者和船上的倭寇一戰而擒。第三件案子，發生於昨天夜裡，倭寇的餘黨恨那兩個學子動了他們的人，攔路報復。結果被那兩個學子和聞訊趕來的守備衙門官兵打死了一大半兒，剩下全都跳進了珍珠河。」

「哦？我大明還有這等文武雙全的學子，府尹真是治政有方。」嚴鋒迅速拱起手，皮笑肉不笑地向王福瑞道賀，「此事若是屬實，府尹入閣指日可待。」

作為官場上滾打了半輩子的老江湖，王福瑞如何聽不出嚴鋒話裡藏著毒針？眉頭微微一挑，笑著拱手，「御史莫非認為底下人判斷有誤，王某愚鈍，還請不吝賜教。」

「嚴某發現一名倭寇！」右僉都御史嚴鋒猛然站起身，單手比做刀狀，朝著身旁空氣裡連連下劈，「哎呀，這個也是，這個還是！哎呀，這南京城裡，到處都是倭寇。且待嚴某將他們全都殺掉，然後將屍體交到府尹面前邀功。」

「嚴兄這話可就過了！」好歹也是個正三品大員，王福瑞即便性子再軟，也受不了別人當面冷嘲熱諷。長身而起，怒容滿面，「莫非嚴兄以為，上元、應天兩縣的縣令、縣尉，還有我應天府的上下，全都是睜眼瞎不成？」

「不敢，不敢，府尹息怒！」嚴鋒撇起嘴，冷笑擺手，「嚴某如果沒記錯的話，早在二十餘年前，倭寇就已經絕跡，府尹和守備做事又都一向小心，這南京城裡，怎麼會忽然冒出來如此多的倭寇？其二，這倭寇進了南京城裡，既不搶錢，也不殺人放火，為何偏偏找兩個國子監學生的麻煩？再者，南京城內河道縱橫，每日過往船隻數以千計，他們怎麼找得就那麼準？此外，那倭寇又不是他們的家人，怎麼連他們回家的時間都知道的清清楚楚，還恰巧攔在了他們回家的路上？」

「這？」王福瑞的額頭上，迅速滲出了汗珠，鐵青著臉無言以對。

嚴鋒肯定是在雞蛋裡挑骨頭，這點他一開始就清楚。但是，嚴鋒所挑的骨頭，卻無一處看起來不是有理有據。特別是第一條，絕對戳中了他的軟肋。

南京城突然冒出來這麼多倭寇，他這個府尹難辭其咎。一旦被人咬住做文章，他數年兢兢業業積累下來的政績，肯定瞬間付之東流。

正恐慌間，卻又聽見嚴鋒的話從耳畔傳了過來，像毒液般，迅速注入他的心臟，「皇上不肯上朝，春闈一拖再拖。有學子等不及了，難免會想走歪門邪道。府尹，你可千萬小心！我大明，向來是瓊林宴把盞者方堪稱英傑。萬一開了拿人頭堆的口子，即便他們殺的真是倭寇，大明士林，也不會聽之任之。」

十二、社鼠

在大明朝，文臣武將之間壁壘赫然。

立國之初，武貴文賤，武將們將文官壓得無法抬頭。而土木堡一役，大明朝實權在握且懂得內鬥的老將，被英宗皇帝盡數葬送，整個武將體系青黃不接，從此文臣才把控了朝堂，一步步將武將踩在了自己腳下。

所以，才有了「瓊林宴把盞者方為英傑」這句話。雖然侵犯了北宋名相韓琦的話語，卻道出了大明士林的一個共識。那就是，讀書人參加科舉出仕，才是正途。此外，全都是邪門歪道。而膽敢給走「邪門歪道」者放行的人，無論其官職高低，必會激起公憤，導致整個士林攜手共擊之！

所以，兩個國子監的學生殺的是真倭，假倭，並不重要！他們是主動出擊，還是被迫反抗，也不重要！重要的只是，身為文貢生，卻由武入仕這個口子不能開。否則，文武之間的界線就要大亂，文官們努力了百年才造就的大好局面，就要毀於一旦。

而如果應天府尹王福瑞以先前的那套說法看待三個案件，牽涉於其中的兩個學子，非但沒有過錯，並且需要官府當做義士大肆表彰。二人哪怕不參加科舉，甚至不用熬到國子監卒業，就有可能平步青雲。

應天府尹王福瑞雖然不是一個昏官，可他跟兩個年輕的文貢生既不沾親帶故，又無財產往來，憑什麼為了二人去得罪整個士林？當即，此人心裡就有了決斷，拱起手，心悅誠服地向嚴鋒行禮，「多謝年兄提醒！今日若非兄長提醒，王某差點就犯下失察之錯。下面人偷懶，硬把三個不相關的案子往一起聯繫，王某立刻就將案卷發回刑房，讓他們嚴查，一定不給妄人鑽了空子。」

「賢弟客氣了。」見王福瑞如此上道，嚴鋒老臉上，立刻就寫滿了嘉許。笑著起身，拱手還禮，「你一直忙著教化百姓，對士林中的一些禁忌不太留意，也是應該。不過，愚兄會努力幫你看著，儘量發聲提醒，只要你不嫌愚兄多嘴便好。」

「不嫌，不嫌，兄長多慮了。王某知道好歹。」王福瑞笑著躬身，再度向對方行禮。

「賢弟虛懷如谷，今後前途必遠在所有同年之上。」南京右僉都御史嚴鋒笑著還了個禮，隨即快速補充，「其實還有一件案子，可能江寧縣那邊還沒來得及向賢弟彙報。「桃花巷那邊有個姓吳的舉子，昨夜居然被人滅了滿門……」

「嚴兄是說那個喜歡搬弄是非，包攬訴訟的吳四維？」應天府尹王福瑞眉頭輕皺，立刻給出了回應，「那件案子，沒有經過江寧縣，而是直接驚動了府衙。刑房典吏帶著仵作和衙役們，一大早就趕過去了。據目前所掌握的情況，典吏和捕頭們都認為是熟人作案。」

「熟人作案？」嚴鋒聽到「搬弄是非，包攬訴訟」八個字，臉上的笑容就已經消失，再聽到典吏和捕頭們的初步結論，立刻陰雲滿面，「好一個熟人作案，一句話，就將吳舉人從受害者，變成了凶手的同黨。然後再花上一兩年慢慢去梳理，運氣好恰巧遇到了凶手，就將案子結束。運氣不好，也是惡人內部分贓不均引發的火併，可以不了了之。」

「嚴兄……」應天府尹王福瑞心頭聽得心中發堵，然而，有剛才的前車之鑑在，卻不敢怪嚴鋒信口雌黃，只能強壓下怒氣，朝著對方低聲請教，「嚴兄莫非以為此案另有蹊蹺？如果嚴兄掌握了確鑿證據，還請明示。夏糧北運在即，王某真的不願讓城內人心惶惶。」

「那兩個貢生帶領家丁在秦淮河上行凶之時，吳四維曾經帶領幾名同鄉舉子力阻。而昨夜那兩個舉子前腳遇刺，後腳吳四維就被人滅了滿門，這時間未免趕得太巧。」嚴鋒撇了撇嘴，冷笑著給出了回應。

按道理，他一個正四品高官，即便落了勢，被政敵一腳踢到了南京，此刻也應該注意點兒身分，不去直接找兩個白丁的麻煩。可那吳四維乃是他麾下重要一卒，剛剛準備拱過河去當車使，就被人用刀剁掉了腦袋，這口氣，他又怎麼可能咽得下？

更何況，在他眼中，張維善和李彤兩個，也絕非尋常貢生。極有可能，就是對手派出來頭前探路的小卒。自己的小卒被滅，他若不能以一換二，如何又能扳平局勢？如何能逼出對面的車、馬、炮、相？

「嚴兄莫非以為，是那兩個貢生，帶領家丁登門尋仇？」應天府尹王福瑞，被嚴鋒的話嚇了一跳，趕緊端正態度，大聲追問，「嚴兄可有真憑實據？若是有，王某這就可有發下火簽，讓差役抓他們兩個歸案。」

「這不是明擺著嗎？時間、作案動機，都對得上。」嚴鋒瞟了王福瑞一眼，對此人的囉嗦很是不屑，「賢弟只要派人把他們拘進府衙內，嚇唬一番，肯定就能水落石出！」

「嚴兄，小弟這邊斷案子，可不像先前駁回底下人所做結論那麼簡單。」王福瑞聞聽，立刻苦笑不得地搖頭，「駁回底下人所做結論，小弟只需要一句話就夠了。而斷案子，卻要真憑實據。且不說還有同知、刑房典吏，以及若干同僚子在旁邊看著，單純那兩個人頭上的貢生功名，小弟也不能隨便就拘他們前來問話。當然，如果嚴兄手裡拿著真憑實據，就另說了。小弟即便拚著被南京吏部和刑部申斥，也一定替吳舉人雪了這滅門之冤。」

話，說得很委婉，也很漂亮。但底線，也亮得非常明白。地方官府斷案，不像言官彈劾同僚。言官彈劾同僚，不需要憑據，風聞奏事就行了，這是大明太祖給他們的權力，後世皇帝即便氣個半死，也不敢擅自更改。而地方官斷案，自古以來就得講究人證物證確鑿，否則就是蓄意栽贓陷害。一旦留下首尾，當事官員難免會吃不了兜著走。

「貢生算什麼功名？」見對方不肯依照自己的指點行事，嚴鋒心頭懊惱，說話聲音瞬間轉高，「只要你想辦成鐵案，嚴某一句話，就讓有司剝奪他們的學籍？」

「小弟相信以嚴兄的本事，奪了他們的學籍，易如反掌！」應天府尹王福瑞聽得心中一凜，卻愈發不敢輕舉妄動。

他先前之所以答應嚴鋒，不給兩個學子拿著倭寇的頭顱邀功領賞的機會，是因為此事對他來說非常簡單，且不會落下任何把柄。而憑著嚴鋒一句話，就硬將兩個貢生當做殺人的嫌犯拘進府衙審問，卻會讓他冒上極大的風險。

他跟嚴鋒之間的交情，僅僅是同一年考中的進士，還不在一張榜單上。憑什麼要為此人賭上自家前程和好不容易才積累下的官聲？

「在此之前，還請嚴兄體諒王某的難處。」頓了頓，王福瑞壓低了聲音，迅速補充，「況且嚴兄可能有所不知，他們兩個，也不能算是尋常貢生。一個出自臨淮侯府，另外一個，則還有機會承襲英國公的爵祿。嚴兄身為御史，可以不懼權貴。可王某這邊，卻不能隨隨便便，就把兩位勛貴之後拘進衙門裡。若是沒有真憑實據，拘時容易。待到不得不放人的時候，可是難上加難。」

「那又如何？」嚴鋒既然已經決定親自下場收拾兩個「小卒子」，又豈能不知道李彤和張維善二人的背景？撇了撇嘴，大聲道：「我等讀聖賢書，養浩然氣，若是面對權貴時畏首畏尾，豈對得起當年先皇知遇提拔之恩？」

這話，當然說得漂亮。但是聽在應天府尹王福瑞耳朵裡，卻引發不了任何共鳴。且不說嚴鋒以四品御史的身分親自下場陷害兩個學生，「吃相」實在過於難看。但憑二人職責的差別，也令王福瑞對嚴鋒的觀點不敢苟同。

作為以彈劾人為職業的御史，嚴鋒故意跟勛貴作對，非但沒人能拿他怎麼樣，反而會博出一個錚錚鐵骨的名頭，為今後的升遷帶來數不清的好處。而作為地方大員，王福瑞卻要靠政績、考評和人脈來鋪前程。想要百尺竿頭更進一步，就不能四下樹敵。否則，就會給內閣大佬們留下「這廝沒做事實的本領，只懂得沽名釣譽印象」，爭先恐後跟他劃清界線。

歷朝歷代，只要皇帝不是亡國之君，都會懂得一個道理，那就是，手下不能沒有專門給百官挑刺的清流，更不能少了能踏踏實實做事的能吏。否則，百官全將手揣在袖筒裡，張開嘴巴給別人挑刺，幹的越多錯處越多，遇到外敵之時，君臣就只能集體去崖山跳海了。

以王福瑞對世道和朝廷的看法，這大明，還遠遠沒到準備亡國的時候。北京城裡那位萬曆天子雖然因為跟百官嘔氣不願上朝，也遠稱不上昏庸糊塗。所以，身為正三品留都府尹，他無論如何也不敢走清流的路子。

想了又想，實在被嚴鋒的目光催促不過，應天府尹王福瑞端起一盞茶，邊喝，邊慢吞吞地回應道：「嚴兄此語，對王某來說，無異於當頭棒喝。然歷任應天知府的主要任務，都是確保江南糧賦按時北運，其他皆由府丞代為處理。嚴兄今天的推測，王某已經記在心裡了。接下來肯定會與同知那邊通氣，要求其秉公而斷，做到不枉，不縱。」「蠢材，若是要求秉公而斷，不枉、不縱，老子又何必親自過來找你？」南京右僉都御史嚴鋒在肚裡大罵，然而，臉上卻做出了一副非常歉然的表情，「哦，為兄倒是忘了，你這個府尹還管著漕運、鹽引與海貿戡合諸事。趕著這個時候前來打擾，真是該直接叫衙役拿大棒打了出去。」

「言重了，言重了！」應天府尹王福瑞滿臉堆笑，連連搖頭，「再忙，也不會連請嚴兄坐下來喝茶的時間都沒有。只是夏糧入庫和北運之前這幾天罷了。等過了這幾天，一定登門向嚴兄請教。」

「愚兄必倒履相迎！」嚴鋒坐直身體，大笑著回應。

話不投機，繼續說下去，已經沒有必要。但官場上該有的禮節，卻不能丟。因此，二人你一句，我一句，從當年進士高中之後瓊林盛宴，一直扯到王福瑞等庶吉士奉旨出京。然後再由某人因拍了張居正的馬屁飛黃騰達，扯到萬曆皇帝即位之時種種天降祥瑞。林林總總，越談，氣氛越是熱鬧。待從北京扯到南京，又扯到最近幾年越來越多的西洋海客，嚴鋒忽然收起了笑容，「賢弟身居要職，可曾聽說過朝廷準備力行開海之事？」

「開海，不是早就開了嗎？否則市面上，哪裡來的那麼多稀奇古怪東西？」王福瑞扭頭看了一眼擺在書架旁的西洋鐘，笑著反問。「比如自鳴鐘、鐵弦琴，還有滿街亂滾的琉璃球子，都是金髮碧眼的外夷從海上販運而來。前兩年還甚為稀罕，最幾年，卻已經成了常見物，任何人都能買得到。」

那西洋鐘是五年前他做生意的小舅子，特地買來送給他的。雖然每天都必須上發條，誤差也大了些，但勝在靈巧方便。平素只要看一眼錶盤，就能根據指針的位置，大致估算出正確時間。每隔半個時辰，還能不敲而鳴，用來催促客人滾蛋，再好不過。同樣的西洋鐘，嚴鋒的書房裡也有一座。不過他嫌此物敲來敲去太吵鬧，特地找工匠弄成了啞巴。因此，倒透出了幾分「大音希聲」味道。

只是，此刻嚴鋒的心思，卻不在探討西洋自鳴鐘。笑了笑，繼續說道：「賢弟恐怕是想得擰了，此番開海，不是像先前那般發出定數的戡合，然後逐年審定。此番，據說要大開海貿，只要繳納一定數量保金，福建、浙江等沿海諸省，就可以自行下發。」

「啊！」應天府尹王福瑞被嚇了一跳，手裡的茶水差點全潑在自己的大腿上。「朝中為何要如此行事，若各省濫發戡合文憑，這不是亂了章法嗎？屆時，那海船扯著風帆南北亂竄，誰知道其手中文憑是真是假？胡鬧，真是胡鬧。是哪個提出的此議？其罪當誅！」

嚴鋒要的就是這個效果，搖了搖頭，臉上的笑容愈發燦爛，「當朝閣老為何要做這種打算，愚兄哪裡懂得？按愚兄的想法，這海禁就不該開。我大明天朝什麼都不缺，何必拿上好的絲綢、茶葉，去換那些既不能吃，又不合用的光怪陸離之物？但愚兄如今身在南京，說了話也沒人肯聽。所以還不如不說。」

「這……？」素有擅長實務的應天府尹王福瑞，臉上彷彿有數團浮雲，時聚時散。

「鐺，鐺，鐺，鐺……」自鳴鐘忽然響了起來，聲音清脆洪亮。南京右僉都御史嚴鋒非常識趣地起身，向著王福瑞拱手，「賢弟公務繁忙，愚兄就不多打擾了。賢弟若是有空，不妨到寒舍坐坐，咱們同年兄弟，這麼多年後還能相遇也是有緣。」

「嚴兄……」王福瑞想要挽留，卻又不知道該拿什麼理由，只好站起身，魂不守舍地將對方送出了府署。望著馬車漸行漸遠，忍不住長嘆一聲，恨恨扼腕。

這一回受到的打擊頗為沉重，導致他整整一天，無論會客，還是處理公務，都提不起任何精神。晚上回到府衙後院，對著美食美酒，依舊愁眉不展。

他的妻子出身於大戶商賈之家，素來賢慧。見自家丈夫神不守舍，忍不住親手替他倒上了一盞酒，笑著勸道：「老爺這是怎麼了？整天唉聲嘆氣的。是手下的官吏不聽使喚嗎？那該收拾就狠狠收拾，千萬不要心軟。否則他們倒是逍遙了，您自己累壞了身體，讓妾身和孩子們可怎麼是好？」

「我都連任了兩屆府尹了，手下人誰還敢不聽使喚？」王福瑞接過酒盞，嘆息著搖頭。「妳不用管了，我只是今天出門沒看黃曆，差點兒踩了一腳狗屎。」

「狗屎！哪個膽大包天的，敢在府署裡頭養狗？」夫人勃然大怒，站起身，就準備吩咐下人去將狗找出來打死燉湯。王福瑞看到，連忙笑著攔阻，「別胡鬧，這是應天府衙門，非妳我准許，哪個敢把狗子帶進來？我只是打個比方而已，沒有真狗。」

「老爺又戲弄人？」府尹夫人楞了楞，轉身翻了個白眼。雖然依舊兩鬢飛霜，卻依然有幾分妖嬈嫵媚。

那王福瑞看到了，心中頓時就有些發熱。笑了笑，柔聲道：「別胡鬧，過來坐。為夫最近忙得腳不沾地，咱們兩個，已經有日子沒好好吃過一頓正經飯了。」

「老爺也是為了咱們王家。」夫人聽得心中一暖，笑著掉頭往回走。眼看著已經走到了桌案旁，忽然又停了來，眉頭緊皺，杏眼圓睜，「老爺您不是看上了哪個女校書了吧？大明朝的祖制可說得清楚，做官不可於任職所在地娶妻納妾。妾身即便再通情達理，為了老爺的前程，也必須做這個妒婦。」

「妳，妳這人，沒來由地，吃哪門子乾醋？」應天府尹王福瑞被問了個哭笑不得，苦著臉搖頭，「為夫都奔花甲的人了，哪來的那麼多閒情雅致？莫說秦淮河上的女校書，就是府裡妳買來的那些丫鬟，妳看我動過歪心思嗎？」

「人都說家花不如野花香。」夫人緊皺的眉頭立刻放鬆，一邊落座，一邊笑著打趣。說罷，終究覺得這樣做，對自家丈夫有些無理，先揮手讓伺候起居的丫鬟們盡數退下，然後又給王福瑞倒了杯酒，低聲賠罪，「我也只是順口那麼一說，你千萬不要生氣。咱們一家子，還有兒孫的前程，都還著落在你身上。你真的喜歡那嬌滴滴的狐狸精，妾身也不攔著。等哪天妾身有了空，派人去蘇州和杭州那邊買幾隻回來替你養在家裡就是。」

「越說越不像話了，又不是養貓養狗，還論隻買！」王福瑞氣不得，也惱不得，接過酒盞，一飲而盡，「妳把心放肚子裡好了，為夫不是那種缺德的老不羞。為夫今天之所以不開心，是因為上午遇到了一個妄人。」

「既然是妄人，直接打出去就是了。何必跟他客氣！」終於確定丈夫不是想找紅顏知己，府尹夫人立刻來了精神。把手朝桌案上輕輕一拍，霸氣的話脫口而出。

「他是右僉都御史，終日以搬弄是非，誣陷他人為業。為夫躲他還來不及呢，哪有膽子碰他一根寒毛？」王福瑞咧了下嘴，繼續苦笑著搖頭。但心中的鬱鬱之氣，終歸還是順著肚子裡的酒水，化開了一大截。

「右僉都御史，四品言官，是北京派下來的巡撫，還是被人趕到南京督察院養老的廢物？」府尹夫人眉頭輕蹙，雙目當中精光閃爍，「無論是前者，還是後者，你都沒必要跟他置氣。妾身馬上派人回娘家，告訴老太爺。自然有人會出面跟他打擂台。」「打擂台？」王福瑞又楞了楞，這才想起自家夫人姓楊，出身於蘇州楊氏。雖然在大明朝算不上什麼豪門，可家中的十幾個女兒孫女，卻嫁的全都是進士。這麼多年「積福」下來，女婿和孫女婿們有的已經布政一省，有的則躋身清流。真的暗中聯合起來，甭說對上區區一個南京右僉都御史嚴鋒，即便對上的是北京的某個三品都御史，也有機會讓對方折戟沉沙。

「當然了！我們楊家嫁出去的女兒，可不是潑出門的水。」府尹夫人頗具大將之風，見王福瑞好像將信將疑，立刻長身而起，「老爺不用為這點小事煩心了，妾身這就去寫信。定然要讓那賤人……」

「夫人莫急！」應天府尹王福瑞心神打定，笑著擺手，「眼下還不到動用夫人娘家力量的時候。那廝，那賤人正如夫人所料，是個被趕到南京督察院養老的廢物。一時半會兒，還咬不到為夫頭上。」

「那你今天為何如此沮喪？」夫人將信將疑，皺著眉頭低聲詢問。

「唉！那賤人逼著為夫枉法陷害兩個貢生，為夫沒有答應，就惱羞成怒，聲稱要推動朝廷廣開海貿。」應天府尹王福瑞嘆了口氣，用儘量簡單的語言，將事情的前因後果向自家夫人彙報。

「廣開海貿！那還不好嗎？我寫信讓娘家那邊，偷偷組建船隊就是。等開了海，就去外邊大肆採辦一番，然後運回來賺個盆滿鉢盈。」終究沒在官場上混過，楊氏夫人弄不清裡邊的彎彎繞，立刻興奮地連連揮手。

「我的好夫人，哪那麼簡單？」應天府尹咧開嘴，大聲提醒，「這海貨價錢之所以居高不下，便是因為物以稀為貴。若是每年放出成千上萬隻船去，海貨豈不立刻變成了蘿蔔青菜？同理，我這個應天府尹之所以人人搶著巴結，就是因為手裡還掌管著有數幾張海貿文憑。若是文憑沿海各省都可以核發，非但為夫這個府尹，會少了許多意思？咱們王家今後的進項，恐怕每年也得減掉一大截。」

十三、坑爹

海貿文憑發出去多了，自家老爺的權力和進項，就會銳減。而娘家縱使組建船隊賺得盆滿鉢盈，最後分到自家手裡，能有幾何？

賬，很簡單，楊氏夫人沒讀過幾天書，也能算得清清楚楚。將手朝桌子上一按，她再度長身而起，「這瘋狗，咱家有沒得罪他，他為何連活路都不給咱家留？不行，我得立刻給家裡寫信，讓他們竭盡全力去阻止。」

「妳娘家拿什麼阻止？為何要阻止？」應天府尹王福瑞這次沒有阻攔，只是笑著搖頭。

楊氏夫人肚子裡的氣，頓時又像被扎壞了的豬尿泡般，瞬間瀉得一乾二淨。低下頭，雙手扶住桌子角，無言以應。

楊家的女婿們再能幹，也阻止不了朝堂上的決策。況且，朝堂下令廣開海貿，楊氏家族一定能從中大受其益。受損的，只是他們夫婦這個小家，其中具體緣由還見不得光。楊家的其他女婿們，憑什麼放著天上掉下來的銀子不要，卻為了他們夫婦的貪欲，賭上自家前程？

大家，小家，賬很容易算，道理清清楚楚，可真的掄到自己去選擇，有誰能夠像平常說得那樣雲淡風輕？

「為夫做官雖然比不得海剛峰注二十七，但這些年來，拿的都是常例注二十八，偶爾拿了一些不該拿的，也做得足夠隱蔽，所以倒是不怎麼怕姓嚴的使陰招。」半晌之後，應天府尹王福瑞嘆了口氣，幽幽地道，「但是，這一回，他用的是陽謀。為夫想了一整天，也想不出太好的破解之策，所以才有些煩悶。不過，車到山前必有路，既然管不了，就姑且聽之任之！來，夫人，喝酒，咱們兩個乾了此杯！」「嗯。」楊氏神不守舍地點頭，舉起酒杯，一邊慢慢品味，一邊柔聲商量，「要不，老爺就答應了他？左右不過是倆窮學生而已，老爺隨便動一下手指頭就能碾死，沒必要……」

「若是倆窮學生，就簡單了。」王福瑞放下酒盞，連連搖頭，「夫人有所不知，那倆貢生，一個出自國公府，一個出自侯府。雖然都不怎麼受長輩待見，可也不是能隨便丟進牢裡弄死的廢柴。」

「這個我知道，打狗也得看主人。哪怕主人家天天讓自家的狗餓肚子，外人也不能隨便去打。」楊氏夫人倒也機靈，立刻理解了自家丈夫的苦衷。「這姓嚴的，自己沒膽子，卻逼著老爺你去替他當槍使，心腸也忒歹毒。」

「學而優則仕，惡至極做官。不歹毒，怎麼做得來御史？」王福瑞笑了笑，像是總結，又像是在自嘲，「在大明朝，但凡官做到五品以上的，哪個手底下沒幾個冤死鬼？只是這一次，姓嚴的找錯了目標而已。」

說罷，又笑著搖頭，「算了，不管他了。姓嚴的想推動朝廷廣開海貿，也不是一天兩天能實現的。

到那時，也許應天府尹早就換成了別人。喝酒，喝酒。」

「那老爺一定是去做了布政，或者入朝去做閣老。」楊氏起身給丈夫和自己都倒了一杯酒，溫言安慰。「不過，妾身就不明白了，那倆貢生，到底怎麼得罪了嚴御史。讓他不顧身分，非要趕盡殺絕。」

「這……」應天府尹王福瑞被問得微微一楞，伸向酒盞的手僵在了半空中。

正所謂，一語驚醒夢中人。他今日一整天翻來覆去想著嚴鋒給自己出的難題如何去解？想著那兩個貢生能不能隨便加害？卻恰恰忘了去琢磨，嚴大御史跟兩個貢生到底何冤何仇？為何如此不顧身分和形象，非要置二人於死地？

按照嚴鋒的單面之詞，那倆貢生看到朝廷遲遲不開春闈，想走捷徑，所以才打著給同窗討還公道的由頭，殺良冒功。而南直隸舉人吳四維之死，則是因為仗義執言，戳破了這二人的陰謀，慘遭滅口。

但是，好歹也做了多年地方官，經手過上百件各類案子，應天府尹王福瑞，即便再糊塗，也知道嚴鋒的話純屬血口噴人。

從朝鮮來求學的國子監貢生江南，肯定是被倭人所刺。當天晚上被李彤和張維善抓到的那些傢

注二十七、海剛峰：海瑞，歷史上著名的清官。
注二十八、常例：官場上常見的貪贓手段，在吏治敗壞明代中晚期，被視為當官的「福利」，即便查到，也不會深究。

伙裡面，有一半兒也拿不出任何籍貫證明和路引。至於昨夜死在街頭上者，幾乎個個都是羅圈腿，矮身材，外加一口裡出外進的爛牙，有經驗的仵作一看，就知道這些人來自海上。「莫非那些倭人，暗中與嚴御史有過往來？或者竇大祥背後的東主就是他？」猛然間心裡打了個突，應天府尹王福瑞臉色大變。

順著這個思路去想，一切就都說得通了。竇大祥是做海貨生意的地商，而倭寇在海上打劫所得，必須找人變現，雙方暗中勾結，實屬正常。嚴鋒若是竇大祥的背後東家，那兩個貢生所做所為，就是斷了他的財路。

斷人財物，等同於殺人父母。接下來嚴鋒無論怎麼報復，都不為過。至於吳四維的死，滅口的未必就是那倆貢生，賊喊捉賊，聲音有時候反而更為響亮。

留都三品御史勾結倭寇，那留都上下，還有幾個人能逃脫嫌疑？案子一旦哪天被揭開，消息傳到北京，朝野震怒，南京城內，得掉下多少顆腦袋？而越是大案，株連起來，範圍越廣。南京六部沒一個好人，自己這個應天府尹，又怎麼肯能不受池魚之殃？

血，一團暗紅色的血，在王福瑞眼前滾來滾去。所過之處，無數孤魂野鬼放聲大哭，令他渾身發軟，兩股戰戰，欲逃不能。

「老爺，怎麼了，你怎麼了？大熱天的，你哆嗦什麼啊，你說話啊，別嚇唬我！」被王福瑞冷汗滾滾的模樣嚇了一大跳，楊氏站起身，迅速拉住他的胳膊，用力搖晃。

「別搖，別搖，我沒事兒，真的沒事兒！」已經飛到半空中的魂魄，迅速落回軀殼之內。應天府尹王福瑞晃了晃腦袋，大聲回應。「我剛才只是走了神？走了神兒而已。趕緊吃飯吧，菜都冷了。」

「走神也不能走這麼久，嚇死個人了！」楊氏翻了下白眼，柔聲抱怨。隨即，又皺起眉頭，低聲道：「老爺如果兩頭都不願意得罪，其實也不是沒辦法。將當事雙方湊到一起，讓他們自己面對面去折騰便是。無論誰贏了，您都立刻站在他那邊，最後，保證大夥都說您處事公道。」

「這……」王福瑞眼神又是一亮，帶著幾分溺水之人的虛弱，小聲追問：「怎麼個湊法？夫人，妳若是有主意，不妨一口氣把它說完。」

「那還不簡單，我們後宅的女眷挑撥人打架，常用的招數。」楊氏聞聽，立刻站直了身體，滿臉自信地做出回應，「您就把那倆貢生的家長或者他們本人找來，跟他們說，願意做個中人，調節嚴御史和他們之間的衝突。他們自然就明白了，誰在對付他們，他們應該去對付誰。到時候，無論結果輸贏，雙方自然都怪不到老爺您的頭上。」

道理，真的很簡單，特別對於王福瑞這個種官場老油子來說，簡直是一點就透。

幫著別人打架，總歸有輸有贏，甚至即便大獲全勝，失敗者的垂死反擊，也會或多或少，給參與者帶來一些損傷。而做裁決人，卻可以吃完原告吃被告，並且不擔任何風險。

他是一個「務實」派，想明白其中關竅，就立刻著手去實施。而實施的過程，也極為順暢。那兩個貢生的家，都算是南京城內大戶。父輩雖然沒有出仕，卻也非尋常平頭百姓。安排手下一位姓楊的師爺到戶房走了一圈，立刻就將兩家大人的底細，摸了個一清二楚。

那張家不愧為大明數得著的勛貴分支，張維善的父親張元懋，乃是揚州衛的掛名協守，正四品武勛上騎都衛注二十九。雖然從來沒到過任，但在揚州一代，卻有兩萬餘畝水田和一座莊子歸其打理。所以平素乘船往來於南京和揚州之間，楊師爺如果想找他，隨時都可能找得到。相比之下，那李姓貢生的父親就差了許多。僅僅是南京水軍左衛的一個掛名百戶，正六品武勛顯忠校尉，名下的田產倒是有五、六千畝，但都屬族產。其本人僅僅負責催收一下田租，每年當一回過路財神而已。

不過，這李百戶官職雖然小，日子倒是過得甚為逍遙。平素大部分時間都在杭州廝混，難得回一趟南京的家。即便回南京，最多也不過停留個三五天，然後又蹤影不見。其夫人是個尋常秀才家出身，性子懦弱，對自家丈夫行藏，也不敢問。

「那李百戶，不會是在替東廠做事吧？」應天府尹王福瑞為官謹慎，接了楊師爺搜集來的資料，本能地追問。

雖然馮保倒台之後，東廠和錦衣衛的勢力，都大不如前。可如果對於這群可以通過太監將地方官員的短處直接送到皇帝手頭的傢伙，身為三品應天府尹的王福瑞，還是能不招惹就不打算主動去招惹。否則，萬一哪天有把柄落在這群傢伙手裡，他即便不死，至少也得脫掉一層皮。

「不會，東翁儘管放心。錦衣衛的百戶，都是武藝高強，悍不畏死之輩。那姓李的，長得像根竹竿一般，風吹就倒，錦衣衛才不敢用他。至於東廠，作為皇帝的家臣，最忌諱跟勛貴發生瓜葛。接替馮保那位張掌印素來謹慎，不會連這點都不知道。」楊師爺熟悉王福瑞的秉性，笑了笑，給出了一個早就準備好的答案。

「那就好，那就好！」王福瑞頓時把一顆心放回了肚子裡，當即口述了兩封書信，命楊師爺寫了，檢查無誤之後，著家中機靈小廝送往了張家和李家。

說來也巧，李彤的父親常年不著家，這天，卻恰好通過水師的門路，運了一船不用交稅的雨前龍井回來。正打算沿著運河，親自押送到臨淮侯府以供族內開銷，聽府尹派人送來的親筆信，頓時嚇了一哆嗦，趕緊命人開了正門，親自將府衙二管事迎進宅內落座。那小廝雖然機靈，終究只是個家僕。見李百戶居然對自己如此尊敬，頓時有些頭暈腦脹。當面交割了書信之後，又拿了兩個大紅包，更是飄飄然不辨西東。結果在李百戶一連串套路之下，很快，就將該說的話，不該說的話，全都抖了乾淨。

「這小畜生，真是該殺。老夫才離開家幾天，就闖出如此大的禍來。王二哥您放心，等他散學回了家，老夫就立刻打斷他一條腿，讓他再也出不了門，省得惹府尊費神。」李百戶一拍桌案，雙目之中，寒光四射。知道的人，明白他是在罵自家兒子，不知道的人，還以為他跟李彤有著不共戴天之仇。

府尹的貼身小廝王全有聽了，心中好生不忍。連忙捏了捏懷裡的紅包，笑著勸阻，「校尉息怒，校尉息怒，您老如果真的動了家法，就誤會了府尊大人的意思，也讓小的心不安了。其實府尊覺得，李公子還是個有膽識的，至少，沒眼睜睜地看著同窗好友被人用鳥槍打了半死，卻裝聾作啞。只是，

注二十九、掛名協守：光拿一份軍餉不用上班的協同守備。武勛上騎都尉：是給武將的勛職，在將軍之下，可以用來彰顯身分，不任實職務。

只是行事的手段稍微激烈了些，又不小心跟督察院的長者起了誤會。您老想辦法跟長者解釋一下就好，府尊還是希望，看到李公子能早日卒業，然後北上京師，搏一個金榜題名！」

「就憑他，要不是祖上還有幾分餘蔭在，他連國子監大門朝哪邊開都不知道，拿什麼去參加會試？」李百戶撇嘴搖頭，對自家兒子好生不屑，「家門不幸，家門不幸，讓府尊操心了。王二哥，勞煩您回去稟明府尊，如果犬子真的做下了惡事，千萬不要縱容於他。我們李家，也絕不會對其袒護分毫。」

「校尉如此通情達理，李公子想必也不會犯什麼大錯。」小廝王全有聽了，再度笑嘻嘻地拱手，「您老放心，我家府尊做事公平得很，絕對不會聽了幾句流言蜚語，就隨便冤枉了治下的良才。」

「如此，在下就多謝了！」李百戶起身，向著府衙方位遙遙行禮。然後想了想，又低聲道：「李某今日從杭州帶回了幾斤新茶，等會兒王二哥回去之時，不妨帶兩包給府尊解乏。雖然不是什麼金貴玩意，但摘自龍井旁那幾棵樹上，絕非西湖周圍的尋常貨色。」

「校尉真是個雅人，小的代我家老爺謝過了。」王全有一聽龍井兩個字，眼神就開始發亮。站起身，再度笑著拱手，「小的這就回去，把貴府公子的真實情況，向我家老爺解釋清楚。您老放心，我家老爺已經做了兩任府尹，算是半個南京人，對鄉梓一直回護得很。絕不會聽那外鄉人的風言風語。」

杭州茶興起於唐，風靡於宋，到了元代，則被視為茶中極品。特別是龍井，元代人稱其為「三咽不忍漱」，而在大明，更有「杭郡諸茶，總不及龍井之產」之說。

所以，這龍井茶，在大明朝，價格一直堅挺。特別是固定那幾株老樹上所產，甚至遠超黃金，並且還有價無市。無論用來賄賂上司，還是應酬同僚，都絕對拿得出手。

此外，官場上收受金銀，難免會留下首尾。而收別人幾包老樹龍井，即便將來東窗事發，也可以說當時只是收了一包茶葉，誰都無法揪住不放。

故而，應天府尹家的小廝王全有，非常心安理得地，就代替自家東主，接受了李百戶的饋贈。至於回去之後，會不會從中扣除幾斤幾兩自用，就不得而知了。反正，從此之後，南京水師左衛掛名百戶李慎，就又多了一個姓王的兄弟。自家兒子事情雖然不見得化險為夷，至少從現在起往後幾個月之內，任何相關消息，都會以最快速度，傳到他的耳朵。

賓主各取所需，然後依依惜別。當家中大門重新合攏，李百戶臉上的笑容，立刻變成了寒霜。將手重重地在照壁上一拍，他大聲斷喝，「來人，給我把那惹禍的小畜生從國子監抓回來！拿繩子來，拿大棍來，老子今天非打死他不可，省得他沒事幹四處惹禍。」

「爹，你怎麼了！要打死誰啊？」話音剛落，李彤的聲音，就在角門處響起，帶著幾分如假包換的困惑。

「你，你怎麼回來了，今天，今天怎麼散學如此之早？」李慎的身體瞬間一僵，回過頭，滿臉驚詫的詢問。

「今天下午是講武課，加上我一起才去了七個人，教授嫌人少，隨便比劃了幾下，就自己走了。

讓我們回家後自行領悟。」李彤笑了笑，帶著幾分無奈回應，「我剛才正準備進門，卻見您在送客，就在外邊轉了一圈，順便去街頭的暖風閣替您訂了一罈子陳年花雕，讓夥計等會送過來。」

掛職百戶李慎聞聽，心中頓時就是一軟，先前叫人準備大棍的事情，再也不提，「你，你，你這孩子，買花雕讓小廝去就行了，何必自己跑那麼遠？」

「那家店的掌櫃是個勢利眼，小廝們去了，他就會拿不夠年份的糊弄。」李彤笑了笑，輕輕搖頭。隨即，上前扶住自家父親的肩膀，「爹您什麼時候回來的？乘船還是騎馬？這六、七百里的路，可曾累到？」

「少拍馬屁！」李慎晃了下肩膀，想將兒子的手甩開。然而，終究是捨不得從兒子掌心處傳來的溫度，翻了下白眼，大聲補充，「才幾百里路，再累又能怎樣，你爹又不是那紙糊的書生？況且來去都是乘船，想起就起，想睡就睡，跟在家裡沒任何分別。」

「終究還是辛苦。」李彤前幾天剛剛惹火上身，心裡頭發虛，繼續笑著大拍馬屁，「等我卒業之後就好了，即便不能考個進士回來，至少也能給您搭把手，省得您終日在外邊操勞。」

「你啊，能不給我招災惹禍，我就燒高香了。」李慎被說得心中發暖，對兒子的最後一絲怨恨，也瞬間灰飛煙滅。一邊邁步往正堂走，一邊搖著頭數落。

「看您說的，我幾時給家裡惹禍了？我可是咱們家第一個秀才。」李彤聽出父親話裡的責備之意，趕緊又堆起笑臉，小聲強調，「大伯父，二伯父家的那幾個哥哥，可是全靠家裡頭花錢換籍，才去陝西那邊買了塊方巾戴。」

「對，你祖父早就說過，你是咱們李家的一枝俊樹。」聽到秀才二字，李慎略顯疲憊的臉上，立刻泛起了紅光，扭過頭看著自家兒子，笑著點評，「就是越長大，心思越不往正地方用。」

父子倆這輩子最得意的事情，就是兩年前，李彤憑本事考中了上元縣的秀才。雖然作為勛貴之後，孩子將來不一定指望科舉謀出身，卻讓他這個當父親的，在同輩叔伯兄弟面前，著實露了一個大臉。

要知道，李家從老祖文忠公之下，出的就全是武將和農夫，從來沒任何子孫考取過功名。而同輩數以十計，能承襲臨淮侯爵位的，每代卻都只有一個。其餘跟爵位無緣者，只能像他李慎一樣，先花錢到衛所掛個虛職，然後躺在祖宗留下來的族產上混吃等死。

這樣下去，族產再豐厚，也總有不夠吃的時候。屆時，岐陽王後人當中，有一部分血脈不夠純正的倒楣蛋，就只能親自扛著鋤頭下地，從土裡刨食。而李彤憑自己本事考中了秀才，無異於給整個家族灌了一大碗參湯。讓所有繼承爵位無望的同輩和後輩，都忽然發現，原來除了躺在祖業上坐吃山空之外，還有另外一種活法，甚至還能不靠著祖業就活得更好。

「我怎麼不往正地方用了？我在國子監裡頭，成績一直都是優等。」正開心地回憶著，卻聽李彤低聲抗議，「若不是因為守制[注三十]，去年秋天就能參加鄉試。」「如此說來，倒是家裡頭耽誤了你！」掛職百戶李慎聽了，臉色頓時就是一黯。將頭扭向另外一邊，嘆息著回應。

注三十、守制：古人家中有直系長輩去世，子孫要守孝二十七個月，稱守制。期間不能婚假，上任，應考。在職官員要離任。

如果兒子真能考個舉人回來，父子倆在家族中的地位，就會立刻更上一個台階。而爛船也有三斤釘，以李家的實力，雖然給不了兒子太大助益，讓他以舉人身分，順利選個偏僻地方的知縣做，然後再慢慢調往江浙這個金銀窩，卻未必太難。

然而，老天爺卻不開眼。讓自己名義上娘親，去年駕鶴而去。如此一來，至少三年內，作為老太太的孫兒，自己的兒子無法參加科舉。而南直隸一直人才扎堆兒，越是晚考，競爭越是激烈，越難出頭。

「我沒有抱怨的意思。」雖然在父親面前很是隨便，李彤卻知道把握分寸。見前者臉色灰暗，連忙低聲解釋，「您雖然不是祖母親生，可畢竟她對您一直視若己出，拿我也一直當嫡親孫兒看待。她駕鶴歸去，我這做孫兒的替他守孝三年，也是應該。況且即便不參加鄉試，兩年後，我也有資格去參加會試了。其實什麼都沒耽擱。」

「嗯，你說得也是。」聽兒子如此說，李慎心裡頭終於舒坦了點兒，笑了笑，低聲道。「既然你什麼都懂，為何沒來由去招惹那個遭瘟的嚴御史？那廝就是一頭瘋狗，你不知道嗎？沒人招惹他，他還專門挑不順眼的咬。你一個小小秀才，誰給你吃的豹子膽？」

十四、玩火

李彤聽到「嚴御史」三個字，心臟就是一抽，趕緊擺著手，大聲解釋道：「不是我，真的不是我，姓嚴的被人從轎子里拉出來當街打斷腿的事情，我從頭到尾都沒參與。」

「當街毆打御史？」掛名百戶李慎嚇得一蹦老高，抓起兒子的手就往外走，「小祖宗，我到底上輩子缺了什麼德，居然養下了你這麼一個災星？連當街毆打的御史的事情你都敢做，這天底下，還有什麼事情你不敢染指的？罷了，罷了，咱們這個家你不要留了。你馬上登船，混在照管茶葉的夥計堆裡去北京。見了長房的老祖宗，立刻抱著他大腿哭。他即便不願意管你，念在這麼多年來爹爹替家族打理產業，從沒出現過任何疏漏的份上，也不會眼睜睜地看著你被官差抓了去。」

「我真的沒參與！真的沒參與！他憑什麼往我頭上栽？」李彤被拽了個趔趄，趕緊使出一個千斤墜定住身體，同時大聲叫嚷。「應天府如果願意查，儘管去查，我身正不怕影子斜。」

「你這小畜生，還嘴硬。」李慎接連拉了兩下沒拉動，又急又氣，抬起手來就打。然而，看著自家兒子那梗起的脖子和發紅的眼睛，高舉的手臂，頓時就落不下去。跺了下腳，大聲道：「你以為不是你做的，就不怕官府查嗎？如果應天府想幫那姓嚴的出氣，有一萬種辦法證明你是此事的主謀。我的兒，聽爹一句話，咱們惹不起，先回臨淮侯府躲幾天。國子監那邊，我想辦法替你去請假。」

「應天府為什麼要幫那姓嚴的冤枉我？我跟姓嚴的素不相識，他為什麼要害我？」李彤從小練武，身子骨遠比自家父親強健。打定了主意不走，雙腳立刻就在地上生了根，任自家父親怎麼拉，都拉扯不動。「更何況，姓嚴的被人打斷腿，是去年的事情。半年多時間官府都沒去追查疑凶，為何今天又將案子翻了出來？」

前幾句話，純屬年少無知之言，經常跟官府打交道的李慎，根本不屑一駁。但最後一句，卻讓他微微一楞，已經急紅了的眼睛，迅速恢復了幾分清明，「去年的事情？你說姓嚴的瘋狗挨打，是去年的事情？你最近一段時間，真的沒有去招惹他？那他為何像瘋狗一樣，非要說你和張守義兩個目無王法，仗勢欺人，荼毒百姓，還，還為了發洩私憤，殺了別人全家？」

「什麼，我跟守義兩個，殺了別人全家！」李彤性子雖然沉穩，卻也做不到泰山崩於面前而不變色。像自家父親先前一樣，被嚇得瞬間一蹦老高。「奶奶的，我跟著老瘋狗到底何冤何仇，他非要置我於死地？」

「他被打斷腿的事情，真的與你無關？」見自家兒子的表現不像是在作偽，掛名百戶李慎心中的恐慌迅速減少了一小半兒，鬆開對方的胳膊，遲疑著追問。

「是我幹的，我早像劉繼業一樣跑得遠遠的了。根本不用您來催。」李彤又氣又急，甩著手臂大聲回應，「我是您兒子，這種事情，我騙您幹什麼？」

「你是說劉家那小子，不是被人綁架，而是闖了禍，自己跑路？」李慎立刻從他的話語中抓到了關鍵，皺著眉頭，繼續刨根究底。

「開始的確是被綁架，後來他不知道為何，跟綁架他的人成了兄弟。對方答應放他走，他怕受到報復不肯回家，跟綁匪一起去遼東那邊，投奔他舅舅了。」事關自己的安危，李彤不敢再隱瞞，儘量簡潔地，將好朋友兼未來小舅子劉繼業的事情，向父親解釋了個清楚。「嚴瘋子的腿，是被他打斷的？」到底薑是老的辣，李慎憑藉經驗，迅速得出了另外一個結論。「你和張守義，真的從頭到尾都沒有參與？」

正所謂，知子莫若父。李慎非常清楚，自家兒子表面看著循規蹈矩，骨子裡，卻是個無法無天的「孽障」。從小跟堂兄弟們一起惹禍之時，就是從沒落於人後。只不過總是做得聰明，很少被抓到現形而已。

果然，聽他如此一問，李彤的心裡立刻開始發虛。囁囁半晌，低聲回應：「出手的人裡頭，肯定沒有我。但此事我的確知情，並且偷偷站在路邊酒館裡看了會兒熱鬧。但追究起來，頂多算知情不報。那姓嚴的瘋狗，為何不去咬別人，非要咬我？」

「你最容易下口，不會嗝牙，這還不簡單。」李慎翻了翻眼皮，臉上露出了幾分了然模樣，「你最近有沒有做過什麼出格的事情，包括他說的殺人全家，你真的沒參與？」

「我沒事兒殺人全家幹什麼？」李彤被問得好生委屈，紅著臉大聲抗議，「我放著大好前程不要，為何要去殺人？您老仔細想想，從小到大，我做過那種窮凶極惡的事情嗎？」

「那倒是，你雖然沒少惹禍，終究還是我的兒子，不會連別人的老婆孩子都殺。」李慎想了想，輕輕點頭。

「我真的沒殺過人？我甚至連您說的是誰，我都不知道！您今天到底怎麼了，怎麼寧願相信外人，都不相信自己的兒子？」李彤被自家父親將信將疑的態度，氣得兩眼發紅。啞著嗓子，大聲質問。

「我也沒說是你殺的，我只是奇怪，那嚴鋒為何，非要把吳舉人全家被殺的事情，往你和張守義頭上安。」李慎朝自家兒子擺擺手，示意對方稍安勿躁。

入戶殺人滿門，是不赦之罪。如果坐實，即便以張家這種國公背景，張守義也難逃一死。而僅僅是因為看了他當街被毆，卻沒有去阻止，或者知道他即將被毆，卻沒有向他通報，按理說，不會被他恨到這種地步。

更何況，無憑無據指責李彤和張守義兩個入室殺人全家，對嚴鋒這種官場老狐狸來說，並非毫無風險。就因為丟了面子，便主動去跟英國公府和臨淮侯府結成死仇，顯然既不符合嚴鋒的行事風格，又不符合官場邏輯。

「哪個吳舉人？可是蘇州府舉人吳四維？」正百思不解間，卻忽然聽見李彤低聲詢問。

「果然是你！」李慎的心臟，頓時又跳到了嗓子眼兒，所有理智瞬間消失得乾乾淨淨。慘白著臉，再度一把拉住自家兒子的胳膊，「快走，快走，趁著水師的船沒人檢查，去京師。不，老祖宗那邊肯定不會為你出頭，你走，出了南直隸後，能走多遠走多遠。」

「吳四維不是我殺的。」李彤雙腳發力，再度如生了根般，任自家父親怎麼拉扯，都紋絲不動。

「我跟他最近的確起過衝突，但當時吃虧的是他，我犯不著去報復。」

「不是你，那你怎麼知道他叫吳四維？」李慎哪裡肯聽，紅著眼睛，大聲祈求，「小祖宗，算我求你了。這件事，我即便拚了老命，也護不住你。你趕緊走，趁著官差還沒拿到真憑實據，哪怕是出海去那個什麼牙，這輩子都不再回來，也比被砍了腦袋好。」

想到兒子這一走，父子兩個，這輩子都無法再見，他就再也忍不住心酸，眼淚不受控制地淌了滿臉。

李彤見了，頓時心中也是酸得好生難受，跪下去，單手抱住自家父親的大腿，哽咽著道：「爹，此事真的不是我做的，也不可能是守義。爹，你即便不相信我說的話，至少，也讓我逃跑之前，讓我把話說個明白。」

「你，你還有什麼好狡辯的？那姓嚴的，姓嚴的連你跟吳四維結仇的緣由，都列給了應天府。」李慎又是心疼，又是難過，流著淚連連跺腳，「我知道，這事你不會是主謀。肯定是那張守義做的。可，可這種案子，主謀和從犯，處置是一樣的啊！」

「我沒做，守義也不是主謀。這件事，跟我們兩個毫無瓜葛。」李彤無奈，只好仰起頭，大聲重申，「是我做的，我承認，不是我做的，我寧願去打官司，就不信，應天府上前全是糊塗蟲。這話您信也好，不信也罷，反正，我不會跑。否則，明明不是我做的，最後也成了我做的了，正合了別人的意。」

最後兩句話，算是說到關鍵處。登時，就叫掛名百戶李慎，又恢復了幾分清醒。「那，那你怎麼知道被殺的人叫吳四維?還有,你跟他起了什麼衝突?可是你和張維善替同學出頭,遭到了他的攔阻?」

「原來剛才我的話,您根本沒往耳朵裡聽。」李彤又是委屈,又是惱火,擦了把眼淚,大聲抱怨,「這樣,您把別人跟您說的事情,仔細梳理一遍。我這邊,也把我最近幾天經歷的事情,跟您說一遍。咱們爺倆現在到屋裡頭,當面核對。然後,您再判斷,到底是不是我撒謊。反正水師的船,最早也得明天清晨才能起錨。我入夜後再走,反倒少幾雙眼睛看見。」

這,倒是一個可行的解決方案。尤其是最後那句,夜裡走不會被人發現,非常符合李慎的經驗和常識。於是乎,做父親的猶豫了一下,終於輕輕點頭,「也好,就依你。無論如何,為父都應該相信你,而不是相信別人。」

「放心,我不會騙您。」李彤一邊起身,一邊大聲保證。然後攙扶起已經雙腳發軟的父親,緩緩走向正堂。

此刻距離天黑還早,父子倆時間充裕。他先找了張椅子,將父親硬按著坐下,然後又吩咐小廝去泡了一壺新茶。最後,才一邊喝,一邊從江南比武時忽然遇刺開始,把自己最近的所作所為,緩緩向父親彙報。

那掛名百戶原本認定了自家兒子與吳四維被殺事情有牽連,然而,將李彤的陳述,與先前從王全有嘴裡套來的消息悄悄逐一核對,他卻發現,御史嚴鋒的指控,根本站不住腳。

特別是吳四維被殺一案,當晚自家兒子和張守義兩個,差點就死在一群黑衣刺客手裡。能僥倖擊敗刺客,逃回家中,已經是非常不易。既沒有去殺吳四維全家的力氣,也沒有作案的時間。

「奶奶的，應天府這群混蛋王八蛋。吳舉人一家的命是命，你和守義的命就不是命了？他們放著凶手不去抓，為何卻要聽信姓嚴的一面之詞？」想到自家兒子差點被刺客割了腦袋，他禁不住脊背陣陣發涼，手拍桌案，破口大罵。「不行，這事兒不能任由他們折騰。老子去找張守義的父親，然後拉著他一起去應天府。問問這南京城，到底是大明的留都，還是早已變成了賊窩？」

「爹，不急，您先別急著去找人！」李彤聞聽，連忙出言勸阻，「從您剛才說的情況看，那府尹分明是想把自己摘出來，坐山觀虎鬥。你和張家伯父聯袂去問罪，反而將他推到了嚴瘋子那邊。」

「這……」掛名百戶李慎，原本也沒勇氣去找三品府尹的麻煩，聽兒子說的急切，立刻順坡下驢，「也罷，既然我兒說得有道理，為父就先緩上幾天再去找他。但是，關於你和張守義遇刺的事情，為父早晚都得跟他要個說法。」

「現在關鍵是，弄清楚那群倭寇到底要幹什麼？還有，姓嚴的是不是他們的同夥？」早就知道自家父親靠不住，李彤也不覺得有多失望。想了想，繼續大聲說道。

「胡說，姓嚴的瘋子怎麼可能跟倭寇是同夥？」李慎眉頭輕皺，連連搖頭，「他堂堂正四品御史，再自甘下賤，也不至於跟倭寇去狼狽為奸。」

「說不定他嫌自己官職低，不受重用，對朝廷心懷怨恨呢！」李彤卻不敢把曾經夥同他人瘋狂攻擊戚繼光的嚴御史看得太高，想了想，皺著眉頭推測。

「我的兒，你也太不把大明朝的官職當回事了？放眼天下，一共才有多少個四品？」掛職百戶李慎聞聽，立刻氣得直拍自己大腿，「即便是名列三甲，如果年齡太大，或者模樣不夠周正，頂多到個窮鄉僻壤做個七品知縣，如果強要留在京師，就只能去做從九品府學教授。然後努力熬到死，熬到六品也就到了頭。」「這麼低？」李彤一直以為，自己將來只要考中的進士，就能平步青雲。卻沒想到，考中進士之後，前途還如此暗淡，忍不住又是微微一愣。

「你還記得前幾年來咱家喝酒的那位屠縣令嗎？」李慎自己沒啥真本事，但見識和閱歷，卻足夠寬廣。翻著眼皮看了自家兒子一眼，撇著嘴補充，「他可是萬曆五年進士登第，會試名列第一百三十二，殿試位於第一百一十。結果怎麼樣，外放到穎上做知縣，窮得都雇不起小廝。連任兩屆之後，看看仕途沒指望了。趕緊借了貸，尋門路回京師去教書！」「啊？」李彤越聽，心裡越涼，再度驚呼出聲。

「你以為呢，也就是你和張家那個紈絝子弟，總是拿豆包不當乾糧。」掛名百戶李慎看了他一眼，嘴巴繼續做碎碎念，「你當年考了個秀才，為父為啥高興得好幾天睡不著覺？還不是覺得，你將來一路讀下去，咱們可以由武轉文，光耀門楣。你貢生卒業，做個九品也好。進士登第，授個正七品也罷，好歹都是個官身。不像為父，花了好幾千兩銀子，才買下個掛名百戶。拿出去也就嚇唬嚇唬不通行情的鄉下百姓，遇到比自己低好幾級的縣令，立刻矮上半截。」

這些話，他以前很少跟自家兒子說起。今天被逼著說了出來，心中頓覺好生淒涼。

大明朝的勛貴後代，在普通人眼裡，看似風光。事實上，根本就是朝廷散養的一群豬。非但科舉出身的文官看他們不起，真正有本事，有膽子馬背上贏取功名的武將，也很少對他們假以辭色。

而他們想要重現祖先的榮耀，根本沒任何指望。每任皇帝對自己的嫡親叔叔伯伯都像賊一樣提防，更何況是這些祖上曾經手握重兵的外姓將門？

貢生李彤畢竟年齡未及弱冠，肚子裡裝不下那麼多傷春悲秋。聽父親越說距離原來的話題越遠，忍不住低聲重複，「嚴鋒瘋子，被人從京師趕到了留都，鬱鬱不得志。所以有倭寇趁機投其所好……」

「不可能，絕對不可能！」李慎看了兒子一眼，頭搖得如同撥浪鼓，「像為父這種一輩子熬不出頭的掛名百戶，都不會如此自甘墮落。他好歹也是正四品，怎麼可能拉得下臉來與上鰲蠻王勾搭成奸。我兒，你甭看什麼日本王、朝鮮王叫著好聽，還不是跟雲南那些洞主、寨主一個模樣？姓嚴的傢伙再瘋，也不至於瘋到做這種辱沒祖宗的事情。」

此刻乃是萬曆二十年，大明朝對日韓諸國並不待見。對剛剛從海面上出現的葡萄牙人、荷蘭人，以及零星的西班牙人，更是視為化外蠻夷。所以，哪怕作為國子監學生，這個時代見識最廣博的少數精英之一，李彤也不願意相信，大明朝的四品高官，會去跟一夥倭寇同流合污。

但越是這樣，他越無法給御史嚴鋒的行為，找到正確解釋。遲疑半晌，又沉吟著問道：「既然不是想替倭寇出頭，那他為何要把吳四維全家被殺的事情，硬往我身上栽。我跟守義兩個對付倭寇，又怎麼招惹了他？」

話題兜兜轉轉，又回到了原地。掛名百戶李慎雖然閱歷豐富，也給不出一個合理的答案。撮著自家後槽牙想了又想，才很不自信地推測道：「也許，也許只是急著給姓吳的舉人報仇，所以胡亂攀咬吧。我記得去年南直隸鄉試，他是三名主考之一。如此算來，姓吳的也算是他的門生。而你和守義，前幾天恰好跟姓吳的有過衝突……」

「是姓吳的突然跳出來，替窩藏倭寇的王家出頭，不是我們兩個主動挑事。」李彤雖然同意自家父親的大部分推斷，卻忍不住出言糾正一個偏差。

「差不多，差不多！」李慎卻不願意繼續在細枝末節上浪費精力，用力拍了下桌案，大聲做出決定，「既然吳舉人全家不是你和張守義殺的，而那應天府尹還打定主意兩不相幫，姓嚴的就休想硬把罪名往你和守義兩個頭上栽。即便為父一個人頂他不住，還有守義背後的英國公府，咱們不用怕了他。」

「我不是怕他，我是弄不清楚那群倭寇……」李彤點點頭，眼睛裡的擔憂，卻遲遲不散。

李慎是個自掃門前雪的性子，既然已經確定兒子不是滅人滿門的凶手，其他事情立刻不想沾身，「我的兒，這件事你不用管了，從明天起，好好安心讀書。等過了你祖母的孝期，好好去京師考個進士回來，狠狠打他的臉。」

「爹，出了孝期，是兩年後的事情。」李彤對父親的懶散好生不滿，看了對方一眼，低聲補充，「那夥倭寇先無緣無故刺殺我的同窗，又堵在半路上想要將守義和我一並做掉，氣焰也太囂張了。咱們如果不狠狠給他一個教訓，指不定哪天……」

「你晚上別出門不就得了！」李慎處事，自有一套辦法。搖搖頭，大聲指點，「大白天的，我就不信，他們還敢到咱們家裡來……」

「啊——」話音未落，一聲尖叫，忽然透窗而入。緊跟著，李府的門房，頂著一張煞白的臉衝到了正房門口，「老爺，不好，不好了。血，有人，有人往咱家大門上，潑了一桶，一桶血！序哥，序哥騎馬去追，被他，被他用弩機射，射斷了咽喉！」

「啊？」掛名百戶李慎嚇了一大跳，剎那間，臉色紅中透紫。

「不要再追，把所有人撤回來，以免再中了對方埋伏。」關鍵時刻，做兒子的卻比做父親的鎮定。李彤手扶桌案，大聲命令。隨即，又迅速走到牆邊，從兵器架子上取了一把平素觀賞用的倭刀，握在手裡，大步走向門外。

「你，你去哪？」掛名百戶李慎雖然被嚇得手腳發軟，卻捨不得自家兒子去送死，艱難地向前追兩步，一把拉住了李彤的衣袖。

「爹爹莫怕，我去院子裡巡視一遭，免得對方還有其他後手。」李彤回過頭，話語中帶著幾分關切，「大白天出了人命，江寧縣的差役肯定馬上就到。您只管一會兒應付差役就是了，打打殺殺的糙活，儘管交給我。」

「應付差役，應付差役。」掛名百戶李慎連連點頭，嘴裡說出來的話，卻顛三倒四，握在李彤衣袖上的手指，也遲遲不肯鬆開。很顯然，被嚇飛出去的魂魄還沒歸位。

「我兒，發生什麼事情了，外邊這麼吵鬧。」他的夫人林氏，亦被家丁們的嚷嚷聲驚動，在丫鬟的攙扶下，快速從後院走向前堂，朝著李彤大聲追問。

「沒妳的事！回去，回屋去，不要添亂。」沒等李彤開口，做父親的李慎，忽然就有了力氣，站起身，朝著自家夫人大聲怒斥。隨即，又發了瘋般拍打桌案，連聲命令：「來人，把老夫的戰袍拿出來，還有老夫的大刀。奶奶的，居然打到老夫家門口來了。是可忍，孰不可忍？」

「又發酒瘋。」林氏夫人不敢觸他的霉頭，撇了撇嘴，返回了後堂。僕人和丫鬟們，則手忙腳亂地取來了已經多年未穿過的水師副百戶袍服，替他收拾停當。

還甭說，他的官職雖然是走了門路掛名，從沒真正指揮過一兵一卒。但六品武將袍服穿戴起來，再配上一把寒光閃閃的大刀，賣相卻相當不錯。雖然無法上戰場殺賊，擺在門口嚇唬一些不入流的鬼魅魍魎，絕對綽綽有餘。

就在李彤剛剛帶領家丁在院子內反覆盤查可能的隱患之時，兩路人馬就氣勢洶洶地殺到了李家大門口。

第一路人馬來自江寧縣衙，帶隊的捕頭邵勇一看受害的苦主是李府，就知道這一趟又是賠本兒買賣，當即給麾下捕快和幫閒們使了個眼色，主動退到了路邊，開始保護現場，維持秩序。

第二路人馬的來自南京守備府下面的江寧左衛，帶隊者的總旗注三十一崔懷勝，卻不像捕頭邵勇這地頭蛇般有眼色。發現李家大門上居然有三排鍍了銅或者純銅打造的門釘，門口的寬度足足可以旋馬，立刻認定這家人是頭肥羊，把手中寶劍向門口一指，大聲斷喝：「來人，把這家院子給我圍了，所有閒雜人等不得進出。本官要查一查，此事與前幾天夜裡那樁滅門案，到底有何關聯？」

「且慢，總旗且慢，我家是受害的苦主。您不去帶人抓凶手，將我家圍困住，是何道理？」管家李忠聞聽，立刻著了急，連忙衝了出來，朝著崔總旗大聲質問。

「老傢伙，膽子還不小，居然敢質問本官？」沒想到肥羊居然如此不上道，崔總旗把嘴一撇，大聲奚落，「是何道理，是何道理還用得著問？南京城這麼大，為何賊人偏偏找上你們家？」

「可不是嗎，南京城這麼大，為何賊人偏偏找上你們家？」幾個小旗覺得自家上司說得甚是解氣，手按刀柄上前幫腔。

與江寧縣的衙役不同，衛所兵出來執行任務的機會很少，發財的門路也窄得可憐。所以難得遇到一件發生在光天化日之下的人命案，崔總旗和他麾下的小旗，不約而同打定了主意要吃個肚飽。至於抓凶手，他們才不著急。反正南京吏部對地方治安的考評，無論如何都不會考評到他們這些衛所兵卒頭上。

「你，你們……」管家李忠怒不可遏，指著崔總旗大聲提醒，「你們，你們可知道這是誰的府邸？」

「我管他誰的府邸？」崔總旗抬頭朝門垛上掃了掃，確定這家人並沒任何封爵，鼻孔裡再度噴出兩道冷風，「即便是天王老子，也不能阻止本官追查命案，來人……」

「是！」眾小旗張牙舞爪，擺出架勢就準備先封了李家大門再說。誰料回答的聲音未落，李家的大門卻「咣噹」一聲，在內部被人用力拉了個四敞大開。緊跟著，掛名百戶李慎手持大刀，威風凜凜地拾階而下，「誰家的野狗，大白天在老子家門口叫喚？過來，老子正缺下酒菜呢，剛好剁了直接入鍋。」

注三十一、總旗：明代兵制，小旗管十個人，總旗管五個小旗。

「你……」這回，輪到崔總旗和他麾下的五個小旗們惱怒了，一個個憋得滿臉青紫。然而，卻誰都不敢接李慎的話頭，更不敢將已經舉在手裡的封條，往大門上貼。

俗話說，官大一級壓死人。李慎雖然是個掛名百戶，可他身上的袍服，卻是標準大明六品武官制式，胸口處，還繡有一隻威風凜凜的彪。而那江寧左衛的總旗崔懷勝，卻連個副百戶都沒混上，胸口處也光禿禿的，什麼沒資格繡。

「噹啷！」李慎見衛所的總旗和小旗們被自家壓得說不出話，撇了撇嘴，將大刀朝門口磚縫中狠狠插了下去。隨即，轉頭走向在不遠處維持秩序的捕頭邵勇，板著臉地拱手，「這位可是邵從事？李某倒楣，坐在家中，卻依舊有賊人打上門尋釁。這回給你和縣宰添麻煩了！請務必儘早將凶手擒拿歸案，明正刑典，好讓李某對死去的兒郎有個交代。」

「不敢，不敢，少侯爺您客氣了，客氣了。」捕頭邵勇連忙跳開半步，躬身還了個全禮，「少侯爺您放心，咱們南京城，不是什麼臭魚爛蝦能夠橫行的。我江寧縣的弟兄，也不會眼睜睜地看著，你家僕人，被人在光天化日之下害死。」

「追查凶手時所有開銷，都由李某來出。若有弟兄受了傷，李某養他一輩子。」李慎大模大樣地揮了下手臂，當眾宣布。「若是哪位兄弟不幸遇難，李某立刻買下二十畝水田，親自送到他家中。絕不讓他出事之後，妻兒沒了依靠。」

「多謝少侯爺。」捕頭邵勇再度躬身下去，長揖及地。

「少侯爺放心，李府乃良善之家，甭說江寧縣，整個應天府哪個不清楚？我等一定竭盡全力，把凶手抓回來，讓他血債血償。」眾捕快、弓手、幫閒們，都是地頭蛇。早就對轄區內所有大戶人家的底細，摸了個清清楚楚。見李慎不給江寧左衛的丘八們面子，卻對他們許下了如此重的賞格，也上前大聲表態。

雙方你一句，我一句，說得好生「熱鬧」。卻把江寧左衛的一干「勇士」，都當木頭樁子般晾在了大街上，誰都不去搭理。帶領「勇士」的崔總旗，越聽心裡越不是滋味，越聽越覺得屈辱難當，將牙齒咬了再咬，終於卻決定，不給自己招災惹禍。跳下坐騎，快走幾步，來到李慎身側，端端正正行了個軍中常禮，「在下崔懷勝，聽聞有賊子當街殺人，特地前來幫助地方彈壓。上官若是有用得到在下之處，儘管吩咐。哪怕賊人再凶再惡，崔某也一定叫其有來無回。」

「崔總旗客氣了，李某乃是水師百戶，可不敢當你的上官。」李慎轉頭看了此人一眼，笑著擺手。「不過……」

崔懷勝心裡先是惱怒，隨即又滿懷期冀：「上官儘管吩咐，水裡火裡，職部和弟兄們任憑差遣。」

「不過這賊人既然敢大白天上門行凶，氣焰也著實過於囂張。李家小門小戶，被他欺負也就欺負了。可江寧左右兩衛的將士們，卻不能被他們如此輕視。崔總旗若是想洗雪此恥，李某也願意知會水師，派遣船隻助你一臂之力。」李慎想了想，彷彿賣給對方好大人情般，笑著承諾。

「嗯。」崔總旗慪得差點落下內傷，卻發作不得。只好又躬身下去，抱拳施禮，「多謝上官，卑職這就帶領弟兄們沿著凶手離開的方向去追查，若有消息，立刻派人向上官彙報。」

說罷，不敢再於李家門口逗留，帶領麾下的爪牙，逃命般匆匆離去。

「什麼玩意兒，還緝拿凶手呢，不被凶手趕了鴨子，就算對得起身上的戰衣了。」捕頭邵勇得了李慎的許下的好處，自然知道該投桃報李。看著崔懷勝等人的背影，撇著嘴點評。

「這算精銳了，好歹人數齊整，一個總旗帶足了五十名弟兄，還帶著刀。」李慎卻對衛所的情況，知根知底，笑了笑，滿臉不屑地數落，「放到下面其他衛所，總旗手下所有人加在一起，也不會超過二十個。出來時從不帶刀，手裡只有種地的鋤頭。」

「那不是全成了農戶？」捕頭邵勇聽得好生納罕，驚詫地追問。

「農戶？連尋常農戶都不如。農戶好歹名下還有一塊自己的地。」李慎笑了笑，淡然補充，彷彿對一切都早已習以為常。

「這個李百戶，倒也有趣？」距離李家大門口只有四十幾步遠的大樹下，一個看熱鬧的華服公子哥，笑著點評。

「石公子，來老爺那邊，這幾天很不高興。他意思是，貨出手之後，咱們立刻回家。不要再多生事端。」一個身材矮小，脊背佝僂的老僕人，湊到公子哥耳畔，低聲提醒。

「他一個吃水面飯的，有什麼資格管我？」公子哥看了老僕一眼，不屑的撇嘴。

「他是怕，怕引得……」老僕臉色一紅，低著頭繼續提醒。

「怕什麼？」公子哥揮動手中扇子，朝著衛所兵遠去的方向，冷笑著指指點點，「像這種東西，縱使高達百萬，又有什麼用途？不過是給你我送功勞而已！呵呵呵，呵呵呵，呵呵呵呵……」

一陣薰風吹過，樹上的槐花簌簌而落。如雪一般，落得二人滿頭滿臉。

十五、剁繭

「呼，累死我了！」李慎朝太師椅上一躺，喘息著擦汗。

「多虧了父親您出馬，要不然，孩兒真應付不了江寧左衛那群虎狼。」李彤很有眼色地走上前，一邊替自家父親用扇子搧風，一邊大聲誇讚。

男人都需要肯定。即便明知道自家兒子是故意拍馬屁，李慎依舊覺得非常開心。笑著搶過扇子，一邊自己給自己搧風，一邊大聲道：「為父也是今天走運，遇到個從外邊走了路子剛剛上任的鄉巴佬總旗。否則，真正在江寧左衛土生土長的，誰還不知道這條街巷上，住的都是什麼樣人家？即便窮得狠了想弄點錢花，也會派人過來私下勾兌，怎麼可能像姓崔的那廝，上來就要封門？更不會沒眼色到從江寧縣捕頭嘴裡搶食。」

「哦！」李彤聽了，非常崇拜地點頭。

「行了，別裝了，老夫知道你心裡頭在想什麼？」掛名百戶李慎，一扇子敲過去，將自家兒子敲得齜牙咧嘴，「你覺得姓崔的行徑太丟人是不是，不怪他，為了從別處調進南京城裡來，他不知道花了多少錢去活動，甚至有可能借了印子錢。所以，上任之後，當然要盡可能地想辦法回本兒。今天也就是遇到了咱們家，若是沒任何背景和官職的尋常百姓，哪怕家財萬貫，也得被他趁機敲得一乾二淨。」

「他，他的上司不管嗎？」李彤終於不再裝乖，站直了身體，皺著眉頭追問。「一旦有事，這種兵，怎麼可能拉出去打仗？」

「管，怎麼可能不管。他每次撈到好處，至少六成以上會拿出來打點上司，再拿出一成收買手下，自己真正落入袋中的，也就是兩到三成。」掛名百戶李慎笑了笑，耐心地為自家兒子「授業解惑」。「至於打仗，這裡距離長城遠著呢，蒙古人怎麼可能打得過來？至於倭寇，偷偷來上十個二十個，南京城裡的捕頭、差役就能對付得下。大規模殺過來了，也有杭州、蘇州頂在前面，怎麼著也不可能打到南京。」

「噢！」李彤聽得兩眼發直，再度楞楞點頭。內心深處，卻總覺得父親的話裡面，有很多不對的地方。可偏偏自家父親說得又全是事實，不容他來反駁。

「你啊，還是好好讀書，等孝期過後，去參加春闈吧。」難得讓自家兒子真心佩服了一回，掛名百戶李慎晃了晃扇子，朝著兒子指指點點，「想替為父支撐咱們這個家，你差得遠呢？你以為老夫就真的喜歡替家族守著那點兒田產混日子啊，誰還沒年輕氣盛過？可稍微一冒頭，就碰一腦袋大包。咱爺倆就拿這掛名百戶來說，想換成正式帶兵的百戶，豁出幾千兩銀子去，為父就真換不來嗎？可那有什麼用呢，咱們大明朝的衛所兵，根本就不是用來打仗的。靠山的吃山，靠水的吃水，靠城的吃城。三不靠的，就埋頭種地。千戶、百戶都是地主，總旗小旗是管家和僕人，至於兵卒，全是地主家的長工。」

「這……」李彤越聽越驚詫，額頭上隱約有汗珠緩緩滲出。

「這什麼這？」掛名百戶李慎，笑著撇嘴，「為父不是那塊讀書的料子，所以這輩子就只能混吃等死了。而你，既然讀書能開竅，就該兩耳不聞窗外事才對。在大明，比起其他方式，讀書考科舉，才是最簡單的出頭捷徑。為父可不想你跟我一樣，一年到頭忙死忙活，回到祖宅裡，卻最多落了個『辛苦』二字，其他什麼好處都輪不到！」

以前，他總覺得自家兒子還小，所以生活中的艱難，從不跟兒子說。但是今日，發現兒子趁著自己不在家時，居然差點兒跟四品御史起了衝突，才終於下了狠心，決定要讓兒子看清楚外邊的水到底有多深，收起那些小聰明，好好閉門讀書。

只可惜，他費盡力氣繞了這麼大一個彎子。做兒子的，卻用兩句話，就讓他的心願徹底落空。「爹，您說的對，我的確應該一心只讀聖賢書。但是，我已經被錦衣衛盯上了，此刻想抽身恐怕已經來不及。」

「什麼，你招惹了錦衣衛！」掛名百戶李慎嚇得翻身坐起，臉色一片雪白，「你，你怎麼會惹上錦衣衛。你，你，你，唉，你可坑死爹了。」

「不是我招惹他們，是他們的人，就藏在張守義身邊。」見父親被嚇得神不守舍，李彤趕緊上去拉住他的身體，小聲解釋，「我剛才之所以沒跟您說，就是怕你聽了著急。是這麼回事……」

用簡單的語言，他將先前故意「遺漏」沒說給父親聽的幾個關於錦衣衛的段落，仔細補充了個清楚。特別是錦衣衛張爽臨告別時那句「臨淮侯家中未必沒有。不過李公子身邊，這會兒應該是沒有。」更是強調得格外大聲。

做父親的李慎聽了，心中的恐慌稍減。但眼睛裡的憂愁，卻始終無法散去。「我兒，既然錦衣衛已經盯上了此事，你現在抽身，反而不妥當了。但那些錦衣衛，恐怕也只是想拿你和張守義做過河卒子使喚，一旦把窟窿捅大了，隨時都會把你們兩個當棄子。」

「豈止是錦衣衛想利用我們，還有太學博士劉方，他說我們兩個，應該算是將門。」李彤想了想，苦笑著補充，「這個時候，應該主動為大明將門出力。甚至最近國子監裡關於是否出兵朝鮮的爭論，都是他們這些博士和助教，故意挑起來的。就是想借國子監諸貢生的嘴巴，將他們各自想說的話說出來而已。」

「這話，倒也沒錯。」薑畢竟還是老的辣，憑藉自身閱歷和經驗，掛名百戶李慎，迅速判斷出劉方對自家兒子所說的話中，有一部分是事實。「這老東西，還是你叔丈人呢，居然一點情分都不講。就不怕惹急了你，將來休了他侄女？」

「他，他的意思是，如果我和守義做得好，在這件事結束之後，也能分一杯羹。」事關未婚妻的家人，李彤不願意將對方說得太不堪。猶豫了一下，低聲補充。

「狗屁，他劉方是什麼玩意兒，我還不知道？」李慎用力拍了下桌案，大聲唾罵，「這輩子都注定躲在後邊憋壞水，遇到麻煩，就縮起脖子做烏龜。信他，還不如去信錦衣衛。」

罵罷，眼神一亮，忽然轉怒為笑，「呵呵，呵呵，有趣。錦衣衛、大明將門、南京督察院，居然都摻和進來了。誰都不肯主動出頭，卻拿你們兩個小生瓜蛋子在頭前探路。呵呵，呵呵，既然如此，那你還跟他們客氣什麼，可著勁折騰，折騰得動靜越大，越能把他們都扯到前面來，自己反而越是安全。」

「還有倭寇！」李彤轉到自家父親對面，儘量讓父親看清楚自己臉上的擔憂。

「一群打家劫舍的蟊賊而已，怎麼能跟前面那幾家相提並論。」李慎的膽子，忽然又大了起來，慘白的臉上寫滿了不屑，「若不是你非要替那高麗世子出頭，他們哪有膽子來招惹你？」

「旭哥兒可是剛剛死在了他們手裡。」李彤皺著眉頭，低聲反駁，「大白天的，他們就把鴨血潑到了咱家大門上。」

「依舊是不入流的手段！」掛名百戶李慎看了自家兒子一眼，繼續撇著嘴搖頭。「而前面那三家想要殺你，光明正大地就能讓你丟掉性命，並且還會讓你身敗名裂。」

單純從表面上看，父親的話當然無比正確。李彤沒辦法反駁，然而，心裡卻不怎麼服氣。大明將門，大明清流，大明錦衣衛，三方勢力相互使絆子，爭鬥不休。而無論是突然出現在城裡的倭寇，還是被倭寇所害死的無辜，對著三方勢力來說，好像都成了爭鬥中所使用的工具和棋子。誰都沒把工具和棋子真的當一回事，更不會對無辜枉死者多看一眼。

「你不要那麼心浮氣躁。」正憤懣間，卻又聽父親說道，「我知道你想給旭哥討還公道。可南京城這麼大，你想把凶手找出來，無異於大海撈針。還不如先弄清楚，那三家到底為什麼而鬥了起來。等那三家到底想要幹什麼，再想解決倭寇的麻煩，不過是順手的事情。」

「按照劉博士的說法，將門是希望促使朝廷發兵朝鮮。」李彤說不過自家父親，只好老老實實按對方要求辦，「所以希望我和張守義繼續盯住那夥倭寇不放，把動靜弄得越大越好。這樣，他們就可以坐實了，倭寇試圖借道朝鮮，進攻大明的話，不是吹牛，而是真的想要付諸實施。這，這不跟您剛才的主意差不多嗎？都是要折騰出動靜來。」

「狗屁，他是想要你們按照他的意思去折騰，我的意思，是要你隨時準備掀桌子，把他和另外兩方勢力，都扯到前面來，讓他們自己對著打，別拿你們倆小傢伙繼續當卒子使喚。」掛名百戶李慎橫了他一眼，大聲解釋。

「噢。」李彤這才明白了自家父親的真實意圖，有些慚愧地點頭。「那麼說，錦衣衛意思，跟劉博士也不一樣。有個錦衣衛曾經暗示我和守義，放手施為。而張家那個自行離開的錦衣衛，則說的是，風高順勢走，浪急隨水行。只要自己應對得當，甭管外邊颳什麼風，起什麼浪，都可以化險為夷。」

畢竟是中過秀才的少年才俊，他記憶力遠超常人。時隔多日，依舊能將錦衣衛張爽給張維善和自己的臨別贈言，重複得一字不差。

「後一個人的意思是，順勢而為。他比劉方和前一個錦衣衛，都有良心。」李慎狡猾地笑了笑，輕輕點頭，「爭鬥的哪家占了上風，你們就順著哪家使力。不要逆著勢往前衝，那樣只會給別人當墊腳石。」

「可他卻沒告訴我們，到底錦衣衛想幹什麼？究竟哪家會占上風。」李彤嘆了口氣，哭喪著臉補充。

「他自己恐怕也無法確定。」李慎舉起扇子，用扇子柄輕輕搔自家頭皮，「這人真心不錯，知恩圖報，還不願意把你們兩個楞頭青往陰溝裡帶。若是能再找到他就好了，他應該知道很多隱藏在背後的東西。」

「他還說過，最好是後會無期。」李彤皺了皺眉，繼續補充。

「那他應該是為東廠做事的，不單純是錦衣衛。」李慎憑著經驗，迅速得出結論。

「那有什麼區別？」李彤聽得滿頭霧水，低聲追問。

「原本是兩家，互不統屬，但東廠後來居上。」見自家兒子一臉懵懂，李慎只好無奈地解釋，「東廠由皇上身邊的太監掌管，遇事可以直接向皇上口頭彙報。而錦衣衛，卻要寫好奏摺，由太監轉呈。並且東廠還有資格替皇上監督錦衣衛。所以最近這些年，東廠就成了錦衣衛的半個上司，遇到自己人手不足時，可以直接從錦衣衛借用。那個人口中，後會無期，意思是祝願你和張維善將來千萬不要讓東廠盯上，不是不准你們再去找他。」

「那恐怕，不比找到倭寇簡單。他說了，連賣身入府之前的名字都是假的。」李彤終於弄清楚了張爽的來歷，帶著幾分悻然低聲回應。

「別老想著去找倭寇，要分得清主次！」掛名百戶李慎舉起扇子，狠狠敲了自家兒子腦袋一下，然後繼續低聲分析，「第一個錦衣衛的大致意思，應該是要你們倆繼續咬住王家，把他們跟倭寇之間的勾當，追查到底。不要讓王家丟卒保帥。真夠狠的，這樣的話，不但寶大祥要完蛋，背後的整個王氏家族，都要跟著完蛋。嘶，這王氏，到底怎麼得罪了錦衣衛，後者居然恨不得將他家連根拔起來。」

「王氏家族？」李彤又一次聽得滿頭霧水，眨巴著眼睛追問。

「跟咱們家差不多，在南京，咱們張家就咱們爺倆和你娘。但往上了摸，就一直會摸到你祖父和整個臨淮侯府。你若是惹下大禍，別人想放張家一馬，就追查到老子這裡為止。如果想把張家連根拔起來，就會根據為父替家族經營田莊，監督各路合作的店鋪掌櫃的經歷，一直往上捋。直到捋不動了，或者把咱們張家的人全部幹掉為止。」

「嘶——」李彤縱然膽子大，也被嚇了一哆嗦，額頭上迅速冒出了汗珠。

他雖然恨王應泰勾結倭寇禍害同學，但也只恨王應泰一個人，並沒想過殺掉王應泰全家。而按照父親的剖析，錦衣衛居然是準備將整個王氏家族，無論背後有多少男女，全都抓起來斬草除根。

「這個開寶大祥的王家，後面整個家族應該富可敵省，否則，不值得錦衣衛動一次手。」終於如願將自家兒子嚇到了一次，李慎心中立刻湧起幾分得意。笑了笑，繼續低聲補充，「除非，除非他們還想根據王家，扯出其他更重要的人。」

「那我就不清楚了。反正我和守義兩個，到目前為止，誰的要求也沒照著做。」李彤抬手擦了把冷汗，低聲強調。

「沒用，躲不過去。他們都想拿你們倆當刀子使。你們躲不過去的。除非按照我的話，想辦法儘早掀了桌子，把他們都拉到前面來。」李慎笑了笑，咬著牙發狠。

如果不是有人把主意打到自家兒子身上，以他的性格，這輩子絕對沒勇氣去得罪三方當中任何一方。可既然三方都想害他的孩子，他就只好硬著頭皮，替自家兒子想辦法消災解難。「將門和錦衣衛企圖，咱們爺倆都猜的差不多了，對也好，不對也好，目前只能這樣。還有南京督察院，也就是嚴瘋狗那邊，他到底想要幹什麼？」

「應該不是想報去年劉胖子當街毆打他的仇，否則，他不會拖這麼久，也不該找上我和守義。」李彤又擦了把冷汗，順著自家父親的意思繼續往下推測，「但是，您老也說了，他再沒出息，也不應該會去勾結倭寇。我……」

「別老扯倭寇！」李慎舉起扇子，作勢欲敲，「他們跟這事關係不大，基本……」

「可吳舉人，當天卻是替倭寇喊冤。」李彤向後躲了躲，迅速補充，「我跟守義受了錦衣衛的誘導，找到了刺客同夥所藏身的畫舫。然後發現刺客當中，有一半兒是倭人。抓了倭寇和王應泰之後，正準備送他們去見官，吳舉人卻忽然帶著幾個同夥跳了出來，煽動看熱鬧的百姓，說我們仗勢欺壓良善。然後第一個錦衣衛就出現了，只跟吳舉人說了一句話，就將他嚇得夾著尾巴逃之夭夭！」

「他說了什麼？」李慎眼睛一亮，大聲追問。

「好像是吳舉人借著募捐行善的機會，硬上弓了一個主動前去幫忙的小尼姑。」李彤想了想，迅速給出答案。

「這種喜歡以正人君子自居，動不動就打著為民請命旗號幹缺德事的，最怕暴露他們背地裡的真實嘴臉。錦衣衛手中，肯定有這種把柄。關鍵時刻亮出來威脅他，一威脅一個準！」不愧為經常走南闖北的老江湖，李慎武藝不行，膽子也不大，但經驗卻絕對豐富。聽了自家兒子的話，立刻猜到吳四維被嚇跑的緣由何在。

「和大明朝的清流差不多。」李彤笑了笑，滿臉不屑。

「對。」掛名百戶李慎猛地將扇子一合，再度長身而起。「你真說對了，就是這樣，清流，清流！那吳舉人，走的清流的路子，先養聲望，然後再靠著聲望往上爬。而那嚴鋒，非但是上一屆鄉試的主考之一，在清流當中，也是赫赫有名。」

「他們師徒，一見如故！」李彤的眼神迅速亮了起來，大聲補充。

「而吳舉人被殺了全家，嚴瘋狗就懷疑是因為他跟你們倆結仇所致。所以，明知道自己親自下場，有失身分，卻依舊不管不顧，到應天府尹那邊，告了你和張守義的黑狀。逼著應天府尹動用手段處置你們倆，好給他的門生報仇雪恨。」李慎揮動扇子，把自己的手心敲得啪啪作響。

「可吳四維全家真不是我和守義殺的！」話頭又轉回了今天起點，李彤非常懊惱的大聲強調。

「可姓嚴的瘋子不知道。吳四維是他的棋子，和你們的地位相同。別人幹掉了他的棋子，他便出手對付你們。你們不用再管他了，清流這一方，已經有人自己走到前面來了。做掉吳四維全家的那個傢伙好手段，簡直是一石二鳥。」

「那我怎麼辦？」

「去國子監找劉方，告訴他，嚴瘋子正出手對付你和張守義。你跟張守義頂不住，讓他替你們倆想辦法。」李慎想都不想，迅速給出第一個建議，「兵對兵，將對將。嚴鋒已經下場了，將門這邊，總得擺出來一個地位相當的人，才算合理。」

「若是劉博士不管呢？」對父親的主意並不是很有把握，李彤皺著眉頭繼續詢問。

「管，怎麼可能不管！即便他自己不下場，也得讓別人下場。否則，輸了就怪不到你們頭上。」李慎笑了笑，彷彿胸有成竹。「然後，你和守義悄悄地，再去盯王家的案子。想辦法把錦衣衛那邊，也引一個地位相當的人下場。撮合他們三家的大人物打起了擂台，你和守義剛好借機抽身。」

十六、抽絲

「你確定咱們這樣幹有用？」張維善打了哈欠，望著半河燈火低聲說道。

「不一定，但是除了這麼幹，目前我想不出任何辦法！」李彤的回答坦率而又直接，「老劉那邊到底肯不肯出頭，咱們管不了。應天府怎麼斷案子，咱們也管不了。眼下除了聽天由命之外，也就剩下盯著如意畫舫這邊了！」

他說的完全是事實，令張維善不得不悻然點頭。

兩天前，李彤得到了他父親，水師掛名百戶李慎的指點，準備把所謂的大明將門和南京錦衣衛都拖下水。結果他先滿懷希望去國子監找自己的叔丈人劉方，後者聽聞南京右僉都御史嚴鋒已經赤胳膊下場，居然立刻開始東拉西扯打起了哈哈。到最後，也沒告訴他將門這邊，到底會不會派個身分對等的人出面接招。

李彤無奈，只好拉上張維善，去二人最初報案的上元縣，詢問刺殺案和窩藏倭寇案的審問情況。結果，事實正如劉方數日前所料，上元縣以「案情重大，無力裁斷」為由，早就將兩件案子的卷宗連同一干人證物證，上交給了應天府。而寶大祥的少東家王應泰，也果然很「光棍兒」地將所有罪名都攬在了他自己頭上。他父母不知情，他的族人不知情，寶大祥上下除了幾個關鍵位置上的大小夥計之外，其餘人等也一概與此事毫無瓜葛。

兩個國子監的貢生即便本事再大，也不可能將手伸到應天府的官署內。只好輾轉又托了同學，去探聽案件的進展。結果，不探聽還好，一探聽，頓時更加失望。

刺殺江南後逃走失敗被擒的那名刺客，居然在被送入應天府監獄的當天夜裡，把頭伸進兩根監獄柵欄之間，自盡身亡。而與王應泰一道被抓獲的那些倭人，得知刺客已死，立即一口咬定，他們跟刺客只是在來大明銷贓的海船上結識，根本不知道此人的真實姓名和來歷，更不知道此人跟朝鮮國的留學生江南之間，到底有何冤仇。

兩件案子彼此之間被切斷了聯繫，就變成了各自獨立的案子。而應天府的府丞和推官如果想敷衍了事，就可以將兩個案子分開處理。那樣的話，江南遇刺案因為苦主沒死，而兩個刺客先後喪命，就可以當做普通外藩子民相互尋仇案來了結。至於經營寶大祥的王家，也由勾結倭寇謀害無辜，變成了單純的替賊銷贓，罪名和責任都瞬間減小了數倍。

「李兄、張兄，要不然就這樣算了，反正江南也沒死！那寶大祥經此一劫，也永遠在海貨行當除了名。」受二人所托的同學姓周單名一個玉字，有個叔叔在應天府戶房做主事。此人回話時臉色，至今李彤和張維善兩個，都記得清清楚楚。

那是一種慚愧和驚恐交織的表情，不用問，李彤和張維善也知道，周同學是受到了其家長或者某位大人物的警告。

「我們跟王家又沒仇，當然願意就這麼算了，問題是，別人願意不願意算，我們倆卻不知道。」當即，李彤就非常明確地跟對方表態。

他不敢保證自己這句話，就能傳到警告周玉的那位大人物的耳朵裡。但至少，他需要把握住一切機會，讓更多的人明白，自己和張維善兩個，只是不小心被捲入棋局中的兩枚倒楣蛋，而不是某一方的開路先鋒。

「現在不是我們不想就這麼算了，而是有人盯上了我們。子丹他們家被潑了一門的鴨血，你知道嗎？還有，他家的家丁，也在光天化日之下被人用弩箭射穿了哽嗓。」張維善跟他心有靈犀，也擺出滿臉無奈的模樣，在旁邊大聲補充。

「啊——」貢生周玉，沒想到還有這些內情，頓時驚得兩眼發直。

「你最近晚上也儘量少出門，還有那天一起在玄武湖幫忙抓刺客的同窗，若是遇到，麻煩轉告他們，刺客的同夥正在尋機報復。」見對方如此膽小，張維善立刻又促狹地補充。

貢生周玉聞聽，原本就沒多少血色的面孔變得愈發蒼白。連說一聲告辭都沒顧上，立刻邁開兩條大象腿逃之夭夭。若不是跑著跑著左腳的鞋底忽然斷成了兩截，絕對可一口氣從國子監門口跑到九江。

「他原本已經很害怕了，你何必還要嚇唬他？」見貢生周玉的模樣可憐，李彤當時忍不住笑著數落。

「不是我要嚇唬他，你沒覺得，那刺客的同夥，報復心極強嗎？」張維善不服，聳著肩膀撇嘴，「既然光天化日之下，敢朝你們家大門上潑鴨血，誰能保證不會報復到別人頭上？周玉，姓常的小子，還有當天幫忙抓刺客的那幾個同學，接下來說不定就會被刺客的同夥找上門。」

「這怎麼可能！不過——」李彤聽了，先是笑著搖頭，隨即，眼睛就開始閃閃發亮。

「怎麼，又被我蒙對了！一語驚醒夢中人？」張維善跟他交往多年，彼此早就心有靈犀，立刻開心的大聲追問。

「當街追殺了咱們，又到我家登門示威，如果吳四維也是同一群倭寇所害的話，接下來，他們應該要麼去找你，要麼就去找如意畫舫。」李彤沒有直接回答他的話，而是鐵青著臉給出了另外一個推論。

「找如意畫舫，為啥？」張維善楞了楞，本能地追問。

「那晚在秦淮河上，除了咱們，與王應泰發生了接觸的，只有如意畫舫的小春姐和她手下那些女校書。如今連吳四維這個在岸上捲進來的，都被殺了全家，賊人若是單獨放過了如意畫舫，咱們才應該覺得奇怪。」當時，李彤皺著眉，低聲給出了答案。

「有人來了，有人來了！」張維善的聲音再度響起，將李彤的思緒瞬間從回憶當中扯到現實世界。

秦淮河上，畫舫如織。

如意畫舫剛剛重新刷過漆的閣樓，在燈籠的照耀下，顯得格外扎眼。幾個外鄉遊子，被一艘俗稱快舟的小船送了過來，每個人頭將脖頸向後仰成了鈎子形。而生意受到案子影響的小春姐，則機靈地推開了二樓窗子，將除了頭牌女校書許飛煙之外的所有漂亮面孔都露了出來。

「騎馬倚斜橋，滿樓紅袖招」，乃是江南水鄉特有的詩情畫意。雖然此刻是乘坐於快舟之上，而不是寶馬，出來尋花問柳的外鄉遊子們，依舊興奮得滿臉熏然。相繼舉起扇子，朝著畫舫指指點點，「手如柔荑，膚如凝脂，領如蝤蠐……」

「若有人兮山之阿，被薜荔兮帶女蘿。既含睇兮又宜笑，子慕予兮善窈窕……」

「關關雎鳩，在河之洲……」

「各位公子，今夜駕臨，真的令民婦受寵若驚！」小春姐三步兩步衝下了甲板，先朝著撐快舟的船夫拋了個媚眼，然後朝著遊子們，斂衽施禮。

「這就是秦淮河上數一數二的如意舫了，各位公子，還請移步上船。小的去岸邊等候，只要畫舫這邊挑起綠色的燈籠，小的立刻就過來接各位公子回客棧。」船夫會心一笑，單手將纜繩拋到畫舫圍欄內，然後也躬身向遊子們行禮。

早有畫舫的夥計，快步上前拉住纜繩，在畫舫和快舟之間架牢樓梯模樣的木橋。眾才子笑著向船夫揮了下手，迫不及待地走過木橋，踏上了畫舫甲板。

「一群外地來的浪蕩子，看模樣，應該是從北方來的，所以被船夫和小春姐聯手宰了羊牯。」張維善在不遠處的另外一艘畫舫上，看得百無聊賴，啞著嗓子低聲點評。

「讓樓上把琴聲和簫聲弄響亮一些！」李彤迅速將目光從如意畫舫收回，朝著自己的家丁李順吩咐。

「是！」李順答應一聲，快步上樓，轉眼間，樓上的管弦聲就增大了一倍。臨時從城中雇來的樂師班子，對著二十幾名全副武裝的家丁，使出全身解數吹奏，以免甲板上那兩個出手豪闊的公子哥，以聲音不夠悅耳為藉口，將他們當中某個同伴硬架到隔壁的寢倉去「抵足而眠」。

甲板上的兩個公子哥，李彤和張維善，卻不知道他們已經被樂師們當成了有斷袖之癖的變態。一邊裝模作樣地把盞言歡，一邊繼續用目光在如意畫舫周圍掃視。

攤上那麼大一樁案子，如意畫舫居然只停業了三四天，就重新開了張，這本身就極其不對勁兒。李彤記得為了避免小春姐無法向其背後東主交代，自己和張維善還分別派人送去了五十兩銀子，以供其賠償損失，並給畫舫的姑娘們壓驚。而現在看來，他和張維善兩個雛兒，顯然太小瞧了女掌櫃小春姐，也太看低了如意畫舫背後那位東家。後者的背景，很可能即便不如張維善深，卻肯定不會比他李子丹更淺。

「不會和樊樓一樣，背後站著個錦衣衛百戶吧！」無論如何都找不到需要集中注意力觀察的對象，張維善的思路，又開始天馬行空。「如此，就能解釋清楚，那天押著倭寇上岸之時，為何會有錦衣衛主動替咱們撐腰。」

「不是！」李彤想了想，果斷搖頭。「如果畫舫是某個錦衣衛中大人物的產業，咱們甭說只拿一百兩銀子，就是一千兩，也不會被小春姐輕易放過。」

「那倒是！」張維善聳著肩膀，表示贊同。

因為是皇家耳目，需要隨時保證消息靈通。錦衣衛的頭目們包娼庇賭，就成了名正言順的事情。而由於身後站著錦衣衛的官員，那些賭坊和妓院的掌櫃，氣焰也格外囂張。萬一遇到了麻煩，首先想的絕不是息事寧人，而是如何憑藉背後的撐腰者，狠敲給他們惹了麻煩者一大筆竹槓。

「我以前好像聽人隱約提起過，小春姐在未被梳攏之前，曾經與一個舉人多有往來。之後那人因為考中了進士，授了官，兩個人就只好各奔東西。」為了滿足張維善的好奇心，也為了避免自己打瞌睡，李彤笑了笑，低聲透露。「但小春姐很快就攢夠了贖身錢，然後自己做了畫舫女掌櫃。從此只負責照看船上的姑娘們，再也不肯親自出馬接待客人。」

「奶奶的，聰明人就是會玩。非但不用擔上狎妓的惡名，還可以讓外室幫他賺錢。」張維善撇撇嘴，滿懷惡意地點評。

李彤笑了笑，對此不置可否。

他原來以為自己已經足夠聰明，故而什麼事情都敢去摻和一番。而經歷了最近的這些風波，他才霍然發現，自己和好朋友張維善，真的勉強只能算作中人之資。

那些聰明人，一個比一個手段高超，一個比一個陰險狡詐。如果不是仗著各自祖上還有幾分餘蔭，他們兩個，有可能早就稀裡糊塗被剝奪了學籍，成了應天府大牢內的待決之囚。

正鬱鬱地想著，忽然又聽張維善說道：「過來一艘烏篷船，好像吃水還挺重。這大晚上的，又不能走水門出城，烏篷船不再岸邊歇著，往畫舫堆裡頭湊什麼……」

「當然不是為了湊熱鬧。這烏篷船是奔著如意畫舫來的。」李彤猛地拍了他一下，隨即輕輕扯住了桌案角上的細繩。

「當當，當當，當當……」二樓內，一隻銅鈴晃動，發出悅耳的聲響。雖然很快就被管弦聲吞沒，卻讓屋子裡的家丁們，全都迅速站了起來。

「小方，將船緩緩靠過去，不要急著與如意畫舫接舷！」一邊利索地整理腳旁的弩箭，李彤一邊繼續吩咐，聲音雖然低，卻帶著一股子莫名的興奮。

沒人願意始終生活在迷霧裡，更沒人願意將生死都交在外人之手。

今夜，功夫不負有心人，他終於抓到了一個解謎的機會，怎麼可能不一鼓作氣，弄個清楚明白。

希望，總是很完美，但現實，卻常常將人撞得頭破血流。

還沒等李彤看清楚烏篷船中乘客的模樣，那艘船，卻忽然貼著如意畫舫的尾巴拐了一個彎兒，直奔他的腳下而來。

「快躲開！」額頭處猛然開始發麻，他一個箭步竄向船尾，朝著艄公和水手們大叫。

「下樓，快下樓！」畫舫二層，家丁們再也顧不上隱藏行跡，紛紛叫喊著往甲板上跳。

畫舫是李彤的父親李慎通過水師的關係「借」來的，有五丈長，兩丈半高矮。與秦淮河上那些賭船、畫舫相比，奢華雄偉方面，有過之而無不及。但是，其在穩定性和靈活性方面，也跟周圍的賭船和畫舫毫無差別，只能在平穩安寧的河面緩緩轉著圈子遊玩，根本無法加速度，也承受不起任何風浪。

所以，儘管船上的艄公和水手們使出了渾身解數，依舊無法躲開烏篷船的撞擊。隨著「砰」地一聲巨響，後者的船頭狠狠地戳在了畫舫的側舷正中央。把兩層樓高的畫舫，撞得猛地歪向另一邊，緊跟著又猛地反砸向烏篷船的船頭，然後再度向另一半歪斜，再度反彈而回，上上下下，沒完沒了。

畫舫二樓內的各色擺件，被從窗口甩出，砸得河面上水花四濺。擺在桌案上的燭台紛紛倒下，將滾燙的蠟油濺得四處都是。掛在窗口和船頭船尾的燈籠，一串串像流星般掉落，剎那間，甚是絢爛。幾點火星與窗簾相遇，頓時紅光飛舞，濃煙翻滾。

「啊——」先前懷疑李彤和張維善兩個是不是有斷袖之癖的樂師們，如同下餃子般，「撲通！」「撲通！」一個接一個主動往河水裡跳。寧可被河水淹死，或者被臨近的船隻撞死，也不肯留在船上被烤成熟肉。

「抓住護欄，抓住護欄！」

「不要慌，小心——」

李彤和張維善及二人手下的家丁們，一邊大聲喊叫，一邊互相救助。以免被直接甩入水中去餵魚鱉。他們的反應非常及時，應對措施也堪稱得當。卻依舊被甩進河裡一小半兒，剩下的人，一個個被晃得暈頭轉向。

而那艘故意撞上來烏篷船，卻靈活地向後撤開了四十餘步，然後調整船帆，划動船槳，再度開始加速。如一頭捕食豬婆龍般，再度撞向畫舫的前腰。

畫舫二樓，已經有火苗冒了出來。但是此時此刻，李彤和張維善兩個，卻顧不上組織家丁和水手去救火。一個強忍住內臟的翻滾撲向船舵，一個紅著眼睛奔向船頭。

「讓開船身兩側，抓住欄杆站穩！兩側晃動幅度大，船頭和船尾小許多！」一邊用雙手死死拉住船舵，李彤一邊扯開嗓子朝著家丁和水手們高喊。

烏篷船上的人，是專門為他和張維善而來，不是衝著小春姐的如意畫舫。連續兩個晚上守株待兔，他和張維善兩個非但沒守來期望中的兔子，反而招來了一群鱷魚！

亂做一團的家丁們，本能地選擇了聽從命令。連滾帶爬地離開即將被烏篷船撞中的側舷，奔向船頭或者船尾，用手死死抓住觀賞風景用的雕花護欄。

「砰！」兩艘船再度相撞，高大巍峨的畫舫，被撞得左搖右擺，像一位喝了三斤燒刀子的醉漢。而平素可用於長江上運載貨物的烏篷船，卻憑著低矮的船身，靈活的操縱性能，迅速恢復了平衡。船上的水手和乘客們，朝著畫舫哈哈大笑。緊跟著，抄起船槳奮力下划，再度將烏篷船迅速撤遠。

「掉頭，掉頭，不能這樣任由著他們撞！」沒等畫舫的顛簸幅度減小，李彤朝著甲板吐出一口晚飯，強忍著內臟的翻滾，大聲向周圍的家丁們叫喊。

「掉頭，掉頭，用船頭跟他對著撞！」家丁們一邊嘔吐，一邊撲向船舵。與李彤一道，冒著被甩進水中的風險，奮力轉動操縱尾舵的木輪。

木輪是造船者參考海上西洋貨船而打造的仿製品，原本只是圖一個好看。卻沒想到，在關鍵時刻，竟然救了畫舫上所有人的性命。

「啪啪，啪啪，啪啪……」在李彤和家丁們聯手操縱下，畫舫一邊左右搖擺，用側舷擊打水面，一邊艱難地轉身。將最奢華船頭，對準了已經在四十步外停下來的烏篷船。預備跟後者迎面正撞，看誰先支撐不住，粉身碎骨。

「咦！」烏篷船內，發出了一聲低低的驚呼，緊跟著，又開始加速。已經部分碎裂的船頭，切開平靜的河水，圍著畫舫兜了小半個圈子，再度朝著畫舫側舷正中央扎了過來。

「掉頭，掉頭，能掉多少掉多少！」

「奶奶的，跟他拚了！嘔——」

家丁們無師自通，一邊嘔吐，一邊奮力轉動尾舵，艱難地調整畫舫，將其最奢華的船首，緩緩向側後方轉動。

原地轉圈兒，肯定比兜著圈子跑距離短。因此，雖然速度遠不及對方，靈活性也跟對方相差甚遠，但畫舫的船首，還是搶在烏篷船撞過來之前，與其對了個正著。

「砰！」撞擊聲第三次響起，不再似前兩次般沉悶。畫舫的重量和高度，令其在迎頭正面撞擊中，大占便宜。而先前憑著靈活的操縱性能和低矮的船身差點就將畫舫撞翻的烏篷船，卻被撞得倒退出十幾步遠，船頭處的木板，從上到下碎掉了一大半兒。

「カス！チンカス！」烏篷船內的指揮者，顯然沒料到李彤等人在驟然遇襲的情況下，還能想出這一招，氣得破口大罵。然而，罵歸罵，他卻再也沒有力氣吩咐手下人發起第四輪撞擊。

周圍的畫舫和賭船，在烏篷船第一次撞中畫舫側舷的時候，就紛紛像躲瘟疫般向遠處躲避，誰也不願意捲入剛剛發生在河面上這場是非當中。只是，笨重的船身和船上眾多華而不實的裝飾物，卻極大的拖慢了它們的逃離速度。第三次撞擊所發出的聲音，在水面上已經漸漸消失，它們當中逃得最快的，也只划出了不到一百步遠。站在船尾處的人，借著畫舫二樓的熊熊火光，依舊能將撞擊雙方的情況狀況，看得清清楚楚。

「真倒楣，昨天雞鳴寺的香白燒了。」站在距離烏篷船隻有三十多步遠的如意舫二樓，女掌櫃小春姐的臉，皺成了一個胖胖的包子。「老娘這是招誰惹誰了，天天災星上門。」

熟客們嫌如意舫上死過人晦氣，不肯再過來照顧她的生意。最近幾天，她一直賠得心裡發虛。今晚，好不容易串通了河面上拉活的舟子，騙了幾個外鄉公子哥上來，還沒她麾下的姑娘們來得及施展勾魂手段，卻又遇到了烏篷船硬撞畫舫。

可以想像，親眼目睹了烏篷船追著畫舫撞擊的外鄉公子哥們，會被嚇成什麼模樣。即便現在就將如意舫划得遠遠，今晚，受到了驚嚇的公子哥們，也不會再有心情喝酒賞花了，更不可能為某個姑娘爽快地掏空錢袋。

「小春姐，你們南方人，爭風吃醋起來，都是這麼不要命嗎？」很是出乎他的意料，一名高顴骨的外鄉公子毫無畏懼地來到窗口旁，一邊凝神向起了大火的畫舫觀望，一邊用很硬的北方話大聲追問，「這兩條船上的人，怎麼好像有過不共戴天之仇一般？」

十七、圖窮

「妾身，妾身不知道！」女掌櫃小春姐被嚇了一大跳，連忙擺著手回應，「妾身，妾身保證，跟他們毫無瓜葛！妾身可真是倒楣，秦淮河這麼寬，他們偏偏在我家的畫舫旁邊打了起來。」

後半句話，就解釋得有些多餘了。高顴骨公子哥兒眉頭迅速一跳，笑容中立刻帶出了幾絲玩味，「是啊，秦淮河這麼寬，他們居然偏偏在妳的畫舫旁邊打架。真是欺人太甚！」

「公子，您別生氣。我這就讓夥計把船開遠些，這就讓夥計把船開遠。」小春姐在河上混了這麼多年，怎麼可能聽不出來高顴骨公子對她和打架雙方之間的關係起了疑，連忙含著淚蹲身。

「不必，不必！」高顴骨公子絲毫不懂得憐香惜玉，居然對小春姐的眼淚視而不見。笑了笑，輕輕擺手，「距離已經足夠了。我和朋友們都喜歡看熱鬧，剛好看個痛快。」

「公子千萬別這麼說，妾身，妾身給您賠禮了。今晚，今晚所有開銷，都著落在妾身這裡。」小春姐又是害怕，又是委屈，眼淚真的滾了滿臉。

船上剛招過一群倭寇，今天又差點兒遭受兩夥惡人火併的池魚之殃，消息傳開去，今後哪個貴客還敢登門？而今天這高顴骨公子哥，又是一個多疑的人。自己明明跟那兩夥打架的惡棍沒任何瓜葛，他卻硬把自己和畫舫，當成了衝突的起因。

正傷心得無法自己之時，卻忽然又聽那高顴骨公子哥大聲說道：「這是什麼話，李某還會差妳這點酒錢嗎？李某只是喜歡看人打架，所以才不願意距離太遠。又不是怪妳家畫舫名氣大，惹得那兩夥人爭風吃醋？」

「妾身，妾身跟他們真的不認識。」小春姐覺得自己即便渾身上下都是嘴，也解釋不清楚如何無辜，忍不住痛哭出聲。「妾身做的是伺候人的生意，不敢，萬萬不敢主動招惹是非。」

「我沒說妳招惹是非，妳們這些南方人，怎麼就聽不懂我說的話呢！」高顴骨公子哥被她哭得好生尷尬，皺著眉頭大聲呵斥。「放心，一兩銀子也少不了妳的。妳這邊若有損傷，李某加倍給你賠償！」

「五哥，怎麼了？這娘們哭什麼，你用強了？」一個白白淨淨的少年循著哭聲走過來，笑著奚落。「沒想到，五哥你喜歡年紀大的！」

「滾，再胡言亂語，就送你去北京接受校閱！」高顴骨李公子狠狠瞪了油嘴滑舌的少年一眼，大聲威脅，「我只是覺得那邊打得有趣，你看那烏篷船，居然用的書上介紹過的水戰套路。而那畫舫上的人隨便不懂行，守得卻很是機靈。」

「啊？」油嘴滑舌少年聞聽，眼睛頓時開始發亮。顧不上再管小春姐為啥哀哭，一步跨到窗口，舉目向正在著火的畫舫觀望。

只見那烏篷船，發現無法將畫舫撞翻，已經又換了一套新戰術。一邊仗著自身的靈活性圍繞畫舫打轉，一邊將弓箭不要錢般射了上去。而那畫舫上的人，則一邊將船槳、木板等物，豎在圍欄邊做盾牆。一邊用羽箭和投矛還擊，短時間內，居然跟對方戰了個旗鼓相當。

「怎麼了，怎麼了，誰跟誰打起來了！」小春姐的畫舫上，其他幾個公子哥也再對歌舞生不起興趣，爭先恐後來到幾個窗口旁，對著不遠處的交戰雙方指指點點。「哎呀，駱兄，你快來看。一方居然還是水戰的行家，連船鑿都用上了。」

「畫舫上的人也不弱，就是吃了船笨的虧。」

「他們兩家為了啥打起來的，爭風吃醋？」

「厲害，厲害，駱兄，你還說江南人性子柔，光對著罵街不會動手。根本就是以訛傳訛，這打法，可是比咱們遼東那邊狠多了，簡直是不死不休！」

「那娘們得長成啥狐狸精模樣啊，讓這麼多男人為了她連命都不要了。」

……

交戰中的畫舫二層，已經被燒成了一支巨大的火把，所以甲板上的人一舉一動，畫舫上的公子哥，都能看的一清二楚。而烏篷船雖然跟畫舫之間始終保持著一段距離，卻因為比畫舫低，上面所有招數，也全都落在了高顴骨李公子和他的同伴們眼睛裡。

「妾身，妾身……」小春姐想將自己的畫舫儘快開走，遠離是非。卻又怕打攪了貴客們的「雅興」，急得在旁邊哭鼻子抹淚兒。那油嘴滑舌的白臉兒公子哥兒心軟，從荷包摸出兩顆拇指大小的珠子，笑嘻嘻地遞到她的眼前，「行了，別哭了。把船開得近一些，咱們只想看個熱鬧。這兩顆北珠，就算今晚給姑娘們的脂粉錢。」

「呃！」小春姐嘴裡發出一記憋了氣般的怪聲，眼淚戛然而止。

北珠注三十二，淡粉色的北珠，每一顆都有尋常珍珠四五倍大小，表面上，流光溢彩，瑞氣環繞。這東西，傳說產自極北苦寒之地。只有天鵝吃了河蚌之後，卡在嗉子裡才能孕育。所以，每一顆都價值白銀百兩以上。而白臉兒公子哥手裡這兩顆，還是北珠當中的上品，找個首飾匠人鑲嵌到新娘所帶的鳳釵上，價格至少還能再往上翻三倍！「還不快去命人將船駛近一些？」白臉公子哥將手心一握，迅速從小春姐眼前撤開。「放心，咱們遼東人說話，一口吐沫一個坑，絕不賴帳！」

「哎，哎！」小春姐這才回過神，提起裙子，小跑著下樓去安排夥計划船向交戰處靠攏。那白臉兒公子哥朝著她的背影笑了笑，將北珠又塞回自家口袋，然後俯身開始收拾袍子下襬和袍子裡邊的褲腿兒。

「老六，你又起什麼壞心思！」高顴骨李公子背對著白臉兒公子哥兒，卻彷彿後腦勺處長著眼睛般，將他的一舉一動都「看」了個清清楚楚。

「我只是，我只是以防萬一。」白臉兒公子哥吐了下舌頭，大聲解釋，「萬一他們雙方殺紅了眼睛，跳到咱們船上呢？咱們手裡頭可只有扇子。」

「不會，畫舫上那夥人馬上就要輸了。」高顴骨背對著他，輕輕搖頭。

「輸了，這麼快？」白臉公子哥大吃一驚，連忙再度擠到窗口。定神細看，只見不遠處那艘畫舫，船身已經開始傾斜。火焰和濃煙，也迅速從二樓蔓延到了一樓和甲板。

甲板上的人，一邊要抵擋來自烏篷船的羽箭，一邊努力向船身翹起的一側撤退，個個都被逼的狼狽不堪。

「真正的殺招在水下，烏篷船那邊，偷偷派出了水鬼，鑿漏了畫舫的船底。」高顴骨李公子身側，一個操著山西口音的公子哥，低聲點評。「再加上畫舫原本就已經起了火，傾覆入水，已成必然。我若是那畫舫上的人……」

一句話沒等說完，忽然見畫舫上有黑影閃動。一隻巨大的木桶，被繩索拴著甩了下來，直奔烏篷船的桅杆。而那烏篷船上的人，因為勝券在握，已經將船隻駛到了距離畫舫不足兩丈遠的位置，「砰」地一聲，被砸了個正著。

「砰！」「砰！」「砰！」又是連續三聲巨響，三隻拴著繩子的酒桶，被畫舫上的人，居高臨下，甩到了烏篷船桅杆附近。粗大的繩索借著慣性轉了圈子，眨眼睛，將桅杆纏了個結結實實。

「他們要跳幫！」操著山西口音的公子哥，頓了頓，迅速得出下一個結論，「他們居然懂得跳幫？」

「跳幫？」高顴骨和白面孔等公子哥，不明白他說的意思，齊齊扭頭。

注三十二、北珠：就是東珠。明代是稱為北珠。其實是松花江和黑龍江流域的大型野生河蚌所孕育，商人為了增加其身價，故意說是天鵝嗉子裡剖出。其中金黃色為貢物，民間不能用。所以，粉紅色、黑色和其他顏色，就成了上品。

「你們接著看，他們要順著繩子跳過來，奪了那烏篷船！」山西口音的公子哥又是吃驚，又是興奮，用扇子指著正在慢慢傾覆的畫舫大叫。

果然，只見畫舫上的人分為四組，一組用弓箭掩護，其餘三組，手抓著纜繩，陸續快速溜下。在對手想起來爬桅杆砍繩索之前，接二連三落到了烏篷船的桅杆旁。

「殺！」李彤雙腳落地，手中鋼刀迅速來了一記野馬分鬃。將衝過來的兩名對手，砍得連連後退。

憑藉上次雨夜遇襲時的戰鬥經驗，他根本不追求什麼招式的精妙，只管發揮自己身高臂上的優勢，以力破敵。

而對手，顯然跟雨夜偷襲他的那群惡賊是一夥，個子比他足足矮了一頭，手中倭刀比起他所用的戚刀來，也窄了半寸。勉強招架了三招，其中一人手中的倭刀就斷成了兩截，另外一人被他砍得站立不穩，「撲通」一聲摔了個倒栽蔥！

「去死！」家丁趁機蹲身下剁，將倒在甲板上的惡賊開膛破肚。剛剛殺過來的三名惡賊被嚇了一大跳，腳步本能地放慢。李彤大喝一聲衝到他們面前，手中鋼刀斜著劈出了一道閃電。

「噹啷！」一把倭刀被他砸飛，失去兵器的惡賊踉蹌後退。另外兩名惡賊聯手迎戰，試圖以二敵一。家丁李順迅速上下攔下了其中一個，張府的家丁張樹在半空中拉著纜繩轉了個圈子，從另外一側落下，將正在努力抵擋李彤劈砍的賊人剁翻於地。

「李公子退後！」張府的家丁張川、張水、張石，大叫著衝上前，以迅雷不及掩耳之勢，將與李順放對的倭寇擊斃。隨即，以張樹和張川為鋒，組成了一個簡單的八字形軍陣。其餘家丁迅速跟進，又組成了一個倒八字，將李彤、李順兩個，牢牢地護在了軍陣中央。

「こうげき！」烏篷船上的其他惡賊們，咆哮著衝過來替同伴報仇。卻被船尾狹窄的空間所限制，只能四人結成一組，從軍陣正面展開強攻。而結成六邊形軍陣的張府家丁，卻互相配合著向前推進，像一塊堅硬的磨盤般，將衝過來的惡賊們磨得血肉橫飛。

「死ぬ！」一名被擠在十多步外無法給同夥幫忙的惡賊大怒，咆哮著舉起角弓。還沒等他將羽箭搭上弓弦，張維善已經果斷扣動了鳥銃的扳機，「乒」地一聲，將此人打得倒飛出去，仰面朝天落進了秦淮河中。

「給我添彈丸和火藥！」張維善一擊得手，果斷將鳥銃丟給身邊的一名家丁，從另外一名家丁手裡接過第二支鳥銃，瞄準一名施放冷箭的惡賊，將此人的頭顱打了個粉碎。

好的射手，全是拿火藥和彈丸餵出來的。而對於張家來說，即便彈丸全是用銀子所打造，也絕對供應得上。因此，張維善的射術，比大明神機營的精銳，都不遑多讓。特別是在二十步以內的近距離內，基本能做到指哪打哪。

「きをつけろ鐵炮！」其餘正在抄弓箭準備偷襲的惡賊，尖叫著躲向船篷後，誰也不願意成為鳥銃的下一個狙殺目標。而正與張樹、張川等人面對面廝殺的惡賊們，也被兩聲鳥銃響驚得魂不守舍，身上空門大露。站在六邊形軍陣側翼的張石、張水果斷前壓，將兩名惡賊直接逼進了水中。

「慌てないで，鐵炮遲い！」站在烏篷船另外一端壓陣的短小精悍惡賊頭目，扯著尖利的嗓子，大聲提醒。

他的提醒完全正確，鳥銃裝填起來非常麻煩，即便有家丁幫忙裝填彈藥，短時間內，張維善也打不出第三槍。然而，眾惡賊的氣勢，卻大不如前。憑藉自己這一方人多，才勉強擋住了六邊形軍陣繼續向前推進。但雙方付出的代價，根本不可以同日而語。

「射それは背が高い！」惡賊頭目一招不成，果斷變更戰術。指揮弓箭手們拿李彤當做目標，「擒賊擒王」。

幾支冷箭飛來，逼得張樹和張川兩個，不得不分神幫助李彤格擋。對面的惡賊看到便宜，立刻怒吼著反推，居然將六邊形軍陣，瞬間壓成了一個不規則的梯形。

「退！」李彤發現自己在六邊形中央只會成為拖累，果斷拉著家丁李順向後躲閃。他所帶領的李府家丁，也迅速意識到自己無法融入張府家丁組成了軍陣，紛紛走向烏篷船的兩側，從甲板上撿起木桶、斷刀，以及一切能傷到人的物件，劈頭蓋臉朝敵人頭上亂砸。

對面的惡賊被砸了個措手不及，轉眼間，就又被張樹等人壓了回去。站在後面無法上前給同夥幫忙的其他惡賊，則現學現賣，大叫著從甲板上撿起各種硬物，砸向六邊形軍陣，也將張石和張水等人砸了個手忙腳亂。

「乒！」張維善終於放出了第三擊，將一名高舉木桶的惡賊，胸前打出了一個巨大的窟窿。

「嗖—嗖——！」兩名躲在船篷後的惡賊施放冷箭，一箭正中張維善身邊替他裝填火藥的家丁張寶，另外一箭貼著李彤腋下飛過，將後者的外袍撕出了一個巨大的破洞。

「乒！」張維善用鳥銃反擊，彈丸卻被船篷擋住，只徒勞地帶起一串木屑。又一名惡賊趁著他鳥銃裡沒有彈藥的機會，從船篷後探出半個身子，彎弓向他瞄準兒。李彤在旁邊看得清楚，果斷將自己的戚刀甩了出去，將此人砸了個滿臉開花。

「去死！」李方從甲板上拎起一隻裝滿了水的木桶甩向對面，將一名衝到張樹面前的惡賊砸了個仰面朝天。一支冷箭凌空飛至，正中他的肩窩。慘叫著踉蹌半步，他緩緩跪倒。李順從地上抓起一支斷矛投向船篷後，把放箭偷襲的賊人釘死在了甲板上。

「變陣！」張樹嘴裡，忽然發出一聲大喝，雙腿交替向前跨步，直接突入了對面的惡賊隊伍中。左右兩側，立刻有惡賊舉刀砍向他，卻被張川和張石揮刀格擋，無法傷到他一根寒毛。張水帶著另外三名家丁，齊頭並進，護住張川和張石的側翼，同時向敵軍發起進攻。空心六方形軍陣，轉眼變成了錐形，將敵軍從甲板正中央迅速擠向了兩側的船舷。

錐形的正面，遠窄於六邊形。令躲在船篷後的賊軍弓箭手，很難瞄準。而錐形之後，家丁張寶、張貴等人，則貼著錐形軍陣的兩個下角，相對著組成一個窄窄的「八」字。一邊與錐形軍陣同步向前緩緩推進，一邊撿起各種雜物擲向對方弓箭手，干擾他們的視線。

「他們如果也帶著幾把角弓，烏篷船上的人，今晚必敗無疑！」如意舫二樓，白面公子哥忽然嘆了口氣，低聲點評。

作為旁觀者，他不傾向於任一方。卻能明顯看出來，從畫舫跳上烏篷船上的那夥人，配合更為默契。只是因為缺乏弓箭的遠距離支持，攻勢才被對手所阻擋，不得不通過變陣來應對。

「未必！」他的五哥，那名最早走到窗口觀戰的高顴骨公子，卻輕輕搖頭。「烏篷船兩頭窄，中間寬，他們將梅花陣變成錐形陣，是為了更好的適應船身中央。只要將對手壓過烏篷船的中線，對方自己就能將弓箭手的視線擋死，他們即便會付出一些代價，也徹底鎖定了勝局。」

「小春姐，將畫舫靠上去！靠上去，這袋子裡的錢，全是妳的。」操山西口音的公子哥，忽然大步衝向了一層，一邊跑，一邊從腰間摸出個裝著銀兩的荷包，遠遠地丟向了小春姐，「折合官銀五十兩，不夠的話，回頭我再給妳加二百。把畫舫靠上去，快，越快越好！」

說罷，俯身從甲板上抄起兩隻夥計們留著去換酒的空酒罈子，掉頭又奔向二樓窗口。「讓開，五哥，六哥，各位兄弟都讓開。梅花陣變的不是錐形陣，是小三才陣。他們是戚爺爺的人，戚爺爺的舊部。」

「啊——」不光是高顴骨和白面孔公子哥楞住了，其他幾位看熱鬧的公子哥，也驚詫地側身，「駱兄，你不會弄錯吧！看打扮，他們分明是別人的家丁……」

「戚爺爺的小三才陣，沒錯！」操山西口音的駱公子紅著眼睛，衝到窗口。放下一隻空酒罈子，將另外一隻高高地舉起，用盡全身力氣，砸向烏篷船上的船頭。

「我丟他老母！」高顴骨和白面孔勃然大怒，轉身撲向桌案上的酒壺。

「砰！」隔得距離太遠，酒罈子半途中落水，濺起一條巨大的水柱。

駱公子毫不猶豫抄起了第二個酒罈子，咬著牙開始估算兩船之間的距離。高顴骨和白面孔轉身奔向另外一個窗口，居高臨下，將造價不菲的錫製酒壺砸了下去。「噗！」「噗！」兩聲，把兩個正在尋找機會施放冷箭的惡賊，砸了個頭破血流。

「靠過去，靠過去，大不了河上的生意老娘不做了！」先前還猶豫不決的畫舫小春姐，忽然紅了眼睛，大聲命令。

「哎！」艄公、夥計們掌舵的掌舵，划槳的划槳，用盡全身力氣，將畫舫向戰場靠攏。一個個彷彿跟那烏篷船上的惡客，都有不共戴天之仇一般。

「砰！」駱公子將第二隻酒罈子擲出，正中烏篷船的頭。破碎的陶片四濺而起，逼得船頭附近的惡賊四下躲閃，搭在弓弦上的羽箭，全都射得不知去向。

「殺——」家丁張樹看到機會，領著身邊的弟兄們大步前進。三才陣「化作」一頭生出觸角的怪獸，將對手壓得節節敗退。

兩名惡賊上前補位，剛剛將刀舉起來，就被三才陣中的四把戚刀同時迎上，轉眼間身首異處。其他惡賊咆哮著從兩側湧上，卻被三才陣中刺出來的鋼刀，逼得踉蹌躲閃，苦不堪言。

「砰！」「砰！」「嘩啦！」「乒！」……酒罈、盤子、酒盞等物，從如意畫舫上不停地砸落，雖然都不足以威脅到生命，卻令烏篷船上的惡客不得不分神招架，左支右絀。

「殺！」張川發出一記轉身橫掃，雪亮的刀刃宛若匹練，直奔對手小腹。對手獰笑著舉刀招架，不料半空中忽然有一隻果盤落下，恰砸中他的鼻梁。剎那間，酸甜苦辣鹹，各種滋味齊湧。令此人的胳膊頓了頓，動作立刻走形。

戰場上，一個楞神足以決定生死。下一個剎那，張川的刀鋒已經從對手的小腹邊緣掃了過去，帶起一片耀眼的紅。

「啊——」被切破了小腹的無名惡客慘叫著丟下刀，兩隻手用力接住自己翻滾而出的腸胃，試圖將其重新塞回肚子內。然而，無論他多麼努力，都注定是徒勞。噴湧而出的鮮血，迅速帶走了他體內的生機，讓他塞著塞著，忽然雙膝一軟，倒地斃命。

「こうげき！」兩名惡賊大聲咆哮著，撲向張川，試圖給同伴報仇。還沒等他們靠近張川身前三步之內，數隻盤子搶先一步飛至，將他們砸了個鼻青臉腫。

「殺！」跟在張川側後方的張水趁機搶步上前，揮刀將一名惡客砍進秦淮河中。另外一名惡客大罵著後退，被張川追上去，一刀削掉了半邊頭顱。

「こうげき！」一名位置靠後的惡賊，果斷調轉角弓，朝著小春姐的畫舫二層施放冷箭。高顴骨公子哥看得真切，猛地一拉窗子，將羽箭擋了個正著。操山西口音的駱公子，則俯身將一把椅子抄了起來，猛地擲向烏篷船上的惡賊，也不管距離夠得上夠不上。

「倭寇，他們是倭寇。跟戚家軍廝殺的是倭寇！」憤怒的咆哮聲，也瞬間響徹了整個畫舫。令畫舫向烏篷船的靠近速度，立刻又提高了一倍。

「都給老娘下來划槳，撞沉了那艘烏篷船，下個月的抽頭，老娘一文都不要，全歸你們平分！」小春姐親自抄起一支船槳，一邊划水，一邊朝著畫舫上的「女兒」們喝令。

「划船，划船！」鶯鶯燕燕們答應著，衝上甲板，能找到船槳的就操起船槳，找不到船槳者，則主動來到划船的夥計身邊，替他們吶喊助威。

雖然距離上一次倭寇大舉登陸，已經過去了整整二十八年。雖然從小春姐到船上年紀最小的花童，都沒經歷過那場人間慘禍。但是，她們卻從長輩那裡，無數次聽到過，倭寇當年沿江而上，所犯下的滔天罪行。

大明朝的官員們可以不長記性，可以信口雌黃，可以將一代名將戚繼光彈劾回老家，可以眼睜睜地看著戚繼光沒錢買藥貧病而死還給他按上一個貪污軍餉的罪名，可以用各種陽謀陰謀將戚家軍將士分解打碎，甚至直接遣散。但，大明沿江百姓不能！

大明沿江百姓，卻至今還記得，在倭寇馬上打到家門口危急關頭，是戚少保帶著其麾下的弟兄們，擋住了賊人的一次次瘋狂進攻；是戚少保帶著其麾下的弟兄們，將倭寇從鎮江、杭州、一步步趕回了大海；是戚少保帶著其麾下的弟兄們，將倭寇打得魂飛膽喪，不敢輕言登岸；是戚少保帶著其麾下的弟兄們，乘坐戰船將沿海島嶼一個個掃過去，將倭寇犁庭掃穴，從此匿跡銷聲！

所以，當發現被烏篷船偷襲的，是戚少保舊部，他們立刻就知道，自己該站在哪一邊。

所以，當聽聞正在與戚家軍交戰者，居然操著倭語，他們的鬥志頓時又上漲的一倍。

畫舫不是戰艦，此時此刻，卻如同戰艦般，切開平靜的秦淮河面，狠狠撞向了烏篷船。

畫舫上的男女不是官兵，此時此刻，卻比大明朝的正規官兵，還要忠勇十倍。

加速，加速，再加速。

撞過去，撞過去，撞過去。撞爛那艘烏篷船。

烏篷船上，交戰雙方，都果斷停止了揮刀。各自向船頭船尾迅速撤退。

相比於低矮的烏篷船，小春姐的如意畫舫，絕對堪稱龐然大物。雖然因為重心偏高，有可能直接傾覆，卻足以拉著烏篷船同歸於盡！

「轟——」就在交戰雙方驚詫的目光中，如意畫舫撞在了烏篷船的正中央，將半邊船舷都撞得塌了下去，木板和木屑四下亂飛。

如意畫舫二樓上的公子哥們，雖然早有準備，一個個也都摔成了滾地葫蘆。然而，他們卻根本顧不上生氣，站起身後，立刻返回窗口。將桌椅繡墩，全都當做了武器，對準烏篷船上亂做一團的倭寇腦袋，奮力下擲。

「殺——」李彤一個鯉魚打挺，從甲板上跳起，帶頭殺向了倭寇隊伍。

「殺——」張維善將打空了的鳥銃丟給身邊家丁，抄起一把無主的倭刀，緊隨自家好朋友身後。

「殺——」張樹、張川和其餘張、李二府的家丁們，唯恐各自的少東家遇到危險，也咆哮著衝向船頭，將倭寇們一個接一個砍進水中，刀下絕不留情。

一邊要防備頭頂上掉下來的「暗器」，一邊抵擋李彤和張維善等人的進攻，烏篷船上的倭寇，很快就被殺得只有招架之功，毫無還手之力。帶隊的頭目雖然恨不得立刻將李彤大卸八塊，卻非常乾脆地選擇了開溜。嘴裡發出幾聲怪異的呼哨，一轉頭，縱身跳入了秦淮河中。

「げろ！」其餘倭寇見頭目帶頭逃走，也紛紛縱身躍向水面。一個接一個，宛若受驚的青蛙，很快就逃了個乾乾淨淨。

「狗賊，有種別跑！」張維善快步追到船舷旁，撿起倭寇丟下的弓箭，胡亂朝水裡亂射，卻根本傷不到逃命的倭寇分毫。

水的阻力太大，而箭桿又太輕，除非放箭者使用的角弓超過三石，否則，箭矢入水之後，很難深入到半尺以上。

「守義，算了。與其在這裡浪費體力，不如去看看受傷的倭寇裡，還能不能找到活口！」李彤迅速走到張維善身側，大聲提議。隨即，又將頭高高地揚起，雙手抱拳，朝著小春姐的如意畫舫方向施禮，「在下國子監貢生李彤，多謝船上的豪傑仗義施以援手！」

十八、匕現

「你也姓李！」如意畫舫二樓，立刻響起了一個同樣年輕的聲音。緊跟著，卻是一個魁梧的高顴骨公子哥從窗口探出半個身子，拱手還禮，「李公子客氣了，我等只是順手扔了幾個酒罈子而已。仗義二字，愧不敢當！」

「對兄台來說，是順手扔了幾個酒罈子，對我等來說，卻是生與死的差別！」李彤再度躬下身體，長揖及地。

先前如果不是畫舫上的人出手相助，他和張維善等人即便能打敗對手，自己這邊也會損失慘重。所以，儘管清晰地聽出了高顴骨公子話語裡的疏遠之意，依舊認認真真地向此人道謝。

高顴骨將身體側了側，習慣性地想要繼續撇清。誰料他的弟弟，白袍公子哥卻從旁邊擠了過來，非常開心跟李彤打起了招呼，「你也姓李？真巧，咱們居然是同姓。在下李如梓，乃是遼東……」

「老六！」高顴骨公子連忙扭頭阻止，哪裡還來得及？只好笑了笑，再度向李彤還以平輩之禮，「遼東李如梅，李如梓兄弟，見過李公子。剛才我等只是不忿有異族在秦淮河上橫行，所以砸了幾個酒罈子下來。並沒有幫上什麼忙，李公子不必客氣！」

「在下南京李彤，表字子丹。見過如梅兄，如梓兄！」李彤想了想，後退半步，輕輕拱手。對方再三說沒幫忙，明顯是不願意惹事兒上身。所以，他也沒必要強人所難。只是該有的禮節，卻一點兒都不敢少。

「你表字是子丹，真巧？」白袍公子哥李如梓，遠不如高顴骨李如梅沉穩。聽李彤報出表字，立刻誇張地大叫，「在下表字子芳，家兄表字子清，咱們居然是同輩兒，說不定五百年前還是一家。」

「老六！」李如梅氣得鼻子倒擰，卻拿自家這個毫無心機的弟弟無可奈何。「咱們祖上來自朝鮮，蒙大明皇帝不棄，才在遼東有了一碗安生飯吃。而李公子是江南人，跟咱們怎麼可能是一家？」

「在下祖籍盱眙。」李彤笑了笑，輕聲做出回應。

「那就真的不可能是一家了。」白袍公子哥李如梓想了想，帶著幾分惋惜的口吻說道。隨即，又將身體向外探了探，繼續笑著補充，「不過我家祖上是宋末時為了躲避戰亂去的朝鮮，到現在還不足五百年。」

「無論如何，能結識兩位哥哥，是李某的榮幸！」李彤被逗得莞爾，對白袍公子哥李如梓的好感節節上漲。

「李某也覺得你這個人不錯，居然身先士卒，第一個跳到烏篷船上，替手下家丁開路。」李如梓跟他年齡差不多大，平素又喜歡讀一些《三國演義》、《江湖豪客列傳》之類的話本小說，肚子裡裝滿了走馬江湖的渴望。因此本能地把李彤當成了虬髯客、盧俊義之流，恨不得立刻跳過船來結交。

「在下剛才也是被逼得沒辦法而已。」李彤笑了笑，非常謙虛地回應。

「你怎麼跟倭寇結下了梁子，我剛才，我剛才看到他們好像是故意撞了過去。」李如梓好奇心盛，追著李彤刨根究底。

「說來話長，數日之前，那些倭寇不知道為何伏擊了我的一個同窗好友。李某氣憤不過，帶著家丁追查真凶，結果，就遭到了倭寇的大舉報復。」李彤看了高顴骨李如梅一眼，然後儘量簡單地向白袍公子李如梓做出解釋。

既然對方不想惹麻煩上身，所以，他也沒必要說得太仔細，以免不小心將對方牽扯進來。然而，這一番努力，注定要落在空處。話音剛落，就聽見白袍公子李如梓大聲叫道：「啊，我知道了。是你們。你們就是那兩個為了給同窗報仇，將寶大祥給挑翻了的黑白無常！」

「黑白無常？」李彤迅速扭頭看向張維善，隨即借助火光看向自己的倒影。怎麼看，都沒看出前者和自己，到底黑在哪裡？

沒等他繼續發問，白袍公子李如梓就大聲補充道：「早知道是你們二位，我們早就出手了。我原本以為，黑白無常，肯定是一個黑臉兒，一個白臉兒，卻沒想到是兩個文質彬彬的貢生。」

「傳言恐怕做不得真！」李彤苦笑著搖頭，「寶大祥不是我們兩個挑翻的，我們兩個，只是追查凶手之時，碰巧將寶大祥的少東堵在了畫舫……」

話說到一半兒，他忽然意識到，自己和張維善兩個，當初堵住寶大祥少東和那些倭寇的地方，就是小春姐的畫舫，心中警兆大起，連忙將後半句話吞了下去。

那白袍公子李如梓，卻不知道李彤對自己起了疑心，見後者說話只說半句，還以為二人不願意留下凶名。趕緊賠了個笑臉，大聲解釋道：「懂，我懂。你們只是碰巧了。無巧不成書麼，我懂！反正這事兒做得痛快！夠爺們。比看著朋友被人欺負了，卻只會哭哭啼啼報官，強了一百倍。」

「這……，子芳兄過獎了！」李彤被弄了個哭笑不得，只能咧著嘴擺手。

那李如梓，卻愈發覺得跟他對脾氣。也擺了擺手，繼續大聲說道：「不是過獎，不是過獎，俗話說，江湖事，江湖了！別人砍你一刀，你砍他十刀回來才叫痛快。」

「子芳兄誤會了，我真是碰巧抓到了寶大祥的少東。至於寶大祥後來遇到什麼事情，我一點都不知情。」李彤聞聽，臉上的笑容愈發苦澀。

如果世上有後悔藥可買的話，他肯定不會再去追查刺殺同窗好友江南的真凶。至於後面惹出來的一系列麻煩，他更是連沾都不願意沾。什麼江湖事，江湖了，那是話本小說看多了的呆子，才會做的白日夢。而他，現在只想平平安安地走出這個漩渦，不再稀裡糊塗給人當槍使。

只是，雙方交情太淺，這些心裡話，他不能對李如梓說。而李如梓卻是個如假包換的話癆，他這邊越是說得含蓄，越是要刨根究底。

好在高顴骨公子哥李如梅做事老到，見李彤說話總是只吐半句，便猜到其中必然藏著隱情。輕輕拉了一下自家弟弟，小聲打斷，「老六，別再囉嗦起來沒完了。子彤兄腳下那條烏篷船已經被撞爛了，再耽擱下去，小心他靠不了岸。」

「啊——」李彤和李如梓兩個都悚然而驚，低頭細看，這才發現腳下的烏篷船已經開始傾斜。

如果不趕緊靠向岸邊，恐怕今晚船上所有人都得變成落湯雞。

「多謝子清提醒！」匆匆向李如梅道了聲謝，李彤趕緊組織家丁們將烏篷船朝岸邊划。才剛剛划出三五步，耳畔卻又傳來了李如梓的大聲提醒，「子彤兄，路上小心啊。駱七的父親曾經說過，那倭寇行事最為乖張。今天在你手上吃了虧，肯定千方百計要報復回來。」

「多謝子芳兄！」對於李如梓這毫無心機的公子哥，李彤無論如何都討厭不起來。回過頭，又一次笑著向對方道謝。

「報復，老子正愁他不敢來呢！」張維善恰好從一名服毒自殺的倭寇身邊抬起頭，聽到李如梓的提醒，甕聲甕氣地回應。「倒是你們，也千萬加一點小心。倭寇欺軟怕硬，上次在我們這邊吃了虧，立刻遷怒於別人。」

提到遷怒兩個字，他臉色忽然就是一變。隨即，將目光迅速轉向李彤，低聲道：「上次那個長得像娘們似的倭寇頭目被你趕下了水，當晚吳四維就被人滅了滿門。這次他又被你趕下了水一回，他會不會去殺了那姓嚴……」

「不好！」李彤心裡打了哆嗦，俯身抓起一片木板，用力下划，「快，快上岸，去嚴老瘋狗家。那群倭寇做事根本不可以常理度之，說不定，真的被你猜個正著。」

「啊，我去他姥姥！快划，快划，直接向王府碼頭那邊划，那邊距離嚴瘋子家近。奶奶的，這幫缺德玩意兒，老子真是倒了八輩子楣，才會惹上他們。」張維善也被他自己的推斷嚇了個滿頭大汗，一邊大聲向家丁們發出催促，一邊俯身抄起木板幫忙。

上次普通舉子吳四維被殺，就被稀裡糊塗賴在了他和李彤兩人頭上。全靠了二人各自家裡還算有些背景，才沒被應天府的差役直接抓進大牢。如果今夜南京御史嚴鋒也出了意外，他和李彤兩個，恐怕全身上下都長滿了嘴巴，也無法將各自摘得清楚！

幫，還是不幫？

如意畫舫二樓，白袍公子哥李如梓和駱七，不約而同地將目光轉向了五哥李如梅。

張維善恐慌的叫喊聲，他們都一字不漏地聽進了耳朵。兩個剛剛結識的朋友，如果不是遇到了大麻煩，絕不會冒著傾覆落水的危險，死命去划一艘漏船。然而，他們卻也有自己的苦衷，至少，幾個人中的核心人物李如梅，此刻不該出現在南京。

「嘩啦，嘩啦，嘩啦……」還沒等李如梅做出決定，腳下的畫舫，忽然晃了晃，然後以盡可能快的速度，追向了那艘時刻有傾覆危險的烏篷船。女掌櫃小春姐手裡提著一捆纜繩，三步兩步衝向船頭，朝著烏篷船上的人大聲叫喊，「恩公不要急，乘我的畫舫去。畫舫雖然笨重了些，多派幾個人划槳，總好過烏篷船半路翻進水裡頭。」

「恩公，恩公等等，恩公，我們用畫舫送你！」女校書許飛煙，在小春姐的默許下，帶領一船鶯鶯燕燕，扯開嗓子大聲呼喚。

一開始因為距離遠沒看清楚，她們遇到戰鬥，本能地選擇了逃走。但是，在剛才李如梓纏著李彤刨根究底之時，她們已經認出，今晚遭到偷襲者，和數日前打敗王應泰和眾多歹徒，救了她們性命的，乃是同兩個人。

先前貴客說話時，她們不敢插嘴，也不敢向兩位年輕的恩公表達謝意。但發現恩公好像遇到了麻煩，她們絕不敢袖手旁觀。

身為女子，體質天生孱弱。她們無法幫忙去打架抓人。但給兩位救命恩人提供 些便利，她們總做得到。所以，沒徵得二樓的幾位貴客同意，女掌櫃小春姐就主動吩咐水手開了船。而為了避免引起誤會，女校書許飛煙隨即帶著眾女子大聲表明了自己的目的。

畫舫固然笨重，但烏篷船卻早就進了水，各項性能大為降低。所以，很快，兩艘船就追了個船頭咬船尾。女掌櫃小春姐使出全身力氣，將纜繩的一端甩向了李彤。然後雙手扯著另外一端，迅速在畫舫圍欄上打了死結。

畫舫上的夥計，抬來木橋，手忙腳亂地架在兩艘船之間。事態緊急，李彤也不敢矯情。先向小春姐迅速抱了抱拳，隨即一手拎著兵器，一手抓著船槳，跑步過橋。張維善帶領著家丁們緊隨其後，很快，就完成了「大隊人馬」整體向畫舫的轉移。

水手們撤下木橋，然後用刀割斷纜繩。張樹、李方一眾家丁，在李彤和張維善二人的組織下，各自抄起船槳，直奔畫舫側舷。大夥齊心協力，迅速划水，很快，就讓畫舫超過了烏篷船，直奔遠處的王府碼頭。

「多謝姐姐援手！今後但有用得著小弟之處，姐姐儘管派人往我家送個信兒。只要小弟能幫得上，就絕不敢做任何推托。」目送空無一人的烏篷船順利而下，李彤和張維善兩個，放下戚刀，並肩快步走向女掌櫃小春姐，非常鄭重地長揖相謝。

「不，不敢當。兩位公子，折煞了，真的折煞了。」剛才還一副風風火火模樣的女掌櫃小春姐，此刻卻扭捏了起來，紅著臉，一邊蹲身還禮，一邊連聲解釋，「前幾天若不是兩位公子來得及時，妾身和船上的姐妹，這會兒恐怕早就不知道被那姓王的賣往何處去了。要謝，也是妾身和姐妹們謝兩位公子。」

「姐姐言重了！」見對方如此通情達理，李彤和張維善也不敢居功。各自笑著側開身子，輕輕搖頭，「那天我們倆做事考慮不周，想必給妳添了不少麻煩。」

「官府沒找妳的茬吧！好像有人在顛倒黑白。如果遇到惹不起的人物，姐姐儘管跟我說。我家在這南京城裡多少還有些面子，可以……」

「你們早就認識？」還沒等張維善將一句承諾說完，白袍公子李如梓已經從畫舫二樓衝了下來。年輕而乾淨的臉上，寫滿了激動和好奇，「那，那小春姐妳剛才，為何要命人將畫舫撐走？莫非，莫非他們兩個，是在暗中保護這艘畫舫，而妳卻毫不知情？」

「騰——」小春姐的臉，紅得幾乎要滴出血來。連忙蹲身，鄭重向李彤和張維善兩個謝罪，「兩位公子，剛才事發突然，妾身不知道惡人襲擊的是你們，所以，所以就只想先帶著姐妹們遠遠地逃開，以免招惹是非上門。」

「不妨！我們兩個，也是今天忽然心血來潮，借了一艘畫舫，在妳的船旁守株待兔。沒想到，還真的把倭寇給等來了。」李彤的臉，也一下子紅到了耳朵根兒，先側開身子，然後訕訕地解釋。

「果然是暗中保護，就是不知道，哪個是虬髯客，誰又是紅拂女？」白袍公子李如梓，卻根本沒察覺到當事雙方的尷尬，只顧著將唐傳奇中的故事，往現實當中生搬硬套。

這下，當事雙方可就更尷尬了，頓時都不知道該怎麼撇清才好。而那李如梓，見李彤、張維善和小春姐三人，都面紅耳赤。還以為自己猜中了，把手一拍，大聲喝彩，「真的是暗中保護，都說江南才子風流倜儻，傳言果不我欺。李兄，還有這位兄弟，你們兩個……！」

「在下姓張，名維善，表字守義！見過子芳兄。」實在受不了這自來熟的傢伙亂點鴛鴦譜，張維善紅著臉，自我介紹。

「我和守義，前幾天就是在這艘如意畫舫上，堵住了寶大祥的少東和他故意藏起來的倭寇。」李彤也硬著頭皮，向好奇寶寶介紹前因後果，「隨後，我們兩個就遭到了倭寇同夥的報復，且敵暗我明。所以，我們兩個才想了個笨主意，偷偷埋伏在如意畫舫附近，看看倭寇會不會也報復到小春姐姐這邊來。」

「那天兩位恩公將倭寇和姓王的押下船後，妾身已經命人打水反覆清洗了船艙，並且請雞鳴寺的上師，專門來船上做過一次法事。」小春姐則紅著臉，小心翼翼地，向李如梓解釋。

按道理，畫舫上發生過流血事件，她不該這麼快就重新開張。更不該買通操快舟的老錢，由自己替自己騙不知情的外鄉客登船「賞花」。但事情已經做下了，她也沒地方去買後悔藥。所以只能先賠了不是，然後擺出認打認罰的姿態，聽憑貴客們發落。

然而，非常出乎她意料的是，得知如意畫舫上前幾天發生過戰鬥，白袍公子哥李如梓非但不覺得晦氣，反而歡喜得兩隻眼睛咄咄發光，「啊，原來黑白無常大戰寶大祥少東的地方，就是這艘畫舫！值得了，今晚秦淮河真的沒白來。五哥、老七，咱們今晚真的走對了地方。」

最後一句話，是對高顴骨公子李如梅，和操陝西口音的駱公子兩個說的。二人也早就將他跟李彤等人的對話，聽了個清清楚楚。因此，雙雙沿著木製的樓梯緩緩走下，笑著給小春姐吃定心丸，「女掌櫃不必害怕，我們北方人，沒那麼講究。更何況，船上殺的是倭寇。」

「是啊，早知道戰場在這裡，我們早就過來了。根本不會等到天黑。」

「女掌櫃放心，該給的船資，一文都不會少。」其他幾個跟李如梅一道登船賞花的公子哥，也紛紛笑著表態。

「多謝，多謝各位貴人！」小春姐懸在嗓子眼的心臟，終於重新落回肚子內。趕緊半蹲下身子，向李如梅、李如梓和駱七等人，施禮相謝。

高顴骨公子李如梅的心思，卻根本不在她身上。笑了笑，迅速將頭轉向李彤，「子丹，你這是要往哪裡去？為何剛才連性命都不顧了，寧願划著一艘漏水的船趕路？」

「那夥倭寇心胸狹隘，且行事乖張。今晚吃了虧，肯定要找人報復回來。我和守義猜到他們今晚可能要襲擊的下一個目標，所以急著趕過去洗刷嫌疑。」見對方一下來就問到了關鍵處，李彤也不隱瞞，拱了下手，低聲解釋。

「那夥倭寇吃不得虧。上次在路上偷襲我們，被我們打了個落花流水。隨後，就去屠了吳舉人滿門。」張維善想了想，在旁邊快速補充。

「吳舉人，是不是那晚替寶大祥叫屈，還煽動看熱鬧的閒漢們針對你們的吳舉人？」小春姐沒想到還有如此隱情，被嚇了一大跳，詢問的話脫口而出。

當晚給她留下深刻印象的，只有李彤、張維善兩位恩公，和碼頭上信口雌黃的風流舉人吳四維。對於前兩人，小春姐是發自內心的感激。對於後者，則是憎惡之外還多了幾分鄙夷。

「怎麼可能，那吳舉人，分明，分明是在站他們一頭的。他們，他們莫非，莫非瘋了！」女校書許飛煙，也聽得兩眼發直。上前一把拉住李彤的衣袖，結結巴巴的追問。

「要不是倭寇呢？行事根本不能用常理揣摩。」李彤到現在也沒想明白，倭寇為什麼會殺幫過他們的吳四維。搖了搖頭，苦笑著回應。

「吳四維死後，他的座師嚴鋒，認定了我們倆是凶手，一路鬧到了應天府。我們倆為了洗脫嫌疑，只好想辦法將倭寇的同夥揪出來對質。」張維善跟李彤配合默契，緊跟著低聲補充。

「所以，你們推測，倭寇今晚吃了虧，下一個報復目標，會是吳四維的座師？」李如梅反應相當敏銳，立刻猜出了李彤和張維善兩個人的想法。

「怎麼可能？」下一個瞬間，他又皺著眉頭將自己的結論大聲推翻。「這，這，天底下，怎麼會如此荒唐的事情？打不過你們，回頭先砍了自己的同夥。這，這是哪門子道理？」

「你管他是哪門子道理，咱們跟著去看看就知道子丹兄猜得對不對了！」他的弟弟李如梓，卻不願意想太多。手按腰間佩劍，躍躍欲試，「要是猜錯了，咱們就相當於逛了一回秦淮夜景。要是猜對了，咱們剛好出手，幫子彤他們兩個，徹底洗清冤屈。」

「也罷！」李如梅想了想，無可奈何地點頭。

連畫舫上的歌姬，都主動給李彤等人幫忙。他若是再找藉口推三阻四，就顯得太沒擔當了。況且從剛才的交手情況看，那些倭寇雖然性子凶殘，戰力實屬平庸。此行即便真的與其重新遭遇，大夥也不會面臨太多風險。

「各位哥哥，你們呢，你們如果怕跑冤枉路，一會靠岸後就先回驛館。」見自家哥哥已經不再猶豫，李如梓又迅速將目光轉向其他幾個一同觀花的公子哥，大聲追問。

「反正就是走一遭的事，南京城夜色著實不錯。」被稱作駱七的公子哥，第一個笑著回答。

「同去，同去，哪有一起喝酒，打了架卻先跑了的道理。」

「當然是同去，說老實話，今晚最有趣的事情，就是剛才拿酒罈子砸人。」

「是極，是極，還是打架有趣，遠勝過抱著美人聽小曲兒……」

其餘幾個公子哥，也紛紛笑著擦拳摩掌。

夜遊秦淮，把盞賞花，在此時的大明朝，乃是難得的風雅之事。以前聽人說起時，曾經讓他們當中不少人非常嚮往。而當親自來到秦淮河上，對著滿船鶯鶯燕燕，他們當中的大多數才忽然發現，有些事情還是留在傳說裡最好。真正體驗起來，遠不及傳說中美妙。

「多謝各位仁兄仗義！」沒想到這夥素昧平生的外鄉客，居然如此仗義，李彤感動得心中發熱。連忙拱起手，大聲致謝。

「子丹兄何必客氣！咱們江湖中人，路見不平拔刀相助，乃是應有之義。」李如梓已經完全進入了江湖大俠的角色中，拍著自家胸脯，滿臉慷慨豪邁。

話音剛落，其兄李如梅卻一巴掌拍過來，正中他的後腦勺，「又做白日夢！開口江湖，閉口江湖，江湖哪裡容得下你？再不知道收斂，就讓去北京跟著大軍接受朝廷校閱。」

「啊……」李如梓立刻被打回了原形，低下頭，撇著嘴巴不敢再吭一聲。

其兄李如梅見了，忍不住連連搖頭。隨即，又將面孔轉向李彤和張維善兩個，拱起手來低聲解釋，「子丹、守義，實不相瞞，李某和舍弟，還有身邊這幾位，都有官職在身。此番偷偷跑來南京遊歷，原本已經是壞了規矩。所以，一會若是真的遇到倭奴，事後還請兩位處理好首尾，不要讓官府知道我們來過南京。」

「這，這是自然。」從先前此人說話總說一半的情況，李彤就猜到他可能有什麼苦衷。如今終於得知真相，趕緊笑著答應，「子清兄和各位兄長一會兒只管替我等掠陣即可，那些倭寇只是行事乖張，不可以常理揣摩。動起手來，本事卻是尋常。」

「各位兄長不必出手，若是真的被咱們猜中了，有我家的家將，就足以對付他們。」張維善也笑了笑，大大咧咧地拱手，「至於事後，請容小弟吹一句牛，我家在南京還算有些門路，絕不會讓幾位兄長牽涉進來。」

「只需處理乾淨首尾即可。」李如梅笑了笑，低聲補充，「有小半個月沒跟人動手了，我等其實正想舒展一下筋骨。」

「我等是偷偷跑出來的，只是不便暴露行跡而已。至於打架，卻是不怕，更何況打的還是倭奴。」

駱七公子也笑著向張維善補充。

如果他判斷沒錯，張府的家丁都是戚家軍的老兵。而敢把戚氏老兵招到府內當家丁使用的人家，在整個大明朝，恐怕也找不到兩百以上。由此算來，打完架後處理好首尾，對張維善而言，應該不算什麼難事。而他們，則剛好放手稱一稱，在江南一帶人人聞之色變的倭寇，到底是什麼斤兩。

除了滿腦子大俠夢的李如梓之外，其他幾個公子哥，想法大抵也跟駱七相似。紛紛微笑著向張維善點頭。後者原本就是個豪爽性子，趕緊又拱起手，團團做了個羅圈揖，「那就有勞幾位哥哥了，放心去打，處理首尾的事情，包在張某身上。幾位哥哥也多加小心，那倭寇本事雖然不怎麼樣，下手卻極為狠毒。沒確定他們徹底失去還擊能力之前，千萬不要留情！」

「那是自然！」眾公子哥大笑，滿臉自信地回應，「生死相搏之際，哪有手下留情的道理。」笑罷，立刻分散開去，尋找趁手的兵器。只可惜他們幾個今晚為了附庸風雅，都做了讀書人打扮。而畫舫又是風月之地，更不可能藏什麼長刀大槍。所以，找來找去，除了幾根燒火棍和擀麵杖之外，竟無一件趁手之物。

「妾身這裡倒是還藏著一套弓箭，也不知道能不能用。」畫舫女掌櫃小春姐看得暗暗著急，快步跑回自己的房內，抱出一張角弓，兩壺羽箭。

「讓我來試試！」李如梅大喜，快步上前接過角弓。只是用手輕輕一拉，就立刻將弓臂拉得如中秋滿月。

「恐怕連半石都沒有！」他臉上的喜悅，迅速變成了遺憾，搖搖頭，將角弓順手交給了自己的弟弟李如梓，「你拿著吧，聊勝於無。」

「是，是以前一位客人用來射燈籠玩耍的。」小春姐立刻紅了臉，訕訕地解釋。「當時，當時妾身只覺得他射得很準，沒，沒想到派不上用場。」

「破不了甲，但二十步內，也能用來傷人。」不忍心讓她尷尬，李如梅笑了笑，低聲解釋，「不過，剛才那夥倭奴，好像也沒著甲。所以這把弓，還堪一用。只是李某平素用的弓比這個力大，故而只能便宜了舍弟。」

「軟弓也好，軟弓可以當彈弓使。不光能射箭，還能射卵石和土坷垃。生死相搏之時，最忌分心。冷不防被砸上一石頭，手腳動作肯定變慢。」李如梓趕緊笑了笑，大聲替自家哥哥作證。

他兄弟倆越是如此體貼，小春姐越是感覺愧疚。跺了跺腳，再度大聲說道：「兩位公子稍等，妾身還有兩把刀，應該勉強堪用。只是略重了些，先前怕你們用得不趁手，才沒拿出來。」

說罷，也不管李如梅和李如梓兄弟倆做何反應，一轉身，快步衝入船艙。不多時，就踉蹌著捧了兩把用紅布包裹著的鯊魚皮鞘單刀出來。

有了先前試用軟弓的經驗，李如梅、李如梓兄弟倆，都沒對這兩把刀抱什麼希望。只是不願意傷了小春姐的心，才笑著上前接過。

誰料，刀身剛一入手，立刻感覺到雙臂直往下墜。連忙各自深吸一口氣，才不至於當場丟醜。哥倆互相看了看，迅速收起輕慢心思，左手握緊刀鞘，右手握住刀柄緩緩向外拉動，「刷——」「刷——」兩道寒光先後閃起，剎那間，竟將在場所有人，都照了個滿臉幽藍。

十九、水落

「呀——」驚呼聲不約而同地響起，在場男子一個個兩眼發亮，本能地就想將刀柄握在自己手裡把玩個痛快。

大明冶煉技術發達，但由於鐵礦成色和諸多雜七雜八原因，精鋼的價格卻貴過白銀。特別是精鋼中的極品「鑌鐵」，更是有價無市。

尋常刀劍，只要在刃部用上幾兩鑌鐵[注三十三]，便可被稱為寶器，而此刻李如梅、李如梓兄弟倆手中這兩把雁翎刀，卻是全身都由鑌鐵打造。刀身和刀刃等處，淡黑色的雲霧狀花紋清晰可見。說削鐵如泥也許有點兒誇張，遇上尋常倭刀和大明軍中制式戚刀，保證一刀兩斷。這兩把刀唯一缺點，也許就是稍顯重了一些。尋常倭刀通常重約兩斤半，大明軍中戚刀比倭刀稍寬，重量也很少超過三斤。而這兩把雁翎刀，刀身最窄處也有倭刀的兩倍寬，長度卻跟後者相仿。重量恐怕高達六斤以上，

注三十三、鑌鐵：不是鐵，而是古代坩堝鋼。帶有天然生成的淡黑色雲霧花紋，元代時中國從印度引進技術後與中原冶煉技術融合而成。

臂力不足者使用起來，沒等砍翻對手，自己很容易就先閃了胳膊。身為武夫，能有一把好兵器，等同於多出了半條命。無論李彤、張維善，還是李如梓和駱七等人，當然巴不得將兩把雁翎刀據為己有。然而，接下來李如梅的行為，出乎了他們所有人的意料之外。

只見他，先是將自己手裡的雁翎刀插回了刀鞘，然後又從自家弟弟李如梓手裡，硬生生搶回了另外一把。用綢布將刀身連同刀鞘一併裹好，雙手奉還到了小春姐面前，「多謝姐姐厚愛，但這兩把刀，用來殺倭奴，實在過於委屈了。姐姐還是仔細收起來，留著鎮船才好。」

「又是樣子貨嗎？妾身，妾身沒練過武。還一直以為，還一直以為這是兩把好刀！」沒想到自己一點兒忙都幫不上，女掌櫃小春姐又羞又急，雙目之中，頓時珠淚盈盈。

「不是，不是！小春姐不要誤會。」李如梅見不得女人哭，連忙擺著手解釋，「這兩把刀，的確是一等一的利器，送到識貨之人面前，恐怕賣上四、五千兩都沒問題。若是從刀柄上處銘文來推算，恐怕價錢還能翻上幾倍。小春姐妳拿來鎮船，甚至拿來威懾宵小之徒，再好不過。我們兄弟若是用它來砍人，無異於焚琴煮鶴。」「鎮船！這刀原本莫非就不是用來砍人的？」小春姐聽得滿頭霧水，迅速接過刀，本能地借著船上的燈光去檢視刀柄。反覆看了好幾遍，才終於在兩把刀的刀柄處，各自找到了一對細小的梅花篆字。守善、除惡。

「七、八十年前，這兩把刀的確是飲過血。刀刃處，至今隱約還有血色。」李如梅笑了笑，非常認真的補充。「但最近五十年內，誰要是再用它們砍人，就暴殄天物了。小春姐，這兩把刀是妳祖上傳下來的吧，長輩沒有告訴妳它們的來歷嗎？」

「來歷？」女掌櫃小春姐眨巴了一下眼睛，臉上忽然飛起了一抹酒紅，「不，不是我祖上傳下來的，我若是知道它們如此值錢，早就拿出去賣了換銀子了。這，這是，這是數年前有人喝醉之後送給我的。我只是看它鋒利，就藏在船艙裡以防萬一。」

「原來是寶刀贈美人！」李如梓的眼前，立刻出現了一個對酒而歌的江湖豪客形象，拍打著雙手，做恍然大悟狀。「那人，那人一定是喜歡妳喜歡得勝過了性命，所以才……」

「閉嘴！」李如梅忍無可忍，曲起手指，朝著自家弟弟腦門上狠敲，「小小年紀，怎麼話如此之多。」

罵罷，趕緊又向小春姐拱手賠罪。誰料，後者卻絲毫不覺得有什麼尷尬，抿著嘴兒搖了搖頭，柔聲回應，「李公子客氣了。妾身既然上了畫舫，當然巴不得有人喜歡我勝過他自己的性命。不過，贈我雙刀之人，卻未必是個痴情種。酒醒之後就走了，從那時起再也沒回來過。所以，這兩把刀，李公子如果覺得堪用，就儘管拿去用好了。總不能讓你們赤手空拳，去跟倭寇拚命。」

「這可不行。」李如梅迅速朝大夥看了看，再度搖頭，「一旦砍壞了刀刃，縱使能找人修好，價值至少也會降低一半兒。而這……」

「壞了就拿去回爐。」小春姐雖然是個女子，性子卻比在場大多數男人還要果決，「物件再貴重，還能貴過幾位的性命？再說了，這刀既然以前飲過血，掛在屋子裡，才真的是暴殄天物。還不如拿著它衝鋒陷陣，也不枉了它這冷森森模樣。」

「這……」李如梅被說得無言以對，卻依舊輕輕搖頭。

以他的背景和身家，甭說雁翎刀價值萬兩，就是價值十萬兩，也未必就用不起。但刀柄上的那兩對銘文，卻讓他不敢將其當做兵器使用。

如果他猜測沒錯的話，這兩把刀的第一任主人，極有可能是文武雙全的兩廣總督王陽明。甭說是他，大明朝任何一位文臣或者武將，得到此公的一件遺物，恐怕都得先擦拭得一塵不染，然後找乾淨地方供起來，絕不願輕易讓其再遭到半分損耗。

「拿去，拿去！我的東西，我做主。」女掌櫃小春姐嫌他婆婆媽媽，大步走向張維善，將兩把刀一並遞到了後者之手，「把它們藏在船艙裡不見天日，才是對不起它們原來的主人。張小公爺，你如果不願意占妾身的便宜，用完了明早再派人給妾身送回來便是。如果砍壞了，也送回來，反正妾身不會讓你賠。」

「多謝小春姐。」張維善沒看過刀柄上的銘文，見識也遠不如李如梅淵博，先笑呵呵地向小春姐點頭致謝，然後雙手接過刀，一把掛在了自家腰間，一把迅速遞給李彤，「子丹，分你一把。咱倆原來的兵器，借給子清兄和子芳。」

「胡鬧！」李彤看了他一眼，雙手接過兩把刀當中一把，迅速走向李如梓，「子芳兄，這把給你。放心用，我跟守義都是當地人，即便用壞了，也能想辦法替小春姐修好。」

「那我就不客氣了。」李如梓正為錯過了寶刀而鬱悶，見李彤如此仗義，連忙一把將刀柄抓在了手中。隨即，又迅速將目光轉向自家哥哥李如梅，擺出滿臉祈求的表情說道：「我小心些，肯定不會跟賊人硬碰硬。子丹兄都把刀送到我手裡了，我若是再推三阻四，未免，未免就太不爽快了。」

「你……」李如梅嘴巴動了動，最終，卻嘆息著點頭。「算了，你總是能找到理由。」

「我小心些，儘量小心些。」唯恐自家哥哥再橫生枝節，李如梓大聲保證。「觀戰為主，拿在手裡過一過癮。用完了立刻交還。」

正說話間，船身忽然晃了晃，船頭已經靠近河岸邊的石階。卻是此行的目的地，王府碼頭到了。熟悉南京城內地形的李彤和張維善兩個不敢多做任何耽擱，立刻帶起家丁，搶先登岸。然後迅速向李如梓等人解釋了幾句，邁開腳步，直奔記憶中的南京右僉都御史嚴鋒府邸。

「等我！」李如梓立刻縱身跟上，李如梅和駱七等人，雖然不是很相信，先前那夥吃了大虧的倭寇，真會像張維善猜測的那樣，去殺嚴鋒全家洩憤。卻抱著看熱鬧的心態，也快步跟在了李如梓身後。

須臾，大夥的身影，就消失在碼頭附近的街巷當中，只留下孤零零的如意畫舫，和船頭上女掌櫃小春姐略顯蕭瑟的身影。

「居然是兩把寶刀？」小春姐顯然還沒從震驚中恢復心神，搖了搖頭，喃喃自語，「這廝，當初也不說清楚。」

「說清楚又怎樣？他又不能娶妳過門。」話音剛落，她又迅速換了一副面孔，唱戲般，跟自己打起了嘴架。

「不娶就不娶，誰稀罕了。」兩行清淚，迅速從臉上滾落。抬手擦了擦，她的聲音隱隱帶上了哽咽。

「既然不稀罕，為何你還要守著畫舫？」另外一張面孔迅速切換，嫻熟而又自然。很明顯，這已經不是第一次，她自己跟自己過不去。只是以前總躲在船艙內，今日忽然被觸動心事，已經無法忍到夜深人靜之時而已。

女校書許飛煙和其他女子，還有船上的夥計，廚子們，聽得心中好生不忍，卻又不知道該如何勸解，躲在艙內，不停地揉眼睛。

十年前，小春姐在這秦淮河上，也算是一屆花魁。月光下偶爾舒袖而舞，一曲可換紅綃滿倉。然而，不知道為何，她卻在名聲最響亮的時候，忽然閉門謝客，從此銷聲匿跡。再出來時，就變成了腳下這座如意畫舫的老闆娘。

「唉，春娘，妳何必如此？」正傷懷間，忽然，船頭處，隱約傳來了一個沙啞的聲音。眾人俱被嚇了一跳，連忙從窗口處探頭張望。恰看到一個身穿黑衣的中年男子，如蒼鷹般，緩緩落向了畫舫的甲板。

剎那間，女掌櫃小春姐宛若遭到了雷擊，渾身上下都開始顫抖。然而，下一個瞬間，帶著哭腔的質問聲，卻從她嘴裡脫口而出，「你，你怎麼回來了？你，你不是要報效皇恩嗎？」

「我報效過啦！所以就跟皇上討了個清閒差事離開了北京。」中年男子笑了笑，繼續向小春姐靠近，直到自己的胸口頂住了對方的腦門兒，「如果再不回來，怕是妳已經把我給妳的紀念，轉手送給了別的人。」

「你都看到了？」小春姐被嚇了一大跳，眼淚戛然而止。隨即，又咬著用力揮拳，「既然是送給我的，我當然能隨意處置。哪怕當了，賣了，甚至融了打成燒鍋鈎子，你有什麼資格管？」

「沒資格，的確沒資格。」中年男子挺直身體，任由她的拳頭將自家胸口砸得咚咚作響。「春娘，妳還是這種性子，嘴硬心軟。這麼些年了，居然一點都沒變？」

「變又怎樣，不變又怎樣？還不是被人棄如敝履？」小春姐往後退了一步，像　隻準備戰鬥的野獸般，繃直了後背和脖頸。「姓王的，你既然走了，又回來做什麼？準備看老娘的笑話嗎？還是準備說，你未成名我未嫁？」「不是，不是，春娘何苦做賤自己？」沒想到她說翻臉就翻臉，黑衣王姓中年男子被嚇了一大跳。連忙擺起手，低聲哄道，「當初若不是聲名所累，我又何必裝作酒醉偷偷溜走？如今我老了，也看開了，所以名聲不名聲的，就可以讓它見鬼去吧！只是我萬萬沒想到，這麼多年了，妳居然一直留在秦淮河上。春娘，當年的事情，是我對妳不住。如果……」

「哇……」連日來，見到賊人死在自己的船上，都鎮定相待的小春姐，忽然放聲嚎啕。彷彿忽然間倒退了二十幾歲，重新變成了一個受了委屈的嬰兒。

「小春姐——」躲在船艙中看熱鬧的商女們，本能地就想衝出去替她討還公道。誰料腳步剛欲挪動，門卻被女校書許飛煙一把拉了個嚴嚴實實。

「都老實在艙裡蹲著，犯傻啊，也不看看甲板上有沒有妳們的地方？」一改平素溫柔大方，女校書許飛煙對著眾商女姐妹橫眉怒目，「今晚誰要是敢過去給小春姐幫倒忙，我先拿剪子扎花了她的臉！一個個平素機靈得跟妖怪般，這當口，腦袋全都被秤砣砸了？」

「這？」眾商女被嚇得連連後退，旋即，臉上就露出了幾分狂喜。紛紛啞著嗓子，用蚊蚋般的聲音打聽，「飛煙姐，外邊，外邊是，是小春姐的相好？」

「小春姐賺了那麼多錢，卻不肯離開秦淮河，莫非就是在等他？」

「飛煙姐，那人是做什麼的？好像，好像很凶！比，比剛才船上那位李五公子還凶。」

「飛煙姐，小春姐會跟他走嗎？如果小春姐走了，咱們怎麼辦？」

……

「別問我，我也不知道。」許飛煙心中又是替女掌櫃歡喜，又是失落，瞪了嘰嘰喳喳的商女們一眼，硬邦邦地回應，「眼睛和耳朵，長在妳們自己腦袋上，自己看，自己聽。就是不准出去幫倒忙！」

「嗯。」眾商女低聲答應著，快步衝上二樓，搶占有利地形。然後豎起耳朵，瞪圓了眼睛，唯恐錯過甲板上的每一句話和每一個動作。

只見不知道何時，小春姐竟然被那個姓王的黑衣人給攬在了懷裡。將對方胸口當做手巾，鼻涕眼淚抹得到處都是。而那王姓男子，居然也不躲閃，任由著小春姐在自己懷中隨便折騰。偶爾還抬起手，像捋貓一樣，輕輕捋過她的頭頂。

「別碰我！」小春姐像隻鬥貓般發出憤怒的聲音。身體卻不肯從對方懷抱中掙脫，彷彿對方胸前充滿了磁力。「別碰我，老娘現在是女掌櫃，整座畫舫都是老娘的，不需要討好任何客人。」

「別碰我，再碰我就去江寧縣告你仗勢欺人！」

「別碰我，都跟你說了，不准碰我，你這人，你這麼怎麼如此無賴！」

「別碰我，畫舫裡，畫舫裡有人看著呢。整座畫舫，上上下下全都是眼睛！」

「還碰，還碰，再碰，再碰我就剁了你的爪子！」

起初幾聲，還喊得義正辭嚴。到後來，聲音卻越來越軟，隱隱已經帶上了幾分與年齡極不相稱的嬌憨。

那黑衣王姓男子想必是心裡頭內疚，居然每被她吼上一次，就將手臂抬起幾分，然後，又不由自主地，再度落向她的髮梢。一次又一次，循環往復，最後，終於鼓足了勇氣，順著她的髮梢落向後背，瞬間將她整個人抱了個緊緊。

「該死，你不要命了。讓人看了去，小心你頭上的官帽！」小春姐大急，紅著臉在王姓男子耳畔提醒。

「官帽！不要就不要了吧！說實話，我還真戴夠了。」王姓男子忽然豪氣滿懷，另外一隻手撈起小春姐的雙腿，將她橫抱在懷裡大步走向船艙。

「別胡鬧！」小春姐至少有七八年沒被人如此「輕薄」過，臉色瞬間紅得宛若熟透了的大蝦。她的身體，也像熟蝦般縮蜷著，既不肯順從，也不敢用力掙扎，「我，我可不能壞你前程。否則，否則你心裡縱然不恨我，你們家裡那些人，肯定也會恨我好幾輩子。」

「他們不會來了。敢來，我打斷他們的腿！」黑衣男子卻不肯聽，走得愈發乾脆利索。

「重樓，別鬧了，我求你。咱們兩個都禁不起折騰了。我下半輩子，我下半輩子，只想安安生生在船上聽曲子看別人唱歌跳舞。」小春姐的大腦，幾乎完全放棄了思考。嘴巴卻本能地，繼續發生低低的哀求。

「好，不鬧，不鬧！」黑衣中年人王重樓又笑了笑，居然順從地又將小春姐擺直，將她的雙腳放回了甲板上。「春娘，妳還是跟當年一樣，處處都為了我著想！」

「我才不是，我只是不想被你身後的家人打上門來。」小春姐嘴巴很硬，臉上的紅潮卻彷彿隨時要滴落下來，「重樓，別生氣。我是上輩子欠你的，這輩子活該任你欺負。但，但不要現在，夜很長，今晚我的船還要在這裡等別人。」

「那幾個楞頭青？」王重樓的眉頭跳了跳，笑容裡忽然露出了幾分詭異。

小春姐被嚇了一大跳，趕緊低聲解釋，「你，你別多想。他們，他們只是借我的船趕路去救人。他們，他們在河上發現了倭寇。他們判斷倭寇要去殺一個姓嚴的御史。我，我，我的性命，前幾天也是被他們當中兩個人所救。」

「我知道，我沒多想。」王重樓笑容裡的詭異迅速消失，代之的，則是不加掩飾的自傲，「以妳的眼光，怎麼看得上那幾個楞頭青？至於那些倭寇，放心，我保證，凡是來南京搞事情的，一個都無法活著離開。」

「你有辦法抓到那些倭寇？」小春姐臉上的驚慌，頓時全都化作了崇拜，瞪圓了眼睛看著王重樓，彷彿看著一個從天而降的神明。

「我……」王重樓迅速意識到自己說走了嘴，猶豫了一下，壓低了聲音回應，「不是我有辦法，而是朝廷派了專人盯著他們。先前之所有沒有動手，乃是因為要等待一個最佳時機。」

「最佳時機？什麼叫最佳時機？他們可是已經害死了很多人！」小春姐聽得滿頭霧水，皺著眉頭刨根究底。

「最佳時機，就是能夠將他們一網打盡，並且將那些跟他們有牽連的傢伙全都揪出來。」王重樓的眉頭也迅速皺了起來，聲音也壓得更低，「總之，妳就別管了。只要妳平安無事，我就放心了。」

「嗯。」小春姐順從地點頭，心中同時湧起一股甜絲絲的味道。然而，很快，她就又將頭抬了起來，望著王重樓的眼睛繼續追問道：「你，你是專門為他們來的？你，你是，是錦衣衛？」

「不是，我肯定不是。妳別瞎猜。至於區區幾個倭寇，呵呵，還不夠資格讓我專程跑一趟南京。」王重樓不再年輕的臉上，又迅速湧起了幾分桀驁，撇了撇嘴，笑著回應，「總之，妳放心好了。有我在，誰都傷害不到妳」

「嗯！」小春姐臉色緋紅，再度順從地點頭。

「讓夥計開船吧，不用再等那幾個楞頭青了。春娘，這麼多年沒見，我憋了一肚子話想跟妳說。」王重樓最喜歡的，就是她這種百依百順模樣，肚子裡頓時就又開始發熱。回頭迅速朝岸上看了看，然後低聲吩咐。

「我也是。」女掌櫃小春姐聲音溫柔婉轉，就像春夜裡低鳴的黃鸝。然而，她的雙腳，卻沒有向艙內移動分毫，「但是我答應過要等他們，王郎，那幾個人中，有兩位已經是第二次救我。你，你別逼我失信！」

「不，不逼，不逼！」王重樓聞聽，立刻輕輕擺手，「我不是逼妳，春娘，我有把握，他們不會遇到任何危險。那幾個人麾下的家丁，一看就知道是軍中退下來的老行伍。除非倭寇能動用三倍以上的人手，否則，根本甭想從他們那裡討到任何便宜。」

「你有把握？你，你怎麼會有把握？你，你剛才還說，你不是錦衣衛！」小春姐再度抬起頭，望著王重樓，嬌豔的面孔上寫滿了震撼。

剛才光顧著沉浸於久別重逢後的激動，她根本沒來得及仔細打量自己曾經的情郎。而現在，卻終於發現，王重樓雖然長相和身材變化都不算大，但舉手投足間所流露出來的氣勢，卻和當年判若兩人。

當年的王重樓，只是一個背負著家族重託，試圖將所有本事賣給帝王家的翩翩公子哥。做事沉穩仔細，但每到關鍵時刻，卻總露出幾分戰戰兢兢。而現在的王重樓，從頭到腳，卻都充滿了一股子無法掩飾的霸道。彷彿隨便揮一下手，就能夠讓整個南直隸天翻地覆。

「我的確不是錦衣衛，春娘，除了酒醉逃走那次，我這輩子，從沒對妳說過任何假話！」王重樓被看得很不自在，搖了搖頭，沉聲回應，「但有些事情，卻不一定是錦衣衛才能管。錦衣衛現在只有資格刺探消息，檢舉不法。抓人的資格，早就被剝奪了乾乾淨淨。」

「你，你現在是不是，是不是做了很大的官兒？」小春姐臉上的震撼表情，越發地濃郁。站在甲板上的雙腳，本能地偷偷向後移動，「你，你當年說過，你不敢辜負皇恩。你，你一去就是整整十年。你跟皇上都能隨便討差事幹。你……」

「我，我就是那麼一說。」見自己無意間，居然把小春姐嚇得連話都說不利索了，王重樓又是著急，又是尷尬。連忙上前一步，單手按住了對方身後的船艙門，「我，我剛才是吹牛，行嗎？我做得官再大，在妳面前，還不是跟原來一樣。春娘，妳別這樣，妳這樣讓我心裡很難受。我，我這次主動請纓來南京赴任，一半目的就是來找妳。」

「你……」小春姐貓了下腰，想從王重樓胳膊下鑽過去逃走。然而，卻發現，對方已經將身體貼了過來。趕緊豎起雙臂，給自己支撐出半尺寬的縫隙，慘白著臉祈求，「你，你也別這樣。讓，讓我喘，喘口氣兒。我，我這些年都是在船上討，討生活。最，最怕見到當官的。他們白吃白喝白睡不給錢，還，還說翻臉就翻臉。」

「春娘！」王重樓聽得心中一痛，同情的話脫口而出，「別怕，真的別怕。我，我跟他們不一樣。我，我到了北京之後，就由文轉武，進了御馬監下面的……」

「御馬監，你去養馬了？」小春姐楞了楞，臉上的恐懼迅速化作了同情。

在她的印象裡，當年的王重樓，根本分辨不出麥子和韭菜，對吃喝和穿著的要求，也極為挑剔。讓這樣一個公子哥去養馬，該是多大的屈辱，還不如直接給他一刀……

正楞楞地想著，卻聽王重樓苦笑著回應道：「御馬監，不是用來養馬的地方。自大明成祖時起，管得就是禁軍。禁軍，妳懂不懂，就是皇帝的親兵。御馬監下面分為勇士營和四衛營，我是直接去了勇士營做千戶。」

「不是錦衣衛嗎？」小春姐聽得似懂非懂，眨巴著眼睛搖頭。

「不是，錦衣衛是錦衣衛，勇士營是勇士營，幹的事情完全不一樣！」王重樓急著撇清自己，冒著被言官抓到把柄彈劾的危險，低聲解釋，「我給皇上當了十年親兵，很受信任。所以前一陣子，就被授了一個新差事，到南京來專門管糧食北運。」

「押糧官？」小春姐終於聽懂了一些，遲疑著詢問。

「差不多吧，大概就是那麼個意思。算是個肥缺兒，不用貪贓枉法也能過得很好。」王重樓迅速向四周看了看，繼續快速補充，「總之，我跟錦衣衛沒任何瓜葛。妳不用害怕。其實錦衣衛裡頭，也不都是壞人。比如這次，他們早就發現了倭奴混進了南京城內，只是，只是南京這邊的鎮守太監，忙著跟別人一起對付王錫爵[注三十四]，所以才讓他們的所有辛苦都付之東流。」

注三十四、王錫爵：萬曆年間大學士，做過一任首輔。很快在權力鬥爭中失敗，被迫致仕。

二十、石出

這句話，若是傳進南京官場，足以掀起滔天巨浪。然而，落進了如意畫舫的女掌櫃小春姐耳朵裡，卻只換回了低低的一聲質疑，「王錫爵，王錫爵是誰？此人很厲害嗎？啊，我想起了，寶大祥的少東也姓王，跟他肯定是一家。」

「王錫爵是本朝大學士之一，籍貫的確是在蘇州，但跟那個寶大祥肯定扯不到一起去。倒是有人，試圖將寶大祥替海盜銷贓的案子，偷偷朝他身上引！希望趁著他回鄉伺候老母的機會，將他永遠趕出朝堂。」王重樓聽得哭笑不得，只好耐心地解釋。「大學士？那豈不是宰相？他們膽子真大，居然連宰相都敢坑。」小春姐的思維方式與王重樓完全不同，發出了一聲驚呼之後，隨即就又跳回了數日之前。「那，那我，我是不是也被捲進去了？當初，當初寶大祥的少東帶著那夥倭寇，可，可就是在我船上被人堵了個正著。」

「要不是聽說這事兒，我還未必找得到妳！」王重樓笑著點了點頭，然後迅速搖頭，「放心，肯定賴不到妳頭上。陰謀之所以成為陰謀，就是見不得光。既然已經被人看出來，並且傳揚了出去，當然就沒有繼續往下實施的可能。」

「哦！」小春妞聽得似懂非懂，只能瞪著恐慌的大眼睛點頭。

在畫舫上引來送往，她或多或少的，也接觸過一些南京城內的「大人物」。因此，對官場中的各種傾軋手段，倒是不算陌生。可高到南京鎮守太監和當朝大學士這個層次，卻實在超出了她交往圈子的巔峰。

「妳不懂也好，反正，既然消息傳開了，差不多就鬧到盡頭了。」見她一副驚魂未定模樣，王重樓憐惜地伸出手，再度輕輕拍打她的頭頂。「接下來，丁是丁，卯是卯，誰也別再想著渾水摸魚。」

「可，可，可那可是鎮守太監和大學士！天下數一數二的官兒，怎麼，怎麼會……」小春妞的魂魄，依舊不知道在哪裡飄著，瞪圓了眼睛繼續小聲嘀咕。

「天下數一數二的官兒，也都是人啊，又不是吸風飲露的神仙。」王重樓看了他一眼，滿臉憐惜地安慰，「是人就得吃飯拉屎，當官的也是一樣。老百姓會憋的那些壞水兒，他們肚子裡頭一樣不少。只不過，他們玩得更高明些，往往沒等你看明白他怎麼出招，大局就已經落定而已。」

「哦！」小春妞依舊似懂非懂，一邊點頭，一邊瞪圓了眼睛朝著王重樓上下打量，「那，那你，你是不是也做了大官兒。要不然，要不然你怎麼會知道這麼多？」

「我給皇上當了十年侍衛，所以能認識很多人，消息靈通。」王重樓既不承認，也不否認，開始顧左右而言他。「總之，有我在，誰也甭想把妳也牽扯進去。快點讓人開船吧，馬上就到後半夜了，這河面上，風真有些涼。」

「我，我答應了載，載他們回去。」小春姐既不想失信於人，又害怕惹王重樓生氣，小心翼翼地重複。但是，下一個瞬間，她的臉上，就寫滿了輕鬆，「你別生氣，馬上就可以開船了。他們，他們回來了！」

「嗯？」王重樓迅速扭頭，果然，看到一夥人挑著燈籠，快速向畫舫走來。為首的正是他眼裡的楞頭青李彤和張維善，跟在後面的，則是今晚的客人李如梅、李如梓和駱七等。再往後，則是張府和李府的家丁，一個個像凱旋而歸的將軍般興高采烈。隊伍的最後，還跟著一名失魂落魄的老秀才，兩腿軟得如同麵條，全靠僕人們攙扶著，才不至於半路上跌倒。

「嘎，嘎，嘎……」幾聲水鴨子的叫聲，忽然在河面上響起。在黑沉沉的夜幕下，顯得格外清晰。

「嗯，嗯哼，嗯！」王重樓忽然大聲咳嗽了起來，隨即，手臂用力下擺。水鴨子的叫聲，戛然而止。河面風平浪靜，從遠到近，皆波瀾不興。

「你，你怎麼了。可是，可是感了風寒？」小春姐的一多半兒注意力，都落在久別後突然出現的王重樓身上，連忙一把扶住了此人的胳膊，關切地詢問。

「沒事，沒事兒。吞口水嗆到了！」王重樓笑了笑，再度輕輕搖頭。

就在此時，正向碼頭走來的隊伍中，李如梅和駱七兩個，同時停住了腳步。握在刀柄上的手輕輕一拉，兩道刀光頓時被燈籠照得宛若霜雪。「誰，出來！」

「嗯？」沒想到幾個楞頭青中間，還有如此機警的人物，王重樓先是微微一楞，隨即，輕輕推開小春姐，大步走向船頭，「在下姓王，乃是這座畫舫的東家。無意間驚擾了貴客，還請見諒則個。」

說著話，他又笑呵呵地唱了個肥諾。彷彿自己真的是一個開畫舫的商人般，將所有客人都當成了衣食父母來尊敬。

「王掌櫃？」李如梅卻不敢隨便相信此人的話，豎著耳朵仔細聽了聽，先確信周圍沒有異常動靜，然後又將目光迅速轉向了女掌櫃小春姐。

「買，買這艘畫舫的銀子，是，的確是王郎所出。」小春姐不明白王重樓為什麼要自認為畫舫的幕後東家，卻又不方便當場戳穿。心裡迅速比較了一下各方的親疏遠近，走上前，紅著臉替王重樓圓謊。

「嗯——」李如梅聽得將信將疑，但從小春姐的表情上，又能看出她跟眼前這個姓王的傢伙，肯定糾纏甚深。無奈之下，只能收起刀，笑著向王重樓還禮，「原來是王掌櫃到了，失敬，失敬。今天兄弟們借用畫舫，給你添麻煩了。」

「應該的，應該的。」王重樓一邊謙卑的側身，一邊繼續拱手，「我家春娘也說了，其實今天晚上，是你們救了她。還有前幾天發生事情，她也跟我說了。哪兩位是李小侯爺和張小公爺，草民斗膽，想當面向二位拜謝。」

「不必了，王掌櫃，沒給您添太多麻煩就好。」李彤和張維善見識沒有李如梅和駱七二人多，觀察力也遠不如二人仔細，笑著上前，跟王重樓寒暄。「對了，今晚的損失，都算在我們兄弟身上，還有船上姑娘的脂粉錢，放心，也讓我們兄弟倆包了。」

「使不得，使不得。你們都對春娘有恩，咱們，咱們怎麼好意思，再收你們的錢。」王重樓演戲天分數一數二，像個真正的市井之徒般，媚笑著擺手。

「沒啥使不得的。說實話，我們兄弟倆當初，也沒想到會惹上一大堆麻煩。」張維善財大氣粗，不願意占尋常小老百姓的便宜，又先前走了一步，大聲補充。「如果你手頭不是非常缺錢的話，我勸你，最近還是帶著小春姐他們找地方躲一躲。這事兒，越來越離奇了，我都不知道將來到底會怎麼樣。」

「是啊！王掌櫃，如果不缺錢，最好躲躲風頭。不光是那夥倭寇像瘋狗般四下亂咬，南京城內的官府，也盡是一群糊塗蟲。我跟守義好歹各自家裡還有些門路，不至於隨便被人冤枉。你們都是小老百姓，一旦被官府找上，恐怕不死也得脫層皮。」李彤也非常好心地，上前低聲叮囑。

他們兩個，自覺陷入漩渦當中越來越深，不願意再拖沒冤沒仇的無辜者下水，所以，才好心提醒「王掌櫃」和小春姐趕緊躲得越遠越好。誰料，話落在了跟在隊伍最後那名老秀才耳朵裡，卻惹得此人勃然大怒，「胡說，我大明的官吏，豈會如此不堪！分明是你們兩個強出頭，才惹得倭寇胡亂報復，牽連無辜。官府若是早把你們兩個捉了去，早就將一切查得水落石出了，豈會到現在還東奔西跑，卻不知道從何處下手？」

「姓嚴的，莫非你真是一頭瘋狗？」沒想到，自己不惜冒著翻船的危險趕過來救了對方的命，居然非但不領情，反而替倭寇說話，張維善氣得兩眼冒火，指著老秀才的鼻子，大聲喝問。

「嚴御史，剛才若不是我等及時趕到，你已經成為倭寇刀下之鬼！」李如梓也沒想到，世間還有如此忘恩負義之輩，鐵青著臉，大聲提醒。

「是啊，你身為大名四品高官，怎麼替倭寇說話？」其餘幾個仗義出手的公子哥，也怒不可遏，紛紛開口指責。

剛才的戰鬥雖然不怎麼激烈，可如果不是大夥到的及時，眼前這個官拜右僉都御史的老秀才嚴鋒，連同其家中僕役，肯定得被倭寇給一刀兩段。在大夥嚇走了倭寇之後，這老秀才也死皮賴臉，非要跟著一道找安全地方避難。然而，眼下才剛來到秦淮河畔，雙腳還沒等踏上畫舫，此人居然就立刻忘記了救命和一路保護之恩，反倒指責起李彤和張維善不該胡亂出頭。

「老夫只是就事論事，不能因為爾等剛才出手嚇走了刺客，就曲意逢迎。」面對一片憤怒的目光，南京右僉都御史嚴鋒高高地揚起乾瘦的頭顱，「義正辭嚴」地回應，「況且今夜所謂倭寇，也都是爾等所說，誰知道他們是真是假？」

「這麼說，我們今晚就不該救你。」

「可不是麼，剛才也不知是誰，被嚇得差點尿了褲子。」

「中山狼，中山狼也不過如此。」

……

眾公子哥個個氣得眼前發黑，指著嚴鋒的鼻子大聲數落。而那南京右僉都御史嚴鋒，真的不愧其「敢言」之名，竟不屑地笑了笑，撇著嘴道：「先置人於死地，然後再出手相救。這種套路老夫見得多了，豈會輕易上當？李彤、張維善，你們兩個既然進了國子監，就該用心讀書，努力憑真本事參加科舉，考取功名。豈能貪圖走捷徑，玩這種以軍功入仕的歪門邪道？」

「老匹夫！」饒是李彤涵養再好，也忍無可忍，單手迅速按上了刀柄。「我們兩個跟你何冤何仇，你，你不敢謝救命之恩也就罷了，居然，居然還血口噴人。」

「老夫只是就事論事。」嚴鋒被嚇了一大跳，快速退了兩步，然後看了看周圍眾人的模樣，梗著脖子補充：「我大明，文武殊途。要麼讀書考科舉，謀一個金榜題名。要麼老老實實去陣前殺賊立功，拎著敵人的首級換取富貴。想以文入武，或者以武入文，都是歪門邪道。放在別的地方，老夫管不到。放在老夫眼皮底下，卻休想老夫視而不見。」

他先前之所以看李彤和張維善兩個不順眼，一是因為二人出身於將門，理應屬文官的重點防範對象。二就是因為，二人搶在官府前頭出手對付倭寇的行徑，明顯有著繞過科舉，騙取朝廷功名之嫌。至於給自己的門生吳四維報仇，只能排在第三。而今晚之事，他內心深處，其實也懷疑殺死吳四維者另有其人，可能跟眼前這兩個將門子弟無關。

然而，懷疑歸懷疑，讓他老人家為了先前暗中出面坑害之行向李彤、張維善兩個後生小輩道歉，或者承認欠了對方救命之恩，卻是萬萬不可能。所以，他乾脆出言顛倒黑白，激怒對方，從而跟對方徹底劃清界線。

當然，如果對面只有李彤和張維善兩人，他肯定不敢如此不講道理。萬一激怒了二人，真的給他一刀，然後栽到今晚刺客頭上，他嚴大御史可就徹底死得不明不白。而今晚偏偏與李彤、張維善兩個一道的，不僅僅是二人的家丁，還有五、六個陌生的公子哥，並且其中有一個身上明顯帶著官宦氣息。如此，他就徹底有恃無恐了，根本不用害怕兩個少年人在暴怒之下，真的敢殘害朝廷命官。

如此多的彎彎繞，李彤和張維善兩個平素衣來伸手飯來張口的公子哥，哪裡能夠猜得到。聽嚴鋒越說越不像話，忍不住破口大罵，「老匹夫，早知道這樣，小爺才不會上趕著去救你。讓你死在倭寇的刀下，屍體都被野狗拖了去，咬個稀巴爛。也省得誰不小心遇到，沾一身晦氣。」

「老匹夫，算你狠，老子今晚犯賤，趕著去救你這條瘋狗！你愛怎麼說怎麼說，老子就當今晚踩了狗屎。今後祝你每天都鴻運當頭，永遠別遇到任何麻煩。」

「哎，我說你這老人家，這麼大歲數了，怎麼好歹不分呢？」不光是李彤和張維善兩個被氣得火冒三丈，如意畫舫的女掌櫃小春姐，也實在看不過去，快步走上船頭，手指如劍，直指南京右僉都御史眉心，「剛才他們為了趕去救你，差點就划翻了座船。你非但不領情，怎麼還安了一堆罪名在他們頭上。如果人人都像你這樣，以後再遇到惡賊，大夥都關起門來不聞不問就是。誰都不能管，管得越多，錯就越多。」

「住口，妳一個賣笑為生的老鴇子，有何資格指責老夫？」嚴鋒根本沒把小春姐當做人看，毫不猶豫瞪圓了眼睛大聲呵斥。

「你……」小春姐的確是畫舫女掌櫃，也的確靠船上姐妹的歌舞及皮肉來賺取錢財，卻依舊被「賣笑為生的老鴇子」八個字，直接扎透她的心臟。頓時，兩行眼淚奪眶而出。

「春娘，妳理這瘋狗作甚？他一輩子就靠咬人為生，心中根本不辨任何是非。」王重樓原本只是想冷眼看熱鬧，卻沒想到嚴鋒忽然朝小春姐張開了血盆大口，立刻改變了主意。先上前幾步，從背後扶住了自己喜歡的女人，然後冷笑著說道：「讓大夥上船，咱們直接走人就是，別理他，留他在岸上自生自滅。希望他今晚運氣好，那些倭奴不會掉頭而歸。」

說罷，又迅速將目光轉向李彤和張維善等人，大聲補充：「各位公子爺如果想要乘船，就立刻上來。咱們這條船乃是做迎來送往生意的，可不敢公然留四品高官在上面過夜。否則，萬一傳揚開去，人家要遭彈劾不說，咱們這條船上的人，也有吃不完的掛落。」

「上船，上船，今晚就當踩了狗屎。」李如梓朝地上啐了口吐沫，第一個大聲響應。

李如梅雖然老成持重，也被嚴鋒四處瘋咬的行徑，氣得不輕。狠狠瞪了此人一眼，也轉身跳上了甲板。

李彤、張維善兩人更是恨自己先前多事兒，帶領麾下家丁，快步走上畫舫，從此再也不想多看嚴鋒一眼。

那南京右僉都御史嚴鋒，顯然沒想到，一個開畫舫的平頭百姓，居然敢正面跟自己對著幹，頓時氣得一佛出竅，二佛升天。本能地就擺出了四品官威，抬起手，遙指王重樓的鼻梁，厲聲呵斥，「大膽龜奴，你可知道老夫是誰？」

「他們剛才不是說了嗎？四品高官，快趕上應天府知府大了。」王重樓被罵做龜公，也不羞惱，聳了聳肩膀，大聲回應，「可即便應天知府在此，無緣無故，他也不能將我家畫舫收了去。只要畫舫屬我家，讓誰上，不讓誰上，就是我和我娘子說得算。」

說罷，也不理睬嚴鋒如何暴跳，直接指揮船上的夥計收起了登船的木梯，拔錨啟航。

「站住，莫走！老夫，老夫要，要彈……，老夫，老夫要告，告你……，老夫……」南京右僉都御史氣得額頭青筋亂蹦，卻找不到任何理由來威脅對方。

作為言官，他有聞風上奏的特權。上可針對宰相，下可針對縣令，哪怕彈劾錯了，通常也不會受到任何追究。但這些特權只適用於官場，對上普通老百姓，他的唇槍舌劍根本發揮不出半點兒作用。

當然，以他的四品官身，他還可以請來知府，或者強壓著縣令去收拾一個畫舫老闆。然而問題是，眼下正值深更半夜兒，上哪去找知府和縣令？至於明天，萬一像這畫舫老闆所說，倭奴去而復返，他嚴大御史哪裡還有機會活到明天？

「夥計，開船！」王重樓才懶得聽嚴鋒叫囂，扯開嗓子，高聲吩咐。

「來了，來了，各位客官，坐穩了。開船嘍！」如意畫舫的夥計和水手們，恨嚴鋒剛才欺負自家老闆娘，大叫著答應了一聲。隨即，迅速划動船槳，將畫舫駛離碼頭。

「你，你回來，回來！今夜畫舫老夫包了。船資加倍，船資加倍！」南京右僉御史嚴鋒，頓時徹底傻了眼。一點兒都不顧自家顏面，跳著腳開出一個賞格。

按他的想法，商人都貪財。他給出了雙倍的包船費用，畫舫老闆和老闆娘肯定立刻會忘記了剛才的恩怨，像迎神仙般將自己接過去。誰料，今夜的畫舫老闆，根本不是真正的老闆。而小春姐這個女掌櫃，也非尋常老闆娘。聽了他的叫喊之後，雙雙撇嘴而笑。連停都沒有讓畫舫停頓分毫。

「回來，回來，老夫是御史，老夫如果死在歹人手裡，你們夫妻兩個脫不開干係！」

「回來，回來，老夫，老夫，老夫剛才語言的確有衝撞之處，老夫知錯了，你們不能丟下老夫！」

「回來，老夫勒令你們回來。否則，老夫肯定跟你們不死不休！」

「回來，三倍，老夫出三倍。四倍，四倍船資。五倍，六倍……」

……

嚴鋒的話不斷從碼頭上傳來，可無論是要挾也好，服軟也好，重金收買也罷，都得不到任何回應。

「無良老狗，看你這回還能咬到誰？」眼看著老傢伙在碼頭上瑟縮成了一隻鵪鶉，李如梓開心的手舞足蹈。

「這就叫六月債，還得快。」跟他一道前來南京遊歷的其他幾個公子哥們，也哄笑著奚落。對大明朝言官的跋扈輕狂早有耳聞，他們卻萬萬沒想到，這些人居然連當街撒潑的婦人都不如。婦人當街撒潑，好歹還是因為覺得心裡委屈。而嚴大御史撒潑，根本不需要由頭。

只有李如梓的五哥李如梅，苦笑著搖了搖頭。先扯住了自家弟弟，然後又給其他同伴使了個眼色。最後，則整頓衣衫，快步來到了王重樓面前，鄭重躬身下拜，「遼東李如梅，見過王兄。多謝王兄仗義出手，讓我等擺脫了一場麻煩。」

「嗯？你說這事兒？李兄何必多禮。王某對付他，也是為了給自己的女人出氣，並不是為了你們兄弟。」王重樓楞了楞，旋即收起滿身市儈之氣，側開身子，認認真真還了個平揖。

「無論王兄初衷如何，對我們幾個來說，卻是省去了一場大麻煩。」李如梅搖了搖頭，再度鄭重躬身。「實話不瞞王兄，我們幾個眼下都在軍中為國效力。此番是借著回北京獻俘的機會，偷偷跑來南京。本想借著江南的好山好水，洗掉身上的殺氣，卻不料會遇到一個在職的御史。」

他年紀比李彤、張維善、駱七等人都大，又久在官場滾打，因此，通過王重樓先前對御史嚴鋒的態度上，就猜出了此人定非等閒之輩。故而，乾脆先自報身分，示人以誠。

本該去北京參加獻俘儀式，卻跑到南京來遊山玩水，萬一被御史嚴鋒猜出身分且咬住，那的確是個巨大的麻煩。所以，他如何感激王重樓仗義出手，都不過分。

而王重樓見他如此坦誠，也不便再繼續掩飾行藏。笑了笑，再度側開半步，抱拳詢問，「回京獻俘，幾位操遼東口音，莫非來自陝西討逆軍務總兵官李帥帳下？請恕王某見識少，除了李總兵剛剛取得寧夏大捷之外，王某想不到最近還有何人入京獻俘。」

「王兄所猜沒錯，山西李總兵，乃是家兄。末將和舍弟蒙父兄照顧，在山西指揮使司為國效力。」聽王重樓一張嘴就猜到了自己的來歷，李如梅愈發相信此人身分非同尋常。站直身體，大聲回應。

「原來是寧遠伯[注三十五]膝下神箭將軍李五郎，怪不得如此急公好義！」王重樓恍然大悟，隨即笑著拱起手，向船上所有人抱拳做了個羅圈揖，「各位兄弟，先前並非在下有意相欺，實在是剛剛到任，不想招惹姓嚴的那條瘋狗來撕咬。在下王重樓，原來在勇士營做個千戶。最近因為做事認真，在南京補了個肥缺，特地前來混吃等死！」儘管他儘量說得輕鬆，可李如梅、李如梓和駱七等人，卻不是小春姐，更不會對大明朝的武備情況毫無所知。當即，就有人驚呼出聲，「勇士營！王兄莫非出身於御林軍？」

「御林軍千戶，王兄，你，你剛才藏得可真深！」

「王兄，你，你，怪不得你絲毫不懼那姓嚴的瘋狗！」

……

「勇士營，啊呀！我知道你是誰了。」叫嚷聲最大，最誇張的，當然是滿腦子江湖大俠夢的李如梓，只見他，瞪圓了眼睛，像嚇呆般連連後退，「你，你就是皇上身邊那個帶刀侍衛，傳說武功天下第一那個，那個千里追風王一刀！」

注三十五、寧遠伯：寧遠伯李成梁，李如松、李如梅等人的父親，鎮守遼東近三十年，一手教出許多名將。

二十一、所圖

「你這些到底是從哪裡聽來的，為何王某自己都不知道？」王重樓被問得哭笑不得，皺著回應，「給皇上當侍衛，千八百人都帶著刀，不獨是王某一個。想入勇士營，第一要求是家世清白，祖輩父輩都曾經為官。第二是對皇上忠心，輕易不會受奸人蠱惑。再有一點兒就是膽大不怕死，遇到麻煩敢捨命往上撲。至於武功天下第一，千里追風什麼的，則純屬胡扯。王某二十出頭時，頂多能以一敵三。跑得雖然比尋常人快了點兒，卻怎麼著都追不上馬車，更甭提追風。」

「那，那傳聞怎麼有鼻子有眼兒？」李如梓聽得好生失望，瞪圓了眼睛上下打量王重樓，期待能從他身上多少發現一些與眾不同的地方，「還，還說你有一次跟人在皇宮頂上比武，一刀下去，滿院子的大樹都齊腰而斬。」

「老六，休得無禮！」李如梅聽得實在臉紅，皺著眉頭低聲怒喝。「皇宮裡頭的事情，豈能隨便亂傳！」

喝罷，又趕緊將頭轉向王重樓，躬身謝罪，「王大人切莫生氣，家父老來得子，對舍弟缺乏管教。

所以慣出他一身的毛病，遇事總喜歡刨根究底。」

「你這就沒意思了，這種街頭閒話，聽聽就好，誰還會當真？王某除非傻了，才會生令弟的氣。」王重樓看了他一眼，側開半步，拱手還禮，「至於大人兩字，千萬莫提。大夥今夜有緣相遇，平輩論交最好。否則，先敘官職，再敘輩分，平白辜負了這滿河美景。」

「這？」李如梅被說得臉色微紅，只好緩緩點頭。「既然王兄有命，小弟不敢不從。」

「這就對了，王某好不容易跑到南京來偷一回懶，可不想再整天被繁文縟節所拘。」王重樓笑了笑，迅速將目光轉向李如梓，連連搖頭，「外邊的人還怎麼替我吹噓了，你仔細跟我說說，我真的很愛聽。我這輩子，做夢都沒有他們說得那般威風。」

「你，你真的不生氣？」剛剛被自家哥哥訓斥過的李如梓，卻沒想到王重樓竟如此隨和。先忐忑不安地試探了一句，隨即用力點頭，「那我可就說了啊！外邊還傳言你，一頓飯能吃五斗米。單手能提起一隻鐵鼎。隨身攜帶那把刀，看著普通，卻是千年寒鐵打造。分量，分量足足有一百二十多斤，比關雲長的大刀還要沉重……」

「噗！」王重樓一個沒忍住，再度大笑出聲。「一百二十斤中，那是王某掄刀，還是刀掄王某？萬一一刀落空，還不得將腰給擰成花卷兒？況且刀刃砍在身上，二斤沉的刀和二十斤沉的刀，效果一模一樣，王某又不是吃飽了撐著，放著輕生的兵器不用，非要天天扛著個一百多十斤的鐵門板玩？」

「啊，哈哈哈哈……」船上眾人，都被逗得哄堂大笑。笑過之後，又都覺得王重樓這人和藹可親，彼此之間的距離也迅速被拉近了數分。

「王兄勿怪，我們兄弟倆剛才真的把你當成了畫舫掌櫃，所以才口出狂言，想要出錢打賞與你，並非有意輕慢。」

「剛才小弟舉止魯莽，還請王兄見諒。我們真的沒想到，您居然是一名將軍！」

李彤和張維善也終於從震驚中緩過了一些心神，並肩走向王重樓，相繼拱手解釋。

「怪什麼怪，哪有別人好心送錢，還要怪他的道理？」王重樓朝著二人笑了笑，大咧咧地擺手。「況且王某這個掌櫃身分雖然是假的，對我家春娘的牽掛，卻不是假的。你們倆幾度出手救下春娘的命，王某感謝你們還來不及，怎麼可能擺什麼官架子。」

「王郎，你又胡說些什麼！」小春姐剛才受到的震驚，可是一點兒都不比李彤和張維善二人少。忽然聽見王重樓親口承認牽掛著自己，溫暖之餘，羞澀的神態瞬間爬了滿臉。

「豈是胡說，王某這輩子，最後悔的就是，當年沒大起膽子娶妳進門。」王重樓又迅速將身體轉向她，已經不再年輕的面孔上，瞬間寫滿了憐愛，「若是妳真的遭遇什麼不測，王某，王某餘生裡，肯定日日活在悔恨當中，永遠無法解脫！」

「你，你，你還越來越上樣了！」小春姐也是見慣了風浪的人，剎那間，卻比情竇初開的少女還要臉薄。跺了下腳，拔腿逃進了船艙。

「哈哈哈……」眾人又被逗得放聲大笑，笑過之後，愈發覺得王重樓這人灑脫隨興，值得認真相交。

只有李彤，雖然年紀小了些，可曾經被嚴鋒坑過一回，至今心有餘悸。迅速朝岸邊看了看，壓低了聲音提醒，「王兄的家事，小弟照理沒資格置喙。但那嚴御史在南京督察院的同夥眾多，北京那邊，據說也有不少人跟他遙相呼應。萬一他發起狠來咬住王兄不放……」

「王某不怕，隨他去。」王重樓微微一笑，臉上迅速湧起了幾分傲然，「放在十年前，王某奉詔入京，的確沒膽子招惹那些言官。但是現在，呵呵，王某還真怕他們不彈劾於我，也許他們撕咬得越凶，王某的日子反而過得越是安穩。」

「這……」李彤聽得滿頭霧水，本能地將目光轉向張維善。

張維善對官場中的各種道道，瞭解得比他還少，同樣覺得王重樓的話高深莫測，充滿了自己打破了腦袋也想不明白的玄機。

早在大夥出發去營救嚴鋒之時，身為武將的李如梅就低聲暗示過，他的身分不便暴露，更不該跟畫舫扯上什麼關係。而王重樓同樣身為武將，怎麼就能滿不在乎地說要娶小春姐過門？以大明朝的規矩，即便是娶回家做妾，也應該偷偷摸摸才行。否則，一旦被言官彈劾，縱酒狎妓的罪名肯定逃不掉，輕則受到上司訓誡，重了甚至有可能丟官罷職。

「這些，你們倆不需要懂。」王重樓是何等的老辣，迅速從李彤和張維善二人的表情上，看出了他們心中的困惑。笑了笑，快步補充，「人年輕時，需要一些闖勁，太老辣圓滑了，反倒容易患得患失。總之，一句話，王某真心感謝你們！你們因為出手搭救春娘惹下的麻煩，王某全替你們接了。從今夜起，無論是誰出招，都由王某來頂著，你們倆只管看熱鬧就好。」

「這……」彷彿忽然間被一塊從天而降的金餅砸中了腦門兒，李彤和張維善雙雙瞪圓了眼睛，遲遲無法做出任何回應。

自打不小心捲入漩渦以來，他們兩個，幾乎日日所想的，就是如何平安脫身。而他們卻驚詫地發現，自己越是掙扎，就陷得越深。

錦衣衛試圖拿他們當刀使，大明將門試圖拿他們當刀使，大明南京右僉都御史嚴鋒，更是將他們視為眼中釘，肉中刺，時時刻刻欲除之而後快。

他們倆即便再早熟，也沒經歷過任何官場傾軋。再背景深厚，也只是國子監的兩個貢生。從小到大，又幾曾見過真正的風浪？他們可以無懼於刺客的暗殺，他們可以持刀一次次將倭奴砍做鳥獸散，他們卻沒有任何能力，應付來自那些上層大人物射出的冷箭。

他們已經求過各自背後的家族，他們幾乎動用了父輩的所有人脈，他們現在，早已經形神俱疲，全憑著內心中的一口不平之氣，在苦苦支撐，在努力給自己尋求那最後一線生機。可就在這時，忽然有一個陌生人主動挺身而出，將他們眼裡看似天大的麻煩全都接了過去，試問，他們如何能夠輕易相信自己的耳朵？他們如何能夠接受這種從天而降的鴻運？

「這什麼？怕王某言而無信嗎，無非是一群老不要臉的躲在門後鬥法，卻拿你們兩個小輩當棋子而已。算不得什麼大事。」王重樓這輩子見過的風浪太多，對李彤和張維善二人的反應，根本不覺得奇怪。笑了笑，大聲補充，「你們若是覺得心裡頭不踏實，就請李家兄弟做個見證。」

「小子不敢！」李彤激靈靈打了個冷戰，連忙做了一個及地長揖，「末學後進李彤，多謝王大人仗義援手！」

「晚輩張維善，多謝王大人仗義援手！」張維善也瞬間恢復了心神，跟在李彤身側大聲拜謝。

「還是叫我王兄，或者叫我的表字算了。王某表字叔元，本名重樓。細算下來，或許跟你們倆還是平輩兒。」王重樓笑了笑，輕輕擺手。

「多謝叔元兄！」李彤和張維善再度躬身道謝，緊跟著，卻又帶著幾分忐忑相繼提醒，「不敢欺瞞叔元兄，此事，還涉及到了大明錦衣衛、南京知府衙門和南京督察院。」

「叔元兄不要怪小弟多嘴，你可聽說過大明將門。他們也可能參與其中。」

「你們兩個小傢伙，倒是講究。怪不得春娘自打見了王某之後，就一直把你們掛在嘴巴上！」王重樓又是哈哈一笑，答非所問。

李彤和張維善窘得臉色發紅，連忙擺手解釋：「王兄不要誤會，我們，我們兩個，真的是追查刺殺同窗的禍首，才，才追到了……」

「行了，王兄不是那個意思。」李如梅在旁邊看得好生有趣，忍不住笑著打斷，「他是欣賞你們兩個磊落，先把可能涉及到的風險說在了明處。」

「噢！」李彤和張維善二人這才恍然大悟，再度將目光轉向王重樓，「王兄，此事背後漩渦甚大，若是……」

「沒什麼大不大的，都是些上不得台面的齷齪伎倆而已。」王重樓笑了笑，非常大氣了揮手，「不過，既然你們提起來了，不妨仔細說與我聽。以免王某不小心在陰溝裡翻了船，被人看了笑話去。」

話音剛落，船艙門忽然被小春姐從內部拉開。女校書許飛煙帶著一群姐妹，裊裊婷婷走了出來。先向大夥行了個禮，然後齊聲說道：「諸位公子，如此良辰美景，豈能虛度？我家掌櫃特地命人準備下了美酒佳肴，恭候各位入席。」

「走，進去喝酒。各位兄弟，今夜咱們有緣相聚，乾脆喝個一醉方休！」王重樓迅速改換話題，朝著李如梅、絡七，以及李彤、張維善等人發出邀請。

「如此，我等就卻之不恭了！」

「多謝王兄！」

……

眾人忙活了半宿，正飢渴難耐。見王重樓說得熱情，紛紛道著謝快步走入船艙。

二樓內摔碎的瓷器和弄髒了的地毯，早已被夥計們收拾乾淨。精緻的楠木矮几，也都重新擺放整齊。小春姐先擺出一副女主人姿態，將眾人引入座位。然後先命人送上了香茶給大夥潤吼，隨即，又輕輕拍了拍手，讓樂師們將古琴彈奏了起來。

「叔元兄，那個嚴瘋子雖然該死，可萬一真的被倭寇給宰了……」駱七為人仔細，搶在酒宴沒有正式開始之前，低聲提醒。

「無妨，碼頭那邊，還有我麾下的幾個弟兄在暗處埋伏。如果倭寇真的敢去殺他，剛好可以拿個正著。」王重樓看了他一眼，迅速給出了一個令人無比放心的答案。

「哦——」駱七楞了楞個，佩服地點頭。

坐在王重樓對面的李彤和張維善聽了，則愈發地感覺此人高深莫測。正準備再說上幾句感謝的話，卻看到對方笑著拍手，「好了，不提此人了。他只是一頭鬥犬而已，其實脖子上的皮圈，一直牽在別人手裡。咬誰，不咬誰，很少能夠自己做主。倒是兩位小兄弟剛才提到的其他各方，看起來更複雜一些。子丹、守義，你們兩個誰口才更好些，不妨趁著咱們還沒喝酒，先把事情前因後果說個清楚。」

李彤迅速與張維善對視了一下，然後緩緩起身，「既然叔元兄不嫌囉嗦，小弟就從頭道來。事情最初，我們兩個也沒想到會如此複雜。那日本是兩夥同學因為意氣之爭，相約在玄武湖中的空島上比武定輸贏，結果，卻有倭寇從蘆葦叢裡，用鳥銃將我們兩個的同窗好友擊落於馬下。我們兩個氣憤不過，發誓要追查真凶。然後就被錦衣衛故意將目光吸引到了如意畫舫……」

他是真心感謝王重樓肯替自己和張維善出頭，所以，盡自己最大努力，將同學遇刺之後發生的所有事情，以及陸續捲入的相關人物，都說了個仔細清楚。唯恐有所遺漏，讓仗義出手的王重樓也被捲入漩渦，最後落個苦苦掙扎卻始終無法脫身的下場。

那王重樓見多識廣，無論他講得如何驚險複雜，臉上始終寫滿了微笑。而李如梅和駱七等公子哥，聽著聽著，臉上的笑容就消失不見，取而代之的，是無法掩飾的鄭重和迷茫。

錦衣衛、將門、倭寇、知府衙門、南京守備府，還有南京督察院，這麼多部門，隨便哪個，來頭都大得足以嚇死人。而李彤和張維善，卻憑著初生牛犢不怕虎的銳氣，硬生生跟他們周旋了這麼久，硬生生保持了各自的獨立，沒有選擇倒向任何一方，或者隨波逐流。

也虧了兩個，好歹都算是勛貴之後。若是換成普通人家出來的貢生，這會兒，恐怕早就被碾得屍骨無存了，哪有可能，至今還在漩渦中苦苦掙扎？

可錦衣衛、將門、倭寇、知府衙門、南京守備府，還有南京督察院的主事者們，他們到底圖的是什麼？他們難道都是睜眼瞎子，就沒看到倭寇已經在他們眼皮底下，公然開始殺人放火？他們到底站在大明這邊，還是倭寇那邊？他們到底拿的誰家俸祿，做的是哪國的官員？

「那姓嚴的也太不是東西了，剛才咱們真該放任他被倭寇剁成肉泥。」唯一沒感覺到多少迷茫的，只有李如梓，只見他將手朝面前矮几重重一拍，厲聲痛罵，「還有那個吳四維，跟他真不愧是師徒。睜著眼睛說瞎話的本事，簡直盡得親傳。好在老天有眼，讓倭寇剁爛了他。否則，留他在世上，還不知道會變成什麼禍害。」

「老六，不要多嘴！」被自家弟弟的魯莽嚇了一大跳，李如梅果斷豎起眼睛，低聲呵斥。

「我只是實話實說而已。」當著這麼多同齡人的面兒被自家哥哥教訓，李如梓覺得好生委屈，紅著臉，低聲強辯。

「再胡言亂語，明天你就一個人返回山西。」李如梅又是生氣，又是緊張，狠狠瞪了自家弟弟一眼，聲音變得愈發嚴厲。

說罷，又趕緊將面孔轉向王重樓，紅著臉向對方拱手，「王兄勿怪，我這個弟弟，從小被慣壞了，說話向來口無遮攔。」

別人猜不出王重樓官職的高低，可他作為山西都指揮使司的都指揮僉事注三十六，卻從此人剛才的言談上，早就將其馬上要接任的職位，猜了個八九不離十。此時的大明，武將做到可以不怕清流彈劾的地步，只有一種可能。那就是位高權重，不得不做一些違法亂紀且傷天害理的事情來自污。正如歷史上的秦將王翦，在伐楚之時拚命找秦王要良田美宅，並非是天性貪婪，而是非此無法安君王之心。

事實證明，他的猜測沒錯，但謹慎卻純屬多餘。王重樓的回應，比他弟弟李如梓剛才的話還犀利數倍，並且毫不拐彎抹角，「都是些酒桌上的話罷了，酒醒之後，誰還能記得起來！依王某之見，那姓嚴的也不是真的瘋，只是以此求名，然後再以名求利而已。不信你們回去仔細查驗，那廝這輩子彈劾過的人，要麼是已經落了勢，無法再朝堂立足。要麼是原本實力單薄，擋不住他們幾個言官聯手一擊。對於真正權傾朝野的人，他絕對只會繞著走，甚至奴顏婢膝地前去討好，斷不敢主動撩撥對方虎鬚。」

「這？這廝，也忒地精明。」眾人聽得又驚又佩，嘆息著朝王重樓拱手。

別的例子大夥不清楚，但三年半之前被嚴鋒等人彈劾致死的戚繼光，絕對屬已經落了勢，無法在朝堂上立足那種。而姓嚴的之所以敢咬住李彤和張維善兩人不放，與二人當下還只是國子監貢生，並且在各自的家族中地位不高，也未必沒有關係。

「所以，姓嚴的雖然看起來像條瘋狗，卻最容易對付。他之所以不顧身分與你們兩個小小的貢生為難，恐怕主要是誤以為那個姓吳的死在你們兩人之手。頂多，頂多再加上一份誤以為你們是將門那邊派出來的馬前卒，所以出於文官的本能，要打掉將門重新崛起的苗頭。但是無論出於哪一種，或者兩者兼而有之，他都不會為了你們兩個貢生，賭上自己的前程。」存心點撥李彤和張維善，王重樓朝二人笑了笑，繼續緩緩補充。

「王兄之言，令小弟茅塞頓開。」李彤恍然大悟，趕緊站起身向王重樓致謝。

「多謝王兄指點，我們回去，就請一個夠分量的長輩出面，讓他趁早收手。」張維善終於也琢磨出了一些味道，緊跟著向王重樓抱拳施禮。

「我先前說過，此事交給我即可。」見孺子可教，王重樓滿意地點頭，「王某分量雖然不夠重，在南京城內，卻足夠讓他有所忌憚。至於錦衣衛那邊，你們也不必管了。南京這邊有人想把水攪渾，然後趁機撈好處。但錦衣衛那麼大，卻不是一兩個人就能做到隻手遮天的。時間拖得久了，上頭自然會有所察覺。而他們想對付的人，也絕非一個可以隨便拿捏之輩。說不定反擊手段已經使出來了，只不過還沒有落在明處而已。」

「這……」李彤和張維善再度聽了個滿頭霧水，遲疑著用力點頭。

「有些話，我也不方便說得太明。但寶大祥所屬的蘇州王家，卻算不上什麼高門大戶。胡亂找個姓王的就朝一起湊，虧得守備府裡的那幾個太監敢想。照他們那種攀誣法，王某豈不是也成了寶大祥的背後東家？被官府抄沒的那些海貨和珍珠寶石裡頭，怎麼不見他們分王某一份？」知道他們

注三十六、都指揮僉事：都指揮使屬官，秩正三品，與都指揮同知分管屯田、訓練、司務等事。

肯定聽不明白，王重樓想了想，笑著補充。

這回，卻比先前清楚多了。至少，能讓李彤和張維善兩個聽出來。南京錦衣衛，是受守備衙門的太監指揮。以及那個試圖將水攪渾者，真實目的是借著寶大祥通倭的案子，誣陷一個姓王的高官。至於姓王的高官到底叫什麼名字，位居何職，他們兩個暫時就猜不到了，但是也沒有必要去刨根究底。

「王兄快人快語，小弟佩服。等會兒，一定跟王兄喝個不醉不休！」駱七忽然拍了下桌案，在旁邊大聲表態。

「對，不醉不休，今晚不醉不休！」跟在駱七身邊的幾個公子哥兒，齊聲響應，沒等喝酒，各自臉上都寫滿了熏然之意。

大夥都是聰明人，都知道今晚畫舫中聽到的消息，爛在肚子裡最好。所以，將其當做酒桌上的胡言亂語，才為妥當。酒醒之後，大夥肯定一個字都記不起來，誰記得越清楚，誰就越是笨蛋。

恰好一曲終了，畫舫的夥計們，快步送入酒水和菜肴。根本不需要王重樓這個主人多勸，大夥立刻推杯換盞，喝了個眼花耳熱。

李彤和張維善兩個，雖然依舊懵懵懂懂。卻也隱約猜到，今晚結識的新朋友們，個個身分不凡，且每個人的舉動都包含著深意。於是乎，便跟著頻舉酒杯，來者不拒。

喝著，喝著，卻忽然看見李如梓又站了起來，帶著幾分醉意向王重樓舉盞：「王兄，小弟不知道你做的是什麼官兒，但你這個人，小弟打心眼裡佩服。今晚就容小弟僭越一回，借你的船，借你的酒，來敬王兄一杯。小弟這廂，先自己乾了。」

說罷，將手中酒水，一飲而盡。

「子芳客氣了，莫說王某還沒赴任，即便赴任，也管不到你頭上。所以，你我之間，沒什麼僭越不僭越，你叫我一聲哥哥，王某求之不得。」王重樓心裡頭，也覺得滿肚子江湖夢的少年人李如梓，遠比其老成持重的兄長李如梅可愛，笑了笑，也將杯中烈酒倒入了口內。

「但是，小弟還有兩件事沒弄明白，想跟王兄請教。不知王兄可否指點小弟一二？」李如梓顯然肚子裡還在生自家哥哥的氣，借著酒勁兒大聲詢問。

「老六……」李如梅本能地再度出言喝止，卻忽然看到王重樓豎起了眼睛，只好苦笑著拱手。

「子芳賢弟請講，愚兄定當知無不言言無不盡。」迅速將眼睛從李如梅身上挪開，換了一副和氣的笑臉，王重樓笑著向李如梓做出回應。

「那小弟就大膽了。」李如梓先看了一眼剛剛結識的好朋友李彤，又看了看被自己氣得臉色發黑的五哥，拱起手，聲音突然轉高，「叔元兄剛才說清楚了那姓嚴的瘋子到底想幹什麼，也點破了南京錦衣衛想做什麼？可是偏偏漏了南京將門。按道理，他們既然把子丹和守義兩個推了出來，不應該自己向後縮。」

「他們是想促成朝廷發兵援助朝鮮，在戰場上找回將門的舊日輝煌。」張維善騰地站了起來，紅著臉替王重樓回應。「至於為啥半路又縮了回去，張某就不知道了。反正，反正自打發現姓嚴的出馬之後，我們倆就再也沒得到劉博士的任何回應。」

「他們的目的已經達到了，沒必要再出手。」王重樓放下酒盞，看向李彤和張維善的目光中，隱約露出了幾分憐憫。

兩個自以為背景雄厚的楞頭青，若不是湊巧與小春姐有恩，今晚又湊巧讓自己起了惜才之心，恐怕這回肯定會落個身敗名裂的下場。

那些將門的窩囊廢，若真有膽子挑戰大明朝的所有文官，怎麼可能連面都不敢露，卻拿兩個晚輩當長槍？而既然朝廷已經決議要發兵，南京國子監也好，北京國子監也罷，所有盤外招數，就沒必須要繼續往下使。兩邊被派出來的棋子，當然也隨其自生自滅，窩囊廢們沒心思，也沒勇氣去替棋子出頭。

「他們的目的達到了？」不光李如梓一個人被王重樓剛剛透露的消息驚呆了，從最老成持重的李如梅，到最年輕莽撞的張維善，也全都被驚得兩眼發直，「王兄，這是什麼時候的事情？朝廷，朝廷真的要出兵援助朝鮮？」

「不是真的要出兵，而是不出兵不行了。朝鮮國王已經逃到大明境內了，而倭奴的狼子野心，也早就被北京錦衣衛探聽得一清二楚。」王重樓點點頭，笑容裡帶上了幾分無奈。「那個倭國的攝政，貪心不足，想以朝鮮為踏板，一口吞下大明。相關文書，以及其給麾下將領的手諭，都已經被錦衣衛中的死士帶回了北京。滿朝文武官員已經放棄了爭執，決定給倭奴們狠狠一個教訓。」

「啊——」眾人聞聽，再度被驚了個目瞪口呆。

唯獨李如梓，心思最為跳脫。只是楞了楞神，隨即就又大聲說道：「啊，我明白那些倭奴為啥要在南京胡亂殺人了。他們不是因為是倭奴，做事就不合常理。而是他們是故意跟常理反著來，讓南京城的大小官吏們，摸不透他們的真實意圖。」

這話說得極有見地，令眾人紛紛佩服地點頭。然而，李如梓卻不就此滿足，捏著酒盞想了想，又低聲沉吟，「那，那他們到底想要幹什麼？就這麼點兒人，連子丹和守義的家丁都打不贏，能折騰出多大風浪？」

「你別看他們打不贏我家的家丁，打南京守備衙門的官兵，卻是所向披靡。」張維善笑了笑，帶著幾分調侃的語氣回應。

「他家的家丁，是戚家軍被解散之後，無處安身的老行伍。」李彤也苦著臉，低聲解釋，「就這樣，也沒從倭寇手上占到太多便宜。而南京這邊久不經戰事，衛所兵早就成了佃農，能拿起刀來的都沒幾個。」

「那倭寇的人數，也太少些？」李如梓將信將疑，皺著眉頭苦苦琢磨，「就這點兒人，哪怕個個以一當百，也不好幹什麼啊。要是放在北京，好歹還能殺人放火，製造混亂……」

「老六！」李如梅氣得兩眼發黑，不得不第三次大聲喝止。

自己這個弟弟，還真是什麼話都敢說。在北京城裡殺人放火製造混亂，這話若是傳入有心人耳朵內，被對方揪住不放……

正惶恐間，耳畔卻忽然傳來了王重樓的大聲驚呼，「啊呀，壞了！老子知道這群土八蛋要幹什麼了？各位兄弟，趕快跟我走。今晚，王某是不是還能保住性命，就全靠諸位了。」

二十二、奈何

「八嘎，成幸，你知道不知道自己的任務是什麼？」黑暗中，有個大腹便便的胖子抬起手，將一名長著女人相貌卻生了喉結的黑衣人，抽得口鼻冒血。

「哈依！」黑衣人踉蹌後退，卻不敢退得太遠。穩住腳步之後，立刻躬身謝罪，「回稟奉行大人，將軍給在下的任務是，帶領游勢[注三十七]，在大明各地製造混亂，以免他們出兵援助朝鮮。」

「八嘎，八嘎！」胖子舉起手，左右開弓朝著黑衣人臉上猛抽。「既然知道，就是明知故犯。大明有句話，明知故犯，罪加一等。你是不是覺得有個厲害的兄長，本人就不敢勒令你剖腹？」

「哈依，哈依！」黑衣人被抽得左搖右擺，卻不停地躬身，彷彿那一連串的耳光，是天大的恩賜一般，讓他捨不得錯過其中任何一個。

跟在他身後的其餘十幾個黑衣人，皆不忍地將頭側向了門外，怒火中燒。

注三十七、游勢……日本古代的專職輔助作戰人員，負責偵查，破壞等任務。一般由土豪、浪人甚至強盜山賊組成。作用類似於明軍中的斥候。

總計才給了不到一百名游勢，其中還有近半兒臨時招募來的，就想攪亂大明全國。在制定任務之時，立花將軍到底知道不知道，明國到底有多大？

如果按照立花將軍的原計劃去做，甭說像現在一樣，將南京城內的明國大小官員折騰得雞飛狗跳，恐怕連點兒響動都沒弄出來，就得被明國各地的捕快們亂棍打成肉泥！然而，怒歸怒，眾人卻像他們的隊將小野成幸一樣，沒有勇氣替自己的行為做辯解。他們的家主，同時也是他們的將軍立花宗茂對上下尊卑，有一種著魔般的痴迷。任何膽敢跟上司頂嘴者，都會被按上一個以下犯上的罪名。那樣的話，哪怕其立下的功勞再大，等著他的，也都是死路一條。

「怎地，你們覺得本人的處置不妥嗎？還是你們有什麼隱情？」敏銳地感覺到了黑衣人的不滿，胖子忽然停住手，瞪圓了眼睛朝大夥質問。

黑衣人小野成幸嚇了一大跳，連忙直起腰，大聲回應：「不，不敢。奉行[注三十八]大人，他們，他們都不懂兵略，先前都是在下要求他們怎麼做，他們就怎麼去做。沒有，沒有任何資格質疑在下的決定，更沒任何資格質疑您。」「屬下不敢！」眾黑衣人激靈靈打了個哆嗦，這次意識到自己可能遭受池魚之殃。慌忙躬身下去，大聲表態。

「你很懂得收攏屬下之心嗎？」胖子撇了撇嘴，目光中浮現了一絲不加掩飾的陰寒。「令兄教的？他對你這個弟弟，可是一直寄予厚望。」

「不敢，屬下只是，只是不敢將自己的過錯，推諉給手下來承擔。」小野成幸抬手擦了一把鼻孔裡正在往外冒的血漿，畢恭畢敬地回應。

他不明白眼前這個死胖子池邊永晟為何要找自己麻煩，但憑藉對危險的直覺，敏銳地發現了對方試圖將過錯朝自己的親生哥哥，莆池城守小野鎮幸身上引。所以，他寧願自己再多受一些折辱，也堅決不讓對方找到任何可乘之機。

「承擔，就憑你，一個小小的游勢隊將？」死胖子池邊永晟陰謀失敗，冷笑著再度舉起了手掌。「小野君，你拿什麼來承擔？明國已經決定向朝鮮出兵了你知道不知道？因為你的任性，來島家的村上武吉遲遲無法入城。」

「明國居然敢出兵救援朝鮮？太好了，這個消息可靠嗎？」游勢隊將小野成幸大吃一驚，隨即，臉上就露出了做夢娶媳婦一般的狂喜，「池邊大人，如果明軍出兵朝鮮，關白大人將明國和天竺收入版圖的戰略，至少完成了一大半兒。」

這個反應，完全出乎了死胖子池邊永晟的意料，後者頓時被氣得火冒三丈，揮動手臂，一巴掌將小野成幸掃了個滿地轉圈兒，「小野隊將，你果然居心叵測！你，你居然盼著明國出兵朝鮮。怪不得村上武吉那邊告訴我，是你一而再，再而三的主動生事，惹得明國軍隊警覺，才導致他手下的武士們，滯留在江船上，遲遲無法進入南京。你，你到底受了誰的指使？還是你拿到了明國人的賄賂？」

「池邊奉行，你不可冤枉在下！」這一回，小野成幸卻沒有老老實實挨打。猛地伸手在麾下武士胳膊上拉了一把，迅速穩住了身軀。隨即，瞪圓了眼睛，大聲說道：「在下已經將連日來於南京城內的見

注三十八、奉行：日本古代軍職，相當於參謀長。一般由侍大將擔任，位高權重。

聞，寫信送到了朝鮮。立花將軍接到之後，就會明白，為何在下巴不得明國出兵。至於村上武吉注三十九那個海賊，在下記得，關白大人早就剝奪了他的一切，他憑什麼出現在來島家，並且對在下說三道四？」這幾句話，可全說到了點子上，令池邊永晟高高揚起的手臂，瞬間就僵在了半空之中。

如果小野成幸的舉動，已經提前向家主立花宗茂彙報，他再繼續為難此人，可就有越權之嫌了。而來島家的水師大將村上武吉，雖然威名赫赫，卻是一個不折不扣的海盜。並且早在兩年前，就因為搶劫商隊，被日本關白豐臣秀吉貶成了普通人，勒令禁止任何大名收留。

眼下日本國需要水師運送士兵和糧食，所以來島通總偷偷啟用村上武吉，大夥都可以睜一隻眼閉一隻眼。可以村上武吉的罪人身分，絕對沒資格指責小野成幸這個游勢隊將。作為立花家奉行的他，更不應該主動去給一個罪人撐腰。

「吆西！」迅速想清楚了相關利害，池邊永晟冷笑著放下手臂。然而，他卻不願輕易承認自己剛才的行為有錯，撇了撇嘴，大聲強調，「就算你已經寫信向將軍闡明了這樣做的理由，但是，在得到將軍的答覆之前，你也不能肆意妄為。況且明軍出兵朝鮮，無論如何，對我軍都不是一件好事，你怎麼能替他們感到高興？」

這，就有些強詞奪理了。但是，小野成幸礙於雙方的階級差別，卻沒辦法硬頂。咬了咬牙，壓低了聲音解釋，「大人有所不知，明軍的戰鬥力，比咱們的足輕注四十都不如。在家門口作戰，他們憑著城牆，勉強還能鼓起幾分勇氣。如果到了朝鮮，他們就是一群如假包換的農夫。若是將他們全都消滅在朝鮮，我軍再殺入明國，肯定勢如破竹。」

「納尼？」池邊永晟楞了楞，皺著眉頭四下張望。

夜色如墨，但是南京城內，卻是燈火輝煌。如果真的能像小野成幸那樣，將大明朝的軍隊全殲於朝鮮，身外這座流淌著黃金和胭脂的城市，就如同剝掉了外殼的雞蛋。

日本國內，沒有一所城市能跟南京相比。哪怕是平安京，都比不上南京城的一根腳趾。至於朝鮮國的那些所謂的名城，根本就是豬圈！長江流域任何一座縣城，都要比其繁華至少二十倍。所以，如果能將南京這座不夜城拿下……。不能再想，再想下去，池邊永晟就無法壓抑放聲大笑的衝動。

「你確定，明軍的戰鬥力比不上咱們足輕？小野君，如果你誤導了家主，任何人都保不住你。」「屬下非常確定。」小野成幸抬手擦了擦嘴角的血跡，然後翹起蘭花指，朝著外邊的燈火長河指指點點。「屬下跟他們不止一次交過手。無論他們的人數是屬下這邊的兩倍，還是三倍，每一次，屬下都將他們殺得落荒而逃。他們將領非常不誠實，且沒任何責任心。逃走之後，就不會再領著別的兵馬前來。很明顯，是為了逃避處罰，故意掩蓋了敗績。」

「嗯？」短時間內接受到的信息太多，池邊永晟有些消化不下。

他自己收集的信息裡，大明朝的軍隊可不是這般模樣。

注三十九、村上武吉：日本著名海盜頭子，著有海戰兵書。
注四十、足輕：普通步兵，通常無甲。日本戰國時代，足輕都是臨時招募的農夫，戰鬥力極差。

想當年，村上氏的海盜們試圖在大明周圍海域拿下一塊落腳地，以便就近襲擊過往船隻。卻被大明朝的軍隊殺得屍橫遍地，最後成功駕船逃回日本的，不及出發時一成。導致村上氏的海盜們從此定下一條規矩，見到大明日月旗就主動閃避，堅決不再故意給對方送人頭。

這也是村上武吉和村上元吉父子，發現南京城的明國軍隊加強的警戒，就徘徊在長江之上，不敢再混入城內的原因。元吉年齡還小，沒有親眼目睹當年的慘敗。可村上武吉的青年時代，卻正趕上海盜的黑暗十年。能島、來島和因島三大海上勢力，都提「戚」字而色變。

「屬下已經探聽清楚，明國的俞將軍十多年前就病故了。戚將軍三年前也獲罪在家，鬱悶而死。當初打敗了三島眾的那支戚家軍，早已被明國的文官們肢解並且分散到了各地，許多經驗豐富的老兵都已經窮困而死。」彷彿猜到了池邊永晟沉吟不語的緣由，小野成幸想了想，用極低的聲音補充。

「你是說，戚家軍已經不存在了。確定？」池邊永晟又是一楞，喜悅頓時寫了滿臉。「戚將軍的兒子們呢，怎麼不出來繼承他父親的軍隊？」

「明國這邊跟日本不一樣，兒子不能繼承父親的軍隊。」小野成幸被問得哭笑不得，卻耐著性子向對方解釋，「況且戚將軍是因為招惹了明朝的文官，被趕回的老家。他的兒子們，肯定也要受到牽連。」

「哦——」池邊永晟越聽越開心，胖胖的臉上，喜悅和感激交織。「那些明國的文官，怎麼害起自己人來，比敵國還要賣力？他們還都活在世上嗎？如果還活著，等關白大人拿下北京，我一定上書，請關白大人給他們發一筆厚厚的賞金。」

「還都活著，一個叫張鼎思，一個叫張希臯。」小野成幸已經多次奉命潛入大明，因此對大明內部很多政治風波和政治人物，都瞭如指掌。所以，想都不想，就給出了準確答案。「還有一個，就是在下今夜試圖殺掉的嚴鋒。」

本以為，自己近乎完美表現，能得到池邊永晟的嘉許。誰料到，話音剛落，對方就又一個耳光打了過來，「八嘎，既然嚴鋒君參與害死了戚將軍，你為何還要殺他？你，你到底站在哪一邊？」

「奉行大人請聽我解釋！」小野成幸被打得好生委屈，捂著已經腫起來的臉，大聲補充：「屬下殺他，並非為了替戚將軍報仇。而是，而是想讓明國內部，文官和武將們繼續鬥下去，沒精力顧及即將到來的戰爭。前幾天屬下殺了來島家偷偷賄賂過的吳四維，就被明朝官員懷疑是他們自己人所為。如果屬下再殺了嚴君，則會在南京城內引發更大的混亂。因為，因為按照常理，吳君和嚴君先前的行為都對咱們有利，咱們不可能殺死對自己有利的人。」

「納尼？」池邊永晟的手，再度停在了半空中。

因為跟小野成幸的哥哥有矛盾，所以，打心眼裡，他不喜歡小野成幸這個屬下。但後者今晚的話，卻讓他一次次刮目相看。

看似任性胡鬧，毫無道理可言。但每一次行動，都在努力向既定目標靠近。作為此人的對手，肯定會被他弄得眼花繚亂。而作為此人同夥兼上司，卻能清楚地感覺到，此人做事有著極強的目的性，並且百折不撓。

「大明朝有個傳統，文官像防賊一樣盯著武將。」唯恐池邊永晟再繼續收拾自己，小野成幸不得不努力向對方介紹明朝的文武關係，「因為文官們認為，只有他們才對皇帝忠心耿耿。武將實力強大之後，就會想要逼宮……」

「逼宮，你說的是，上洛？」池邊永晟聽得似懂非懂，憑著經驗低聲追問。

「對，就是日本那邊經常說的，上洛！」小野成幸想了想，用力點頭。

「哦……」池邊永晟理解地點頭。

日語裡，平安京就是洛陽。上洛，則是日本國實權諸侯的最高目標。武田信玄曾經上洛，織田信長也曾經上洛，關白豐臣秀吉接管織田信長的人馬和地盤之後，第一件事情還是上洛。推己及人，武將逼宮，就成了再正常不過的事情。他理解起來毫無阻礙。

「明國的文官們堅信，武將只要實力強大，就會叛亂上洛。」偷偷看了看池邊永晟的臉色，小野成幸繼續侃侃而談，「而明國的武將，則認為文官個個都只懂得內鬥，從不幹正經事情。雙方彼此之間都視作寇仇，終日爭鬥不休。像出兵援助朝鮮這件事情，明國的文官之所以反對，就是不希望武將趁機立下功勞，地位和聲望重新高過他們。」

「嗯……」池邊永晟的兩隻綠豆眼睛，在胖胖的腦袋上滴溜溜亂轉。很顯然，小野成幸今天所說的情況，遠遠超出了他以前的掌握範圍。但重要程度，卻不容他繼續忽視。

「那位嚴君是文官，每次文官們發起對武將的攻擊，他都衝在前頭。他也反對明國出兵援助朝廷，並且還是吳君的老師。殺了他，明國的其他文官，肯定懷疑是明國武將動的手。然後就會對武將發起新一輪打擊。讓明國即便出了兵，帶隊的武將也因為受到文官的掣肘，無法將心思都放在作戰上。甚至因為文官們故意怠政，得不到充足的物資補給。」繞了一個巨大的圈子，小野成幸終於又將話題繞回了自己最近的一連串行動上，理由聽起來近乎無懈可擊。

「嗯……」池邊永晟低聲沉吟，一雙綠豆眼也繼續轉個不停。

對方的話，肯定不盡屬實。但是聽上去卻完全能夠自圓其說。而因為所掌握的情報有限，他根本無法從其中找到任何破綻，更不可能當面批駁。

就在此時，跟在池邊永晟身後，一名看起來非常年輕的武士忽然冷笑著向前走了半步，低聲說道：「小野君口才的確一等一。可這些都是你一廂情願的說法。如果明國的士兵真的像你說的那樣不堪一擊，今晚你為何還被打得人敗而回？這可是奉行大人和我親眼所見，你千萬不要說你是故意詐敗給了對手。」

「今晚，今晚跟在下作戰的不是士兵，是家丁，兩個武將家族的家丁。」小野成幸被問了個措手不及，紅著臉大聲狡辯，「他們的家丁，相當於日本大名帳下的武士。在下剛才比較戰鬥力，比較的是明國的普通士兵和日本國的足輕。」

這個理由，聽起來的確很有道理。可跟在池邊永晟身後的那名武士，卻目光卻極為毒辣。立刻又從小野成幸的話語裡，找到了更多的破綻，「就算家丁相當於武士，可你身邊所帶的游勢們，也不是尋常足輕。雙方之間的差距，奉行大人剛才在暗處看得清清楚楚。如果明國支援朝鮮的軍隊中，有大量的這種家丁，對我日本國在朝鮮的軍隊，就會構成極大威脅。你先前所說將他們全殲於朝鮮，就注定是個白日大夢。」

「島津又一郎[注四十一]，你胡說些什麼？戰鬥力那麼強的家丁，怎麼可能有很多？」小野成幸大急，非常沒禮貌地叫著對方的名字，厲聲反駁。「你沒看見，今天只來了十幾個家丁？這已經是來自兩個不同的家族。」

「可明國到底有多少這樣的家族，你卻不清楚！」島津又一郎翻了翻白眼，冷笑著補刀。

「小野君，今晚破壞了你行動計劃的人，叫什麼名字。他們在明國，出任什麼官職？」池邊永晟的綠豆眼停止了轉動，緩緩射出兩道精光。

「這……」小野成幸迅速後退了一步，手捂著自己的臉，以免再吃耳光，「他們一個姓李，一個姓張，都，都是明朝武將的後裔，目前，目前還是學生，沒有，沒有出仕擔任官職。」

「納尼？」池邊永晟抬起手，卻發現無臉可打，怒火迅速衝到了頭頂。

如果不是身後的島津又一郎警醒，他今晚差點就被小野成幸給騙過了，甚至有可能上書關白豐臣秀吉，對此人「全殲明軍於朝鮮」的大膽設想表示支持。那樣的話，他的罪責可就大了，即便事後得到豐臣關白的諒解，也沒有臉面繼續擔任立花家的重臣。

兩個沒出仕的普通學子，帶著各自麾下的家丁，就能殺得游勢隊將小野成幸落荒而逃。那些真正出仕的明國武將，又該何等的凶悍？而整個日本國，稱得上武士者，總共才有多少？即便全都運到朝鮮去，又禁得起明國的家丁幾番衝殺？

「奉行大人請聽屬下解釋，奉行大人請聽屬下解釋！」小野成幸被嚇得魂飛天外，捂著臉連連鞠躬，「不能這麼算啊，真的不能這麼算。他們，他們兩個的確沒有出仕。但，但他們兩個的家族都非同一般。明國，明國叫這種人家為將門，對，將門！就像島津又一郎，雖然眼下只跟在您身邊做一名護衛，但是，誰都知道，他不是普通的護衛。他，他身後站著整個島津家族。」

「你是說，今晚擊敗你的張君和李君，父輩都是大名？」見他模樣可憐，池邊永晟勉強壓住心中的殺氣，皺著眉頭追問。

「差不多，差不多。明國沒有大名，但張君的祖先是明國的一位元帥。李君的祖先更威風，是追隨明國第一任皇帝建立帝國的開國元勛之一。」小野成幸不愧為中國通，迅速給出了一個對自己最有利的答案，「像這種武將家族，在明國全部加在一起，也不會超過二十個。」

這番話說得雖然誇張，但用來對付才跟著商隊混入明國沒幾天的池邊永晟，卻綽綽有餘。後者高舉半空中的手，頓時又開始緩緩下落。兩顆綠豆般的眼睛裡，也終於有了幾絲人類的溫暖，「不超過二十個，照這樣說，今晚打敗你的那種家丁，總計不會超過兩百？」

「兩百可能算得少了一點兒，但頂多也就是一千上下，不可能更多！」小野成幸為了避免受到懲罰，索性徹底豁出去了，瞪圓了眼睛開始說謊。

「如果真的只有一千，對日本軍隊的威脅，就不會太大。」池邊信將疑，皺著眉頭低聲計算。

「怎麼可能只有一千，日本國的哪個大名，手下只會供養十名武士？」彷彿存心找小野成幸麻

注四十一、島津又一郎：又名島津久保，日本大名島津義弘的次子。曾經被當做島津家族的繼承人，到朝鮮撈取戰功，不料死於朝鮮。

煩一般，島津又一郎不客氣地在旁邊提醒。

「納尼？」池邊永晟的目光一閃，迅速將頭轉向小野成幸。

「不會只養十名武士，但也不會太多。我剛才說過，明國的文官一直像防賊一樣盯著他們，如果養得家丁太多，就會被文官彈劾，甚至被懷疑蓄意謀反而抄家滅族。」小野成幸被嚇得心裡一哆嗦，啞嗓子大聲解釋。

與他先前的話語對照，這個解釋，倒是也能自圓其說。但是，負責統一監督指揮他和其餘日本細作的池邊永晟，卻徹底對他失去了信任。毫不猶豫接過話頭，大聲命令：「好了，小野君，明國到底有多少這樣的武士，你顯然不知道，我也不想再聽你胡說。既然明國已經決定出兵朝鮮，你先前的任務，就已經徹底宣告失敗。從現在起，你和你的游勢，統一並入配合來島家的村上武吉父子麾下。跟著他們，一起做最後的補救。如果任務再次失敗，小野君，你知道會面臨什麼處罰。」

「奉行大人，村上武吉的那個行動計劃，根本不可能成功！」小野成幸大急，冒著再被抽成陀螺的危險，大聲抗議。「明國在南京城內有十幾個衛所，每個衛所裡都有五百到一千士兵。只要聽見警訊，立刻……」

「你先前不是說，那些普通士兵不堪一擊嗎？」池邊永晟瞪了他一眼，大聲質問。隨即，轉過身，快步離去。

「小野君，好自為之！」島津又一郎笑了笑，丟下一句話，快步跟在了池邊永晟身後。

二十三、絕招

小野成幸氣得臉色鐵青，卻無可奈何。

明國有一句俗話，官大一級壓死人。日本其實更甚。他雖然出身不俗，並且為東主立下過許多戰功，但官職卻只是一個游勢隊的隊將。而池邊永晟卻是立花家的軍奉行，發號施令時可以完全不考慮他的意見，甚至可以直接下令砍了他的腦袋。

「將軍，接下來咱們怎麼辦？出城去接應那個海盜頭子嗎？」一名武士快步走上前，輕輕拉了一下他的衣袖。

「半夜三更怎麼出城？沒聽奉行大人說嗎，咱們不能再驚動大明官兵。」小野成幸憤怒地扭過頭，質問的話脫口而出。

「將軍，將軍息怒。屬下，屬下只是不知道該怎麼執行奉行大人的命令。屬下，屬下沒有其他意思！」那名武士被噴了滿臉血吐沫，一邊踉蹌後退，一邊惶恐地解釋。

「等著，先回租來的那套院子裡等著。」終於意識到對方是出於一番好心，小野成幸咬了咬牙，喘息著補充，「既然奉行大人已經做出的決斷，咱們隨時聽候調遣就是。反正咱們在南京城裡的全部人手加起來，也只剩下了四十出頭。」

「屬下明白！」周圍的武士們楞了楞，隨即齊齊躬身。

既然他們原來的那套計劃被勒令取消，在新的任務沒下達之前，他們躲在院子裡睡大覺，就不能算故意偷懶。況且區區四十幾名武士，在人口超過百萬的南京城內，的確也掀不起什麼風浪。

「明白就回去睡覺，養精蓄銳。」小野成幸又低低吩咐了一句，踉蹌著走向臨近的巷子。

時間已經到了後半夜，遠離秦淮河畔的尋常街巷裡，一點兒喧鬧的聲音都聽不到。勞累了一整天的百姓們，都早已進入了夢鄉。鄰居家的土狗，也早就習慣了小野成幸等人的腳步聲，聽到巷子口的動靜，只是懶懶地抬了下眼皮，就繼續呼呼大睡。

游勢隊的下級武士們，耷拉著腦袋跟在了小野成幸的身後。比起剛剛挨了十幾個大耳光的小野成幸，他們的心情更為沮喪。

小野成幸在立花家的地位雖然沒多高，還總是被池邊永晟這種老狐狸的欺負，但至少是個年俸四百石，實得兩百四十石的正牌家族武士，即便任務失手，回去之後照樣吃穿不愁。而他們，卻都是被立花家臨時招募的流浪武士，年俸只有四十石，需要積累大量功勞才能轉為正式家臣。一旦得不到主家的賞識，戰爭結束後就可能隨時被掃地出門。

「上次洗劫吳四維家所得到的錢財，能折合三百多兩白銀。此外，還有一些綢緞、首飾等物，回頭就可以給你們平分。」信手推開房門，點亮屋子裡的油燈，小野成幸忽然低聲許諾。

「謝將軍！」眾武士們楞了楞，慘白的臉上，終於有了幾分血色。

三百兩白銀給四十二個人分，差不多每人能夠分七兩一錢。再加上搶來的綢緞和首飾，帶回日本之後賣掉，至少能保證他們在最近三、四個月內不會餓肚皮。若是在接下來的任務中，村上武吉那個海盜頭子，能做到跟小野成幸一樣賞罰分明，這一趟明國之行，倒也不算完全虧本。

「大倉君，你辛苦一下，把外邊的弟兄，都收攏回來。」對著屋子內的銅鏡子深深吸了口氣，小野成幸繼續吩咐。「原田君，你也辛苦一下，去廂房裡頭，拎兩罈子花雕酒和一些吃食出來。其他人，負責搬座位，擺碗筷，這段時間辛苦大家了，咱們今晚喝個痛快。」

「謝將軍！」眾武士啞著嗓子齊聲道謝，然後像幽魂般，分散開去執行命令。

「不讓老子幹了，更好。老子倒是要看看，你能弄出什麼花樣來，阻礙明國按時出兵。」對著銅鏡子，小野成幸撇了撇嘴，用標準的大明官話說道。

下屬們聽不懂他在說什麼，卻早已見怪不怪。自家隊將是個中國通，大明官話說得比南京城內許多中國人還標準。否則，前一段時間，也不會被立花將軍派到大明來製造混亂。只是立花將軍恐怕當時也沒想到，明國居然如此龐大。南京雖然是明國的第二首都，對明國政治的影響，卻微乎其微。

「一隻螞蟻伸出腿，怎麼可能絆倒一頭大象？」對著鏡子裡那張腫成豬頭的臉，小野成幸繼續用大明官話小聲嘀咕。「唯一的辦法只有爬到頭上，叮咬他的眼皮或者耳朵，讓他自己發瘋。你連這個都不懂，還算什麼軍師。分明是個如假包換的蔣幹。」銅鏡裡聽不到任何回應，屋子裡，眾下級武士，也低著頭，小心翼翼地擺放餐具和下酒的小菜。比起日本那邊每天只有魚乾、海藻和粗糧果腹，南京人過的日子，可謂當世神仙。別的不說，就是這尋常百姓家下酒的鹽漬鴨頭，鹵水雞腳和煙皮肚，就是難得一見的美味。在日本國裡，哪怕是大名家的嫡親長子，平時恐怕都沒資格吃。「算了，不在其位，不謀其政！過後會有人知道，到底誰的辦法才是正路。」又喃喃嘀咕了一句，小野成幸放下銅鏡子，快步走向已經擺好了酒席。

都是白天時從街頭巷尾小館子裡買來的冷菜，酒也是剛剛釀好沒幾天的新醅，味道遠比不上畫舫中的陳年女兒紅。但是，他和麾下的武士們，依舊喝得興高采烈。

「將軍，那個村上老賊，他究竟想出了什麼好主意？奉行大人居然如此看好他？」須臾眼花耳熱，一名年紀在四十上下的武士，借著酒勁兒醉醺醺地問道。

「是啊，那村上父子，手下實力最強的時候，不過才有二十幾條船，千餘海賊。憑什麼就能被奉行大人如此信任？」

「一個差點被明國割了腦袋的老海賊，連南京城都不敢進，就靠說大話，居然也能騙得奉行大人的支持。這不公平，真的不公平！」

「咱們好歹還在南京城裡殺了好些人，跟明國的軍隊也打過幾仗。他們，他們一直在長江上漂著！」

……

其他武士心中也好生憤懣，紅著臉，低聲抱怨。

「你們問我，我哪裡知道？」小野成幸剛剛藏在肚子裡的不滿，迅速又被勾起，撇了撇嘴，悻然回應，「說不定奉行大人另有奇招呢？他為家主當了那麼多年謀士，眼睛一轉，就能轉出一條妙計來。」

「就他？用屁股轉還差不多。」

「上次攻打島津家的高鳥居，要不是將軍您施展忍術潛進去放了一把火，他早就死在島津家的武士手裡了。」

「可不是麼，島津家的那個蠢貨，居然還在將軍您面前逞英雄。要不是關白大人赦免了他們，日本早就沒有了島津家。」

……

眾武士見小野成幸不阻止，膽子愈發壯大，你一句，我一句，開始翻池邊永晟的舊賬。

潛入島津家的堡寨高鳥居放火，乃是小野成幸的成名戰。所以，每當被人提起來，他心中就充滿了自豪。然而，畢竟關白豐臣秀吉已經赦免了島津家，而島津家在日本國內的地位也遠高於小野。所以，自豪歸自豪，小野成幸依舊謙虛地擺擺手，「行了，過去的事情就不要提了。明國有句話，叫做好漢不提當年勇。接下來……」

話音未落，屋子的木窗，忽然被人輕輕推開。島津又一郎的身影，像鬼魅一般翻窗而入。不理會屋子中一眾下級武士們臉上的尷尬，直接將面孔對著小野成幸，低聲吩咐：「奉行有令，你們馬上跟我登船。天亮後，直接走水路出城。」

「出城?去哪?」小野成幸已經喝得有點上頭,楞了楞,斜睨著醉眼追問。

「八卦洲!你不是擅長放火麼,這次,讓你放個痛快!」島津又一郎瞪了他一眼,冷笑著補充。

「啊——」彷彿被人兜頭棒喝,剎那間,小野成幸眼中的醉意就消失得乾乾淨淨。

他終於知道村上武吉的計劃是什麼了?

他終於知道,池邊永晟為何冒著跟自家兄長決裂的風險,也要支持村上家的那群海盜。

他唯一不知道的是,自己此去,還有沒有希望活著回來!

不知道結果,卻必須開始。官大一級壓死人,官大五級以上,哪怕是亂命,他都沒資格拒絕。迅速收拾出一套皮甲和兩把倭刀,游勢隊將小野成幸快步跟在了島津又一郎身後。他麾下的下等武士們一個個滿頭霧水,卻不敢多嘴,也默默地收拾起行裝,快步走入院子外,如墨一般的長夜。

穿過小巷,爬過陰溝,盡最大努力躲開漫不經心的巡夜士兵和更夫,大約一個多時辰之後,他們在石城門附近登上了一艘烏篷船,然後沿河向西北而行,緩緩靠近了應天府城的水門。混在等待出城的其他大小船隻之間,又足足等了一個時辰,才終於像過江的鯽魚般,成群結隊離開了南京。

出了水門不足三里,便是長江。順著江流一路向東,轉眼就把高大巍峨的儀鳳門和千帆林立的龍江船廠都甩在身後。

一輪耀眼的旭日,忽然在江水盡處徐徐升起。剎那間,江水和長天共一色。

站在船尾的小野成幸渾身上下被照得金光燦爛,但是他心中感覺不到半點雄壯。風景都是別人眼裡的,與他自己無關。此時此刻,他只覺得自己像極了一隻愚蠢的飛蛾。明知道目的地將要把自已燒成飛灰，還要一頭撲上去，無法停下，也無法逃避。

烏篷船揚起風帆，越開越快，就像一頭飛竄的梭魚。幾聲怪異的號角聲，在江面上響起，另外十餘隻散落在江水中，看上去破破爛爛的漁船，默契地收起網子，從兩側向其靠近。不多時，所有船隻就結成了一個小隊，總計十三隻，如飛而進。

「嗚嗚，嗚嗚，嗚嗚——」船隊最前方，傳來了一陣怪異的海螺號聲，宛若寒冬臘月時節的江風，吹得人毛骨悚然。

絢麗的晨光中，村上家，不，現在應該叫做來島家的海盜們，開始調整隊形。第一艘漁船上，有一面藍爪蜈蚣旗高高地挑起，向所有追隨者傳達出主將的意志。

第二、第三，一直到最後，海蛇、蜘蛛、鸕鷀、八爪魚等旗幟，也迅速伸出，每一艘船上，都有一名上身穿花布短褐，下身光著屁股的號手，以海螺聲向旗艦做出回應。「嗚嗚，嗚嗚，嗚嗚……」

「嗚嗚，嗚嗚嗚，嗚嗚嗚……」

「嗚嗚，嗚嗚，嗚嗚……」

海螺聲連綿不絕，但盡數被江風吹散。與周圍濤濤逝水聲比起來，這些刺耳的號角聲，著實弱得可憐。除了船上的倭寇們一個個被吹得滿臉鐵青之外，兩岸沒有引起任何明國人的關注。

除了守衛關卡和要塞者之外，明國的將領和士兵通常都不會起得這麼早。而明國的百姓，此刻大多數也還在睡夢中，誰也不會沒事兒跑到江畔來吹冷風。至於早起趕路的商船，發現十幾艘漁船情況不對勁兒，早就盡可能躲得遠遠。誰也不願意主動招惹是非，讓自己攤上擺脫不掉的麻煩。

「每隻船上最多六十個人，除掉水手，真正能戰者也許只有三十到四十。瘋子，村上武吉這個老海盜，絕對是個瘋子。池邊永晟這蠢貨，也是。」船隊末尾，小野成幸站在甲板上，心中默默統計。烏篷船比漁船小，但是卻比漁船高出許多。所以，他能將自家船隊的情況，盡數收於眼底。「十二艘漁船，外加腳下這艘烏篷船，總兵力絕對不會超過七百。」懷著強烈的不滿，他迅速計算出結果，隨即，肚子裡又是一陣冷嘲熱諷，「這也難怪，號稱水戰行家的村上武吉，在投奔來島通總之前，所統領最多的兵力，就是七百。今天出動的武士，已經接近他的指揮能力極限。」

「將軍，咱們到底要去哪？去做海盜嗎？」有名長著齙牙的武士，偷偷靠近他，低聲詢問。

「你昨夜沒聽見嗎？」小野成幸的思緒被打斷，眉頭迅速皺成一個疙瘩，「甭管去哪，反正咱們都推托不得。回船艙去，告訴所有人檢查皮甲和武器，準備惡戰。」

「惡戰？」齙牙武士扭頭四望，沒看到敵人，卻只看到白茫茫的江水。

「讓你準備就去準備，廢話這麼多作甚。要看，也往前看。」小野成幸心中沒來由又是一陣煩躁，抬起腿，狠狠賞了對方一腳。

齙牙武士被踹了個踉蹌，呆呆地將目光轉向正前方。記憶中，沿著長江順流而下，應該是大海，而現在，他看到的，卻是前面漁船的甲板。

漁船上的村上家海盜們，已經脫去漁夫的偽裝，從艙底拿出了倭刀。幾個老練的高階武士，在隨從的伺候下，開始頂盔摜甲。結合了佛朗機板甲風格和日本神話故事的武士鎧甲，與江上的風光格格不入。但是，現在已經沒有任何人再顧忌這些，他們的目的地就快到了，他們的目的地已經出現在江水中央。

「那裡，那裡是什麼？」齙牙武士的目光終於越過整個船隊，落在了江心處，旭日照耀下的一片沙洲。

從來沒注意過的沙洲，像一支巨大的艦隊般，迅速朝他面前靠近。陸地上一片鬱鬱葱葱，卻不是樹木，而是爬滿了菟絲子的糧倉。

八卦洲，又名七里洲，因為距離南京城牆七里而得名。從宋代開始出現，幾百年來一直荒無人煙。直到大明遷都北京之後，因為北方所產糧食無法支撐朝廷的消耗，需要大批南方稻米先集中在南京然後沿著運河北輸，所以被建成了一個巨大的糧庫。八卦洲四面環水，所以即使失火，也容易撲救。八卦洲跟陸地隔絕，所以不用擔心糧食遭到賊人偷竊。八卦洲遠離城市，從前連老鼠都很少見，所以用來做為糧食的集散地最好不過。八卦洲上平時沒有百姓，只有一個駐軍的衛所，所以最容易杜絕有人圖謀不軌……

大明朝的夏糧尚未北運，遼東的地方儲備，肯定支撐不起一支大軍所需。

朝鮮國君臣丟下江山逃到了大明，手中沒有一粒米，一兩紋銀。

只要拿下八卦洲，一把火燒掉所有夏糧，大明的軍隊沒等抵達朝鮮，就得迅速止步於國門。

「嗚嗚，嗚嗚，嗚嗚……」海螺聲瘋狂地響起，吹得人頭皮陣陣發麻。

所有漁船的兩側，都有蜈蚣腿般的船槳伸了出來。軍奉行池邊永晟丟下扇子，親自敲響了戰鼓。

每敲一下，船槳都向後滑動一回。數百支槳循環往復，整個船隊宛若一條巨大的蜈蚣，朝著八卦洲露出了尖銳的毒牙。

水花飛濺，鼓聲如雷。

十二艘漁船，一艘烏篷船，切開波光粼粼的江面，直奔八卦洲前的碼頭。

碼頭上，沒有任何人影。緊鄰碼頭的兩座箭樓，也沒做出任何反應。

南京城上一次接到警訊，還是在四十多年前。而大部分地方衛所兵卒，那時候都沒出生。長年累月的太平生活，令所有衛所將士幾乎都忘記了自己的本職。一年到頭摸刀槍弓箭的次數，伸出單手就能算得清楚。

「檢查油葫蘆、火摺子，還有爬城索。」無論心中懷著多少不滿，小野成幸都不敢拿自己的性命開玩笑。一邊計算著船頭和碼頭之間的距離，一邊大聲吩咐。

「是！」他麾下的低級武士們，知道真正拚命的時候到了，也強行壓下心中的恐懼和慌亂，啞著嗓子高聲回應。

放火是忍者的必修技能之一，攀爬城牆則是另外一個必修技能。常年來，日本國各大名之間爭鬥不斷，武士們對爬牆和放火，都輕車熟路。

只是，今天他們需要焚燒的目標規模略微有一點兒大，遠超過尋常大名的居城。甚至有可能超過全日本最大的城市京都。只是構造相對簡單，沒有衛城，沒有天守閣，除了沿著地勢上下起伏的外廓之外，就剩下一座又一座圓圓滾滾的糧倉。「正門左右兩側各四百步，有六座箭樓。正門上方還有一座敵樓，上面可能有弩車。左右兩側沒有城門，圍牆各長一千五百步上下，由三合土築造。高三丈，寬度看不清楚。後面牆與正門相對處，應該還有一個碼頭和城門，供糧食直接出倉。」趁著烏篷船還沒登岸的機會，小野成幸迅速做出判斷。

「這樣規模的糧庫，相當於一座超大型堡寨。如果裡邊駐紮上足夠的兵卒，沒有兩萬以上海盜，根本不可能攻得進去。天知道，是誰給了村上武吉膽子，讓他帶著區區六、七百名海盜，就想拿下整個糧倉。天知道池邊永晟發什麼瘋，居然認為村上武吉的計劃可行。」

「嗚——」沒等他觀察得更為仔細，八卦洲上空，忽然響起了一聲號角。緊跟著，兩排衣衫不整的士兵，慌慌張張地衝上了碼頭。「停船，軍機重地，閒雜人等不得靠近！」

「蠢貨，你從哪裡看出來我們是閒雜人等。」小野成幸眉頭皺了皺，且怒且喜。

怒的是，整個行動計劃，池邊永晟都沒跟自己做任何商量。喜的是，駐守在八卦洲上的明軍，居然和應天府其他衛所兵將一樣業餘，連別人是否對自己有敵意都沒看清。

在戰爭中，業餘則意味著死亡。沒等碼頭上的士兵喊出第二句話，村上家的海盜們，就向他們頭頂潑出了一輪箭雨。塗抹過海蛇毒液的箭鏃，無論命中身體任何部位，都會讓目標迅速失去戰鬥力。而明軍因為天氣炎熱，又只穿了一件單薄的號衣。

碼頭上迅速血流成河，對戰爭沒有任何準備的衛所兵卒，丟下了七、八具屍體，倉皇逃向附近的敵樓。第一艘漁船迅速拐了個彎子，船舷內，二十幾名海盜齊齊挽弓，將羽箭射向衛所兵的後背。

其餘十一艘漁船繼續向碼頭靠近，海盜們手中的倭刀寒光閃爍。

「砰——」倉庫正門的敵樓上，忽然響起一聲悶雷。緊跟著，有個巨大的水柱，從第一艘漁船附近高高地跳起。水花繽紛，瞬間灑了海盜們滿頭滿臉，他們卻顧不上去擦，啞著嗓子發出一陣淒厲的驚呼，「炮，たいほう——」

是火炮，衛兵們在敵樓上擺上了火炮。雖然射擊毫無準頭可言，但只要一發命中，就可以直接將漁船送入江底。

鼓聲戛然而止，所有的船槳，都亂了節奏。原本排成一條直線的漁船，無法再繼續保持陣型，迅速散做了十二條烏魚。原本彎弓射殺明朝官兵的海盜們，也嚇得手忙腳亂，發出去的羽箭再無任何準頭。

「砰——」第二聲悶雷，再度響起。緊跟著是第三聲，第四聲。河面上，三個巨大的水柱依次騰空而起，將村上武吉和池邊永晟所乘坐的「旗艦」，掀得上下跳動，宛若秋風中盤旋的落葉。

依舊沒有炮彈直接命中船隻，但是，炮擊給海盜們帶來的壓力，卻顯而易見。跟在「旗艦」之後的那十一艘漁船，彼此之間分散得更開。水手們奮力划槳，試圖搶在船隻被炮彈擊沉之前，靠上碼頭，然而，卻不知為何，船速變得越來越慢。

「水下，水下有木樁。還有，還有魚網！」齙牙武士忽然推了小野成幸一把，指著碼頭附近的水面，大聲尖叫。

「ぎょもう！ぎょもう！」

「ぎょもう！ぎょもう！」
「糟糕！」
「しまった！」
……
驚呼聲此起彼伏，轉瞬就超過了頭頂的炮擊聲。幾乎所有海盜，都看見了碼頭附近的水下魚網，還有水下固定魚網的木樁，一個個如喪考妣！
大明的衛所兵疏於訓練，無論是應天府內的陸營衛所，還是八卦洲上的水師衛所，都是一樣。但是，當初設計八卦洲糧倉的大明官員，卻是個水戰的行家。在靠近碼頭附近的水下，布置了大量的暗樁和魚網。如果沒有水師將士領航，陌生船隻想要靠岸，難比登天。
「不要慌，暗樁和魚網，都是很多年前布置下的。大部分都已經失效，島上的將領把錢都貪污了，根本沒有認真維護和更換。」不愧為久負盛名的海盜頭子，關鍵時刻，村上武吉的聲音，忽然響了起來。用清晰的日語，將自己連日來探聽到的消息，送入了附近每一艘漁船的船艙。
「用刀開路，用刀開路。魚網是爛的，木樁也是一樣。」池邊永晟的聲音，緊跟著響起，如同定心丸一般，鑽入每一名海盜的身體。
刀光閃動，被砍斷的魚網像水草一樣，迅速被江流沖走。漁船晃了晃，終於又開始繼續前進。低沉的鼓聲，也再度響徹江面，「咚咚咚，咚咚咚，咚咚咚，咚咚咚……」，敲得人心臟不停地狂跳，彷彿隨時都可能從嗓子眼處直接蹦出。

二十四、賭命

「射準點兒，再準一點兒！你們他媽的沒長眼睛啊，那麼大的船都打不到。」大明龍江左衛指揮使[注四十二]，昭勇將軍皇甫華舞動著兩條胖胖的胳膊，像球一般在城牆上跑來跑去。

「將軍，船在動，一直在動啊！」操炮的小旗們扭過被火藥煙霧熏成了鍋底兒般的面孔，彙報聲音裡帶著明顯的哭腔。十二艘船，每艘船上都裝滿了倭寇。其中大多數都是光屁股的真倭！從永樂末年起，龍江左衛的職責就變成了看管糧庫，自上到下，一百七、八十年來，誰曾真正見過血？可今天第一次作戰，他們面對的居然就是傳說中吃人肉喝人血的倭寇。

「動！如果綁在樹上，還用得著你們。給我先集中了火炮瞄著一艘船打。打沉一艘是一艘。」皇甫華抬起手，朝著距離自己最近的小旗方鳴就是一巴掌。「要讓倭寇登了岸，老子就讓你們去堵

注四十二、大明軍制，衛的最高指揮官，為指揮使，正三品，封昭勇將軍。十名士兵為一小旗，五小旗為一總旗，兩總旗為一隊，設正副百戶。五個千戶所，為一衛。但通常都不滿額。

營門！」

「哎，哎……」小旗們流著淚點頭，努力壓低佛郎機炮，對準距離碼頭最近的那艘漁船狂轟濫炸。

佛郎機炮乃是嘉靖年間倭寇為患之時，大明兵部統一仿製。炮齡最大的一門，年齡與皇甫華的祖父差不多。炮齡最小的一門，也超過了大多數小旗的父親。因此密閉性很差，射擊準度更不值得一提。發出去的彈丸在半空中畫出數道曲曲折折的白線，竟無一彈命中目標。

「放下，我來！」指揮僉事曹泉急得兩眼噴煙冒火，推開一名正在瞄準的小旗，親自調整炮口。

倭寇乘坐的漁船，距離碼頭已經不到兩丈遠。而為了方便糧食的進出，從碼頭到糧庫的敵樓，也不過是四丈出頭。總計不到十五步的距離，對於射程高達四百餘步，又高高架在敵樓上的佛郎機炮來說，瞄起來非常艱難，幾乎需要將炮尾翹過人的頭頂，才能勉強對準目標。「子銃呢，給我裝子銃！」費了九牛二虎之力，曹泉終於將炮口與一艘漁船對成了直線，扭過頭，朝著小旗方鳴大聲命令。

「在呢，在呢！」小旗方鳴打了個哆嗦，與身邊的弟兄合力抬起一只子銃，按進佛郎機炮的裝填口。曹泉毫不猶豫舉起火繩，迅速點燃了火炮的引線。一道亮黃色的火星瞬間從炮尾鑽入炮膛，緊跟著炮口發出「轟」的一聲巨響，半斤重的鑄鐵彈丸呼嘯而出，在彈道彎折之前，狠狠砸中漁船的側舷。

木屑飛濺，血肉橫飛。一名躲在側舷後的倭寇，被餘力未盡的炮彈直接推出了船艙，身體在半空中一分為二。

另外兩名臨近的倭寇雖然僥倖逃過了炮彈直擊，卻被破碎的木片刺穿了胸口。倒栽回船艙之內，慘叫著地來回翻滾，鮮血像泉水般沿著木片的邊緣往外噴射。

船上的其餘倭寇，嚇得面如土色，紛紛站起身，朝首尾兩側躲閃。原本就已經失去平衡的漁船，頓時化作了一只陀螺，伴著淒厲的慘叫聲，在水面上快速旋轉。

「棄船！」倭寇頭目村上雄二大叫一聲，帶頭跳進了長江。

船上的其餘倭寇先是一楞，隨即將刀咬在嘴裡，縱身緊隨其後。一個個如同受驚的癩蛤蟆。這個舉動雖然醜陋，卻救了他們當中大多數人的性命。沒等跳水求生者脫離危險範圍，又有兩枚炮彈凌空飛至，「咔嚓」「咔嚓」兩聲，將漁船砸了個粉身碎骨。

「好樣的，就這麼打！就這麼打。打贏了這仗，首級給爾等平分，老子一枚都不要！」大明龍江左衛的指揮使，昭勇將軍皇甫華興奮地手舞足蹈，啞著嗓子大聲鼓舞士氣。

「轟隆—」一聲劇烈的爆炸聲，在他身後不遠處忽然響起。濃煙瀰漫，一門老掉牙的佛郎機炮連同炮位，一並飛上了藍天。原本操作火炮的小旗李二和他麾下的四名弟兄，被炸得全身上下一片漆黑，鮮血順著炮位附近的磚縫四下蔓延。

「炸膛——！」其餘幾個炮位附近的小旗和兵卒尖叫一聲，丟下裝填了一半兒的佛郎機炮，撒腿就逃。

佛郎機炮乃是青銅所製，不算子銃，每一門炮所需要消耗的銅料，也都在三百斤以上。而大明銅價甚貴，為了降低成本，兵部在鑄造佛郎機時，會用盡各種手段偷工減料。

節省下來的銅料最後進了誰的腰包，將士們不知曉。但偷工減料的佛郎機炮只要出現一門，對士氣的打擊就足以致命。先前已經漸漸找到準頭的炮擊，戛然而止。一個副百戶，六個小旗帶頭，撒腿奔向上城的馬道。半邊敵樓，瞬間為之一空。

「站住，回來，四面都是水，你們能往哪裡逃？」指揮使皇甫華急得眼淚都流出來了，揮舞著佩刀，追向逃命的弟兄。「咱們都是軍戶，上了軍籍的軍戶，逃得了和尚逃不了廟！」

他的話，句句在理。可是已經被炸膛炮炸沒了士氣的士兵們，卻誰都聽不進去。衛所兵平素大部分時間都在替指揮使、指揮同知、千戶、百戶老爺們種地，一年到頭受到的訓練次數屈指可數。發現倭寇真的打上門來，堅持這麼長時間沒有逃命，已經非常難能可貴。

「站住，站住，老八，總兵大人，總兵大人就在下面，總兵大人就在下面啊！」皇甫華終於追上了副百戶，高舉起來的戚刀，卻遲遲無法下落。「總兵大人半夜就到了，你忘了嗎？」

老八是他的書童，從小伺候他伺候到大。直到他出息了，爬上了龍江左衛指揮使的位置，才脫掉奴籍，變成了一名衛所軍官。如果他一刀砍下去，老八肯定沒了命，而他，下半輩子都會活在內疚和悔恨當中。

「公子，外邊是倭寇，近千倭寇啊！您這龍江左衛，總計才有多少兵？況況且那個王總兵是真的假的，還不一定，不一定呢！你見過哪個總兵半夜來衛所巡視，乘坐的還是畫舫？」副百戶皇甫霸扭過頭，對近在咫尺的刀刃視而不見。只管紅著眼睛，勸指揮使皇甫華跟自己一起逃命。

他的話，也句句在理。

按每艘船裝五十名倭寇算，外邊的倭寇，也有六百餘，並且全都是如假包換的真倭，沒有一個是沿海大明蟊賊所假冒。這種規模的倭寇，還是四十多年前，在杭州城下出現過一次。南京這邊的大多數衛所將士，甭說見，聽說恐怕都未曾聽說。

而龍江左衛因為從不作戰，號稱一衛，實際上只管了左右兩個千戶所。每個千戶所定額有兵卒一千一百二，實員卻不到定額的一半兒。這還是因為八卦洲上空地多，人少了種不過來，影響收成。換到其他千戶所，能有定額的三成，已經算指揮使講良心。

總計一千多沒受過什麼正經訓練的衛所兵，去抵擋六百真倭，不用算，傻子都知道最後的結果。心中激靈靈打了個哆嗦，皇甫華手中的鋼刀，軟軟地落在地上。

留下堅守，肯定是死，如果逃了，過後托一下關係，也許還能落個撤職流放，罷了，老子盡力了……。猛地咬了一下後槽牙，他就開始往下脫自己的將軍鎧甲，就在此時，馬道上，忽然傳來一陣淒厲的慘叫聲，「啊——」！緊跟著，昨天夜裡抵達的那名身分真假難辨的王姓漕運總兵，帶著七八名弟兄，逆著人流殺了上來。

「饒命，饒命……」正試圖跑下圍牆去逃命的兵卒們，在血光中迅速恢復了理智，尖叫著掉頭返回敵樓。

身分不知道真假的漕運總兵王重樓，拎著雙刀大步而上，血淋淋的刀鋒，直接指向了皇甫華的鼻尖兒，「窩囊廢，老子不管你以前吃了多少空餉。今天，你就是死，也必須跟你手下的弟兄死在圍牆上！敢再帶頭逃命，老子先宰了你，然後再告你一個通倭之罪，讓朝廷誅了你的三族。」

「是，是！總兵大人息怒，總兵大人息怒！」龍江左衛指揮使皇甫華踉蹌後退，一邊哆嗦一邊答應，「不逃，末將保證不逃！」

「召集你手下的弟兄，繼續開炮。然後再派人下去，守住正門和圍牆！」迅速掃了一眼碼頭前越來越近的漁船，王重樓繼續大聲喝令，「還有，你麾下究竟有多少人馬，全都給老子調上來。」

「是，是，調上來，調上來！」大明龍江左衛指揮使皇甫華結結巴巴的回應，卻根本想不起該如何去執行命令。

「我叫你先開炮拒敵，你聽明白沒有？」沒想到堂堂正三品指揮使，竟然膿包如斯，王重樓氣急敗壞地質問。

「開，開炮，開炮！」皇甫華回答得無比及時，然而，兩隻眼睛裡，卻沒有任何神采。雙手和雙腳，也做不出求饒之外的任何動作。

「叔元兄，還是讓小弟來吧，這廢物已經嚇尿褲子了！」眼看著倭寇的船隻已經陸續貼上了碼頭，李如梅嘆了口氣，在旁邊大聲提醒。隨即，也不等王重樓答應，就迅速將目光轉向李彤和張維善，「子丹、守義，你們倆帶著家丁，去把操炮的弟兄挑出來，每五名弟兄控制一門佛郎機炮。」

「好！」李彤和張維善答應一聲，立刻帶著各自麾下的家丁去衛所兵將裡頭去挑選炮手，然後挨個檢查城頭上的佛郎機炮。

「駱七、廖八，還有周十二，你們三個，去幫王總兵把龍江左衛的同知、僉事和所有正副百戶找出來，請他們儘快整理好各自麾下的士卒，準備跟倭寇決一死戰。」李如梅朝著二人點了點頭，又果斷將面孔轉向跟自己一道偷跑到南京來遊歷的三名夥伴。

「是！」駱七、廖八等人原本就是他的下屬，也早就習慣了唯他馬首是瞻，齊聲答應著拱手，然後拎著帶血的兵器，去跟龍江左衛的軍官們「接洽」。

「老六，你和田九，扶著皇甫指揮使，去營內巡視，順路召集所有弟兄，甭管他原來是種地的，還是放馬的，有一個算一個。告訴他們，如果讓倭寇燒了即將北運夏糧，凡是名字在龍江左衛軍籍上的，全都是死路一條。」李如梅想了想，發出的命令越來越嫻熟。

「是！」李如梓和田九，原本算是他的下屬，因此毫不猶豫地答應了一聲，上前像拖死狗一般，各自扯住了皇甫華的一條胳膊。

「小十一，你去把烽火點起來，向臨近衛所和江南岸示警。甭管他們來不來，至少該做的事一樣別落下。」

「是！」

「老十，你提著刀去督戰，敢擾亂軍心者，甭管是誰，先殺了再說。」

「是！」

「總兵大人，惡戰在即，還請你來給弟兄說幾句話，以壯士氣。」最後又將頭轉向王重樓，李如梅大聲提醒。

「理應如此！」王重樓眼界和心胸卻遠高於常人，絲毫不覺得李如梅搶了自己的鋒頭，稍一琢磨，就明白了對方的良苦用心。所以果斷向前走了兩步，縱身跳上了一個盛放火藥的木桶，揮舞著手臂，向所有被堵在敵樓和城牆上的兵卒，大聲喊道：「弟兄們，王某不喜歡說廢話。今天凡是參戰者，每人賞現銀十兩。打贏了倭寇，賞格再翻兩倍。若是戰死，五十兩撫恤銀子，王某保證分毫不差地送到他的家人手中。若是受傷至殘，除了五十兩銀子之外，王某還負責養他一輩子！」

「啊……」眾衛所兵卒平素開荒種地，一年到頭甭說銀子，連銅錢都見不到幾個。猛然聽聞身分真假難辨的王姓總兵大人，居然開口就是十兩，頓時一個個驚得不敢相信自己的耳朵，遲遲無法做出回應。

「轟！」就在此時，被李彤和張維善兩個帶領家丁逼回炮位的炮手們，已經重新打響了火炮。震耳欲聾的射擊聲，將敵樓上所有衛所兵將，都給嚇得打了個哆嗦，頭腦迅速恢復了清醒。

「注意檢查炮身，凡是有漲起變形者，就不堪再用！」李如梅迅速衝到一個炮位旁，朝著炮手們大聲吩咐。

「檢查炮身，有漲起變形者，就不堪再用！」李彤和張維善兩個，立刻大聲重複，將李如梅的經驗之談，瞬間傳入每個炮手的耳朵。

「子銃火藥減少一半兒，換霰彈，壓低炮口對著人腦袋上打！」俯身朝著牆外看了看，發現倭寇們的船隻都已經靠上了碼頭，而剛才那一輪射擊毫無建樹，李如梅又果斷作出調整。

「子銃火藥減少一半兒，換霰彈，壓低炮口對著人腦袋上打！」李彤和張維善兩個各自深吸了一口氣，將命令大聲重複。

他們兩個既沒有任何指揮軍隊的經驗，也從來沒摸過佛郎機炮。但是，他們卻堅信，剛剛從寧夏戰場上凱旋而歸的李如梅，是個領兵和用炮的內行。因此，對此人所發出的每個命令，都不折不扣向下推行。

被張、李兩家的家丁們拿著刀硬逼回炮位的龍江左衛炮手們，剛開始一個個還慌亂不堪。聽李如梅說出的全都是內行話，發出的命令也井井有條，頓時心神大定，動作迅速變得乾脆俐落。

「凡是參戰者，每人十兩。打贏了翻兩番！戰死了給五十兩，殘了也是五十兩，王某還負責養他一輩子！」王重樓的話，再度於火藥桶上響起，這一回，每個字，都清楚地落入了龍江左衛將士們的耳朵。

「弟兄們，還不謝過總兵大人！」龍江左衛指揮僉事曹泉忽然紅著臉，振臂高呼。

「謝過總兵大人！」眾兵卒這次不再懷疑自己的耳朵，七嘴八舌地大聲響應。

「總兵大人如此體貼我等，末將僉事曹泉，願效死力！」曹泉一不做，二不休，把心一橫，走到王重樓面前單膝跪倒。

「末將百戶劉兆安！願為總兵效死！」

「末將同知聶願……」

「末將副千戶周勇……」

……

幾個機靈的軍官紛紛效仿，也大步走到王重樓面前，施以屬下之禮。

因為王重樓是半夜時分乘坐畫舫，攜帶歌姬叩門而入，既沒其他南直隸的官員同行為他證明身分，也沒出示任何跟前任漕運總兵的交接文書。所以，這些軍官先前與龍江左衛的指揮使皇甫華一樣，對王重樓的身分將信將疑，對其「立刻加強防備，小心倭寇來襲」的命令，也選擇了陽奉陰違。

反正，只要拖到天色大亮，跟長江南岸的守備衙門通上消息，對方是不是騙子自然明瞭。而杭州，鎮江那邊，都沒有發出任何警訊，倭寇怎麼可能突然就打到了南京？

但是，隨著倭寇真的打上了門，眾軍官們，就迅速意識到，自己先前的判斷大錯特錯。眼前這個怎麼看都不像個總兵模樣的傢伙，身分有可能貨真價實。

如果王重樓貨真價實，他們這些人剛才的表現，就足以導致身敗名裂了。所以，他們必須儘快做出彌補，以免秋後算帳。

「好說，好說！」令他們欣慰的是，王重樓依舊是一副大咧咧模樣，微笑著朝所有人擺手，「各位兄弟不要客氣，只要殺退了倭寇，一切都好說。王某別的不敢保證，將其表現如實記錄上奏，讓其職位升上一兩級，卻肯定做得到。可是……」

猛然間臉色一變，此人又俯身撿起了一把血淋淋的鋼刀，「哪個再敢帶頭逃命，就如此磚！」

說罷，一刀砍在身旁的城垛上，將青磚砍了個四分五裂。

「轟——」一門佛郎機炮剛好開火，濃煙翻滾，將王重樓這一刀的威力，襯托得格外凶猛。

正在努力獻殷勤的軍官們，人人色變。連忙躬下身體，大聲保證，「不敢，不敢，總兵大人放心，只要末將有一口氣在，就絕不讓倭寇入得了此門。」

「非但此門，周圍的城牆，也需要帶弟兄們去巡邏，以防有倭寇翻進來放火。」王重樓將刀舉在半空晃了晃，繼續大聲補充，「還有，營內若有閒雜人等，無論是誰帶進來的，是親戚還是朋友，都給老子先集中起來看管，免得其中混入了倭寇的奸細，試圖裡應外合。」

「是！」眾將領齊聲答應，然後又站直了身體，靜等總兵大人的進一步示下。

「轟——」「轟——」「轟——」「轟——」敵樓上的佛郎機炮依次開火，聲音響亮如雷，卻無法讓王重樓的心情輕鬆分毫。

「是，就去幹了，難道還需要老子手把手教？」望著眼前這群泥塑木雕般的衛所將領，他氣急敗壞地催促。手中的鋼刀恨不得立刻砍到這些人的腦袋上，也好給後者們開一開竅。

「是，是，末將，末將這就去。」眾衛所千戶、百戶們你看看我，我看看你，答應得雖然響亮，卻誰也不知道該如何去執行。

「你們這群廢物！」王重樓氣得兩眼冒火，恨不得一刀一個，將這些衛所將領全都砍死。然而，大戰在即，他卻沒勇氣下如此重手。只好再度將頭轉向李如梅，認認真真地吩咐，「子清，接下來該如何做，你來替愚兄下令。愚兄再讓他們氣下去，怕是要管不住這隻握刀的手。」

「總兵大人有令，末將不敢推辭！」李如梅立刻心領神會，先朝著王重樓拱手行禮，然後迅速給眾衛所將領具體分派任務，「曹僉事留下，協助大人號令全軍。聶同知、周千戶和蔡千戶，你們三個各點五十名弟兄，分頭去巡視正西、正北、正南三面城牆，若是發現有賊人攀城，立刻吹角示警。劉百戶，你點一百名弟兄，去營內巡視，凡是外來者，全都先請到龍江左衛的官署裡頭休息，如有人膽敢反抗，當場格殺……」

他是前遼東總兵李成梁之子，從小就被父親帶到戰場上歷練。無論指揮戰鬥的經驗，還是指揮作戰的能力，都比王重樓這個從沒上過戰場的漕運總兵強出太多。一連串流水般的命令傳下去，立刻讓龍江左衛的軍官們，都知道了各自該去執行什麼任務。

「子清，今天如果沒有你，愚兄恐怕是要在劫難逃。」眼看著身邊的一眾衛所將士，終於有了點兒軍隊的模樣，王重樓又驚又喜，俯身就給李如梅做了個長揖。

「叔元兄客氣了。」感覺到王重樓心中方寸有些亂，李如梅連忙大聲安慰。「即便末將昨夜沒跟過來，你一樣能令營外的倭寇鎩羽而歸。」

「怎麼可能？」王重樓迅速朝周圍看了看，苦笑著搖頭，「愚兄以前乃是御前帶刀侍衛，根本沒上過戰場，哪裡懂得領兵作戰？今天若不是你兩次仗義援手，愚兄，愚兄恐怕……」

「叔元兄，經驗都是磨出來的。況且你一身是膽，足以讓弟兄們……」李如梅聞聽，連忙皺著眉頭反駁。話才說了一半兒，耳畔忽然又傳來了一聲慘叫，有名正在裝填火藥的兵卒，被凌空而至的彈丸，直接推下了營牆，屍體落在一座米倉的地基旁，四分五裂。

「斑鳩銃，倭寇帶了好些斑鳩銃！」尖叫聲，緊跟著在敵樓中交替而起。好不容易才回復了鎮定的衛所兵將，轉眼就又亂成了一鍋粥。也無怪他們害怕，斑鳩銃乃是最大的一種鳥銃，銃身長五．

五尺，內徑〇．六寸，用藥一．三兩，彈重一．八兩，射程高達兩百餘步，殺傷力相當於一門小型火炮。只要被此銃射中，根本留下全屍的可能。

「蠢貨，躲什麼躲？斑鳩銃雖然狠，裝填比佛郎機還慢。」被李如梅特地留下來替王重樓傳遞命令的指揮僉事曹泉，紅著臉大聲提醒，「爾等與其自己把自己嚇死，還不如……」

「砰！」「砰！」「砰！」三聲巨響在營門外升起，他的胸口被彈丸射出了個碗口大的窟窿，晃了晃，一頭栽下了營牆。

「賊子敢爾！」李彤氣得火冒三丈，親手調轉佛郎機炮，將炮口對準了彈丸飛來位置，「點火——」

「轟！」佛郎機炮口噴出一道紅光，上百粒葡萄大小的彈丸，迅速砸向碼頭。將一名正在調整斑鳩銃的倭寇連同其身邊的三名同夥，全都轟成了篩子。

「對，李兄弟，就這麼轟，就這麼轟，看倭寇手中的鳥銃厲害，還是咱們手中的佛郎機炮厲害。」王重樓為了鼓舞士氣，故意衝到他身邊，扯開嗓子大聲叫喊。

「遵命！」李彤大聲答應，俯身撿起一只被倒去了近半兒火藥的子銃，迅速塞入炮膛。兩名衛所兵卒，哆嗦著拿出一塊木板，塞入炮口，然後將一包用絲綢包裹著的鉛彈，也塞了進去，將炮管徹底填滿。

「那裡，那裡還有一個使鳥銃的。」家丁李財眼神好使，指著碼頭旁一塊黑色的岩石，大聲提醒。李彤聞言扭頭，果然看到一枝黑漆漆的銃管，悄悄地在岩石後探了出來。還沒等他調整炮口去瞄準，鳥銃的主人卻搶先一步發現了他。手指猛地一扣扳機，銜著火繩的龍頭迅速落下。「砰！」地一聲，彈丸呼嘯著離開銃口。

「小心！」李財大叫一聲，本能地將身體躍起，擋在了李彤的身前。

「嘩啦！」斑鳩銃射出的彈丸，貼著他和李彤的頭皮飛過，砸在身後的敵樓木窗上，將整個木窗砸了個粉碎。

「去你娘的！」差點就被鉛彈分屍的李彤，氣得兩眼發紅，一把推開家丁李財，再度調整炮口。用斑鳩銃的倭寇，卻不肯留在原地等死，一彎腰躲進了岩石之後，然後單手抓住銃身撒腿就跑，三晃兩晃，就脫離了佛郎機炮發射霰彈的攻擊範圍。

「砰！」「砰！」「砰！」……另外幾塊岩石後，鳥銃射擊聲連綿而起。一小部分是斑鳩銃，還有數十支佛郎機銃，示威一般，將敵樓上打得碎石飛濺。

疏於訓練的衛所將士，被鉛彈和碎石，壓得無法抬頭，佛郎機銃發射的頻率大幅降低。而大批的倭寇，則在鳥銃的掩護下，吶喊著衝向了糧庫的正門。

二十五、絕境

「爬起來，爬起來開炮，用佛郎機炮壓制鳥銃。如果讓倭寇破了門，大夥誰都活不了！」王重樓彎著腰跑來跑去，大聲催促衛所將士反擊。然而，響應者卻寥寥無幾。

鮮血和死亡都近在咫尺，藏在牆垛之後瑟瑟發抖，幾乎成了大部分衛所將士唯一會做的事情。儘管，他們心裡頭也都贊同王重樓的判斷，營門被攻破之後，所有人都在劫難逃。

「轟！」「轟！」關鍵時刻，還是李彤和張維善二人麾下的家丁靠得住，與各自的主人一起，分頭控制住兩門佛郎機炮，朝著外邊的倭寇射出兩團彈雨。

鉛丸橫飛，血流滿地，鳥銃聲也瞬間為之一滯。僥倖沒有被彈丸射中的倭寇，卻像受驚的蒼蠅一般，加快速度撲向營門。手中的倭刀，在旭日之下，反射出耀眼的寒光。

「射得好，射得好，再朝著他們頭頂來一下，再朝著他們頭頂來一下，他們肯定做鳥獸散。」王重樓喜出望外，衝到張維善身邊大聲催促。

「小心！」一名家丁飛身而起，將王重樓狠狠壓倒在地。緊跟著，鳥銃聲再度響如爆豆，十餘枚彈丸擦著二人脊背飛過，將敵樓的窗子砸得千瘡百孔。

李彤和張維善兩個帶領家丁蹲在地上，冒著被流彈擊中風險擰開銃耳，從佛郎機炮的母銃中拖出子銃。然後又用盡可能快的速度，將倒空了一半兒火藥的子銃添入炮堂。從炮口處塞進木製擋板和葡萄彈綢包，調整炮口，一門對準瘋狂開火的倭寇鳥銃手，一門對準撲向營門的倭寇，相繼開火。

「轟！」「轟！」伴隨著兩團火焰，兩百餘枚彈丸被推出炮膛。正在前進的倭寇隊伍，被清出了一個巨大的缺口。正在舉著鳥銃射擊的倭寇，也被射得血肉橫飛。

但是，結果卻不如王重樓所願，無論是倭寇鳥銃手，還是撲向營門的倭寇，都沒有崩潰。該繼續前進的繼續前進，該瘋狂反擊的瘋狂反擊，彷彿每個倭寇，都早已將生死置之度外。

佛郎機炮即便射速再快，重新裝填完畢，至少也需要二十個呼吸時間。而二十個呼吸時間，已經足夠鳥銃手開火三次，夠其他倭寇撲到營門之下。

「要炸膛了，要炸膛了，這門炮已經發紅了！」

「這門炮也紅了，也紅了！」

屋漏偏逢連夜雨，就在王重樓為火炮的緩慢射速，急得火燒火燎之時，家丁張樹和李財兩人口中，忽然又發出了誰也不願意聽見的聲音。

眾人愕然低頭，這才發現，因為連續多次發射，李彤和張維善兩人身邊的佛郎機炮，母銃已經呈現赤紅色。從填充口到炮身中央位置，各自高高地鼓起了一個巨大的「饅頭」。如果不是被發現得及時，恐怕下一次開火，就會將周圍的自己人全都送上西天！

「守義，換炮！」沒等任何人發出命令，李彤就想到了該如何應對。果斷叫喊一聲，帶著麾下家丁撲向距離最近的一門佛郎機炮。

「換炮，換炮！」張維善對周圍戰戰兢兢的衛所兵看都不看，也衝向了另外一個「空閒」的炮位。張樹等人蹲著身子緊隨其後，很快，就又將子銃塞入了炮管，將葡萄彈重新填進了炮口。

他們兩個的反應不可謂不快，然而，對戰場上的所有人來說，卻足夠漫長。手持利刃的倭寇，趁機已經衝到了門洞和營牆的陰影之下。倭寇當中的鳥銃手，也重新鼓起了士氣，按照經典的三段射節奏，向著城頭傾瀉彈雨。

「轟！」「轟！」炮擊聲再度響起，效果，卻不到原來的十分之一。持刀的倭寇，已經進入了佛郎機炮的射擊死角。而分散在五十餘步外的倭寇鳥銃手們，則因為彼此之間距離分散，最大程度上削弱了葡萄彈的殺傷力。

「門を破る！」「門を破る！」門洞內，數名日寇從腰間解下裝滿火藥的油布袋，塞進門檻與木門之間的縫隙，準備利用火藥燃燒的衝擊力，破壞糧庫大門。其餘靠近營牆的倭寇，則側著身體屈膝蓄力，只待大門被火藥炸毀，就一擁而入。

「砰！」一只西瓜大小的陶罐，忽然貼著城牆落下，不偏不倚，正砸在門洞口的石板上，四分五裂。

白煙翻滾，濃霧瀰漫，正準備打著火摺子的倭寇，慘叫著捂住自己的眼睛，發了瘋般在門洞中四下亂竄。

「灰瓶，撿起灰瓶來，往下砸！」李如梅的聲音，再度在門洞上方響起，依舊不帶絲毫慌亂。「不用將身體探出垛口之外。不探出頭去，就不用怕倭寇的鳥銃。擲灰瓶，再敢抗命不遵者，殺無赦！」

對於缺乏訓練的衛所將士而言，形勢已經徹底無法挽回。在久經戰陣的他看來，眼下卻遠不到絕望的時候。佛郎機炮威力巨大，卻不是唯一的利器。灰瓶、滾木、礌石、釘拍，還有殘磚亂瓦，只要利用得當，無不可以殺敵。

「擲灰瓶，財哥，你帶著這群窩囊廢一起丟。」

「誰不擲，張樹，你拎著刀過去督戰，誰不丟，就直接給老子宰了他。」

李彤和張維善兩個立刻心領神會，各自朝身邊的家丁下達了命令。

「是！」兩個被點了名字的家丁，毫不猶豫地舉起了戚刀，撲向已經嚇軟了腿腳的衛所兵丁。將他們如趕鴨子般趕向營門兩側，逼著他們向下面的倭寇發起反擊。

眾兵卒雖然膽小怕死且缺乏應有的訓練，卻也知道，戚刀砍到他們脖子上的時間，會比倭寇破門的時間更短。因此，一個個閉著眼睛，縮蜷著身體，撿起堆在城垛後的石灰瓶，朝著外邊猛砸。

這樣做，無疑會令石灰瓶的效力降低一大半兒。但是在短時間內，數量的優勢，卻足以彌補準頭的缺陷。前後只用了兩個彈指功夫，糧庫的門洞附近，就被翻滾的石灰徹底吞沒。試圖用火藥破壞營門的十餘名倭寇，連點火的機會都沒撈到，就被逼得雙手捂著眼睛，倉皇後撤。

「換礌石！兩輪！」李如梅的聲音再度傳來，每一個字，都吐得中氣十足。

提前被切成兩尺長短，半尺粗細的青色石頭滾子，被眾兵卒一個接一個推下了營牆。許多都是直上直下，效果大打折扣。然而，依舊有將近一成，按照標準的戰術動作，貼著城牆橫向翻滾，側著身體在營門附近蓄勢眾倭寇被砸了個猝不及防，剎那間，鬼哭狼嚎之聲響成了一片。

「換釘拍，四人控制一架，注意不要將身體抬得太高。」李如梅抬起手，輕輕擦了一下額頭上的汗珠，繼續大聲命令。

情況應該能穩住了，衛所兵雖然訓練不濟，勇氣也幾近於零，但好在皇甫華這個指揮使，還算清廉，糧庫重地所需配備的防禦設施，基本配備齊全，並沒有被他偷偷換了銀子塞進自家荷包。事實好像也正如他所判斷，兩度反擊得手之後的衛所將士們心神大定。相互配合著，將末端拴著粗麻繩的釘拍砸向了牆外的倭寇，將後者砸得血肉橫飛。

「媽的，我還以為倭寇有多大本事呢，也就是這樣！今日若是換了老子所帶的那些御前侍衛，定然殺到外邊去，殺他……」王重樓也長長鬆了一口氣，擦著額頭上的冷汗，大聲奚落。

一句話沒等說完，腳下營牆，忽然像活了般，上下起伏。緊跟著，腳下傳來「轟隆」一聲巨響，營門洞內的石灰伴著破碎的木片，像湧泉一般倒噴而出。

「いけ！すすめ！いけ！」躲在遠處岩石後的池邊永晟興高采烈地縱身跳出，羽扇前指，滿臉志得意滿。

八卦洲糧庫的大門破了，前路暢通無阻。

數十座裝滿了大米的糧倉，就像一群被剝光了衣服的少女，赤條條地暴露在他麾下的倭寇面前。

「いけ！すすめ！いけ！」小野成幸興奮地大叫，背起一背囊引火物，倒拎著倭刀，率先衝向糧庫煙霧瀰漫的門洞。

他終於明白為何池邊永晟與村上永吉等人帶著區區數百海盜，就敢偷襲大明國的屯糧重地了。有內應，並且不止一個！

正如來島海盜通過資助遊學的方式，收買了舉人吳四維為其張目那樣。村上家的海盜們，也將「觸角」偷偷地伸入的八卦洲糧庫。

這樣的觸角不需要太多，只要有一到兩個，關鍵時刻，就能發揮作用。

「いけ！すすめ！いけ！」立花家的游勢們，跟在小野成幸身後，寸步不落。糧庫的大門被炸開了，接下來就看他們的了。而殺人放火，乃是一名游勢的基本功，他們當中每個人對此都輕車熟路。

人在高度興奮狀態之時，根本感覺不到時間流逝。彷彿一個彈指功夫，他們就已經衝進了門洞之內。眼看著第一座糧倉已經近在咫尺，就在此刻，門洞另外一側，忽然出現兩個驕傲的身影，宛若傳說中的神荼和鬱壘，死死擋住了小野成幸的去路。不是被村上武吉收買的內應！幫忙點燃了火藥的內應被殺掉了，兩個門神般的青年男子，腳下橫著的，才是內應的屍體。

在第一時間做出判斷，小野成幸將倭刀舉過頭頂，借著奔跑的速度奮力斜揮，「噹啷！」耀眼的火星瞬間照亮整個門洞。對面的青年男子舉刀遮擋，卻被刀身上傳來的巨大衝擊力，衝得接連後退。剎那間，下半身空門大露。

「滾回去！」還沒等小野成幸劈出第二刀，另外一名青年男子嘴裡忽然爆發出一聲斷喝，手中雁翎刀由上向下，直接來了一記力劈華山。

「噹啷！」又是一聲嘹亮的金鐵交鳴，火星飛濺，落在人臉上熱辣辣的疼。小野成幸的攻勢戛然而止，被對方逼得大步後退。

跟在他身後的游勢們不得不側身閃避，然後沿著門洞兩側向持雁翎刀的明國青年男子。而後者卻不閃不避，手中雁翎刀迅速潑出兩團秋水，「噹啷」「噹啷」「噹啷啷」，伴著一連串金鐵交鳴，將所有日本游勢，都堵在了門洞之內，無法繼續前進分毫。

「挺槍，挺槍，挺直了長槍往前捅！」先前被小野成幸一刀逼退的青年，紅著臉向周圍的衛所兵卒發出咆哮。「你們這群廢物，居然收容奸細在糧庫過夜？若是被倭寇燒了糧倉，老子一定告上朝堂，讓皇上誅你們十族。」

「挺槍，挺槍，挺槍護住李公子兩側！」龍江左衛指揮使皇甫華，拎著一把寶劍，朝著被他臨時從被窩裡拉出來的兵卒和佃戶們，比比劃劃。

常年靠吃空餉和免費壓榨麾下兵卒的體力為自己種田發財，他根本想不到，自家麾下的軍戶們，膽子大到如此地步，竟然又將島上的土地，轉租給了許多來路不明的農夫。而這些彼此互不相識的農夫當中，恰恰有幾個是倭寇的餘孽，就等著在關鍵時刻，給他來一個裡應外合。

「挺槍，挺槍！」缺乏訓練的兵卒和佃戶們，大叫著互相壯膽兒，然後哆哆嗦嗦地將長槍捅向門洞之內。如此緩慢的速度，根本給門洞內的倭寇製造不成任何殺傷。然而，憑藉槍鋒的密度和數量，卻讓倭寇像老虎吃刺猬般無從下口。

「殺——」得到強援的李公子，李家六郎李如梓，用雁翎刀斜著劈出一道閃電。小野成幸舉刀招架，再度被逼得大步後退。李如梓卻不給他重新站穩的機會，跨步上前，刀鋒側轉，刀刃上撩，順勢又來了一擊猴子撈月，「噹啷」，將此人倉促向下格擋的倭刀，撩飛到了半空當中。

倭刀與門洞頂部的青磚相撞，再度濺起數十點火星。然後盤旋下落，正砸中一名游勢的腦門兒。倒楣的游勢疼得嘴裡發出一陣滾哭狼嚎，手捂著傷口掉頭逃命。才逃出門外兩三步，一把倭刀迎面劈來，將他的胸口從上到下一分為二。

血光飛濺，落了周圍的游勢滿頭滿臉。出手斬殺了自己人的島津又一郎對刀下的屍體看都懶得看一眼，用刀身撥開人群，大步上前。

「去死！」李如梓一刀劈翻上前營救小野成幸的游勢，然後再度揮刀追向小野成幸本人。後者失去了兵刃，又被狹小的門洞限制了活動空間，只能努力逃向自己人背後。受到他拖累的游勢們叫苦不迭，只能捨命去阻擋李如梓的刀鋒。

血光不停濺起濺落，李如梓身上白衣轉眼被染紅，如火焰般頂著數把倭刀繼續緊追不捨。

「殺，殺出去，殺出去，將倭寇趕進水裡餵魚！」先前被小野成幸逼退的田九，知恥而後勇，再度帶頭衝進了門洞之內。鋼刀揮舞，切下兩條光溜溜的大腿。

「殺，殺出去，誰敢後退，老子先宰了他！」皇甫華使出吃奶的力氣，在外邊督戰，看到哪個步卒或者佃戶敢帶頭逃命，衝過去就是一劍。

在糧庫大門被火藥炸毀的剎那，他就知道自己這回肯定難逃一死。但絕望到了極點之後，心中反而生出了幾絲悍勇。

如果能將倭寇趕下長江，即便他本人要被按律處置，看在他曾經捨命督戰的份上，朝廷應該不會遷怒於他的妻兒。

如果已經犯下了死罪，還帶頭逃命，糧庫失陷的罪責，肯定就得他和他的家人一起來扛。那樣的話，剝皮實草，恐怕都是幸運。弄不好，親近三族都要受到株連，整個皇甫家都要徹底斷子絕孫。

「殺，殺，殺！」眾兵卒和佃戶們，雖然心裡頭怕得要死，卻知道身後無路可退，跟在李如梓和田九二人身後，不停地將手中長槍奮力前戳。

狹窄的門洞，限制了雙方的施展空間。大部分作戰技巧和軍陣配合，都無法發揮作用。而看似毫無章法的亂刺，效果卻好得出奇。一步，一步，接著一步，將小野成幸及其麾下的游勢們，硬生生頂出了門外。

「できそこない！馬鹿！」逆著游勢衝上來助戰的島津又一郎，氣得破口大罵。然而，他對於猬刺般的長矛，同樣束手無策。勉強跟李如梓對了兩刀，大腿上就此刺出了一條三寸上的口子，雖然傷勢輕微，卻疼得他眼前陣陣發黑。

「捅，就這樣，一起往前捅！」

「捅，捅死他們，捅死他們！」

發現凶名赫赫的倭寇，居然被自己手中的長槍，一步步逼出了營門，眾兵卒士氣大振。叫喊著向前發力，將生滿了鐵銹的槍鋒，繼續刺向倭寇們的小腹和胸口。

「轟隆！」「轟隆！」敵樓上，李彤和張守義兩人重新利用起來的佛郎機炮，終於又噴出了兩大團葡萄彈。雖然因為角度問題，無法威脅到城門和城牆附近的倭寇，卻把遠處的五六名「鐵炮手」，直接給射成了篩子。大多數倭寇雖然都悍不畏死，但是，死後變成篩子，卻超過的他們的心理承受極限。頓時，正成群結隊衝向城門的他們，就心神大亂。不顧池邊永晟的咆哮，紛紛躲向佛郎機炮的射擊死角。

射擊死角，要麼是門洞，要麼是牆根兒。門洞中的同夥正被明軍用長槍逼得節節敗退，此時此刻，牆根兒就成了最佳選擇。

然而，營牆上的大明守軍，在經歷了最初的慌亂之後，卻已經又被李如梅給組織了起來。看到有倭寇居然敢上前送死，立刻將滾木礌石不要錢般往下砸。沾滿了血肉和腦漿的釘拍，也在衛所將士們全力拉扯下，不停地起起落落。每一次下墜，就會砸起一團團血霧。

「保持距離，保持距離，不要跟城牆挨得太近，不要跟城牆挨得太近！」被逼出城門的小野成幸急得大喊大叫，絲毫沒注意到，自己居然用的是標準的大明官話。

「下げる！下げる！」僥倖沒有被滾木礌石和釘拍砸中的倭寇們，雖然聽不懂小野成幸在喊什麼，卻知道該如何去做。連滾帶爬地遠離城牆，堅決不給城頭上明軍更多可乘之機。就在此時，一排密集的羽箭從天而降，將他們射得鬼哭狼嚎。

「第一排，重新張弓搭箭，第二排，射！」李如梅對羽箭射擊的結果看都不看，衝著被駱七和廖八兩人臨時組織起來的衛所兵們，大聲命令。

大明軍中常用角弓都是一石力上下，而龍江左衛的士兵所攜帶的角弓，卻只有半石。這種軟綿綿的弓箭，即便命中目標，也不會令對方當場死去，更何況在缺乏訓練的情況下，衛所兵所射出的羽箭，根本保證不了任何準頭。

然而，在很多情況下，數量的優勢，卻可以彌補質量的不足。老於戰陣的李如梅，打的就是類似的主意。發現衛所將士手裡的角弓，殺傷力太差，立刻想到了覆蓋射擊這個絕招。

「第二排，張弓搭箭待命。第一排，射！」

「第一排，待命。第二排，射！」

……

短短半分鐘內，他手中的鋼刀，就下落了六次。六排羽箭連續射出，足足有一千枝箭矢，覆蓋了倭寇們的頭頂。

血肉橫飛，慘叫聲此起彼伏。

不致命，不等於不疼。將近有三分之一倭寇，都在不到三十步的距離內，被羽箭命中，一個個疼得眼冒金星。有人身上，甚至挨了四、五箭，一邊踉蹌著往遠處躲閃，一邊淒厲地慘叫。那模樣，活像一頭發了情的刺猬。

「乒，乒，乒，乒……」遠處的倭寇「鐵炮手」在池邊永晟的指揮下，向弓箭手展開了反擊。滾燙的鉛彈呼嘯著穿過敵樓上的人群，帶起三兩團血霧。

被擊中的明軍弓箭手慘叫著倒下，然後被一名百戶帶著親信，拖離弓箭手隊伍。其餘弓箭手卻因為親眼看到門外倭寇死傷慘重，勇氣暴漲，開弓放箭的節奏絲毫不亂。

「子清，守義，你們兩個，繼續瞄著倭寇中的鳥銃手，打死一個算一個。看他們還能扛得了幾炮。」王重樓給李如梅幫不上忙，卻將戰場上的情況，看得清清楚楚，冒著被流彈射中的危險，跑到李彤和張維善身後，扯開嗓子，大聲提醒。

這個建議，的確切實可行。倭寇中的絕大多數，所攜帶的都是長刀。只有五、六十人左右，才是訓練有素的鳥銃手。而在先前的對射中，鳥銃手們已經多次遭到佛郎機炮的轟擊，死傷超過了兩成半。剩下的七成半，無論勇氣和士氣，都不再像雙方剛剛開始交戰時充足。

「是。」李彤和張維善兩個，雖然是第一次上戰場的菜鳥。卻能夠從鳥銃的發射密度上，判斷出倭寇們士氣已經大不如前，齊聲答應著，再度將佛郎機炮口瞄向倭寇中的鳥銃手。

對方隱藏得很分散，他們兩個，對佛郎機炮的操縱，也不怎麼熟練。但發射霰彈，原本也不需要瞄得太準。兩門佛郎機炮指向同一個區域轟，覆蓋面積接近半丈。凡是不幸落入在這半丈範圍之內的倭寇，根本沒任何機會留下全屍。

「對，對，就這麼打。老子看看，他們還都能扛得下幾炮。」看到倭寇鳥銃手，在霰彈下一個個變成篩子的情景，王重樓興奮地連連揮拳。

頭頂的陽光，忽然被烏雲覆蓋。

起風了，樹立在敵樓上的大明日月旗，被江風吹得獵獵作響。

硝煙隨風飄散，李如梅的命令聲，越來越短，頻率也不斷加快。

「第一排，射！」

「第二排，射！」

「第一排……」

駱七和廖八兩個臨時組織起來的大明弓箭手們，完美地跟上了命令的節奏。將更多的羽箭射向倭寇頭頂，將更多的倭寇，變成狼狽後退的刺猬。

大夥突然發現，傳說中凶神惡煞般的倭寇，其實也就是那麼回事兒。挨了炮也會死，挨了箭也會疼，吃了大虧之後，士氣也會不斷下降，甚至有的傢伙，已經偷偷跑向碼頭旁的漁船。隨時準備見勢不好，就跳上甲板順流而下。

「捅，一起往前捅！」

「捅，捅死他們，捅死這群倭奴！」

……

敵樓下的門洞中，大明將士的吶喊聲，越來越響亮。已經染滿了鮮血的槍桿又黏又滑，然而，他們卻捨不得將長槍放下，更捨不得將自己的位置，讓給後面的袍澤。

與他們廝殺的倭寇們，無論是小野成幸麾下的游勢，還是村上家的海盜，都被逼得大步後退，逐漸遠離了城門，又一步步被倒著推向河灘。

「奉行大人，情況不妙，您需要早做決斷！」島津又一郎拖著受傷的大腿，像隻螞蚱般蹦到池邊永晟面前，大聲提醒。

所謂決斷，就是放棄原本的目標後撤。按照現在的情況，是個懂得兵法的人都會清楚，海盜們大勢已去，拖得越久，損失越是慘重。甚至有可能全軍覆沒。

然而，令島津又一郎無比絕望的是，給立花家當了半輩子軍師的池邊永晟，居然發了瘋。看了他一眼，哈哈大笑，「決斷，為何要決斷？島津君，勝利已經在向你招手了，莫非你沒看見？」

「什麼？」島津又一郎又驚又怕，狐疑地扭頭，恰看見，一道猩紅色的火焰，從糧庫的最北側騰空而起。

失火了，大明八卦洲糧庫失火了。就在龍江左衛的將士們，即將把前來偷襲的倭寇，從島南碼頭推下長江之時，糧庫的最北端，卻冒起了火光和濃煙！

「失火了！」

「北邊，北邊！」

「上當了，倭寇，倭寇在聲東擊西，不，聲南擊北！」敵樓上，有人迅速看到火光和濃煙，然後驚呼失聲。

羽箭戛然而止，弓箭手們一個個呆立在城頭，不知所措。

吶喊聲也瞬間消失，追隨李如梓和田九兩個殺出門外的衛所將士們，全都變成了泥塑木雕。

「老天爺！」龍江左衛指揮使皇甫華，像被抽了筋般，軟軟地趴在了地上。渾身上下，再也提不起任何力氣。

「とつげき！」

「とつげき！」

「とつげき！」

鬼叫聲，震耳欲聾。原本已經瀕臨崩潰的倭寇們，像吃了仙丹般又振作了起來，揮舞著倭刀撲向營門，準備與北面殺進糧庫的倭寇，來一個前後夾擊。

「所有人，帶著兵器，跟我來！」王重樓撿起一邊鋼刀，高高地舉過了頭頂，然後，大步衝向了下城的馬道。

「殺倭寇！」李彤和張守義放下已經變形的佛郎機炮，快步跟在了他的身後。

李財和張樹等人互相看了看，咬著牙撿起兵器，去追隨自家公子。駱七、廖八，各自嘆了口氣，也撿起兵器，加入了這支毫無取勝希望的隊伍。

南北兩道營門都被攻破，不知道多少倭寇衝進了糧庫。他們殺下去，也無力回天。

然而，他們卻必須殺下去，哪怕最後落個死無全屍。

「轟隆！」半空中，忽然又一道悶雷劈落。

李彤和張維善兩個，同時踉蹌了一下，卻誰都沒有回頭。

二十六、暴雨

敵樓通往地面的馬道，頂多只有二十幾步長。

然而，這二十幾步下坡路，對李彤和張維善兩人來說，卻走得無比艱難。

敗局已定，軍心崩潰，糧庫北側火頭一個接一個騰空而起，糧庫南門處的衛所將士兵敗如山倒。

而先前已經被趕到水邊的倭寇們，卻又揮舞著勇氣，咆哮掉頭反撲，一個個如狼似虎。

此時此刻，縱使孫武親臨，諸葛轉世，恐怕也無力回天！

「我究竟在幹什麼？」在腳步踉蹌的剎那，李彤心中不禁湧起一絲後悔。

如果他昨夜沒有多管閒事，八卦洲糧庫即便被燒成白地，也影響不到他分毫！

如果當初他不執意找出謀害同窗好友江南的幕後真凶，什麼錦衣衛，什麼督察院，什麼將門、清流，統統都他無關。

他和張維善兩個，原本可以開開心心讀書，開開心心做他們的公子哥兒，即便兩年之後考不上進士，憑著貢生的身分，也能有機會主政一縣。

他們兩個原本可以憑藉祖上的餘蔭混吃等死，即便日後沒資格繼承臨淮侯封爵，也可以做一個江南富家翁，每天一覺睡到日上三竿！

而現在，八卦洲糧庫被燒了，他們兩個即便沒有死在倭寇手裡，過後恐怕也要面臨無窮無盡的麻煩。應天府、督察院、錦衣衛，甚至東廠，那些如狼似虎的傢伙對付倭寇外行，對付他們兩個國子監貢生，卻有的是辦法和手段！

「轟隆！」又一聲悶雷從他頭頂炸響，緊跟著，李彤的身體又是一個踉蹌，差點一頭栽倒。視野忽然變寬，前方也再無任何阻擋。凝神細看，他這才發現，自己已經隨著王重樓等人衝到了糧庫院內的平地上。再一轉頭，恰看見李如梓被三名倭寇逼得踉蹌後退。

「去死，去死！沒褲子穿的倭奴，滾回你的老家去死！」滿腦子大俠夢的李如梓，半邊身體都已經被鮮血染紅，也不知道其中多少血來自對手，多少血來自他自己。然而，他明澈的眼睛裡，卻沒有絲毫的畏懼。繼續握著已經砍成了鋸子的鋼刀，與三名赤裸著下身的倭寇對劈！

「沒褲子穿的倭奴，去死！」剎那間，一股熱血湧上了李彤的腦門，他大叫著撲向倭寇，再也顧不上琢磨其餘雜七雜八。

「不要臉的倭奴，去死！」張維善緊跟著發出一聲怒吼，縱身撲向李如梓的另外一名對手。

三對三，原本勝券在握的倭寇們，立刻感覺到了壓力。嘴巴發出一陣鬼哭狼嚎，肩膀頂著肩膀原地側身。

三角陣，海盜在船上作戰的最基本戰術之一。進可攻，退可守，並且可以借助彼此的身體互相支撐，以適應甲板的搖晃和起伏。

他們的反應，不可謂不老練。然而，這裡卻是陸地。已經從小野成幸身上積攢了一定作戰經驗的李彤，根本不管倭寇們玩什麼花樣，手臂、肩膀、腰身和大腿同時發力，憑藉自己身高的優勢，兜頭就來了一記力劈華山。

「嘡啷！」兵器撞擊聲震耳欲聾，擋在他正面的那名倭寇手中的兵器，被他直接劈成了兩段。而他手中的鋼刀卻餘勢未盡，貼著倭寇的耳朵繼續下落，狠狠地扎入此人的肩窩處，深入盈尺。血，如噴泉般順著刀刃下落的位置騰空而起。倒楣的倭寇哼都沒來得及哼一聲，瞬間斃命。三角陣失去了一條腿，迅速崩塌，另外兩名倭寇不得不各自為戰！

「去死！」李如梓用刀架開對手的全力一擊，順勢將刀鋒捅進倭寇的軟肋。捲了刃的鋼刀被倭寇的肋骨夾住了，才刺入半尺身，就無法再前進分毫。他對面的倭寇疼得淒聲慘叫，宛若一頭被捆上案板的公豬。「去死！」李如梓果斷提起膝蓋，狠狠撞在對方的下陰處，雞飛蛋打，下半身毫無遮擋的倭寇倒退數步，當場氣絕。

剩餘一名倭寇大懼，丟下張維善，大叫著跑向臨近的同夥。試圖借助同夥幫助，逃出生天。已經急紅了眼睛的張維善，豈肯給他機會？從背後追上去，一刀給其來了個透心涼。

臨近的一夥倭寇，剛殺散了二十多名衛所兵卒。看到三個年紀輕輕的大明才俊，居然敢做垂死反撲，氣得哇哇亂叫。邁開滿是黑帽的小短腿兒，像螞蟻般撲了上來。

「嗖——！」一支冷箭，緊貼著李彤頭皮射下，正中一名倭寇的眼窩。緊跟著，又是一支，將另外一名倭寇哽嗓射了個對穿。

狂叫聲瞬間停滯，撲向李彤、張維善和李如梓三人的倭寇們，全都楞在了當場。就在此時，第三支羽箭淩空而至，將第三名倭寇，也送上了西天！

「楞著幹什麼，撲上去，殺光他們！」李如梅的聲音，伴著羽箭破空聲響起，迅速鑽入李彤、張維善和李如梓三人的耳朵。

「殺倭奴！」三名少年喜出望外，咆哮著衝入倭寇隊伍，揮刀向周圍一通猛劈。將人數足足是自己這邊兩倍的倭寇，殺得抱頭鼠竄。

「別戀戰，結陣，帶上你們的家丁結陣，然後儘量收攏周圍的人手，去救王總兵。」從馬道上快步而下的李如梅，一邊尋機射殺敵人，一邊高聲命令。

幾夥倭寇同時發現了他，紛紛舉刀撲向馬道。李彤、張維善和李如梓三人如何肯允許倭寇在自己面前逞凶，果斷大步後退，將馬道與地面交界處，堵了個結結實實。

家丁李財和張樹等人，劈退各自的對手，迅速向馬道入口處靠攏。很快，就在自家主人身前，組成了一個齊整的梅花形。

見多識廣的李如梓立刻認出了此陣的原本面貌，果斷脫離隊伍，大步後退，與自家哥哥比肩而立。不擅長結陣廝殺的李彤和張維善，則戳刀在地，俯身從腳下撿起了兩桿被人遺棄的長槍。

「とつげき！」三名倭寇並肩前撲，狹長的倭刀在半空中交織出一張死亡之網。站在陣前的張樹和李財兩個不閃不避，先舉刀左右斜撩，來了個獅子擺頭，隨即雙刀配合，又來了一記秦瓊封門。

「當，當，當，當……」火星四濺，金鐵交鳴之聲不絕於耳。三名倭寇的攻勢，被李財和張樹兩個牢牢遏制，無法繼續前進分毫。

跟在這三名賊子之後的其餘倭寇，氣急敗壞，咆哮著撲向六邊形兩側，試圖利用人數優勢，從側翼尋找突破口。站在馬道上的李如梅手疾眼快，迅速扯動，「嗖！」「嗖！」「嗖！」三箭連珠，每箭必奪一寇性命。

「去死！」「穿不起褲子的傢伙，去死！」李彤和張維善兩個抖動長槍，從梅花陣背後，刺出兩團寒雪。

兩名僥倖逃過了羽箭狙殺的倭寇毫無防備，像送貨上門般，身體被搶鋒刺了個對穿。

「一弓取，一弓取！」其餘倭寇嚇得頭皮發麻，紛紛蹦跳躲閃，唯恐自己成為弓箭的下一個瞄準目標。李財和張樹兩個見到有機可乘，果斷帶動梅花陣大步向前，像旋轉的車輪般，將臨近一支倭寇的隊伍，碾了個四分五裂。

周圍的倭寇們不肯再主動送死，快步衝向糧庫的深處。他們的任務是縱火燒掉大明的軍糧，阻止明軍趕赴朝鮮作戰。糧庫已經被攻破，他們的任務已經接近完成，沒有必要再跟看守糧庫的殘兵敗將糾纏。

「別管我，你們去救王總兵！」李如梅同樣沒興趣去追殺倭寇，壓低了角弓，朝著眾人高聲提醒，「他不能死，只要他不死，咱們就有機會反敗為勝！」

「反敗為勝？」李彤和張維善無法相信自己的耳朵，齊齊向他扭頭。

數顆豆大的雨點，恰好落了下來，打濕了所有焦灼的面孔。

「下雨了？下雨了！下雨啦——」被兩名倭寇逼在牆角毫無還手之力的田九忽然脫胎換骨，大叫著鋼刀砍向其中一名倭寇，將對方連人帶刀砍成了兩段。

另外一名倭寇被嚇得臉色煞白，轉身逃命。田九卻像瘋虎般從背後緊追不捨，一刀接著一刀，像剁肉餡般，朝著此人後部上亂剁，「下雨啦，下雨啦。倭奴，你倒是放火啊，放火啊。你繼續放啊……」

「下雨啦，下雨啦，下雨啦！」龍江左衛指揮使皇甫華一個鯉魚打挺，從屍體堆中跳了起來，揮舞著空空的雙手亂蹦亂跳。

他的兵器早已在剛才裝死之時丟棄，此刻對任何攻擊都毫無防範之力。然而，他周圍的倭寇們，卻全都忘記了出刀，眼睜睜地看著他從自己面前跑過，手舞足蹈地奔向一個正在著火的糧倉。

「下雨啦，下雨啦，老天爺開眼啦！」糧倉旁，兩夥抱著腦袋東躲西藏的衛所兵卒，直挺挺跪在了地上，揚起手，任由越來越密的雨點，將自己淋成了落湯雞。

「下雨啦，下雨啦！倭奴，老天爺都不幫你們。」漕運總兵王重樓揮舞著雁翎刀，將一名日本武士劈得倒飛出去，隨即又使出一招夜戰八方，將另外幾名倭寇砍得踉蹌後退。

一個躲在糧倉後瑟瑟發抖的衛所佃戶，從地上撿起長槍，快速刺向倭寇後心。鋒利的槍鋒刺破布衣，刺破皮膚，刺破血肉，刺破內臟，直達肚皮。

「噗——」一股股污血隨著槍鋒從倭寇的身前冒了出來，與天空中降下來雨水匯合在一處，落地成溪。

「殺倭寇，一個十兩，童叟無欺！」王重樓身前的壓力瞬間緩解，他高高地舉起雁翎刀，朝著糧庫中所有人發出邀請，不管此刻糧庫中還剩下多少弟兄，也不管有多少人能聽見自己的呼喚。

「殺倭寇，殺倭寇！」一擊得手的佃戶，勇氣暴漲，手擎長槍衝向其餘倭寇，如趙子龍在長坂坡般勇猛，如張文遠在逍遙津般瘋狂。

「殺倭寇，殺倭寇！」吶喊聲此起彼伏，先前已經完全失去了抵抗勇氣的龍江左衛將士，從牆角下，從糧倉後，從屍堆中，從草地上，從……，從各種各樣的藏身處衝了出來，揮舞著大刀長矛，向闖入糧庫的倭寇發起了反撲。

而倭寇們，士氣卻隨著暴雨的來臨，一落千丈。很多人根本沒有心思繼續作戰，掉轉頭，倉皇衝向糧庫大門。還有許多人，雖然還在咬著牙苦苦支撐，發出來的十招裡，卻至少七招是在防守，只剩下三招勉強能夠進攻。

「住める（頂住）！」池邊永晟披頭散髮地衝上前，朝著所有倭寇大聲呼籲。他手中的羽扇，早已不知去向，原本潔白順滑的鬍鬚，也被雨水淋得粗一條，細一條，污漬斑駁。然而，功虧一簣的他，卻不願接受失敗，張開雙臂拚命阻攔驚慌失措的倭寇們，鼓勵他們回頭再戰，「雨が降り，なつび（夏天），終わりが早い（很快就會結束）！」

「頂住，頂住，殺光了明軍，占據這個糧庫，然後將糧食全都倒進長江裡去，火即便被澆滅了，結果也是一樣！」小野成幸不計前嫌，帶這十幾名游勢衝上來，大聲給他幫腔。

「轟隆！」一道悶雷劈下，將二人身邊不遠處的一棵大樹，劈得四分五裂。

「轟隆，轟隆，轟隆！」更多的悶雷落下，暴雨如瀑。眾倭寇們再也不肯聽池邊永晟的呼籲，撒開光溜溜的大腿，四散奔逃。

「殺倭寇換銀子！殺倭寇換銀子！王總兵說了，一個十兩，童叟無欺！」龍江左衛總兵皇甫華扎煞著雙手，從雨幕中跳了出來，扯開嗓子大聲傳達王重樓宣布的賞格。

「殺倭寇，殺倭寇換銀子啦，老天爺都在幫咱們！」幾夥衛所兵卒和佃戶，拿著長槍、大刀和糞叉追向入侵者，將他們一個接一個刺倒在地，然後揮刀砍下首級。

「轟隆，轟隆，轟隆！」雷聲宛若戰鼓。

黑的、紫的、白的、紅的，各種顏色的閃電，在重重雨幕後劈來砍去。伴著閃電，是又肥又密的雨珠，澆滅糧倉上的火焰，澆熄鳥銃上的火繩，澆得眾倭寇們如同掉進湯鍋裡的老鼠一般狼狽不堪。

借著一道亮黃的閃電，李彤衝向不遠處的倭寇，身體如同捕獵的豹子一樣矯健。正在且戰且退的倭寇游勢，顯然也看到了他。尖叫著擺出一個防禦的姿勢，舉起倭刀迎戰。

「噹啷！」雪亮的刀刃在半空中相撞，濺出一溜細細的火花。李彤順著前衝的勢頭奮力平推，將手中鋼刀連同對方的刀身，一道壓向對方的鼻子尖兒。

「呀呀呀——」倭寇游勢嘴巴裡，又發出一串鬼哭狼嚎，被他推著大步後退。李彤迅速撤刀，擰身，隨即來了一記小鬼推磨。倭寇游勢措手不及，被閃得失去了平衡，在原地來回搖晃。雪練般的刀光，齊著此人的最後一根肋骨推了過去，瞬間帶起一團污血。

污血與雨水相遇，將雨水迅速染紅。

紅色的雨水，彙聚成了溪流，在糧庫內的地面上，四下流淌。不停地被屍體所阻擋，不停地改變著方向。每遇到一具屍體，雨水的顏色就加重幾分，到了最後，竟和人血成了同一個顏色。再也分辨不出誰染紅了誰，誰沖淡了誰。

李彤的鋼刀從雨幕中揮出，再度帶出一片血花。冰冷的刀鋒立刻被雨水洗淨，在閃電的照耀下發出冷森森的幽藍。很快，刀尖又刺入了一個倭寇的身體，為血色山河再添上細細的一抹，然後又迅速抽了出來，追上一名狼狽逃命的倭寇，將後者攔腰砍成了兩段。

「不要臉的倭奴，你倒是放火啊，繼續放火啊！」張維善在家丁的簇擁下，迅速追了上來，堵住一夥逃命的倭寇，揮刀亂砍。

不用再講究什麼陣型，也不用再講究什麼配合。你只要鼓足了力氣去砍，就一定能夠將倭寇剁翻。而在雨水落下之前還凶神惡煞般的倭寇，幾乎全都變成了綿羊，只會丟下被你看中的那名同伴，倉皇逃命，絕不敢停下來再做任何抵抗。

「殺倭奴，殺倭奴！」李如梓身影，也很快出現，像驕傲的獅子一般，擋住了倭寇們的去路。他手中的鋼刀，已經換成了長槍。他身上的白衣，也早已被人血染紅。然而，他的脊背，卻始終挺的筆直，燃燒著俠客夢的眼睛，也始終如閃電般明亮。

傳說中的大俠，面對千軍萬馬，也不會退縮。只要義之所在，便誓不反顧。

他沒有大俠的身手，也沒資格去走江湖，但是，他今天卻過足了大俠的癮，餘生之中每次驀然回首，都不會對現在的自己感到失望！

「殺倭奴，殺倭奴！殺倭寇換銀子啦！」吶喊聲伴著雷鳴，響徹這個島嶼。更多的身影，被閃電照亮，一個又一個，銳不可當。

「下雨了？」南京禮部郎中李三才猛地仰起頭，看向天空中由北向南迅速覆蓋的烏雲，青黃色的面孔，瞬間被喜悅所占滿，緊跟著，喜悅消失，代之的，則是不加掩飾的惆悵。

他昨天到雞鳴寺布施為母祈福，與寺院裡的德洪禪師「手談」甚酣，以至於忘了時間，於是乾脆就借住於半山腰的養心齋中。所以今日一大早，就看到了八卦洲上空高高湧起的濃煙。

「糟了，今年的漕糧還沒北運！李福，趕緊騎我的馬，去守備衙門示警。請鎮守太監趕緊調集兵馬船隻，去八卦洲救火！」別人不知道漕糧對京城的重要性，沉浮宦海多年的他，對此可是瞭如指掌，因此，第一時間，就將自己的貼身家丁派了出去。

自打大明成祖遷都以來，「自給自足」四個字，對北京而言，就成了徹底的笑話。北京的糧食供應，從來就沒有自給自足過，並且隨著官員隊伍的漸漸龐大和人口的快速增長，對漕糧的依賴性與日俱增。

如今，假使漕糧晚到一個月，北京的米價，就會上漲三成。如果晚到兩個月以上，在某些不法商販的趁火打劫之下，北京及其周邊，就會爆發一場饑荒。

無論作為一個忠誠的臣子，還是作為一個飽學的鴻儒，李三才都不能坐視災難在自己眼皮底下發生。然而，當暴雨忽然從天而落，他卻忽然又意識到，其實八卦洲失火，無論對自己，還是對大明，都未必是一件壞事！

饑荒肯定會餓死一大批百姓，但是，饑荒肯定餓不到官員，更餓不到北京城裡的皇上。只要朝廷狠下心來，再向江浙地區加徵一次糧賦，最遲不超過四個月，北京的米價就會落回原來價位，大明朝的一切都會恢復正常。

然而，如果今年的漕糧按期運達北京，其中一大半兒，立刻就會變成軍糧。大明幫助朝鮮復國的軍事行動，就會徹底無法更改。

這一仗，即便大獲全勝，大明作為朝鮮的宗主，也不能割占一寸土地，得到一兩金銀。如果不幸戰敗，就不只是喪師辱國那麼簡單。惡名遠播的倭寇，肯定會趁機一舉殺入遼東，甚至直接抵達北京城下。

此外，如果大明王師揚威於朝鮮，勢必導致武將的聲望暴漲，大明多年來好不容易才形成的以文馭武的大好局面，肯定會遭到巨大破壞。而萬一明軍慘敗而歸，朝野一定會想起當年的「俞龍戚虎」，被稱為「俞龍」的俞大猷，好歹是病故。被稱「戚虎」的戚繼光，到底死在誰手裡，卻很是值得翻出來重新琢磨。

國本動搖，綱紀崩壞，甚至藩鎮割據，人頭滾滾……，一時間，無數黑暗的可能，都像天空中翻滾的烏雲般，重重地壓在了李三才的頭頂。讓他幾乎不堪所負，身體在暴風雨中，迅速瑟縮成了一株殘荷。

「檀越這是怎麼了？莫非要效仿古人，以甘露入心，以醍醐灌頂嗎？」不忍看李三才這種出手大方的施主，活活被淋出病來，雞鳴寺主持德洪舉著一把油紙傘上前，替他擋住了漫天風雨。「呃！啊？」李三才的思緒，瞬間從北京被拉回了南京，這才發現，自己已經被雨水給淋成了落湯雞。再定神遠眺，哪裡還能看到八卦洲上的濃煙，視線所及，皆是白茫茫一片，豪雨如瀑！

「下雨啦，下雨啦，下雨啦！」南京右都僉御史嚴鋒在碼頭上一躍而起，一邊揮舞著胳膊飛奔，一邊大喊大叫。

「這人瘋了，下雨有什麼好高興的？南京這邊，哪年夏天不下幾場暴雨？」街道旁邊的屋檐下，躲雨的行人們皺著眉頭，一臉厭棄。

市井百姓，可認不出眼前這個只穿了一身便裝，赤了雙腳，在雨幕下飛奔的老書生，乃是堂堂的正四品右僉都御史。只覺得此人打扮怪異，言行荒誕，絕非良善之輩。

尋常良善百姓，到了這個歲數上，大清早要麼起來督促晚輩讀書，要麼操持全家生計，誰會在街上亂竄？而這個點兒穿著上好的綾羅綢緞卻光著雙腳的，要麼是昨夜賭錢輸了個精光，要麼是在某個姑娘那裡過夜卻沒付夠足夠的嫖資，總之都屬為老不尊的老不羞，大夥不朝他背後吐口水，丟石頭就已經算容忍了，才不會提醒他到屋檐下來一起躲雨。

「下雨啦，下雨啦，下雨啦！」南京右都僉御史嚴鋒，卻不管世人看向自己的目光，繼續在雨中手舞足蹈。

《詩經》有云，「知我者謂我心憂，不知我者謂我何求」，古聖先賢們，原本就不需要別人理解自己的喜怒哀樂。被雨水淋得像一頭落水狗般的他，也不屑於向街道兩旁的「黔首」們解釋，自己為何欣喜若狂。因為擔心遭到刺客的追殺，他在秦淮河畔的碼頭上，整整蹲了大半夜。所以在城中大部分百姓都沒有從睡夢中醒來之前，就看到了北方騰空而起的濃煙。

濃煙的位置，是八卦洲！八卦洲上，是即將啟程北運的漕糧！他嚴大御史這輩子彈劾了那麼多人，自己卻始終安然無恙，所憑藉的，可不光是鐵嘴鋼牙和狼心狗肺。他對周圍環境和政局的變化，也遠比同僚們清楚。

糧倉之所以放在四面環水的八卦洲，就是為了將其與百姓隔絕，最大程度上避免無意間引發的火災。而火災既然不是無意間被引發，就只能是有人刻意為之。

八卦洲糧庫，據嚴大御史瞭解，駐紮著整整一個龍江左衛。有膽子且有能力，神不知鬼不覺地殺到八卦洲上，在龍江左衛兩個千戶所眼皮底下放火燒糧的逆賊，恐怕全天下也找不到幾支！

其中一支，便是惡名遠播的倭寇。而倭寇早在半個多月前，就於南京城內四處招搖。

是他嚴大御史，矢口否認了倭寇的存在。

是他嚴大御史，一心想要替自己的門生報仇，將兩個國子監貢生的見義勇為之舉，硬生生說成了殺良冒功。

是他嚴大御史，昨天夜裡差點被倭寇割了腦袋，卻恩將仇報，一口咬定那幾個趕來相救的年輕人，居心叵測。

是他嚴大御史，連日來奔走於應天知府衙門和南京留守各部之間，煽風點火，擾亂視聽，給了倭寇可乘之機！

如果八卦洲上的糧食，被大火燒灰燼，不用猜，嚴大御史都知道南京守備衙門，南京六部和應天府的一眾同僚們，會第一個將誰推出去，來平息皇上的憤怒。那樣的話，等待他嚴大御史的，恐怕就不僅僅身敗名裂。剝皮實草，盡誅三族，都算是法外施恩！

所以，在看到濃煙之後足足半刻鐘時間裡，南京右僉都御史，連站立的力氣都沒有，慘白著臉蹲在碼頭上，把滿天神佛都求了個遍。而現在，漫天神佛終於聽見了他的祈求，暴雨如瀑而降，讓他如何不欣喜欲狂？

水能克火！

這麼大的暴雨，糧庫的大火肯定會被澆滅。而只要大火燒不起來，沿江兩岸的衛所看到濃煙，就會冒著船隻傾覆的危險，前往八卦洲救援。

一個衛的官軍打不敗倭寇，兩個衛的官軍打不垮倭寇，等到七、八個衛的兵馬陸續趕至，再多的倭寇，也只能去跳江！

糧庫保住了，南京城內的文武官員，就不用急著找替罪羊。無論救火的，殺賊的，還是示警的，都有功勞，都加官進爵。他嚴大御史，就不會被牆倒眾人推。再捨出去臉皮和錢財打點一番，跟著一塊分功勞難度比較大，平安度過此劫，卻不在話下。

「下雨啦，下雨啦……」一隊全副武裝的衛所兵，大喊著從十字街頭跑過，聲音直接蓋住了御史嚴鋒的叫喊。

「下雨啦，下雨啦！」緊跟著，又是一隊衙役，也被淋得濕透，也個個欣喜若狂。

「下雨啦，下雨啦，下雨啦……」應天府官署內，南京守備府，南京六部衙門，南京……，歡呼聲此起彼伏，令天空中的悶雷，都變成了啞巴。

「瘋了，真是瘋了！」屋檐下避雨的百姓們不明所以，扭頭四下張望，一張張疲憊的臉上，寫滿了茫然。

大明長歌・卷一・採蓮曲　完

ACP0087

大明長歌・卷一・採蓮曲

作　者—酒徒
編　輯—黃煜智
校　對—魏秋綢
行銷企劃—吳儒芳
內頁排版—綠貝殼資訊有限公司

總 編 輯—胡金倫
董 事 長—趙政岷
出 版 者—時報文化出版企業股份有限公司
108019 台北市和平西路三段二四〇號七樓
發行專線—（〇二）二三〇六六八四二
讀者服務專線—〇八〇〇二三一七〇五
（〇二）二三〇四七一〇三
讀者服務傳真—（〇二）二三〇四六八五八
郵撥—一九三四四七二四時報文化出版公司
信箱—一〇八九九台北華江橋郵局第九九信箱
時報悅讀網—http://www.readingtimes.com.tw
思潮線臉書—https://www.facebook.com/trendage
法律顧問—理律法律事務所　陳長文律師、李念祖律師
印　　刷—紘億印刷有限公司
初版一刷—二〇二〇年十二月四日
定　　價—新台幣三八〇元
（缺頁或破損的書，請寄回更換）

時報文化出版公司成立於一九七五年，
並於一九九九年股票上櫃公開發行，於二〇〇八年脫離中時集團非屬旺中，
以「尊重智慧與創意的文化事業」為信念。

大明長歌 ・ 卷一，採蓮曲／酒徒作. -- 初版. --
臺北市：時報文化出版企業股份有限公司，2020.12
368 面；14.8×21 公分
ISBN 978-957-13-8419-1（平裝）
857.7　　109015997

N 978-957-13-8419-1
ted in Taiwan